光人社NF文庫
ノンフィクション

指揮官たちの太平洋戦争

青年士官は何を考え、どうしようとしたか

吉田俊雄

光人社

指揮官たちの太平洋戦争——目次

序章　江田島青春譜

第一章　破滅への序曲

第三章　戦局の転機

第四章　南海の乱撃戦

指揮官たちの太平洋戦争

——青年士官は何を考え、どうしようとしたか

序章　江田島青春譜

同期の桜

〈海軍兵学校第五十九期生クラス会〉

最近の、クラス会（同期生会）での話である。クラス会では、タイムカプセルに入ったように、たちまち中尉、少尉、生徒のころに戻ってしまう。現在、七十歳を過ぎていようと、関係ない。

「いったい、ウチのクラス（海軍兵学校第五十九期生）って、なんなんだろ」と持ちかけてみた。

「それは――」と、ちょっと考えた誰かが、

「とにかく野武士だ、ガラッ八だ」

「教養の高いのはおらんよ。ゼントルマンが少ない……」

「おい。すこしは、いいところもあるだろ」

「そういえば、曲がったことが嫌いだナ。血の気も多い」

「根性もあるぞ。ファイト満々だ」

「一途だ。楽天家だな。底抜けの楽天家だ」

「とにかく、両舷直だよ」

――両舷直とは、海軍用語で、艦船乗員の中で番に当たった作業隊。ボートを揚げるやら、天幕を張るやら、糧食を積み込むやら、いろんな作業をやらされた。それから転じて、現場の作業員。つまり働き蜂をいう。

「ずいぶん、戦争でも走り回った」

「コキ使われた。これは確かだ。こだわらんから、使いやすかったのかもしれん」

「こだわらんし、異分子がいない。粒揃いということだ」

「ドングリの背くらべということだよ。しかし、ドングリ同士、気心が通じている。仲がいい。こんなクラスは、ちょっとない」

「二世（海軍士官の子弟）が少ないのも、一つだろう。ネイビーのこと、まったく知らん家庭から来たのが多い。何も予備知識がない。どうすれば海軍で出世するとか、そんなウラを知らん。幼年学校から入った陸軍とは、大違いだ。予備教育を受けたりすると、曲がってしまうが、ポッと中学校から入ってきた」

「兵学校入学試験で、百二十五人入校したうち、鹿児島から入ったのが二十一人、それを含めて九州から来たのが五十三人、それに四国を入れると六十人。なんと半分近くが、田舎モンだ。田舎モンというか、野武士というか。教養高き東京の暁星や府立一中出から見ると、田舎臭くてしようがなかったろう。靴なんか履いたことがないのがいたよ」

「いた、いた。下駄暮らしだ。兵学校に入って、はじめてワイシャツを着せられたが、ワイシャツとは何と苦しいもんかと思った。首が締まって、息が詰まりそうだった。靴下をはいて靴を履くなど、はじめてだった。靴はハダシで履くもんと思いこんでいた……」

話をそこで打ち切った。あんまりボロが出すぎる。ボロは、本文に譲ることにして……。

純粋培養

〈江田島・海軍兵学校〉

入校のとき、百二十五人は、ほとんどが満十八歳だった。早生まれや、中学四年からきたものには十七歳もいたし、いったん高等学校に入りながら、そこから再試験を受けて入ってきたものには十九歳もいた。といっても、なにしろ、みんな若かった。

昭和三年四月の江田島。海軍兵学校の御影石造りの大講堂前で、翌日に入校式をひかえて記念写真を撮った。そのころの中学の最上級生というと、けっこう個性的で、ことに海軍兵学校に入ろうとするようなものは、いっぱしの面魂をもっているはずだが、その面魂が、なんとも冴えない風情であった。

そのはずである。学校に到着したあと、みんな宿に連れていかれた。宿といっても、江田島町内の民家を借りたもので、十畳から十二畳くらいの部屋二部屋に、三十人あまりが寝ることになった。

布団はなくて、毛布だけだ。三月末の江田島の夜は、けっこう寒い。鹿児島や沖縄から来たのは、寒い、寒いを連発していた。薄くてゴツゴツした毛布二枚や三枚で、夜の寒さが防げるものかと思っていたら、海軍毛布が、そんなにあたたかいとは知らなかった。グッスリ眠ってしまったのである。

それよりもおどろいたのは、寝る前、まだ服装もとりどりで、胸に名札もつけない前、宿にまわってきた少佐の人が、

「おい、中村。鹿児島よりも寒いだろう。毛布一枚、余分にかけておけ。風邪引くなよ」といったときだ。

名指された中村は、毛布を両手で拡げたまま、棒立ちのまま、口を半分あけたまま、しばらく身動きもしなかった。そして、いった。

「あの人、だれだ。学年指導官？　おれたちのか。もうだめだ……」

——これは、たいへんなところに来てしまった。

否応なしに、そう実感させられた。翌朝の写真撮影で、顔付きが冴えないのも無理はなかった。カメラに向かってそれらしい格好をするのが精いっぱい。しかも、シャッターが下りると、すぐに、

「集まれ……番号……右向け右……前へ進め……歩調やめ」で、次の場所に運ばれた。歩いたのはたしかにわれわれだが、予定を立てたのも、号令をかけたのも教官、あるいは、その命をうけた教員（下士官）であって、われわれではなかった。

朝起きてから夜寝るまで、ほぼ駆け足をしつづけなければうまく消化できないよう、スケジュールが分刻みにつくられていた。

翌朝あわてないように、起床ラッパが鳴ったらドウしてコウしてと、しなければならないことの段取りを考えるつもりでも、ベッドに横になると、昼の疲れで一分ともたずに眠ってしまうのがいつもだった。

江田島は、呉軍港水域の西を限る島。現在こそ、音戸大橋で結ばれているが、当時はそんなものはなかった。本土には、すぐそこに見えてはいても、船を使わなければ渡れない。焼き玉機関のポンポン船で、三十分近くかかる。そのくらい近いところにあるのに、そのくらい遠く、孤立していた。

島が孤立しているだけではない。

兵学校校域約十八万坪が、また江田島の町から孤立していて、さきほどの、民家を借りた生徒のクラブを除くと、あとは学校の背中に聳える古鷹山に登る道すじくらいしか生徒の日曜、祭日に外出を許されているところは、ない。

「純粋培養」である。雨にも濡らさず、風にも当てず、ただひたすら、江田島の「聖地」で磨きあげ、鍛えあげる。

年によって増減はあったものの、生徒の数は、平時で一クラス百三十人前後。修業年限は、私たちの一年前から三年八ヵ月（それまでは三年。カリキュラムに新たに精神科学を加え、論理学、心理学、哲学、倫理学、軍隊教育学、統率学を教えることにしたための年限延長だった）に延び、生徒とおなじくらいの数の教官や教員たちに取り囲まれていた。

十八歳の夏

〈水泳訓練＊鈴木孝一生徒〉

こんなことがあった。

入校して、まずぶつかった大規模な行事は、七月からはじまる水泳訓練だった。兵学校生徒は、日本の各地から集まってくる。中には海を見たことがなく、まして泳いだことなど一度もない者もいる。私たちのクラスには、その、まるで泳げない者が、たしか四人いた。「これは金ヅチである」というしるしの赤帽をかぶらされた。

最初に、水泳指導官松原大尉から訓示がある。要は「海で戦争する海軍士官が、泳げないでは、本分が立たぬ」わけであり、

「戦闘の被害で泳ぐことがあっても、次の戦闘のためだ、死んではならんぞ。そのためには、なにがなんでも泳げなくてはならん。乗艦が沈没することがあっても、七生報国の誠をいたすため、泳ぎぬいて生きねばならぬ」

四人の金ヅチ生徒が、これを聞いて、どれほど発奮させられたことか。

訓練は、毎日、午後二時すぎから、一時間半くらい。赤帽組には、二人に一人の教員（下士官）がつく。兵学校式濃密教育。この教員、兵からたたきあげてきた、水泳のベテランである。

水泳訓練の場所は、兵学校で表桟橋と呼ぶ大型ポンツーン（平底浮桟橋）のあたり。そこ

に、もう一つ、どこからかポンツーンを運んできて、その上に丸太で櫓《やぐら》を組んだ高さ十メートルの跳び込み台を立ててある。それを中心として、指導官、教官、教員、生徒たちが、それぞれのグループごとに泳法を訓練する。生徒は白帽で、特級がそれに黒線三本、一級が二本、二級が一本、三級が赤線二本、四級が赤線一本、五級が線のつかない白帽、と区別される。

その赤帽の一人。青森県弘前市出身の**鈴木孝一**生徒は、小柄で頑張り屋だが、北国の産だけに、海に入って泳いだことはなかった。

赤帽は、ポンツーンから少し離れた砂浜で、準備体操からはじめる。それから、顔に海水を吹きかけられる。つぎは、口のあたりまで海に入り、口から呼吸の練習。海に入ったことのない者には、これが意外にむずかしい。ともすると、鼻からも呼吸をしてガバッと調子が狂う。

こんな、水に慣れるための練習は、二日間で卒業する。つぎの課程は、平泳ぎ、横泳ぎ、直跳び《ちょくとび》。はじめは砂浜で、基本動作と姿勢の練習をくり返す。この基本動作と姿勢をすっかり身につけて水に入らなければいけないと、教員からやかましくいわれる。

水に入ると、いつの間にか基本動作が崩れる。耳にタコができるほど注意されて、どうやらそれが崩れないようになると、思いもよらぬほどスーッと泳げるようになった。

「ひゃあ。こいつァおもしろい」

鈴木生徒は、目を輝かした。めきめき進歩した。二週間くらいで、平泳ぎ、横泳ぎがなんとかこなせるようになった。そして、直跳び。直跳びは、まっすぐ立ったまま、スポンと跳ぶ（落ちる？）ものだ。姿勢としてはやさしいが、十メートル飛び込み台に立つと、さすがに目がくらみそうになる。足もとがユラユラして気持ち悪い。瞬間、松原指導官の裂帛の気合い――。

「用意。とベッ」

あッと思ったときは、空中を石のように落ちていた。海の中に、ブクブクーッと沈み、自然に沈むのが停まって、反対に浮かび上がり、水面にポッカリ出た。

何度も何度も跳ぶうち、だんだん見当がつき、余裕が出てきた。考えてみると、怖いのは、最初の一回ないし二回だけで、そのあと、余裕が出るにつれて、跳んでいる短い時間に、自分の手足がどうなって、海面との距離があとどのくらいある、などということまでわかってきた。

人間は、はじめてのことをするときには、不安でいっぱいだが、何回か経験して、イメージを捉えることができれば、あとは、くりかえすごとにうまくなる。

「なるほど。これが訓練というものか」

はじめて、目を開かれる思いがした。そして、それから一週間後――水泳訓練がはじまって三週間後、鈴木生徒は、あとの三人の赤帽たちと一緒に、四級になり、六浬《マイル》（十一キロ）の遠泳を泳ぎきった。

平泳ぎと横泳ぎで、分隊の三十人の生徒たちといっしょに、六時間を頑張りぬいた。昼食は、伝馬船の船べりに交替でつかまり、あんパン二つ食べた。忘れられないほど、おいしかった――という。

海軍では、行事が終わると、指揮官の講評と訓示をかならずする。このときは、生徒隊監事（中佐）の訓示だった。よほど感心したとみえ、かれは、赤帽四人の名をあげ、

「兵学校の訓練で、これほどの成果を挙げたのは喜ばしい」と、ニッコリした。しかし、ほんとうに喜んだのは、生徒隊監事よりも、鈴木生徒たち四人であった。いまはもう、自信に満ちていた。もし戦争に出会うことがあっても、また乗っている艦が沈むことがあっても、味方の艦が救助に来てくれるまで、頑張ることも、近くの島に泳ぎつくことも、できるようになったのだ。

「これで、人生の一つの資格を得た」

そう考えると、訓練はキツいけれども、兵学校に入ることができてよかった、としみじみ思った。ひとまわり大きな人間になったような気がした。鈴木生徒、十八歳の夏であった。

地獄で仏

〈短艇巡航＊小西昌良生徒ほか〉

こんな話もある。

江田島というけれども、ほんとうは能美《のみ》島という幹から、東寄りの北に向かって枝分かれした陸続きで、北に入口がひらいた江田内《えたうち》と称する湾を抱いている。江田島は、タツノオト

シゴのような格好をしていて、口のような突起した部分（津久茂《つくも》岬）が、西に向かって張り出して、能美島の肩のところにくっつきそうになり、その隙間に、南北に、深くて狭い水道（津久茂瀬戸）をつくる。その様子が、兵学校のある江田島側から西を見ると、江田内を挟んで東と西に二つの島があるように思われるから、ふしぎであった。

ある日——私たちのクラスが最上級生（四学年生。兵学校では最上級生を一号生徒と称した。三学年生は、したがって二号。教育年限が三ヵ年のときは、三学年生を一号という）のときの三月下旬。

ふだん、寝ても覚めても課業と訓育と生活規律に追いまくられている生徒たちは、日曜日の外出が、まあ唯一の息抜きだった。といっても、それは「倶楽部《クラブ》」にいくか、学校の裏手、北側に聳える古鷹山《ふるたかやま》（標高三百九十二メートルの低い山だが、峰つづきにそれより少し低い山を左右に従えて、ちょうど鷹が翼を拡げたようにみえる）に登るか、江田島のほんの一部分を線引きした外出区域を歩くしかない。もうすこしのんびりできないものか。そして、「もうすこしのんびりでき」るものが、短艇巡航であった。

ふつう、分隊の一号が軸になって、二号、三号などを適宜加え、クルーを編成、分隊に割り当てられたカッターに乗って、一晩泊まりの帆走をする。もちろん、あらかじめ短艇巡航許可願を学校に提出、提出された計画を見て、問題がなければ学校から許可が下りる。

許可が下りると、許可証によって短艇羅針儀と双眼鏡（どちらも兵器）、七輪、鍋釜のたぐいを借り受け、学校の烹炊所から牛肉、野菜、罐詰、汁粉材料などを受けとる。そしてカッターに積みこみ、ポンド(船だまり)から、たとえば宮島に向けて、土曜日の午後出発する。

このときは艇員九名。一号三名(二ノ方兼文、小西昌良、中村虎彦)に、二号、三号あわせて六名。その日、生徒館の当直将校室前に掲示されていた天気図は、まずまずの巡航日和。

もっとも、天気図を書いたのは、一号生徒が輪番に当たる「週番生徒」で、中央気象台から送られてくる各地の風向風力と天候を図に入れ、等圧線を引いたもの。今日の人工衛星「ひまわり」から送られてくる雲の写真など、夢のまた夢。だから、「あたる」などとは考えてはいけなかったのかもしれないが、もっともらしく線が引かれてそれが掲示してあると、やはり「なるほどそうか」と思ってしまうのが人情だった。

江田内から宮島までは、順調だった。日が暮れるまでの間に、宮島に着き、桟橋に繋留した。帆を卸し、帆を天幕代わりにカッターの上に張って、さて手製の夕食。簡単だからたいていスキヤキになるが、このとき、だれの才覚だか、ニヤニヤしながら一升壜がとり出された。禁制品である。

兵学校生徒は、二十歳になるとタバコをのむことは公認されたが、酒は禁止。その酒を、こっそり持ちこむのだから、牛肉をつつきながらの大宴会、といったこたえられない解放感を味わうことになる。

その夜は、カッターの底に、艇座の上に、思い思いにマルくなって寝るが、朝、総員起こしのラッパが鳴るのでもなく、日課からハミ出した雑談のなかに、一号といわず二号からも三号からも、ふだん思いもよらない人柄を見出したりして、楽しさこの上ない。しかも、寝ている場所が水面と板一枚で、ふなべりにさわぐ潮騒が、なんともいえず、これがいつまでも続いたら、さぞよかろうと思ううち眠ってしまう。それがいつもだが、今夜は様子が少し違っていた。夜半すぎから、雲行きがあやしくなった。風が出てきた。

海の上の夜明けは、たとえようもなくすばらしい。船乗りになってよかったと誰しも嬉しくなるが、このときの朝の風は、それどころでなかった。

「朝飯を急ごう。予定変更だ」

八時ころに桟橋を離れた。昨日の天気図になかった低気圧でも、来ているのではないか。無線電話機を持っていれば、すぐにも学校に様子を聞けるのだが、昭和六年の話だ、そんなものはない。

強い北西の風だった。追い風である。主帆（フォースル）を卸し、前帆（ジブ）と後帆（ミズン）という、どちらも小型の帆だけを揚げて、カッターは矢のように走った。風は十四、五メートルはあったろうか。波頭が白く砕けて、カッターのような低い目の位置から見ると、背筋が寒くなるようだ。だが、舵柄をとっている小西艇長は、さすがにうまかった。カッターは波に乗って快走、ときおり艇内に波しぶきがとびこむくらいで、舵さばきは見事だった。かれは、ファイト満々。水泳が特級で、海の申し子のような快男児。海の気心を、知りぬいていた。

帰校が予定より大幅に早まる見込みになって、あわてたのが汁粉係だった。ポンドに着く前にこれだけは食べてしまわないと、小豆と砂糖とメリケン粉を別々に返却するのも業腹だ。

担当は、二号生徒だが、こんなとき、ジッとしていられなくなるのが、中村生徒だった。小西生徒とおなじ鹿児島の産だが、薩摩隼人はスケールが大きい。かれは、三号を指揮して、艇の中程に七輪を据え、炭火をカンカンにおこし、大鍋をかけて、汁粉の製造にとりかかった。食べられるか食べそこなうかの境目だから、熱が入る。

三月といっても、風は冷たい。みな外套を着て、それでも寒くて毛布にくるまり、達磨のような風態をしていたが、例外なく汁粉は大好物であった。なにしろみな、甘いものを腹一杯食べるのが最大の楽しみという、まだ二十歳になるかならぬかの若者たちだ。

さっきから、グツグツ煮える大鍋の前に仁王立ちになって、さかんに味見をし、味見をしては砂糖をほうりこんでいた中村虎彦（通称トラさん）生徒（だから生徒にとって、巡航のときの汁粉係は、連合艦隊司令長官につぐ憧れのポストであった）は、突然、ニッコリすると、

「おうい、でけたど」と叫んだ。

トラさんは無心で、いつも全力投球をするので、叫び声にも説得力があった。

ジブとミズンに就いていたもの以外、カッターの底に姿勢を低くしていた達磨たちが、紫色になった唇をほころばせて、汁粉仕度にゴソゴソしはじめたころ、カッターは一転して、むずかしい状況に陥ちこんだ。江田島の湾口――津久茂瀬戸の入口に入るやいなや、それまで猛烈に吹きつけていた風が、ハタととまったのである。

帆走をしていて、無風地帯に突っこむくらい、閉口するものはない。船が動かなくなった。もう学校まで一ッ走りという距離だ。まだ学校は見えないが、瀬戸をぬけ、津久茂岬の鼻を

左にまわりさえすれば、ポンドはすぐ目の前だ。

「汁粉待て。フォースル揚げ」

小西艇長が号令をかけた。残念。主帆は大きくて重いので、手空き全員が張り索を曳く。

船が停まった、といったが、瀬戸は、能美島と津久茂岬の二つの山あいを通る切り通しのような格好になっていて、どうやら強い風が、能美島の山でさえぎられているらしかった。そうなると、山を吹き降りてくる風が、こんどは反対岸の津久茂の山にぶつかり、瀬戸の中で渦を巻いた。その渦巻きが、風が息をするたびに、急に起こり、急にとまる。カッターからすると、風がどちらから吹くか、止まるか、見当つかない。たちまちにすごい横風が吹いて、急に船が傾く。みなとっさに、その反対舷側に身体を寄せて、人間バラストになる。汁粉どころではなくなった。中村生徒一人が、みんなの胃袋の希望を代表して、汁粉鍋をキープし、カッターが傾いて汁粉がこぼれそうになると、把手をとって傾きを直す。カッターが平らになると、また把手をとってもとに戻す。実にデリケートな作業に、熱中しているだけであった。

瀬戸を抜け、津久茂岬をかわったときだった。突然、猛烈な大突風が襲ってきた。アッと思う間もなく、艇はどんどん左に傾き、海水がドオッと入ってきた。どうするひまもない。そのままカッターは横倒しになり、それからクルリとひっくりかえり、みな海に投げ出された。

「おッ、おッ、おおおッ」

悲痛な声が、その波間に聞こえた。中村生徒が、汁粉鍋の把手を両手で持ち上げるようにしながら、つまり水泳大会などのエキジビションで、立ち泳ぎしながら、手に扇子と筆を持ち、濡らさないように高く挙げて文字を書く、それと同じような格好で、汁粉鍋を濡らすまいと必死に頑張ったが、中味が重すぎた。そのままズブズブと波間に沈んだ。

このときの中村生徒の犠牲的精神には、みな感動したものだ。そのあと、この話は尾ヒレをつけて語りひろげられ、一躍かれは兵学校生徒の中で有名人になった。たとえば、何とか生徒が、水の中から浮かび上がって、ガブッと水を呑んだら、塩はいささか利いていたが、まぎれもない汁粉であったとか。

まだ、話がある。

ボートがひっくりかえってみると、みな外套を着こんでいたので泳ぎにくい。その上、大きな帆を三枚とも張ったままだから、まるで海の中にオモリを下げたようで、押せども引けども動かない。しかもカッターの底は、ひっくりかえすと、こんなにもつかまえどころがなかったのか、というほどノッペラボーである。

「みんないるか。人数を調べろ」

艇長の声に、誰かが頭数を数えて、ギョッとしたように、答えた。

「一人たりません。蒲田生徒がいません」

蒲田は、おとなしい三号生徒で、しかも赤帽——泳げない男だった。鈴木生徒は三号のとき、夏三週間の特訓で赤帽から四級になり、六浬遠泳を完走した。この蒲田生徒は、もっと水と相性が悪いらしく、夏が過ぎてもまだ赤帽のままでいた。たいした人物に違いなかった。

小西特級生徒が、カッターの下に潜って、あざやかに蒲田を救い出した。みなホッとしたものの、それ以外の状況は、少しも好転していなかった。

風波は依然強く、寒さで身体がガタガタ震える。救助を求める手段はない。みんなで軍歌を歌ったが、心細さは消えない。小一時間もたったかというころ、小西特級生徒がいいだした。

「これから津久茂の海岸まで泳いでいく。そこで学校に連絡をとってこよう」

「ちょっと待て」

さっきから湾口——瀬戸の入口を見つめていた二ノ方生徒が、指さした。

「湾外に船らしいのが見える。こっちにやってくるようだ」

風波がある上に、眼の高さが低いので、見えにくいが、どうも、能美島から出る宇品（広島の外港）がよいのポンポン船らしい。さかんに合図をしたところ、向こうも見つけたらしく、舵をとって、こちらに船首を向け、やってくる。

「やれやれ助かった」

地獄で仏とは、このことだ。

最高にみっともなかったが、九人全部、ポンポン船に引きあげられた。定期船だから、そのまま能美に向かうのは、どうしようもないことだった。うつぶせになったままのカッターとは、後ろ髪を引かれる思いながら、別れるほかなかった。

これからあとは、別にいうこともなく、知らせを聞いて学校から駆けつけた汽動艇に乗り移り、慎重にカッターを曳航しながら、学校のポンドに帰りついた。日曜日の午後二時ころであった。

一号生徒三人は、当直将校（兵学校では当直監事といった）に、一部始終の報告にゆき、すっかり油を絞られた。また、急を聞いて自宅から駆けつけてきた分隊監事からは、

「二号、三号といっしょに、一号まで自分のカッターを離れるとは何ごとか。なぜ、一号は、最後までカッターに残らなかったか。また、備品のなかでもっとも大事な兵器（短艇羅針儀と双眼鏡）を亡失するとはもってのほかだ。なぜ、荒天準備で、カッターに縛りつけておかなかったか」と、きびしく注意された。一号生徒は、こんなふうに叱られる。指揮者、責任者としての心がけを、臨機応変に、徹底的に教えこまれる。このときの三人のうち、小西生徒は、十七年二月、伊二三潜水艦に乗り組み、ハワイ方面交通破壊戦で戦死したが、あとの二人は、今日にいたるまで、この教訓を深く肝に銘じているという。

私たちのクラスメートは、述べてきた兵学校五十九期生と、機関学校四十期生三十四人、それに経理学校二十期生十二名を加えた、合計百七十三人――つまり、学校こそ違え、同じ日（昭和三年四月七日）に入校し、同じ日（昭和六年十一月十七日）に卒業し、同じ日（昭和八年四月一日）に少尉に任官したコレスポンド（科の違う同期生）をひっくるめる。

経理学校は東京のまん中、築地にあって、独特の文化的雰囲気の中で育ち、冒頭に紹介したクラス会の評価基準からすると、「教養高き」主計科士官を養成したところだから、ひと

まず措《お》く。

一方、機関科将校を養成した機関学校（京都府舞鶴市）は、兵科の兵学校とも、主計科の経理学校とも違った気風を色濃く持っていた。

これまでの話とも、この後の話ともちょっと違ったスタイルになるが、戦争中の海軍を語る上で重要な要素になるので、ここで、ふれておく。

人のスクラム

〈海軍機関学校＊木山正義中佐〉

軍艦が戦うとき、総員を戦闘配置に就ける。このとき兵科将校は、艦橋、砲台（大砲と水雷）など上甲板以上の配置にいることが多いのに比べ、機関科将校は、機械室、罐《かま》室など、下甲板以下の配置につく。

敵の攻撃を受けて軍艦が沈没するとき、たとえば高速戦艦「比叡」のように、上甲板以上は滅茶滅茶にやられ、死屍累々の惨状を呈しながら、下部の機械室、罐室はまったく異常なく、機関科将兵の死傷者ゼロという実例が、ないわけではない。

だが、たとえば空母「赤城」「加賀」「大和」など、最後まで走りつづけ、戦いつづけながら沈んでいった軍艦では、機関科は最後まで総員戦闘配置に就き、ボイラーを焚き、エンジンを回している。そこへ、突然、敵の魚雷で艦底ないし水線下に大穴があき、海水が奔入してくる。敵の砲弾や爆弾が罐室や機械室に貫通炸裂して、高温高圧蒸気が噴出し、一瞬に焦熱地獄になる。まったくの、火攻め水攻め。逃げ場を失い、否応なしに死に直面してパニックを起こしそうになる。

そんな若い兵たちを落ちつかせるものは、みんなから見えるところにいる機関科将校が、あわてずさわがず、眉一つ動かさずに守所を離れぬことである。根が生えたように、そこから動かぬ。そこを動かずにいれば、死ぬことがわかっている。それを見て、部下たちは、ようやく落ちつく。

「機関長も分隊長も、われわれと一緒に死なれるんだ。おれたちだけが死ぬのではないのだ」

ことに、その将校が人情にあつく、平生、部下によく目をかけていたようなとき、死に立ち向かうための人のスクラムができる。

「みんな、よくやった。さア、一緒に死のう。これまでは、せい一杯、われわれの力で祖国を守った。しかし、本艦が沈むんじゃ、しようがない。このあとは、みんな魂魄になって祖国を守ろう」

機関科の**木山正義**中佐はこの問題について、

「機関長というのは、部下の前で、まず立派に死んでみせるのが任務なんだ」と言いきる。

「機関科では、実際にハンドルをとり、機械を動かし、罐を焚くのは下士官や兵だ。そして、その命令は、艦橋から通信器で伝えてくる。たとえば、第四戦速。この命令が来たら、主機械の回転数を、どれだけに増し、罐ではバーナーのどれとどれとを使って蒸気圧を何キロにする、というふうにマニュアルで決まっている。つまり、機関長は、職能としては、そこにいてもいなくてもいい人間なのだ。この点、艦橋や大砲のそばにいる兵科将校とは違う。兵科将校は、時々刻々、判断し、命令する。ほかの人間では代用できない職能をもっている。だから、できるだけ生き延びる必要がある。機関科将校には、その必要がない。まず死んでみせて、部下を落ちつかせ、最後まで艦船の運動力を維持することが、たいせつなんだ」

艦が沈む場面で、艦首を海中に突っこみ、艦尾を空中に突き出し、そのままスルスルと引きこまれるように姿を消すのをよく見る。そのとき、空中で勢いよくスクリューが回っているのを見かける。それは、艦底近くにあるボイラー・ルームやエンジン・ルームで、機関科員が、ちゃんと配置を守っていることの証しである。

「なにしろ、罐（ボイラー）も機械（エンジン）も艦底にあるから、さア総員退艦だ、といわれても、上甲板への通路は火の海だったり、閉めていた防火、防弾、防水用のハッチや隔壁が敵弾のために開かなくなったりして、出るに出られないことの方が多い」という。

機関学校の講堂に、東条鉦《かね》太郎画伯の描いた、大きな「閉塞隊」の油絵が掲げてあった。荒天の旅順口に自沈して港口を閉塞しようとする輸送船、それを照らし出す探照灯の光芒、沈もうとする輸送船から脱出するカッターと乗員の、息づまる一瞬を描いた日露の戦争画の有名な傑作だが、夜の画だから当然のことながら、おなじ画伯の描いた日本海海戦のときの「三笠」の艦橋の図にくらべると、いかにも暗い。講堂に置く画としては暗すぎる、と思われるほど暗い。

教官は、しかし、それでいいのだ、という。

「軍人として、命をかけよ。下積みになれ。名利を求めるな。死をもっておのれの職責を果たせ」と説く。

閉塞隊は、三回にわたったが、第一回目のときは、決死というよりは必死、絶対に生きて帰れないと考えられた。それでも多数の志願者があり、その中から第一回目の閉塞隊員七十七名が選ばれた。そして、その八十パーセントが機関科の将兵によって占められていたのだ。

「いつも、死と隣り合わせに坐っている。いつも死を考えている。といって、そのために神経質になっているわけではない。真剣に取り組もうとしている」

だから、機関科将校にはクリスチャンが多い。禅書に凝るものも多い。宗教的なところが多い。哲学に踏みこむ者も多い。

木山正義中佐——「機関長というのは部下の前で立派に死んでみせるのが任務である」

「哲学や宗教で洗われた心を持ってないと、どうしても利己的になる。名利を超越し、下積みに甘んじて、そこで命を賭ける、という機関科的条件が成り立たなくなる」

兵科将校を「緋縅《ひおどし》」の鎧を着た武士、機関科将校を「黒糸縅」の鎧を着た武士——に譬えた人がある。主観的にすぎる譬えかもしれないが、まさに適評である。

機関学校では、入校してから卒業するときまで、自分の成績ないし順位は誰にもわからない仕組みになっていた。自分たちの卒業式のとき、前日に講堂で予行（リハーサル）をする。そのときに、並ぶ順序を指定されて、はじめてアッとおどろき、あるいは、なァんだ、と思うだけ。

「卒業すれば、学校の成績がよかろうと悪かろうと、みなそれぞれの長になり、指揮官になる。成績などを発表して、そのために無用の競争心を起こさせてはならない」という方針だった。

一学年から二学年、二学年から三学年に、学年末にすすむ。このとき兵学校では、その一カ年の総合成績順に、ズラリと百二十人なら百二十人を並べる。その順序に、一分隊から、たとえば十二分隊（生徒数の増加によって、十八分隊、二十四分隊などとふえることもある）に配りつける。

一分隊の第一席が一番、二分隊の第一席が二番、以下十二分隊までいって、一分隊の第二席が十三番、二分隊の第二席が十四番というふうに。だから、十二分隊の第十席になったものは、「ハハア、おれはビリだな」とわかる仕組みだ。最高学年（一号生徒）では、第一席を伍長といい、第二席を伍長補といった。一分隊の伍長は、そのクラスのトップ、伍長補は十三番、というわけだ。

自習室に並んだ机の位置、端から何番目かを数えてみると、自分だけでなく、ほかの人間にまで成績順位がバレてしまう。もっとも、バレてもそれは相対的な順位までで、絶対的なもの、つまり成績そのもの、点数などは公表されなかったが。

機関学校では、ここでも成績順には並べなかった。アトランダムに並べる。伍長にあたるものを生徒長、伍長補を生徒次長といい、成績に関係なく任命する。生徒の指揮者として、できるだけ多くの生徒に、その経験をさせるのが目的。

兵学校の伍長――とくに番号の若い分隊の伍長のなかに、ひがみかもしれないが、「オレは頭がいいんだぞ」とちょっと肩を聳やかしたようなものがいないでもなかったが、機関学校にはそれがなかったことになる。

だから、機関学校の考査風景は、きわめてユニークだった。武官教官が問題を生徒たちに渡す。ひととおり説明し、質問を受け終わると、たいてい教官室に帰ってしまう。教室には、生徒たちのほか誰もいなくなる。そして「課業やめ」のラッパが鳴ると、分隊に生徒長を任命するような要領で、奇数分隊（一部と三部）、偶数分隊（二部と四部）にそれぞれ部長をきめてある、その部長が、答案を集めて教官室に持っていく。

カンニングとか、他人の答案をぬすみ見るとか、そういった不正は、いっさい起こらない。できればできるで、できなければできないで、堂々とやる。堂々と信ずる道を闊歩する。それが若者というものだ、と考える。いっさい、コセコセしないのである。

海戦の老勇士

〈遠洋航海＊「磐手」乗組・中村虎彦候補生〉

三年八ヵ月の長い学校生活が終わると、キラキラした、ドラマチックな卒業式がある。それまで三回にわたって卒業生――礼装の腕に金筋を巻き、襟に金筋をつけ、抱《だ》き茗荷《みょうが》の大きな徽章をつけた軍帽を晴れがましくかぶった海軍少尉候補生を、表桟橋ぎわに並び、帽子を振って見送った。それが、こんどは同じようにして見送られる立場になって、江田内に入ってきた練習艦「磐手《いわて》」「浅間」に乗り込んだ。

どちらも、日本海海戦の老勇士で、明治三十何年の建造。むろん、イギリス製である。このころのイギリス製軍艦、ことに練習艦隊に交替で使った「磐手」「浅間」「八雲」「出雲」の四隻は、建造は古く、旧式だが、外から見て何ともいえぬ気品があり、猛々しさこそないが、威厳があり、美しい外国の港に入っていても画になったものだ。

「磐手」「浅間」は、私たちをのせると、すぐに出港、舞鶴に向かい、そこで四十期の機関少尉候補生と、東京から舞鶴まで陸行してきた二十期の主計少尉候補生とをのせ、それでメンバーをそろえた。そして、鎮海、仁川、大連、青島、上海、佐世保、徳山、呉、大阪、鳥羽、館山を経て横須賀に入り、そこで隊伍を整え、三ヵ月の遠洋航海に出た。

昭和六、七年のころは、今日と違って、ふつうの若者が外国をまわるなど、まず、考えられなかった。下士官や兵たちは、とくにそうだった。だから、練習艦隊乗員には、希望に燃えた。たいへん優秀な人物が集まった。それを、候補生が乗艦してくるまでの間、艦《ふね》の方で十分に磨きをかけた。つまり、これ以上の乗員のチームは海軍にはいない、というまで仕立てたところへ、候補生たちが乗り込んでくる。

候補生たちは、二ヵ月半の内地航海、三ヵ月の遠洋航海の間に、初級士官としての勤務をひととおり実習し、経験する。実際に下士官や兵たちの指揮官となって、艦内の作業をする。なにしろ駒たちが優秀で、意欲に満ちているから、新米の候補生がアガって号令が上手にいえずにいると、推理を働かせて積極的に働いてくれた。むろん、笑う者などいなかった。

*

たとえば、こんなことがあった。

練習艦隊には軍楽隊が乗っている。外国に出かけるから、入港すると交歓行事があり、相手国の国家を吹奏したり、艦でアットホーム（外国官憲、在留邦人たちを艦に招待したレセプション）のときに演奏したりする。司令部といっしょにいるから、これは司令部が「浅間」にいた（「浅間」が旗艦で、「磐手」は二番艦）ときの「磐手」での話だ。

入港中は、どこにいても、朝八時に軍艦旗を揚げる（日没時に卸す）。旗艦では、軍楽隊が君が代、外国の港にいると、つづいてその国の国家を演奏する。しかし、二番艦は、軍楽隊がいないから、ラッパの君が代だ。ラッパを持った信号兵が四人ばかり。つづいて銃剣をつけた衛兵が、艦尾の軍艦旗に面して後甲板に居ならぶ。そして、その前に、長剣を帯びた衛兵副司令。

この軍艦旗揚げ方（卸し方も同じ）には、ちょっと芝居のセリフの受け渡しのような、微妙な緊張がある。

つまりこうである。

下士官の信号員（信号長）が、大型の、箱に入ったデッキウォッチを見ていて、力をこめて、定時刻の、「十秒前」と叫ぶ。それを聞いて、当直将校は、

「気をつけ」と令する。信号員が、「気をつけ」のラッパを吹く。

日本海軍では、軍艦旗揚げ方には、士官は全員後甲板に集まって軍艦旗に敬礼するのが不文律になっていたから、艦長以下、よくよくの用事がないかぎり、士官はみなそこに顔を揃えている。それが、いっせいに気をつけをする。若い者には、なんとなく気押される空気である。

「気をつけ」のラッパが鳴り終わると、それにかぶせるようにして、衛兵副司令が、

「捧げェ……」と号令する。ラッパの鳴り初めから十秒間のなかでの仕事である。四人の信号員は、いっせいにラッパを口にあてる。衛兵副司令は、つぎの号令のために、いっぱい息を吸いこむ。衛兵副司令は、若い少尉がふつうで、この場合は、もちろん候補生だ。しかも、このときは、生徒時代、カッターが転覆したとき、汁粉の鍋をかかえたまま海に入った**中村虎彦**候補生だった。秒針を目で追っていた信号長が、

「時間ッ」

とっさに後部砲塔の上に立つ当直将校が、大声一番、

「揚げェ」と命ずる。間髪をいれず、衛兵副司令が、

「……銃《つっ》！」と号令し、指揮刀を、刃を垂直にしたまま口のあたりに刀の束をもってき、エイと刃先を右斜前にふりおろす。ちょっと格好いいところである。


これからあとは、捧げ銃をした衛兵隊と、ラッパを吹く信号員の舞台になる。君が代のラッパ譜は四分の四拍子。だいたい一分間七十五歩の歩調にのっている。


この十秒間の緊張は、晴れがましいだけに、当事者にちょっと異様な圧迫感をあたえる。私なぞ、当直将校で砲塔の上に立っていて、よくマゴついた。「十秒前」といったら「気をつけ」だ、とそこまではバカの一つ覚えみたいに覚えておくことができる。しかし、そのつぎだ。あと七秒か六秒くらいしかない。秒針は動いている。ふだん登らない高いところに立って、「キレイだな」などと思わず景色に気をとられたら百年目だ。信号長が「時間」といったら、「揚げェ」か「卸せェ」なのだが、それを思い出すのに、四苦八苦する。一度、とうとう思い出せず、意味不明の「ワーッ」といった叫び声をあげたら、ちゃんとセレモニーは予定どおり進んで、軍艦旗が掲揚された経験をもっている。バカみたいな話だが、そんなものだ。このときの中村候補生が、そうだったらしい。

「捧げェ……」まではよかった。そこで、「捧げ銃」で指揮刀を右前に出すのか左前にだすのか胴忘れしてしまった。あと五、六秒しかない。思い出さなければならない。思い出せない。とっさにかれは、

「右か、左かッ」と、後ろに立っている候補生たちに聞こえるくらいの割に大きな声で、し

かも切迫した声音で聞いた。瞬間、候補生たちは、予想もしなかったことなので、ポカンとした。中村候補生は軍艦旗に向かっている。したがって後ろを見ずに後ろに問いかけているわけだ。千番に一番の賭けである。後ろは向けない。幸い、心きたる候補生が後ろに一人、二人いて、

「右だ、右だ」と、艦長や上官を憚《はばか》るような、それでいて中村候補生に聞こえるような、いい加減大きな声で答えた。すると、何を思ったのか、中村候補生が、叫んだ。

「だまされんぞッ」

あッとみんなが思ったとき、信号長の「時間ッ」と当直将校の「揚げェ」の号令がかかった。

「……銃《つつ》!」と中村候補生が叱呼した。衛兵隊が、ガチャリと音を立てて捧げ銃をする。信号兵が君が代のラッパを吹きはじめる。中村候補生は、指揮刀を口のところに捧げ持つまではよかったが、それからサッと左斜前にふりおろした。

幸か不幸か、軍艦旗揚げ方は、艦では毎朝のもっとも厳粛な行事であった。気をつけの号令で、乗員は艦内のどこにいても、そこから軍艦旗が見えても見えなくても、軍艦旗にむかって敬礼し、かかれの号令があるまで、不動の姿勢をとって身じろぎもしないときである。笑うなど、もってのほか。そしてその間、中村候補生の指揮刀は、左にむかったままであった。

このあと、中村候補生は、またまた有名人になった。

ちなみに、このとき、「磐手」で軍艦旗が厳粛に掲揚され、外国の港にわが国威を高めたのは、いうまでもなかった。

スバの若酋長

〈遠洋航海＊「浅間」乗組・米原実候補生〉

私たちの遠洋航海は、横須賀を出て東南アジアを南に下がり、ジャワからオーストラリアのフリーマントル、ホバート、メルボーン、シドニー、ニュージーランドのウェリントン、英領フィジー群島のスバ、それから小笠原に寄って横須賀に帰った。そのスバ寄港（七月はじめ）のときの話である。

米原実少佐 ── 伊182潜水艦艦長として出撃、スバの沖合いで艦と運命をともにした。

練習艦隊司令官今村信次郎中将のカーテシー・コール（表敬訪問）に答えて、英総督が、スバ市長が、ポリネシア系の酋長を伴って、旗艦「浅間」を公式訪問した。その酋長に、年のころ十五、六とみられる（といっても、候補生の目で見た異国女性の年齢だから、アテにはならないが）真紅の現地スタイルのフォーマル・ドレスを着た娘さんがついてきていた。まもなく、司令部から「浅間」の候補生室に使いがきた。

「酋長の息女が艦内を見学したいというから、案内に非番（注。当直に当たっていない）の候補生一名、司令部にきたれ」

そこにいた候補生たちは、一も二もなく、**米原実**候補生を推した。

「米原《よねはら》。貴様いってやれよ」

ついでに、クラスメートの**折田善次**による人物描写。

『米原実。黒田武士の後裔《えい》なるも、生来の肌色は現地人にひけをとらず。温厚温顔長身中肉、加うるに英語力は並の上で、現地淑女のエスコートには打ってつけである。通称、ホトケのヨネさん』

「仕方がないなあ」と、ヨネさん、嫌な顔もみせず席を立った。

酋長の愛嬢と侍女をともなって、艦内から上甲板に出、そこから前甲板へ案内して艦橋を指し、「ジス、イズ……」といいかけたとき、とつぜん、愛嬢が悲鳴をあげ、膝をついた。左足指をおさえた両手の間から、鮮血がこぼれた。

「爪を、爪をはがされました」

おろおろする侍女を押しのけ、米原はかの女の前に座りこみ、とっさにポケットからハンカチを出して血まみれの足を包んだ。そして、肩を貸すようにして抱え起こしたが、とても歩けないとみると、すぐさま、かの女を両腕で抱き上げ、そのまま艦内の治療室に運びこんだ。

軍艦の甲板には、いろいろ鉄の突起物がある。米原候補生の、キングズ・イングリッシュの名調子に、つい聞きほれたお嬢さんが、思わず足もとへの注意を忘れた。あいにく、そこに鉄のアイボルト（索具を通すための眼環）があり、ハダシにサンダルばきだったかの女の足がそこにぶつかったのだ。

責任を感じた米原候補生は、軍医官の手当をうけたかの女をまた抱え上げると、ちょうど訪問行事をすませて帰ろうとしていた酋長に会い、引き渡した。まッ白な軍装を着た米原候補生が、真剣な表情をひきしめ、まッ紅なドレスのお嬢さんを抱え上げて治療室から後甲板に向かう様子は、ゴーギャンの描く一幅の絵にも似て、まばゆいばかりだったという。

その翌日、酋長の使者が「浅間」艦長を訪れ、前日に米原候補生の示した親切にたいし、酋長が深く感謝をしていることを述べると、威儀を正し、壮重な言葉つきで、

「わが酋長は、あの青年士官を、ぜひとも娘の花婿にと望んでいる。ご承諾を得たい」と、本題をきりだした。

はじめのうち、艦長は、単なる外交辞令だろうと、軽い気持ちで応待していたが、そのうち、米原候補生の、「人種を超えたギャラント・アンド・ナイトリー・コンダクト（雄々しくも騎士的な行為）」に、酋長はむろんだが、娘さんの方が深刻に感銘したらしいことがわかってきた。

あらためて驚いた艦長は、海軍の人事取扱規則を説明し、日本海軍の士官は、結婚の相手は日本人に限られていて、しかも海軍大臣の許可が条件になっているので、遺憾ながら、この話は成立させることができない、と結んだ。すると、使者は、言葉をあらためた。

「艦長は誤解しておられる。わが酋長が望んでいるのは、日本海軍士官ヨネハラを娘と結婚

させようとしているのではない。日本海軍の軍籍も、日本国民の国籍も脱いだ現地人ヨネハラである。わが酋長の娘と結婚するヨネハラは、すなわちフィジー族を統率する大酋長の後継者である。これは酋長の夢物語ではない。心からのお願いである」

大事件になった。それまでにも、遠洋航海でインターナショナルなロマンスの花が咲くことは、いつのときでも一件や二件はあったが、こんどのような、身ぐるみ脱いで酋長の娘と結婚し、将来フィジー族の酋長になるなどというスケールの大きな話は一度もなかった。

話を聞いた「浅間」の士官室は、「なんとか断わった方がいい」という保守派と、「将来もし日米相戦うようなことになった場合、このフィジー群島付近は、両軍角逐の檜舞台になる。そのとき、海軍士官の素養のある日本人が、有力者としてここに土着していることは、日本にとって、戦略的にきわめて重要である。ぜひとも、結婚しろ」という急進派とに分かれて、カンカンガクガクの仕儀となった。結局、本人に聞こうと、米原候補生を呼ぶと、

「両国親善のためには、身にあまるご好意ですが、私は米原家の一人息子であり、黒田武士の流れをくむ実家の後つぎです。それに、すでに婚約者もいます」

即座に、よどみなく、かれは答えた。使者が、大きなジェスチュアで落胆をあらわしたのは、いうまでもない。

練習艦隊がスバを出港する朝、酋長の使者が、ふたたび「浅間」を訪れた。そして、米原候補生に、現地の材料で織った一メートル四方の美しい茣蓙《ござ》を贈った。

「わが酋長からミスター・ヨネハラへの友好の贈物です。これは、フィジー族の酋長が、そ

の後継者に贈るならわしになっている由緒ある敷物です」

　そういって、

「若酋長のご幸福を祈ります」と固い握手をして帰っていった。米原候補生の、

「酋長によろしく。そして息女にはよき伴侶を得られて末永くご幸福に、とお伝え下さい」

との挨拶に目をうるませながら。

　後日譚がある。

　昭和十六年十二月、日米開戦。翌十七年からは、南東太平洋で日米海軍の激闘が続いた。米原候補生は、すぐれた潜水艦乗りとして成長、少佐にすすみ、海軍潜水学校甲種学生をトップで卒業、夏、新鋭の伊号第一八二潜水艦の艦長として、昭和十八年七月末、トラックを出撃、ガダルカナルからエスピリツサント間の戦場に向かった。しかし、そのまま還らなかった。

　米軍資料によると、伊一八二潜水艦は、フィジー群島付近で米駆逐艦と交戦、沈没したという。かれが、若酋長にと懇望された、あのスバの遙か沖合いであった。

第一章　破滅への序曲

人間の運命

〈中堅指揮官たちの戦場〉

昭和七年七月、遠洋航海から内地に帰りついた私たち候補生は、こんどは連合艦隊に配りつけられた。練習艦隊という軍艦の形をした学校での実地教育でなく、連合艦隊という実力部隊で、実際に戦闘配置についている中尉、ないし少尉とダブル配置につけてもらい、艦隊勤務を身体で覚える。私たちは、この期間を二期の候補生（遠洋航海から帰ってくるまでが一期の候補生）といった。

二期の候補生が終わると、少尉になる。腕のスジが太い線（候補生は半分の細い線）に変わり、襟章の金線に銀色の桜マークが一つつく。半人前から、ようやく一人前の海軍士官になった。

それまでにも海軍兵学校に入って喜び、卒業して少尉候補生になって喜んだものだが、そんな嬉しさなどメじゃなかったことが、少尉になってみてわかった。

連合艦隊での実習を終わり、術科学校（砲術学校、水雷学校、霞ヶ浦練習航空隊、通信学校など）での講習をすませると、艦隊に戻ったが、そのころからすっかり世間の様子が変わり、なんとも風雲急になってきた。

そういえば、兵学校最上級生のとき（昭和六年九月）に満州事変がはじまり、遠洋航海中に上海事変（第一次）が起こった、五・一五事件もそれにつづいた。そして、私たちが少尉に任官したときには、連合艦隊は沖縄の中城湾に入っていて、日本が国連を脱退したばかりだった。

戦争を調べていると、よく人の「運」とか「運命」とかいうことを感じる。これなども、その一つかもしれない。

――少尉になり、一本立ちの海軍士官として人生を踏み出そうとするとき、私たちは、日本破滅への序曲ともなる中国とのトラブルに、軍人として、クラスぐるみ巻きこまれてしまうのである。

私たちのクラスは、日華事変（昭和十二年以降）のとき、中尉から大尉に進級した（十二年十二月）――陸戦隊では中隊長から大隊長。艦艇では、大きな艦ならば分隊長、小艦艇（駆逐艦や砲艦など）ならば砲術長とか水雷長など。航空部隊だったら飛行科分隊長、飛行隊長（文字どおり飛行機隊の隊長で、飛行機隊を率いて空中戦闘に当たる。艦長のブレーンとなる、科長としての飛行長とは違う）。

太平洋戦争（四年後の昭和十六年）のときは、四年目大尉（古参の大尉）から、十七年に少佐、二十年に中佐――陸戦隊では大隊長、艦艇では、大艦ならば科長（航海長、通信長など）、小艦艇（駆逐艦、潜水艦など）では艦長、航空部隊だったら、はじめ飛行隊長で、飛行長、ないし航空隊の副長といったところ。このころになると、東京の軍令部、海軍省をはじめ、各司令部（艦隊司令部、戦隊司令部など）幕僚として活躍したものも相当あった。

したがって、ちょうど年回りがそうなっていて、日華事変では、中堅の指揮官として、直接部下を率いて戦場を駆けまわった。当然、戦死者も多いはずだが、日華事変が、海軍の担当した戦いのスケールがかぎられ、激烈さでは凄まじいものがあったが、制空権、制海権をこちらが押さえていたため、戦死者は二人だけであった。

それが太平洋戦争になると、階級がのぼり、それにつれて戦場を駆けまわるポストが減り、後方勤務がふえていたが、それでも戦死者（戦傷死者を含む）二十八名にのぼった。戦争が、どれだけ激しかったかがよくわかる。

それにしても若いクラスの、戦死者を卒業者数の約半数以上も出しているのにくらべると、生まれ方の早い遅いが、こんなところに響いている。幸、不幸ではなく、そのときに生まれたものの持つ運命とみるべきだろう。

人海戦術

〈八字橋の戦い＊上海特陸中隊長・太田一道中尉〉

そのころ、連合艦隊に多くいた私たちのクラスは、昭和十二年七月中旬、芦溝橋での一発の銃声をキッカケとして勃発した日華事変が、八月に入って上海に波及。上海で居留民保護にあたっていた上海特別陸戦隊（海軍軍人ながら、個有編制の陸戦隊員として上海に常駐したもの。米軍の海兵隊と違うところは、海兵隊が個有の兵種であるのにくらべ、特別陸戦隊員は、もともと艦船乗員で、人事異動でまた艦船に戻っていく。中には、根が生えたように上海特陸に居座っているものも、少数だがあった。なお、上海特別陸戦隊を、上海特陸とも、上陸と書いてシャンリクとも略称した）が、中国軍（国民政府正規軍と中国共産軍）に包囲され、危険に瀕した。

——私たちのクラスの日華事変は、そこから話がはじまる。

上海特陸は、日華事変勃発直前約二千五百名（漢口から引き揚げたものを含む）、それに呉、佐世保から応援に駆けつけた特陸二コ大隊などを加え、合計約四千名。揚子江北側の共同租界の中、北四川路につくられたコンクリート造りの建物に本部があり、八センチ、五センチの野砲や装甲車を持ち、一応の機動力を備えていた。しかし、何といっても兵力が少なく、戦力も小さくて、三万の中国正規軍部隊に包囲されては、どうしようもなかった。気力だけで耐えていた。

太田一道中尉——勇敢沈着，
大部隊の中国軍のただなかへ
白刃を閃かして、突撃した。

このときの上海特陸では、十一年十二月に着任した**太田一道**中尉が、第三大隊第六中隊長として、上海北停車場（北站）の北方にある八字橋地区を首尾していた。

五年前の昭和七年、第一次上海事変が起こったときは、その四ヵ月前に満州事変がはじまったことから尾を曳いていたが、こんども一ヵ月前に陸軍が華北に進攻したことに刺戟されて空気が悪化し、事態がエスカレートして、第二次上海事変の勃発になった。

上海特別陸戦隊司令官の作戦目的は、居留民の現地保護が第一だった。つまり、共同租界に日本人居留民が多く住む西部地区——閘北《ざほく》を守ること。その中でも八字橋地区は、閘北の北西の端に当たる要地だった。

居留民の現地保護をいい換えると、居留民を背にして外敵の侵入を防ぐことであり、陸戦隊としては、守所を絶対に離れるわけにいかない。守所を離れて機動した方が戦術上有利であっても、動いてはならない。いわば、金縛りに逢っているようにして、戦況がどうかわろうとも、そこを死守しなければならない。そうしないと、居留民が直接危害を受ける。そんな、はじめから重い制約を背負わされた戦いであった。

しかも、当面の敵兵力は、約十コ師団の圧倒的な数で、日本陸軍部隊が来援しない前に陸戦隊を揉み潰そうと、国民政府正規軍を注ぎこみ、ひた押しに押してきていた。一方、陸戦隊は、極力、中国側を刺戟しないよう、行動を押さえ、十二日になってようやく配備につくほどの慎重さだったから、当然ながら後手に回り、前記の作戦目的と相俟《ま》ち、防ぐ一方の苦戦になるのは、やむをえなかった。

戦闘は、まず八字橋正面ではじまった。

十三日午後五時前、突然、八字橋付近に敵が埋設していた地雷が九発ばかり、轟音とともに爆発した。ちょうど陣地巡視中で、八字橋陣地の守備兵に命令をあたえ、そこから中隊本部に引き返していた太田中隊長は、振り返ると、一帯に白煙がもうもうと立ちのぼるのを見た。

それを合図に、敵兵約二千が、山砲を撃ちかけながら、攻撃をしかけてきた。

「敵から明らかに攻撃された以上、黙って引き下がっている必要はない」と考え、そこで部下中隊に、「打チ方始メ」を令し、その旨を大隊長に報告した。

これより先、陸戦対本部を狙い、敵は山砲、十五センチ榴弾砲の集中射撃を加えていた。四方八方から、敵に取り囲まれて、火あぶりに逢っているようであった。

正面の敵兵は、クリーク対岸の家屋伝いに、身を隠しながら進撃してくる。これでは、寡兵で大敵に当たることはできない。

「対岸の家屋を焼き打ちする」とっさに決心すると、かれ自身で予備隊を率い、クリークを渉って前進、五ヵ所に火をかけた。折から台風の接近で、風速十五メートルの東風が吹いていた。火は風にあおられ、またたく間に燃え拡がり火焔が敵陣を覆った。

これには敵もよほどあわてたらしい。形勢逆転。八字橋地区の敵は、北に向かって移動し始めた。しかし、日本人墓地付近では、依然、激戦がつづいていた。そのうち、陸戦隊本部に要請した装甲車が、四台、応援に駆けつけてきた。しかし、つぎつぎに敵弾を受けて故障。死傷者続出したが、午後十一時ころになって、ようやく敵の攻撃が下火になった。えんえん五時間の激闘だった。

翌十四日、敵は午前三時ころから全面攻撃をかけてきた。さらに、昼前ころから空襲をはじめた。十七機くらいが、数回にわたり、くり返し爆撃してきた。

「地上の敵なら何万来ても平気だが、空からの爆弾は苦手だ」とかれは思った。切歯扼腕するだけ。対空砲火は何も持っていなかった。

敵の本格攻撃がはじまったのは、その日の午後五時半ころからだった。八字橋陣地は、北と北西と西の三方から、敵約三コ中隊の包囲攻撃を受けた。橋を渡って、かれらの密集突撃がはじまった。ラッパを吹き、ドラを叩いて、一瞬、祭礼の場にいるのではないかと錯覚を起こさせるほど賑やかで陽気な突撃。第一波十人、二波三十人、三波五十人、四波百人と、だんだん人数を増し、束になって突入してくる。

そこを守備するのは、浜脇兵曹長の率いる一コ小隊。この浜脇兵曹長は、太田中隊の第一小隊長で、銃剣術五段の練士であり、沈着で剛毅であった。

この波状攻撃してくる敵に向かって、浜脇小隊長は、そのたびに、数梃の重機関銃の銃先を揃えて掃射する。掃射しても、撃ち漏らしがどうしてもできるものだが、撃ち漏らされた敵兵が、味方陣地の目と鼻の先まで突撃する。

「人海戦術というものをはじめて見たが、勇敢というか、見事というか、敵ながら感心した」

講道館剣道四段の太田中隊長が、舌を巻いた。

八字橋北陣地を守備していた第一小隊第三分隊の分隊下士官大島二等兵曹以下九名。そこへ約一コ中隊、十数倍の敵兵が来襲。クリークを隔てた三十メートル前方と北方から重機関銃の十字砲火を浴び、敵の手榴弾が雨のように落下して、大苦戦。

「一小隊当面ノ敵ハ北ニ一コ中隊、西ニ一コ中隊、ワレ激戦中」

浜脇小隊長からの報告である。

「ワレ激戦、十数倍ノ敵ヲヤッツケツツアリ、元気旺盛ナリ、中隊長ハオ元気デスカ」というのもあった。

太田中隊長は、すぐ激励する。

「中隊ニ予備隊ナシ、各隊ハ現在地ヲ死守セヨ、中隊長ハ元気ナリ」

元気ナリ——と元気には言い放ったが、実は、心中、居ても立ってもいられぬ思いだった。八字橋地区をもし敵に奪われたら、陸戦隊本部までは一キロちょっとしかない一本道だ。まっすぐ、陸戦隊本部が衝かれてしまう。全滅したといっても、申しわけの立たぬ地点である。そして、このことは、太田中隊の全員が、よくわきまえていた。大苦戦中の大島分隊下士官は、

「中隊命令によって陣地を死守するぞ。一歩も退くな」と、くり返し叫び、部下を叱咤、肉薄してくる敵兵に一斉に手榴弾を投げさせ、自分自身も数回投げて、敵を撃退した。だが、敵は、第二波、第三波と、息も継がせず迫ってくる。

「こいつ」と手榴弾を投げようとしたとき、至近距離から撃った敵重機関銃の連射を受け、眉間を射抜かれて、全身蜂の巣のようになり、右手に手榴弾をもったまま、ドウと斃れた。

たまたま夕食を配りに陣地に来ていた主計兵曹長と主計兵四人、それにトラックを運転してきた機関兵がとびこんできた。

「おれにも銃をよこせ」

たちまち銃隊員に早変わりして、猛射。危急を知った浜脇小隊長、一コ分隊を別の陣地から急ぎ増援して危地を脱する。

一方、そこからほど近い日本人墓地を守備する一コ分隊（平松分隊下士官）も、まったく敵の重囲に陥ち、苦戦。敵は墓地の石垣の外から梯子をかけ、墓地内に突入。墓石を楯に猛烈な白兵戦となった。

突入しようとする敵に向かって、「この野郎」「この野郎」と叫びながら手榴弾を投げている兵を多く見かけた。「この野郎」と叫んでいる間は、かれらは沈着であり、射撃軍紀も厳正である。ところが、恐怖心に駆られて盲射しているときは、たいていが夢中で、しかも無言である。

太田中隊長は、司令部からの電話をうけ、各小隊長に命じた。

「司令部ヨリノ通報ニヨレバ、敵ハ今夜二〇〇〇（午後八時）総攻撃ノ企図アリ、シッカリヤレ」

そこに、中村兵曹長の率いる第三小隊（二コ分隊）が応援に駆けつけてきた。すぐに墓地内に突入して白兵戦にくわわる。激戦をかさねるうち、中村小隊長、敵弾に胸を貫かれて斃れた。

墓地の火葬場の屋上で指揮していた太田中隊長は、中村小隊の苦戦を見てとり、とっさに手勢十四名を率い、その先頭に立ち、屋上から駆け降りると軍刀を引き抜き、敵兵の中に斬りこんだ。剣道四段の腕前は、確かだった。たちまち敵兵、浮き足立つ。

「いまだ。負傷者を運び出せ」

日本人墓地正面の敵は、動揺の色を見せはじめた。八時半、大隊長から、

「間モナク増援隊ヲ送ル。ドウニデモシテ今シバラク頑張レ」と命令が入った。

勇気百倍。みな喜色満面で、「この野郎」「この野郎」を連発、大いに奮戦するうち、三十分あまりして沢田中尉の率いる一コ小隊（小隊長以下三十五名）が到着した。さすがに、形勢逆転。敵の攻撃も次第に衰え、十時ころにはすっかり退却した。戦線はふたたび静けさを取り戻した。

八字橋地区への敵の攻撃は、十九日まで、夜半から夜明けまで、毎晩つづいた。どこから湧き出してきたかと怪しむほどの大部隊が、まっ黒に闇を埋め、執拗に攻撃をくり返した。そのつど、新手をくり出し、重火器を揃えてきたが、ようやく態勢が整ってきた陸戦隊は、そのつど撃退に成功。とうとう八字橋地区への攻撃は敵も諦めたと見え、二十日以後は、平静に戻った。

この間、十三、十四、十六、十九の四日間の戦闘詳報によると、太田中隊の戦死者四、重軽傷者は二十五人。発射弾数、小銃（軽機を含む）五万九千発、重機関銃二万五千八十発、手榴弾三百四十八個。どれほど激烈な近距離戦闘であったかを物語る数字である。

白兵戦、乱戦
〈油公司の戦い＊三水戦陸戦隊中隊長・春日均中尉〉

八月十三日の金曜日、急いで佐世保を出港した第三水雷戦隊は、まず翌日、台風に出逢った。ふだんならば十三日の金曜日に出港するのをやめて翌日に延ばしたり、台風の通りすぎるのを待つのが船乗りの常識だが、そんなことはいっていられない火急の場合だった。一刻も早く、上海特陸を救わねばならなかった。保安上、ギリギリのところで、台風の進路を避けはしたものの、暴風雨の中に突っこんだ。

三水戦の旗艦「川内《せんだい》」、三コ駆逐隊駆逐艦十二隻。激しい風雨。各艦の距離を千メートルに開いて進む。前の艦が、一面に白く泡立つ大波に見えかくれし、船体の鋼鉄がきしみ、悲鳴をあげ、このまま転覆するのではないかと危ぶむほど右に左に動揺した。旗艦では兵一人が大波にさらわれた。

そんな艦の中で、陸戦隊派遣部署によって、あわただしく陸戦隊が編成された。特別陸戦隊ではなく、艦船の中で編成する臨時の陸戦隊だ。そして、派遣陸戦隊の中隊長に、駆逐艦「望月《もちづき》」砲術長**春日均**中尉が任命された。

特陸には、クラスの太田一道がいる。苦戦しているだろう。オレが一肌ぬぐぞ——そう考えて、ファイトを湧かせる。

さて、もうたくさんだ、というくらいシケられて、十五日、上海に入港。桟橋に横付けすると、三水戦陸戦隊はすぐさま陸戦隊本部に急いだ。本部の中庭に整列して司令官の訓示を受け、命令を待ったが、その間にも敵の迫撃砲弾が建物に命中したり、中庭に落下したりする。容易ならぬ戦況だった。

前線から、傷ついた将兵が担架にのせられてくる。さすがにキモを冷やした。

「おれは指揮官だぞ」

と自分自身にいい聞かせて、ようやく心を落ちつけることができた始末。予想外の惨烈さだった。

北部陣地本部に案内され、本部で指揮官古田中佐に会い、戦況の説明を受け、翌日以後の方針を打ち合わせた。そして翌日、春日中隊は第一線の守備につくことを命じられ、激戦地の油公司（海軍では、アブラコンスとチャンポン読みしていた）に陣取った。

非常に近間の市街戦である。相手は、中共軍でも精鋭をうたわれた十九路軍で、勇敢で、かつ執拗だ。昼夜の別なく攻撃してきた。

接近戦だから、戦闘は、武器を持った取っ組み合いの様相を呈する。白兵戦、乱戦だ。それが六時間も、のべつ幕なしにつづいた。

中国軍はそれまで注ぎこんだ三コ師団を五コ師団に増強（八月十五日）、七万の大軍で猛攻を加えてきた。爆撃機、戦闘機を加え、さらに戦車までくり出して突撃する。それはもう、激戦というよりは、死闘であった。そして、陸戦隊員たちの鮮血で、ついに租界を守りぬき、中国正規軍を撃退してしまったから、海軍の水兵たちの強さは、世界の舌を捲かせた。

それより前、油公司の陣地で、獅子奮迅、負けずぎらいの闘魂を燃えたぎらせて戦いつづけていた春日中隊長は、二十日ころの戦闘で、突然、バッタリ倒れた。敵弾による頸部縦貫銃創であった。しかも倒れたとき、前頭部をまともに床に打ちつけ、意識を失った。

すぐに部下たちの手で野戦病院に運びこまれたが、結局、病院船で内地に後送。佐世保海軍病院で一ヵ月の治療ののち全治し、ふたたび上海の「望月」に復帰、すぐに陸戦隊に戻ったが、部隊はすでに半減、予備隊に回されていた。

誤判断の報酬

〈寛橋飛行場攻撃＊「加賀」艦攻隊長・田中正臣中尉〉

さらに十八日、十九日に特別陸戦隊二コ大隊が到着した。前からの上海特陸と合わせて約六千を越える兵力になり、みなほっとした。陸軍二コ師団が、八月末から九月はじめにかけて到着する予定だった。海軍部隊としては、ようやくひと安心できるわけだ。

ただ、問題は、中国空軍の勝手気ままな活動だった。鳥なき里のコウモリとはよくいったもので、日本の飛行機が、ゲタばきの水偵（水上偵察機）のほか居合わせなかったから、中国空軍は、悠々と陸戦隊の第一線陣地を爆撃した。それがエスカレートして、上海に停泊する第三艦隊旗艦「出雲」、第八戦隊から、上海特別陸戦隊本部まで爆撃しはじめた。一大事だ。

日米戦争に備えて、懸命に開発整備してきた秘蔵の航空部隊——中攻（九六式陸上攻撃機）

三十八機を、台北（台湾）、大村（北九州）に進出させ、それを含めた精鋭二百五十機をくり出して、中・南支に展開する中国空軍機二百八十機（偵察機を含む）の一掃に乗り出さざるをえなくなった。

ところが、前にもふれた東支那海の九百六十ミリバールの台風が、三百キロに及ぶ暴風雨圏でスッポリ戦場を蔽い、北から西北西に進み、十五日には上海のほとんど真上に達するコースを進んでいた。

上海沖に突進する四万トン空母「加賀」の巨体は、大濤に艦首をつっこむたびに、身ぶるいした。八九式艦上攻撃機（艦攻と略す）隊の隊長**田中正臣**中尉は、そんなことを気にする余裕はなかった。艦が激しく動揺する中で、搭乗機を動かぬよう固縛する作業で、二晩、一睡もできなかった。

「加賀」に便乗してきた侍従武官城《じょう》英一郎中尉の話では、

「大本営は、海軍航空部隊の奇襲攻撃により、日華事変は三日で集結すると判断している」

航空部隊は必死攻撃に当たってもらいたい、ということだった。

中国を過小評価し、日本の航空戦力を過大評価した誤判断であった。日本海軍が、守備範囲でもない大陸の戦闘に巻きこまれ、あとで臍を噛むことになる発端である。

「加賀」は、大改装を終わり、飛行甲板が一段（フラッシュ・デッキ）の近代空母に変身、艦戦、艦爆各十二機、艦攻十八機の常用機を持っていた。

「それでは少ない。一挙に全力攻撃をかける。予備機も予備搭乗員も全部出す」

常識はずれも何のそのだ。三日で事変が終わるのなら、先に行かないと武門の誉れもあげられず、功名手柄も立てられない。「おれが」「おれが」で、士官室では取っ組み合いの大喧嘩もあったらしい。そのくらい、みな逸《はや》り立っていた。

そのころ、「加賀」の艦攻隊には、二つの機種が混在していた。それまでの八九式艦攻が旧式になったので、新しい九六式艦攻に入れ替えつつあったが、生産が間に合わなかった。どちらも複葉機ながら、八九式の方はエンジンが古く、九六式にくらべ、速力が五十六キロあまりも遅い。

妙な話だが、「加賀」ではこのとき、敵戦闘機が攻撃してくるなど、問題にしてはいなかった。撃たれたら飛行機が燃えるなど、全然頭になかった。撃たれたら、タマは貫通するものと思っていた。

「なァに、たいしたことはあるまい」とタカをくっていた。戦闘機が飛べなかったので、艦爆十六機、九六艦攻十三機、八九艦攻十六機を、悪天候の中、護衛なしで発進させた。飛行機乗りを含めて、誰も飛行機の戦いを知らなかったのだ。

田中中尉は、八九艦攻三機編隊を指揮した。発艦して、高度をとって見ると、雲が低く、とても大編隊の飛行などできそうにない。雲底は三百メートル以下らしい。といって雲の上を飛べば、攻撃目標の筧橋飛行場など、発見できそうになかった。

それよりも、味方の編隊機を見失いそうだった。密雲の中を出たり入ったりしながら、計器飛行で進撃をつづけた。そのうち、突然、上の方から機銃の音がして、赤いクレヨンのような焼夷弾が飛んできた。こちらも応戦する。敵飛行場が近いらしい。目をこらすと、雲の間に舗装した滑走路と黒い格納庫が見えた。

しめた——と緩降下し、持ってきた六十キロ爆弾を格納庫めがけて投下、旋回して海の方に機首を向けたが、またぞろ、どこからか機銃弾が来る。こんどはいっそう激しい。内地を出るとき、髪の毛と爪を実家に送り、これで思い残すことはないとハラを据えたつもりだったが、雲の向こうから一方的に射たれるのは、正直いって気色が悪い。と、後席の偵察員が、

「グラマン一機、煙を吐いて墜落しました」と弾《はじ》けるように叫んだので、急に元気が出た。

しかし、敵弾はまだ来る。少しも勢いが衰えない。

「二番機火災。搭乗員は落下傘で脱出しました」

偵察員がいう。高度三百メートル。当時の降下限度で、落下傘がやっと開くという微妙な高度だ。助かってくれればよいが。

敵は二機だ。こちらは何十秒かごとに、雲に入り、出る。それをくりかえす。雲の中を計器飛行しているときはいいが、雲から出ると、たちまちグラマン二機がいまは二機になった田中隊を、入れ替わり立ち替わり攻撃してくる。相当な腕前のパイロットらしく、弾着は正確だ。三番機も、どこかやられたと見え、空に白い尾を曳きながら、だんだん遅れていく。

「いかんぞ」と思う間もなく、測ったように田中中尉の頭を挟んで右と左を機銃弾がかすめ、翼内タンクに命中。タンクが破れ、ガソリンが霧のように、操縦する田中の右肩に噴きつけてきた。もしこのガスに焼夷弾が飛びこんだら、たちまち火だるまになる。二番機と同じ運

命だ。いや、遅れている三番機も危ない。田中小隊全滅――。

飛行機は、ようやく陸地を離れようとしていた。海上に出れば、敵機も追ってこないだろうと考えていたが、グラマンは、まだ食い下がって。攻撃をやめない。ヤケクソになって、「敵ながら天晴れだ」といってみた、そうしたら、それを合図のようにして、敵機が引き返していった。おかしなこともあるものだ。

ふうッと溜め息をついた。やれやれ――である。すると、右肩がもの凄く痛い。「やられたな」と思い、触れてみたが、傷はない。火ぶくれが痛い、鉛を入れてオクタン価を高めたガソリンを使っていたので、それが長い時間、噴きつけたせいだった。

あらためて見回すと、機体は一面ささくれ立って、布張りの複葉機はボロボロ、グズグズになっていた。どれほど機銃弾を食ったかが一目でわかった。電信員は足に負傷していたが、「任務に支障ありません」という。ようやくの思いで「加賀」にたどりつき、曲芸飛行のようにして飛行甲板に滑りこんだ。

飛行機を調べた整備の兵曹長が、「分隊士。九死に一生を得ましたね」といった。その言葉が、いまでもハッキリ頭に残っている。

ともかく目標の飛行場を爆撃して、損害を与え、敵戦闘機九機を撃墜する戦果は挙げた。しかし、艦爆一機、八九艦攻二機途中不時着、艦爆一機、八九艦攻六機未帰還、八九艦攻は半分になった。恥ずかしくて、とても発表できる戦果ではない。内緒にした。

「三日で終わらせる」といって、航空の全力を投入したが、十六年の八月末に総引き揚げをするまで、四年間も足をとられ、飛行機五百五十四機を失い、搭乗員六百八十人、搭乗整備員百四十八人を戦死させてしまった。まずいことをしたものである。

＊

上海特別陸戦隊員や、その応援に駆けつけた艦隊急派の陸戦隊員たちが、圧倒的な中国正規軍、共産軍に包囲されながら死闘した初期の上海周辺の格闘戦をのぞくと、あとは、だいたいが戦勢として、比較的簡単な包囲ながら死闘した初期の上海周辺の格闘戦をのぞくと、あとは、だいたいが戦勢として、比較的簡単な航空戦、海上戦で、戦闘部隊にとっては、いわば試運転のようなものであった。その意味で、日本海軍はとくに飛行機をどう使って戦えば、もっとも効果的であるか、中国大陸を舞台に、十分な兵器の実戦テストと、腕だめしと、戦訓を得た。これこそ英米のなし得なかった日本だけの経験で、これが、その約一年後に起こった太平洋戦争の緒戦期に、世界の目を瞠《みは》らせる大戦果となって実を結ぶのである。

そのトップを切ったのが、**横山保**と**小福田租**大尉、つづいて**相生高秀**、**新郷英城**大尉、いずれも戦闘機隊指揮官であった。

昭和十二年、上海事変が起こると、横山大尉はまず九六式艦上戦闘機（九六艦戦と略称した）を率いて上海の公大《くんだ》基地に進出、南京航空撃滅戦に参加、小福田大尉は空母「龍驤」戦闘機隊指揮官として、南支沿岸からの攻撃に参加した。

南京航空撃滅戦は、十一回にわたった。九六艦戦が主となって、中国空軍を完全に制圧し、制空権を奪った。

制空権を奪ったあとの航空戦は、海軍航空部隊による奥地爆撃と陸軍部隊の陸上戦闘への協力だった。まるで、陸軍航空部隊の仕事をやらされているようであった。のち、ニューギニアやソロモンで、陸軍が海軍航空部隊の協力がたらぬといって強い不満をいい立てるが、こんな経緯があったからであろう。

大きな障害
〈揚子江遡江作戦〉

さて話を戻す——。

昭和十三年六月ころの中支航空作戦は、一つの転機に来ていた。

漢口攻略を目的として、南京、漢口、岳州間の揚子江と沿岸地域を制圧、安全な交通を確保するために、南京上流にある安慶攻略が、六月三日、大海令（大本営海軍部命令）で発令された。

遡江《そこう》作戦がはじまった。そして六月十一日、陸軍部隊と協同して安慶市（陸軍部隊）と安慶飛行場（海軍陸戦隊）を占領した。

ちょうど若い、イキのいい大尉に進級していたクラスメートたちは、この遡江作戦でも、大活躍する。

遡江部隊には、前後二十人近くの同期生が艦艇に乗って働いた。みんなを書くわけにいかないので、南京を目指した作戦と漢口を目指した作戦に分け、それぞれ一人ずつの代表に登場してもらうことにする。

遡江作戦で大きな障害になったのは、揚子江岸の砲台、敷設された機雷、たくさんの船を沈めて水路を通れぬようにした閉塞線だった。砲台と船は見えるからまだいいが、揚子江の水が濃い黄褐色に濁っているので、機雷が発見できない。これには困った。

二隻の掃海艇ないし掃海船で、適当な深さをたもつよう調整しながら、切断ワイヤーないし電纜を引っぱる。いわゆる繋維機雷ならば、切断ワイヤーで繋維ワイヤーを切り、浮いてきた（機雷には浮力を持たせてある）ところを、小銃か何かで射って爆発させ、ないし沈没させる。あるいはワイヤーを機雷のワイヤーにひっかけ、ずるずると浅い河岸に引きずっていって、機雷が水面から頭を出したところを沈めてしまう。

一方、管制機雷というのがあり、これは、五、六個から十個くらいの機雷（もちろん水面下に置いてある）を電線でつなぎ、河岸の気づかれないところ、ないしどこにでもいそうなジャンクの中に引きこんでスイッチを置き、機雷を敷設した区域（機雷原《げん》といった）に軍艦や商船が入ってきたのを見て、スイッチを押す――その敵の機雷を連結した電線を探し出して、ショートさせ、爆発させる。あるいは、スイッチを置いた管制所を破壊する。

「どうも。あの小屋がクサい。管制所らしい」と、遡江部隊から出した陸戦隊が、その小屋に突入したら、誰もいない。

「逃げたらしい」

見回すうち、ヘンなものがあるから、「これ何だ」とさわってみた。ところが、河の方ですごい音が立てつづけにしたので、ヒョイと見たら、十いくつの大水柱が立ち上がっていた。

「気をつけろ。スイッチ押すときは知らせるんだ。生命が縮まったぞ」

帰還したら、さっそく艦長に怒鳴られた。

「知らせろといっても、何だろうとさわっただけなんで。そうしたら、ドカドカと……」

〝那須与一〟

〈遡江作戦支援＊「海風」砲術長・安武高次大尉〉

昭和十二年十二月上旬のこと。

いよいよ日本軍も南京間近に迫り、国民政府の首都の陥落も遠くないと見られたころ、ハタと進撃スピードが落ちた。陸軍部隊は、南京守備部隊の頑強な抵抗に会い、海軍部隊は、南京を目の前にした烏竜山《うりゆう》のすぐ下流のあたりに、強力な機雷原があって進めない。げんに、機雷に触れて爆沈する掃海船艇が続出、中国側の陸上砲台も猛射を加えてきて、砲艦や掃海艇も命中弾を受け、沈みこそしなかったが、損傷していた。うっかり出ていくと、えらい目に会う場面だった。

このとき、南京入城のスケジュールを睨んで、業を煮やしたのか、支那方面艦隊司令長官長谷川中将が、駆逐隊へ機雷原を撃破せよと命じた。

連合艦隊から遡江作戦支援のために、第一水雷戦隊第二十四駆逐隊（「江風」「山風」「涼風」「海風」）が派遣されていたが、ちょうど現場に居合わせた「海風」に砲撃命令が下った。

「海風」砲術長は安武高次大尉。

見ると、高さ百メートルの烏竜山が断崖を作り、河幅が約二キロに狭まったそのほぼ中央に、一隻のジャンクが浮かんでいる。いかにも、いわくあり気で、一帯が機雷原だとすれば、おそらく管制艇に違いない。

「あれを撃沈せよ」という命令だ。

「このへんでいいだろう」

艦長からの伝言である。距離約二千メートル。味方の遡江部隊艦艇が、下流側を遠巻きにして見ているのはいいとしても、艦橋の上の射撃指揮所から双眼鏡で見ると、なんと揚子江の両岸に集まった中国兵たちまでがいくさするのをやめて、しきりにこちらを指しているではないか。

「こりゃあ、えらいこった。源平時代の那須与一だ」

ようし、こうなれば、日本海軍の腕前を見せてやる。驚くな、と呟いたものの、一発で命中させなければならないから、緊張した。那須与一は、「南無八幡」と祈ったそうだが、安武大尉も、やはり祈らざるをえなかった。自分がソワソワしたら、射手が落ち着かない。胸の中はとにかく、恰好だけは、ふとく構えた。十二・七センチ砲で射距離二千だ。命中しないことがあるものか、と自信満々の顔を作った。

艦長の号令を受けて、「打チ方始メ」を令した。グワーンと砲弾が飛び出した。ジャンクが消えた。コッパミジンになったのだ。司令駆逐艦から、すぐ手旗信号。

「ウミカゼノシャゲキハナスノヨイチカナ」

駆逐隊司令の句である。嬉しかった。長官からも、

「『海風』の射撃ハ見事ナリ」との感状を電報でいただいた。そして、中国兵たちがエビラを叩いて褒めてくれた――いや、それまで静かだった敵の野砲が、急に撃ちはじめた。そのはずである。機雷を爆発させる手段がなくなった以上、たちまち機雷原を突破される。そうすると、南京はもう、陥ちたも同然なのだから。

南京入城式は、十二月十七日。中山門から入城する陸軍部隊と呼応し、長谷川支那方面艦隊長官、大川内上海特別陸戦隊司令官、近藤第十一戦隊（遡江部隊）司令官が挹江門から入城、中山路に列ぶ上海特陸二コ大隊と艦艇陸戦隊の閲兵をし、式場に向かい、南京攻略作戦は終わった。

勇気と献身

〈機雷生け捕り＊「鳥羽」先任将校・越口敏男大尉〉


それから六ヵ月。こんどは第二の首都・漢口攻略を目指し、まず九江を攻略するための遡江作戦がはじまった。遡江部隊（揚子江部隊）は、この作戦開始のとき、南京攻略のときと同じ十一戦隊が主隊だったが、二十四駆逐隊が除かれ、水雷隊（水雷艇隊）が加わり、特別陸戦隊が入っていた。

南京のときと違って、中国側の備えが一段と堅くなった。沈船や防材を揚子江上に並べて

障碍物をあちこちに作り、何よりも機雷戦がすさまじかった。

安慶まで南京から三百キロ。上海から南京まで三百九十キロだから、それより近い。この間は、わりにスムースに進んだが、問題はそのあと九江までの百五十キロだった。いや、同じような状況が、そこから漢口まで二百五十キロつづくが、まずその九江までの状況。

この安慶から上流、漢口までは、めったやたらに機雷が多い。神川丸の水偵が偵察して、「河一面にゴマ塩をまいたように機雷がある」と報告したくらいだ。見えない深さのものを加えると、どれだけあるかわからない。

安慶から遡江をはじめ、そこから二ヵ所の機雷原を突破して六月二十三日、第一の防材にぶつかった。防材から十数キロ上流の馬当鎮付近が、大きな二つの島で揚子江の水路が三つに分かれ、急流岩を嚙む下揚子江随一の難所。この狭い水路に、大型商船九隻を沈めて通れなくし、そこで遡江部隊を阻止しようとしていた。その第一線陣地ともいえるのが、この防材を置いた閉塞線であった。

ちょうど、その二十三日のことだった。錨地を変えようとして、錨を揚げていた陸軍輸送船能代丸（七千八百トン）の錨鎖に、機雷が一個、引っかかってきた。錨鎖に宙吊りになって、ぶら下がっている。流れは三ノットから四ノット。相当早い。船体は錨を中心に三十度くらい、右に左に振れ回っている。

大騒ぎになった。

生きている機雷である。機雷は、何かにぶつかると、衝撃で中のガラス瓶が破れ、流れ出した液で電路がつながり、二百キロもの炸薬《さくやく》（爆発させるための火薬）が爆発する構造になっている。宙吊りになって、危なげな格好で、ブラブラ揺れている機雷は、船体にぶつかっても、錨鎖自体にぶつかっても爆発する。何かの拍子で引っかかりが外れ、水面に落ちても爆発する。静かに錨鎖を巻き戻して、爆発させないよう注意して機雷を水面に降ろし、うまく錨鎖と機雷のワイヤーとのからみあいが解けたとしても、重りが切れた機雷は、河の流れに押し流されて船体にぶつかり、そこで爆発する。

悪いことに、能代丸の前部には陸軍の弾薬を積んであった。ぶつかったら、一も二もなく轟沈だ（揚子江の流れがあるから、錨と錨鎖と船体は下流の方に向かって一直線になっている）。どうしたらいいかと、途方に暮れるわけである。

幸か不幸か、その近くに居合わせた海軍の艦艇で軍艦旗を掲げているのは、砲艦「鳥羽」だけであった。

「軍艦旗の名誉にかけて、こりゃあ、われわれが処理しなければならん」

「鳥羽」先任将校越口敏男大尉が、登場する。颯爽と、といいたいが、尻込みしたくなるほど、危険な仕事だ。

「危険は承知だ。どんなに危険でも、やらねばならん」

身体中に、力が湧き上がるのを感じた。かれもまた、勇敢な頑張り屋だった。といって、一人ではできない。専門家が必要だ。

「小山兵曹呼んでこい」

水雷学校高等科練習生を経た機雷専門家の小山二等兵曹が来た。手短に状況と任務と予測される危険度を話すと、キッパリ答えた。

「やります」

それ行け、である。内火艇を駆って能代丸に近づき、二人してザンブと濁流にとびこんだ。流れの早い中で、三時間の悪戦苦闘だった。

さすがに専門家だ。沈着、慎重に、もつれたワイヤーをほどき、静かに水面に下げ、能代丸の船体から引き離し、安全を確かめて、そろそろと江岸の沼地に引き入れた。そのうち、夕方になったので、作業を打ち切る。

翌日、ゆっくり処分しようと、こんどは警戒兵も加えて沼地に行った。そばまで行ってよく見ると、海軍兵学校で教わった機雷と同じ形をしていた。巨大なボールのような罐体に、角《つの》のような触角が四個突き出している、触角が折れたら爆発する方式のやつだ。

「小山兵曹。こいつ生け捕りにできんか」

妙案と思ったら、すぐに実行したくなるタチである。スパナーを手に、触角のところをソロソロと回してみた。触角の中に、雷電瓶と称するガラス瓶が入っていて、瓶が割れると電路がつながって爆発する。それをスパナーで回すのだから、手もとが狂えばドカンといく。

「おい。回りそうだ」

「やってみましょう。スパナー貸してください」

「気をつけろよ。中に雷電瓶が入っているぞ」

細心の注意をしながら回すと、回った。一個はずれた。つづいて一個。とうとう四個ともはずれた。六月下旬で、暑くなりはじめの季節ではあったが、汗ビッショリになった。冷汗といっしょだから、倍の量だ。

「ついでに、炸薬《さくやく》（爆発させる火薬）を抜いてしまおう。どうだ。水雷学校に、参考資料として送ってやったら、喜ぶだろう」

「それは、ありがたいです」

小山兵曹の出身母校に送るというので、作業にも熱が入る。こうして、中国軍の使っている機雷の分解を無事終わり、梱包をして、水雷学校に送った。

兵学校で教わった知識が、この程度は頭に残っていた、ということか。

このときの小山兵曹の勇気と献身と活躍にすっかり感じ入った越口先任将校は、作業を終わって艦に引き揚げてくると、さっそく総員を集め、賞辞を送った。現認証書も書いた。論功行賞で金鵄勲章が授けられたはずである。そのあと、砲艦「安宅」に乗っていた十一戦隊司令官から褒賞電報が来た。

そして、「安宅」艦長大石大佐は、日記にこう書いた。

『六月二十三日（木）　曇

陸軍輸送船（能代丸　七八〇〇トン）ノ錨鎖ニ機雷一個引カカリ大騒ギヲ演ジタガ、鳥羽先任将校越口大尉ノ処置ヨロシキヲ得テ事故ヲ起コサズスミ、司令官モ大喜ビダッタ。危ナシ、危ナシ』

奇蹟の生還

〈南昌基地攻撃＊九六艦戦隊分隊長・相生高秀大尉〉

さて、このような状況を前にして、中国軍は全力を挙げて日本軍の妨害に出てくるが、それは、まず遡江部隊にたいする空襲となって現われた。

中国空軍は、そのころ、ほとんど日本陸海軍航空部隊のために潰されていた。いわゆる外人部隊が主力として残っているだけであった。

推定では、ソ連機で編成されている部隊があり、スペイン戦争のベテランが指導しているといわれ、これが最強部隊であった。そのほか、アメリカの大佐らが指導する外人部隊があるが、これは、隊員の戦死などで、現在二十人程度らしかった。そのほか、欧米で訓練を受けた軍人による政府軍部隊があった。

それまで英米からも飛行機を輸入していたが、南支方面の交通が日本軍のため遮断されて、代わりにソ連機の輸入がふえた。そして、十三年二月には台北飛行場や新竹付近の日本鉱業所を爆撃、五月二十日には爆撃機二機が北九州に侵入。また五月三十日夜、鹿児島県西部に国籍不明の飛行機が現われるなど、積極行動をとりはじめた。ゲリラ的、尻切れトンボ的行動しかしなかった中国空軍にしては、異常だった。そして遡江部隊にたいしても、連日、執拗な攻撃をつづけた。

・海軍航空部隊は、これに対抗、内地から兵力を増援して航空撃滅戦に乗り出した。大きな作戦だけでも、八月二十二日から開始された本格的な漢口攻略作戦までの間に五回。六月二十六日（南昌攻撃）、七月四日（南昌攻撃）、七月十八日（南昌飛行場攻撃）、八月三日（漢口攻撃）、八月十八日（衡陽飛行場攻撃）とくり返した。

十二航空隊分隊長**相生高秀**大尉が九六艦戦を駆り、南京飛行場を飛び立ったのは、その六月二十六日だった。九六陸攻（中攻）二十七機が南昌基地航空兵力爆撃に向かうのを、九六艦戦三十六機で制空と陸攻隊掩護に当たろうとする。南京、南昌間の距離約四百五十キロ、二時間の航程だった。進撃高度三千メートル、爆撃高度は六千メートルの予定である。

ところが、往くにつれて雲が多くなった。南京では晴れていたのに、南昌に近くなると、三千メートル以下は雲また雲。雲に遮られて、往けども往けども、下界は何も見えない。典型的な梅雨空だった。

時計を見ると、もう南昌の上空に来ていなければならないのに、何も見えなかった。雲は、行く手に向かってどこまでも連なり、どこか雲の切れ目はないかと見回すが、一面の、ただ漠々とした雲海であった。

「これじゃあ大部隊の攻撃行動はできない。今日はムダ足だ」

そう相生大尉が独り言をつぶやいたころ、中攻隊が大きく舵をとって、来た道を戻りはじめた。

「御帰還だナ」

ニヤリとして、かれ自身も大きく舵をとり、中攻隊にならって反転をはじめたとき、ふと、中攻の一コ小隊（三機）が、本隊から離れ、違った行動をとりはじめたのに気づいた。

「なんだろう」

何を見つけたのかと、分離した中攻隊の前をずうッと目で追った。すると、雲海の一部分にポッカリと穴があいていて、小さな部隊ならば通り抜けられそうに見えた。

「よし。行く」

戦闘機乗りの決断は早い。次の瞬間には、一気に増速し、戦闘機隊指揮官と、後の中隊にバンク（翼を左右に振る）して知らせ、中攻三機を追って雲の穴にとびこみ、螺旋降下して雲の下に出た。

途中、すぐ後に、小隊の二機（列機）がついているのを感じていた。その後に、さらにかれの部下六機がいた。高度は千五百メートルくらいだった。雲の底は千五百メートルから二千メートルくらいの高さで、ところどころに雨が煙っている。あとの六機は見えない。

「見失って引き返したのだろう」と気にもとめなかった。今日の攻撃が、中攻三機と艦戦三機で突入することになっただけのことである。

と、中攻隊がピタリと針路を決めた。針路をたどると、あッと声を挙げるくらい、南昌基地が行く手に大きく見えたではないか。

ソ連製のI《イ》15、I《イ》16がつぎつぎに滑走路から離陸していた。離陸して、上昇中の飛行機もいた。それが点々と雲間に見える。

中攻隊は、まっすぐ飛行場に向かっていった。高射機関銃、高角砲が、中攻隊の前後左右に炸裂するが、少しも動じない。爆弾を投下した。いくつかの格納庫に命中した。だが、敵機がこれだけ離陸すれば、あと格納庫の中には何もいなかったのではないか。

中攻隊の爆撃を確認して、ふと見ると、二番機と三番機が前の方に出て、さかんにバンクをくりかえしている。「敵見ユ」の合図だ。かれも発見した。後上方、かなりの距離。それが、こちらを発見したらしく、高速で追撃してくる。二十機以上だ。

列機は、後ろの敵機を見い見い、逸《はや》っていた。指揮官の「攻撃開始」の命令を待ちかねている。後上方を押さえられると苦しい。早く高度をとりたいのだ。

相生大尉は、前を見ていた。中攻隊の進んでいる方向に、有名な「盧山《ろざん》」があった。盧山の上は密雲に覆われていた。敵戦闘機が追いついて攻撃をはじめる前に、中攻隊がこの密雲にとびこむことができれば、中攻隊は安全だ。その見越しが立てば、艦戦隊は中攻隊を離れて空戦できる。しかし、その見越しが立つまでは、中攻隊の護衛が先だ。ここを離れるわけにいかない。

かれは、中攻隊から密雲までの距離と、後上方に迫る敵戦闘機集団と中攻隊との距離を、ウム、と下腹に力を入れながら、慎重に測った。測りながら、護衛の位置を動かなかった。態勢は急速に変化する。その変化を読むうち、中攻隊が密雲に突入する方が、敵機が食いつくより早いと判断できる瞬間が来た。

「よし。攻撃開始」バンクを振った。振りながら反転、二機を率いて、敵集団に突っこんでいった。敵機が、ひとかたまりになって追ってきたのが付け目だった。かたまっていると、そばにいる見方の飛行機が邪魔になって、自由な行動ができない。反対に、こちらは三機だから、自由に、思う存分、飛びまわることができる。

はじめは、楽だった。目標を選ぶのに苦労はない。つかまえて一撃を浴びせる。しかし、長くつかまえていることはできなかった。たちまち、敵機が何機も後方に回りこんできた。一撃を浴びせると、すぐに急反転して、回りこんだ敵機の射線を引っ外し、すぐに次の敵に向かう。急反転して背面飛行になった瞬間、敵の射撃音を聞きながら、すばやく左右の翼の燃料タンクに異状がないかを確かめ、機体を引き起こすときに次の敵機を見定める。

そうするうちに、高度がいつのまにか、下がってきた。敵機集団の下、低いところに位置するようになって、苦戦に陥った。茶碗のフタのところに敵機集団がいて、その底にこちらがいる。飛行機が敵の重囲に陥ったときのパターンである。

相生高秀大尉──敵の重囲の中から捨て身で脱出し，幸運に恵まれて生還するをえた。

重囲に陥ってからの戦いは、もう息つくひまもない。すべてが間髪を入れぬ、食うか食われるかの戦いになった。一瞬の判断と操作が正しいか正しくないかに、すべてがかかった。

一撃を浴びせると、命中したかどうかなど、確かめる余裕がない。撃ったらすぐ反転、後ろからの敵の射線をかわして新たな敵を選んで攻撃、一撃後すぐ反転、敵の射撃をかわして新たな敵に一撃、このくり返しだ。無我夢中である。そして、この重囲を破れそうにないと悟ると、「オレの一生も二十六歳で終わりか」と観念した。もはやこれまで。討ち死にのほかないと覚悟した。いろんな思い出が、ふしぎなほど鮮やかに、目の前をかすめた。死ぬ決心ができると、なにやら急に冷静になり、落ち着いてきた。

「そうだ。一機でも多く道連れにして死のう」

闘志が湧いた。猛烈に湧き立った。

　高度は一千メートルくらいだった。I15一機が同じ高度にいるのを見つけた。正面に向きあった。正面攻撃だ。刺し違え戦法である。これは、敵地上空では「禁手」だ。エンジンが前で楯になって、パイロットは無事かもしれぬが、エンジンをやられるから不時着——敵地に不時着してしまう。

　このときは、しかし、刺し違えるつもりだった。刺し違えることしか考えていなかった。だから真正面から撃った。

「衝突してもかまわん。最後まで絶対に回避せんぞ」

　そう決心していた。

　敵のパイロットのゆがんだ顔が大きく目に入ったとき、間一髪、双方の飛行機の翼端がすれちがった。瞬間、別の敵機が後ろに迫っている影を感じた。そのまま垂直降下に移った。目の端で、I15一機が黒煙を吐きながら、クリークに突っこんでいくのをとらえた。

　ひどい低空で、引き起こした。飛行機を見上げていた農夫が、クワを投げ捨てて逃げ出した。

とたんに、エンジンがあえぎはじめた。回転が、急に落ちた。急いで機内をチェックすると、ACレバーがいっぱい前に出ていた。ガソリンと空気の混合比を調整するレバーだ。前に出すと、混合気は薄くなる。空戦のとき、誤って前に出してしまったらしい。すぐ、手もといっぱいに絞った。そして急いでスロットルを調整した。そのうちに、エンジンが調子を取り戻した。ほんとうに間一髪のところだった。

後ろを振り返ると、十機ばかりの敵機が追い迫っていた。

「来るなら来てみろ」

反転して反撃態勢をとると、なぜか敵は近寄って来ず、遠巻きにした様子で、後ろの方の二、三機が引き返しはじめるではないか。

湖の上に出た。また反撃態勢をとると、後ろの数機が引き返した。何回かそうしているうちに、とうとう敵機は一機もいなくなった。

狐につままれたような気持ちながら、ともかく燃料の残量が気になり、高度をとることにした。高度をとりながら、ふと後ろを見たとき、はじめて敵機が奇妙な行動をとった理由がわかった。

――飛行機が上昇姿勢、つまり機首を上げて飛ぶと、白く、霧のようにガソリンが噴き出していた。下げ舵をとって機首を下げても、同じように噴き出した。そして、水平に戻すと、噴出がピタリと止まるのである。

「これは、どうせ墜落する。放っておいても墜ちるのだから、下手に近づいて巻き添えを食うだけバカバカしい」

そう計算して引き返してくれたから、助かった。

目を皿のようにして翼を見たが、敵弾がどこを貫いたかはわからなかった。おそらく、刺し違えるつもりで攻撃したとき、敵弾が翼の前端から水平に貫通して、翼の後端から飛び出した――SFの話のようなケースだが、理論上は起こり得ないことはないという、めったにない幸運に恵まれたわけだ。

いつエンジンが停まっても味方の占領圏内に降りられるように、慎重に高度とコースを選び、鄱陽湖を横切って安慶基地に向かった。基地が見えると、決められた誘導コースを回らず、まっすぐに着陸した。整備員が調べたら、燃料残はほとんどゼロだったという。

飛行機を並べる列線に着いたとき、指揮所から十五航空隊飛行隊長の南郷茂章少佐が、息を弾ませながら駆けてきた。

翼にとび乗ると、座席の後ろから相生大尉を抱えるようにして、

「帰ってきたか。無事でよかった。ほんとうによかった。もう駄目かと思っていた」

大粒の涙をポロポロこぼしながら喜んでくれた。

「列機は帰りましたか」

「さきほど帰ってきた。君の安否を聞いてもわからないんで、心配してたんだ。無事でよかった」

そのときの南郷少佐の――戦闘機乗りの至宝といわれたかれの、喜びを顔いっぱいにした赤ン坊のように弾んだ顔は、生涯忘れられないと相生はいう。

相生大尉の生還をそうまで喜んでくれた南郷少佐は、七月に入って間もなく、鄱陽湖上空の空戦で、撃墜した敵機に近寄りすぎて衝突、ふたたび還らなかった。

零戦登場

〈漢口基地＊零戦隊長・横山保大尉〉

中支戦線から艦隊に戻った横山大尉は、さらに横須賀航空隊（横空と略称）付となって、そのとき横空で実験テスト中だった十二試艦上戦闘機（艦戦と略称、のちの零戦）を担当させられた。担当といっても、この実験機で一コ分隊（常用機九機、補用機三機）を編成、できるだけ早く、中支戦線の漢口基地に進出せよ、という命令だった。

これは、容易ならぬ難題であった。だからこそ戦闘機乗りの第一人者を充《あ》てたわけだが、まだ試作機の段階だから、基本操縦説明書もない。まず、マニュアルの作成である。これまでのテスト記録をもとにして、横山自身でそれを作らねばならなかった。また、空中戦闘や射撃をどう実施したら零戦の特長を十分発揮し、敵に勝つことができるか、それもきめなければならなかった。

横山大尉一世一代の奮闘がはじまった。使えば使うほどすばらしさを増すこの新鋭戦闘機を超特級品に仕立て上げ、搭乗員を教育し、部隊を編成して第一線基地に進出する大役が、彼の肩にかかっていた。

まず、自分自身がこの飛行機に習熟しなければならぬ。同時に一コ分隊分のパイロットと整備員を揃え、その隊員にも十分飛行機に慣れさせ、技量を急速に向上させなければならぬ。横空も、力こぶを入れてくれた。優秀なパイロットが揃った。このパイロットたちの素質は、その後一年間、中国戦線で数多くの激戦を経ながら、最後まで一機の未還機も出さなかったほどの超特級だった。

実際の慣熟飛行は、予想したほど順当には進まなかった。性能がとびぬけて優秀な戦闘機ではあっても、なにしろ、まだ試作機であった。不具合個所が、いくつも発見された。併行して、横空でも実験飛行がつづけられ、横山の指摘と合わせ、急いで対策が立てられた。

折悪しく、中支戦線が危うくなっていた。

漢口基地は確保していたが、奥地爆撃に行く中攻隊を護衛する戦闘機がない。そのため、奥地で敵戦闘機の待ち伏せを受けて、甚大な被害を出しつづけている。

九六艦戦は、もともと航続距離が短い（戦闘機は小型で高速力だから航続距離は短いのが常識であった）から、当然ながら奥地までは行けない。十二試艦戦ならば、速力は世界最高水準でありながら、航続力は、増槽をつけて全速で一時間半プラス、巡航速力で六時間以上という途方もない性能をもつ上、未曾有の二十ミリ機銃二梃をもっている。試作機のままでよいから一日も早く、二機でも三機でもいいから、漢口に出てこい、という火のついたような催促である。

横山大尉は、板挟みになった。困って、まだ重要な点でトラブルが解決されていないことを力説した。それが容れられて、機体と発動機担当の技術大尉それぞれ一人ずつが同行、真夏の十五年七月中旬に漢口に進出した。横山隊長以下六機である。

漢口基地では、さっそく次の日から実験飛行をはじめた。猛暑のなか、大急ぎで、不具合個所の対策がとられていった。

折から海軍航空の全力を投入した「百一号作戦」が進行中で、基地には、山口多聞（一連空司令官）、大西瀧治郎（二連空司令官）の両少将が頑張っていた。二人とも押しも押されもせぬ海軍航空のベストメンバー、猛将で聞こえた人たちである。一日一日と休みなく、実験と対策がつづくのをジリジリして見ている様子が、痛いほどわかった。

しかし、横山は、この優秀な新鋭戦闘機は、それがこれからの海軍を背負う切り札的存在であればあるだけ、スタートでつまずかせてはならない。重要なトラブルは、どうあっても事前に解決しておかねばならぬ、と決意していた。

横山保大尉——新鋭機零戦が誕生した重要な時期に判断を誤らなかった功績は大きい。

この横山の判断は、太平洋戦争を含めての結果からみると、正しかった。しかし、そのときの実情からすれば、これくらい辛いことはなかった。

実験飛行が十日ばかりつづくと、山口、大西両司令官が、待ちかねたように横山を呼んで、なるべく速やかに十二試艦戦で敵の本拠地に斬りこみ、敵戦闘機群を撃滅せよ、と命じた。

戦闘機の護衛がなく、裸で奥地爆撃に向かっている中攻隊からすれば、奥地に待ち構え、襲ってきて味方に損害を与える敵戦闘機群を、一刻も早く撃滅してもらいたいと熱望するのは当然だった。しかし、横山には、新鋭機がまだ納得いかなかった。もうすこし待っていただきたいと、事情を説明して、猶予を乞うた。

それからしばらくして、また呼ばれた。こんどは、司令官たちは怒気を含んでいた。

「貴様は、いのちが惜しいのかッ」と激しい挑発的な言葉をぶつけてきた。軍人にいう言葉としては、侮辱ともとれるひどいものだが、横山は耐えた。顔色を蒼白にしながら、かれは滑走路に引き返し、酷暑の中でのトラブル解決努力の先頭に立った。

漢口の暑さは、殺人的であた。その暑さの中で、急ピッチで対策がとられた。そして二週間後には、さしものトラブルも征服された。もう大丈夫だ。――と、それを待っていたかのように、十二試艦戦が兵器に採用され、零式艦上戦闘機（零戦）と名づけられた。ほとんど同時にまた、進藤大尉を指揮官とした零戦六機が、漢口基地に舞い降りた。計十二機。

「いまから考えてみると、この私の抵抗が、零戦の立派な誕生をもたらしたものといささか自負している」と横山は回想する。

新鋭機誕生のもっとも重要な時機に、判断を誤らなかったかれの功績は、かけがえのないほど大きい。零戦のあの輝かしいデビューと武者振りを想えば、もっと大きな声で吹聴しても、大きすぎることはないものだった。

八月十九日にスタートした零戦隊の奥地進撃は、敵に逃げられて、戦果を収めることができなかった。敵は、漢口と重慶の間に哨所を置き、零戦隊が頭上を通ると重慶に急報、敵機はやおら空中退避し、零戦が引き揚げると戻ってきて、意気揚々と上空をデモる。それがわかったから、中攻隊の爆撃が終わると、いっしょに引き揚げるとみせて、いったん視界外に去り、航続力の長さにモノをいわせてとって返し、ふたたび重慶に突入して裏をかこうと考えた。

九月十三日、進藤大尉は、この戦法をとった。そして、悠々と重慶上空をデモしている敵戦闘機三十数機をまんまとつかまえた。

零戦隊最初の大空中戦となった。なにしろ味方はベテラン揃いの上に、圧倒的性能の零戦十二機だ。バッタバッタと撃ち墜したのが、確実なものだけで二十七機。さすがネバリ強い中国空軍も、それからまったく姿を現わさなくなった。

中攻の奥地爆撃が、大手を振ってつづいた。そのうち、横山大尉に特命が下った。

「これまで重慶の爆撃成果は、何回となく撮ってきたが、みんな高々度からのヤツで、いまひとつピンとこない。今日はキミ、単機でいって、低空から実際に確かめてきてくれたまえ」

容易ならぬ任務であった。重慶のあたりにはもう敵機はいないだろうが、防禦砲火がすごい。低空飛行は危ないぞ、と思った。

ともかく、離陸して針路を重慶にとると、二時間というもの、文字どおり「天涯孤独」

――口でいうほどやさしいものではない。そして、重慶の手前で高度を下げ、一気に市内に突入。高度五百メートルで旋回しながら、下を見ておどろいた。市内は完全に破壊されていた。と同時に、対岸の外国租界には一発の爆弾も落ちた形跡がなかった。そのころの中攻隊の技量と士気は、これほどまでに高かった。

いや、零戦隊も、それに劣らなかった。

十月四日、成都攻撃に出た横山隊零戦八機は、太平寺飛行場に突入。うち三機は敵中強行着陸して引込線内の敵機を焼き打ちしようとしたが、上空から見えなかったトーチカから猛射され、危うく飛行機に駆け戻って離陸する離れ業をやってのけた。このとき、全機無事帰ったこと、いうまでもない。

*

その後も、成都攻撃は続いた。一方、南方の海南島（海口基地）をベースに活動していた小福田大尉の隊にも、零戦十二機が配属された。十五年九月だった。

この部隊の任務は、雲南省昆明基地攻撃。海口からハノイに基地を移したが、そこからでも片道六百三十キロ、飛行時間二時間の長丁場だ。海の上とちがって、山岳地帯だから、海軍機である零戦には、もっとも都合が悪かった。つい陸上目標に頼りすぎて、どの山だったかわからなくなり、道を間違えてしまうのである。

しかし、十月七日の第一回攻撃は、零戦七機で撃墜十四機、地上撃破四機、味方損害ゼロという大きな戦果を挙げた。パイロットがベテラン揃いだったし、何よりも零戦の性能が圧倒的だった。レーダーや無線航法装置を持たず、飛行機用無線電話の信頼性も低かったころの遠征としては、大成功といってよかった。

的確な判断

〈鎮海、寧波戦＊派遣陸戦隊大隊長・中村虎彦大尉〉

昭和十六年四月、それまで、手段をつくして蔣政府への援助物資の流入をせきとめようと努めたが、思うに委せず、とうとう東支那海、南支那海沿岸の要地を占領する作戦をはじめた。「戦争」となれば、戦時国際法により、敵国を利する軍需物資の強制的な禁圧、没収もできるが、実質は「戦争」でも、名目上「戦争」ではない「事変」だから、どうしても実効があがらない。やむを得ず、陸海軍協同して、物資集積地、輸送拠点を占領し、有無をいわさず根本から断ち切る方法をとらざるをえなくなった。

鎮海、寧波攻略作戦も、その一つであった。

松井卓郎陸軍中将の率いる第五師団が、四月九日、北九州の唐津湾から出発する。優秀船八隻に分乗、途中、敵前上陸訓練をくりかえし、四月十九日早朝、鎮海など四ヵ所に同時上陸する計画だが、その鎮海上陸部隊の中に、海軍特別陸戦隊一コ大隊が加わっていた。大隊長は、いま、上海特別陸戦隊参謀をしている**中村虎彦**大尉であった。

かれの人生観は、かれが薩摩隼人であるというほかに、すぐれて哲学的であった。

「何がいまもっともたいせつか。そして、自分はここで何をどうすべきか」

そもそも、かれの念頭には、他人によく思われようとか、自分の成績を上げようとか、立身出世しようとか、そんな私欲がまったくなかった。つまり、何にもとらわれないから、判断が、的確になるのである。ありのままで、見てくれが少しもない。

このとき、中村参謀は、古参の参謀や部隊長たちから、結局、押しつけられ、陸軍部隊の協力部隊として上海特別陸戦隊から派遣した部隊の大隊長となる。これは嫌な役まわりで、事ごとに意見の合わぬ陸軍に協力し、その指揮をうけて敵と戦わねばならぬ。

実をいうと、こんども一悶着があった。

陸軍は、干潮時、沖合で船を降り、少しでも早く陸の上にその足で立ちたいと思う。完全武装して、背の届かぬところで船を沈められたら、一巻の終わりだという。ところが、海軍は、波打ち際のドロドロに足をとられて、身動きもならずにやられるのは、愚の骨頂と考える。満潮時に、できるだけ足場のいい陸岸近くまで乗りつけて、スピードのある船の機動力を少しでも長く発揮させようとする。

事前作戦会議では、激論数刻、ついに陸軍が押し勝った。干潮時に上陸することにきまった。また、このような敵前上陸作戦で、味方の被害を最小限度にとどめながら作戦を先行させるには、何よりも敵の意表をつくことが大切で、それには敵にわが企図をさとられないようにすることがカギである、ということに意見一致した。

ところが、その舌の根も乾かぬうちに、陸軍上陸部隊参謀が、上陸（下船）地点の海底の状況を知りたい、といいだした。そんなことをしたら、わが企図はすぐ暴露する。敵は目の前に要塞を築き、目を皿のようにしているのだから、と、いくら説明しても譲らない。そしてまた、陸軍が押し勝った。

仮設砲艦の日本海丸という小さな船に、上海根拠地隊参謀の**福山修**大尉が乗りこみ、陸軍参謀をのせて満潮時に下船地点にでかけた。そこは、海図に書いてあるとおり底質泥だ。下船してそこからスタートすることができると確認、予定どおり作戦を進めることになった。このために、守備軍がスッカリ日本軍の上陸企図を知り、手ぐすね引いて待ち構えたことは、当然であった。

さて、中村参謀である。

ここでも一悶着があった。中村参謀を派遣することにきまるまでの悶着である。陸戦隊の部隊長たちが集まって、その貧乏クジを誰に引かせるか、甲論乙駁、三時間にわたったが、きまらなかった。いや、ほんとうははじめから決まっているのだが、名目がたたないのだ。

とうとう、大佐の先任部隊長が、

「中村参謀。君、行け」といった。中村参謀、ヒゲをしごくと、笑いだした。

ずらりと並んだ中佐部隊長の顔を見わたし、

「私は若輩だから、行きませんよ」

いつもは若輩扱いにしていながら、こんなときだけ、「君、行け」というのは、何事か、といった気持ちだ。先任部隊長は、あわてた。

「君が元気だから、君にいってもらおうと考えるのだ」ととりつくろうと、開き直った。

たい」


「いやか。いやなら命令を出してもらう」

中村は、ニヤリとした。

「行きますよ。行きますが、条件があります。陸戦隊は、いま現役兵半分、応召兵半分ですが、私は、現役兵ばかりを連れていきたい。兵器も、第三戦闘配備にして、充実してもらいたい」

大佐部隊長は、うなずいた。

「そして、もう一つ。いま司令官公室に飾ってある菊一文字の銘刀。あれを貸していただきたい」

みな、顔を見合わせた。あの刀は、鴻ノ池家から献納された国宝ものだった。ダメならやめる、とかれが聴かないので、大佐はしぶしぶ承知した。いま、東京上野の博物館にある、あの黄金づくりの太刀である。

中村大隊長は、それを背負って出発した。腰に帯びた自前の軍刀と背中に負った借りものの菊一文字。ずいぶん欲張ったものだが、あとでこれが、かれを含めて味方全軍の生命を救おうとは、そのとき誰も知らなかった。

四月十九日未明の敵前上陸は、さんざんであった。干潮時、遠浅の泥土の上に降り立ったので、泥濘膝を没し、濁水胸を浸した。やっとの思いで水のない泥地にたどりつき、あと八百メートルで岸壁に手が届くところまで来ると、正面とその左に連なる堤防陣地から、猛烈な十字砲火を浴びた。

中村大隊は、すぐに左翼に散開して応戦したが、何一つ遮蔽物のない波打ち際なのでどうしようもない。泥ンコのなかで、部下が死んでいく。舟艇を捨ててから一時間半も、泥と敵陣とたたかいつづけていると、さすが「元気者」の中村も、幻覚を起こしたのだろう。

計画では、沖合いの舟山列島から、水偵二、三機が、応援に来ることになっていた。さきほど来、基地に水偵の救援を頼むと、なんども電報してきた甲斐《かい》もあったのか、腹這ったままのかれの耳に、飛行機の爆音が聞こえてきた。かれは、すぐ横にいた軍艦旗手に、

「松島。軍艦旗出せ」と命じた。

松島兵曹は、歴戦の勇士ではあったが、あまりにも敵弾が激しかった。すくんだのか、聞こえないのか、身動きしない。二度命じた。が、軍艦旗を抱えこんだまま、死んだように突っ伏している。中村は、たまりかねた。

「コラ、松島。出さんと斬るぞ」

叫ぶと同時に、脅すつもりで腰の刀を抜こうとしたが、泥の上に腹這っているので、抜けない。そうだ。思いついて、かれは背中の菊一文字を引き抜いた。松島兵曹は、それを見て、とびあがった。軍艦旗を押し立てるやいなや、猛然と敵に向かって走り出した。中村は、仰天した。

「危ないッ。待てッ。松島、待てッ」

突撃じゃないんだ、味方機が、空から識別できるよう、上から見えるように軍艦旗を出せ、といったんだ——などと説明している余裕はなかった。二人とも、泥ンコのまま、死に物狂

いだった。敵弾のことなど忘れていたし、そんなもの、どうでもよかった。松島兵曹を死なせてはならぬ、早く「伏せ」させねばならぬ、それだけしか念頭になかった。

ところが、ヒョイと振り返ると、なんと泥ンコの部下たちが、いっせいに立ち上がり、すごい形相で、突撃してくるではないか。かれは、一瞬、とまどった。だが、次の瞬間には、持ち前の大声を発し、菊一文字を水車のように振りまわしていた。

「突っ込めえッ。突っ込めえッ」

突撃の機が熟すも熟さないもなかった。泥だらけの一コ大隊の突撃。どういうことでそうなったのかわからなかったが、とにかく無二無三に突撃していったら、そこは、意外にも死角になっていて、敵弾は一発も飛んでこなかった。

中村は、そこで手早く部下をまとめ、疾風迅雷の勢いで、鎮海要塞の占領にとりかかった。敵の守備兵たちは、不意を打たれ、たちまち浮き足立った。潮が引くように退却しはじめた。

海上から双眼鏡でそれを見ていた福山参謀は、その様子を、こういった。

「まったく、アレヨアレヨという間もなかった。岸壁にとっつくと、鎮海要塞の城壁高く、軍艦旗を朝日に飜しながら、無人の野をゆくようにトラさんが進撃するんだ。いやもう、おどろいたのなんの……」

一方、陸軍部隊四コ大隊。中村大隊と同時に船を下りて、その右側に展開したのだが、これは、泥の上に腹這いになったまま、まったく動かなかった。中村大隊が突撃をはじめても、依然、身動きもしなかった。慎重をきわめている。射すくめられているらしい。そのうち、潮が満ちてきた。いちばん潮が引いたときに下船したから、それ以後はだんだん満ちてくるのは自然のなりゆきだが、それ以上に、こんどは敵が逆襲してくるのではないか、と予想されて、下船につかった舟艇を再動員し、全員撤退を考えたほど、パニック寸前のところまで来た。

泥土であっても陸地だった戦場が、気がついたら一面の海に変わっていたのだから、おどろくのは無理もなかった。

この陸軍部隊の危機を救ったのが、中村大隊の勇敢で機敏で、的確な処置だった。退却する敵守備兵を猛然と射ちすえ、一人残らず追っ払い、城頭に軍艦旗を押し立てた。当然、敵弾は、一発も来なくなったのである。

この作戦で、中村虎彦大尉の勇名が、一挙にとどろいた。

「神機ヲ把エ、勇猛果敢ナル突撃ヲ敢行シ、友軍部隊ヲ危機ヨリ救出スルトトモニ、敵ヲ殲滅シテ要地ヲ占領、最小ノ被害ヲモッテ最大ノ作戦目的ヲ達成シタリ」と上海特別陸戦隊司令官から激賞されると、これはもう、殊勲甲以上であった。調査に来た武功調査員は、感激のあまり、功三級を申請する、と漏らした。功三級は、大佐クラス相当の殊勲である。中村大尉、三階級特進の栄誉であった。

話を戻す。

鎮海を占領した中村部隊は、そこに大隊本部を設けねばならなかった。鎮海、寧波地区は、杭州湾南岸にある唐代からの要地で、仏教史上勇名な古刹（天童山、阿育王山など）が四十あまりもあり、古代日本との交通も盛んなところだった。

大隊本部にふさわしい建物を物色した中村大尉の部下たちは、鎮海の一番大きな寺院を選び出し、これに決めようとした。

「ちょっと待て」

それを聞いた中村は、待ったをかけた。

「仏教の大伽藍を大隊本部にするのは、よくない。みんなの信仰の対象になっているものは、大事にすべきだ。一般の民家はないか。適当な民家を探し出して、借り上げろ」

結局、何とかいう富商の大豪邸を大隊本部にしたが、どこからかその話が漏れたらしく、しばらくして寺院の僧侶が中村大隊長を訪ね、掛軸と絵画一点ずつを持参、感謝の意を表した。掛軸には、

「泥濘膝没料余海　敵弾飛雨犯難行
我子息抜敵堅陣　今揚凱歌鎮海城
鎮海派遣陸戦隊指揮官中村部隊長殿
　　　　総持寺　広遷敬贈　㊞
　昭和十六年四月十九日書」

とあり、またもう一幅の絵画には、雄渾な筆で達磨大師を描き、

「静如林　　　於鎮海　天龍題」

との題言と落款が記されていた。

一方、かれは、すぐに鎮海住民の救済に乗り出した。

それまで鎮海には、中国軍が駐留していた。これが相当なもので、住民の主食品をほとんど強奪してしまい、住民は飢えに瀕していた。

「どうしたらいいか」

中村は、考えこんだ。米を与えればいいのだが、

「働かざれば食うべからず」という人生観というか、哲学というかが、かれを律していた。

「そうだ、何か働かせるためのものはないか。働いたことによって米を与える。タダで与えるのでなく、働きの対価として与える……」

街を歩いてみると、街や道路が戦火に打ち壊され、家も壊れ、道路も歩けないところが多かった。

「これでいこう。住民に後片付けをさせ、その報酬として米を少しずつ配給する」

街がもとの姿を取り戻せば、人心も落ちつき、治安もよくなって、こちらも助かる。

そこで、トラさん流に、即決で、すぐ触れを出し、住民たちに呼びかけた。

住民たちは、大喜びしたらしかった。街はやがて綺麗になり、家も修復され、道路も改善され、住民の顔色にも生気が甦った。

寺院の和尚さんが、掛軸で敵味方を取りちがえたような詩や、「静かなること林の如し」などと「敵の大将」を讃えてよこしたのも、そんなことへの感謝と賛嘆がどれほど大きかったかを物語っていたのだろう。中村大尉の人となりと勇戦、さらにかれの部下陸戦隊員の軍

紀厳正なふるまいを、中国の心を通して伝える、貴重なモニュメントであった。

さて、後、鎮海、寧波作戦のときの中村大隊長の突撃話を、本人から直接聞こうとした福山大尉は、「トラさん、こう答えたぞ」と復元してみせた。

「敵前上陸をするのに敵がいるのは当然だ。そんなことでビクビクしていたんでは、敵前上陸はできんよ。だから、おれは、二、三発の弾丸は飛んできたか知らんが、どんどん進んだまでさ」

たしかに、そのとおりにはちがいないが、私は、その答えより、前に述べたエピソードの方が気に入っている。

そうなると、海軍は狭い社会なので、中村大尉は、一躍、陸戦の神様にされた。

「陸戦隊の中村だ」

中村流では、

「リッセンタイのナカムラど」

鹿児島ふうアクセントで、いうわけだが、そういうと、泣く子も黙った。

かれには、上海は、第二の故郷のように思えたにちがいない。かれは、その「長所」と生一本で涙もろい「盲点」をこもごも発揮しながら、各国の利害錯綜する協同租界の警備に当たり、懸命に日本のために働いた。

話はすこしとぶが、太平洋戦争開戦すぐあとのころ、この勇士は、その律儀さと、ことに鎮海、寧波上陸作戦以来の陸軍部隊にたいする無言の威圧力を買われて、租界に入る検問所を受け持たされた。人や物資が出入りするところだから、トラブルが起こりやすい。陸軍との角突《つのつ》きあいも、しょっちゅうだが、第五師団を救った勇猛中村大尉には、さすがの陸軍も一目おいた。

たまたま陸軍が利用していた王克敏が、失脚して、上海に落ちてきた。中国名家のこと、一族三十何人が、バス一台を借り切って、王公館にたどりついた。が、着いたものの、食べ物がなかった。陸軍は、こうなると妙に冷たくて、構ってやらない。王さんは、そこで海軍武官府に泣きついてきた。陸軍が、米の統制を厳重にしているので、どうにもならないという。そのとき、上海根拠地隊参謀から武官府の補佐官に転じていた福山修大尉は、義憤を感じ、この話をクラスメートの中村大尉に持ち込んだ。

統制令を犯すことになるので、トラさんを巻き添えにするのはすまないが、いったん身柄を保証して利用しながら、要らなくなったからハイそれまで、では、日本人の国際信義がすたる、と説いた。

「それで、何俵くらいあればいいのか」

中村が訊くのへ、福山は、

「五、六俵もあればいいだろう」と答えておいた。

間もなく、米俵を満載したトラック二台が、王公館に着いた。白昼堂々と、しかも、中村虎彦の署名入りの護照を持って。

「やる以上は、おれが全責任をもって、徹底的にやる。官職を剝奪されても、悔いはない」

かれは、自分自身を賭けていた。ここで、日本人の国際信義を落とすようなことになったら、この戦《いくさ》の大義名分はどうなるのだ。そう確信したからの決断だったが、けっきょく、中村虎彦大尉の禁令破りは、不問に付された。

第二章　太平洋の嵐

超一流の人々
〈戦うクラスの大戦果〉

昭和六年十一月七日、晴れて少尉候補生に任ぜられ、半人前ながら海軍に巣立った私たちのクラスは、それから二ヵ月しかたたない翌七年一月二十八日、上海事変（第一次）の勃発に逢い、「戦うクラス」としての性格を鮮明にした。

私たちは、そのとき、満州事変（昭和六年九月十八日）から発展した上海事変が、日米開戦の導火線になるとは気づかなかった。

しかし、空の一角に不吉な戦雲があらわれ、このままでは日本は抜き差しならぬ事態に追い込まれるのではなかろうかという危機感はあった。クラスメートが集まるたびに、なんとなく「時局を憂える」声が大きくなった。

たしかに、「ローマは一日にして成らず」である。

今日、各方面にわたって、当時の情報が集められるようになると、それぞれが因となり果となって破局に落ちこんでいく事情が見渡せる。だが、少尉、中尉、大尉と進む間、連合艦隊を軸とする艦船の勤務について、いわゆる「月月火水木金金」の訓練に熱中している若い士官には、危機感を抱きながらも、ともかく精強な戦闘部隊をつくらねばならぬと、目前の任務に全力投球するほかなかった。

日米関係は、たしかに悪化していた。限られた——一方からの情報しか得られない私たちには、アメリカが理不尽に見え、これはいつかは戦争になりそうだと、ハラを固めた。

海軍士官である以上、「戦え」と命じられたら、いつでも戦わねばならない。中央の指導部なら知らず、私たち作戦部隊にいるものは、たとえ九割がた負けるとわかっていても、御命令とあれば、渾身の力をふるって戦わなければならない。それが第一線の軍人というものだった。

日華事変では、内心では妙なことになったものだと思いながら、それとこれとは別で、命のままに、懸命に、勇敢に戦ってきた。蔣介石政府が重慶へ、成都へと逃げこみ、軍需物資の輸入路を仏印ルートからビルマ・ルートに変更したため、洋上を遠く飛ぶように作られた零戦や中攻、一式陸攻を、行けども行けども山また山の奥地攻撃に、片道九百キロから千キロ飛ばせた。

七人乗りの中攻、陸攻ならば、途中で操縦を交替することも、ナビゲーター（航空士）という航法の専門家にたえず飛行コースをチェックさせることも、電信員に基地や僚機との交信を担当させることもできるが、零戦は一人乗りだ。往復五時間飛びつづけ、その間には操縦も戦闘も航法も通信連絡も見張りも、全部を一人でしなければならぬ。これは、人間の能力の限界を超える。

それまで誰ひとり考えおよびもしなかったことだが、戦場の要求がそうだとすれば、何がなんでもやりとげねばならぬ。

そして、海軍航空部隊の戦闘機乗りたちは、それを実際にやりとげた。かれらの技量が、どれほど超一流であったか、わかろうというものである。

ただ、そのために、ガダルカナルでは千百キロを飛ぶことになり、毎日のように飛ばざるをえなくなって疲労と消耗のため、ついに長蛇を逸した。悲劇というより惨劇であった。

海軍流の認識による超一流の技量は、簡単に得られるものではない。長い時間をかけた濃密集中名人教育の結果だが、戦局の急迫が名人教育を不可能にした。といって、大量組織による計画的短期教育など、それまで考えたこともなかったから、あとは急坂を転げ落ちるような悪循環に陥るばかりであった。

しかし、日米開戦のときは、それが味方に有利に働いた。長い年月をかけて磨き上げた超一流の名人たちが、航空部隊搭乗員の大部分を占め、先頭に立ち、中軸を固めた。無理な作戦も、抜群の腕前と経験とにものをいわせて巧みに敵の不備に乗じた。それが緒戦の、あの世界の目を見張らせる大戦果となった。

台湾南部の高雄、台南から一躍してフィリピン中部クラーク・フィールド基地まで飛び、米機を一撃で壊滅させた零戦隊。仏印基地から長駆、英最新鋭戦艦プリンス・オブ・ウェールズと巡洋戦艦レパルスを屠った陸攻隊。まずその零戦隊だが――。

勇気百倍

〈フィリピン第一撃＊零戦隊長・新郷英城大尉ほか〉

高雄基地に進出した第十一航空艦隊（一式陸攻百四十四機、九六式陸攻（中攻）九十六機、零戦百八十機など）のうち第三航空隊（三空と略す）零戦七十二機を率いる飛行隊長**横山保**大尉は、短軀、一見ダルマのようだが、闘志満々。パイロットたちの先頭に立ち、往復千五百キロを飛んで目標上空で三十分空戦するための燃料節約法を工夫してきた。それには、日華事変の奥地攻撃で得た経験が役立った。千四、五百キロを飛んで、けっこう空戦に成功してきたのだから、一工夫すれば、フィリピン攻撃ができないはずはない。

航空艦隊司令部では、そんな戦訓をどうとらえていたのか――フィリピン攻撃のためには、どうしても空母を使わねばならぬといい、「龍驤」「瑞鳳」、春日丸（改装空母「大鷹」）をもってきて、零戦隊の一部に着艦訓練をさせようと計画した。

横山はおどろいた。

「そんなことをしたら、零戦は空母三隻に約五十機しか積めない。基地から出れば百機以上が飛べるというのに。その上、うちのパイロットたちは、大部分が空母の発着艦をやったことがない。これの発着艦訓練をやるとすると、容易なことじゃない」

なんとしても空母を使うのをやめさせねばならないが、それには、「空母は要らぬ」という証明をしなければならぬ、と考えた。そこでかれは、部下の飛行分隊長（大尉）を集め、さっそく往復千八百五十キロ、戦闘三十分間が成り立つように、パイロットたちを訓練せよと命じた。

日華事変で戦場を駆けまわってきた一騎当千のベテランたちが、パイロットの半数を占めていた。そのベテランたちが、残る半数の若いパイロットを手とり足とり教えるから、効果は予想以上にあがった。パイロット全員が十時間飛行にパスしただけでなく、燃料消費量を毎時七十リットルにまで節約しつつ飛べるようになった。

この実績が、艦隊司令部を動かした。空母三隻は、連合艦隊に返却された。横山隊長は、零戦百機以上を引っぱって、フィリピンに飛び込めることになったのである。

もう一つは、真珠湾とフィリピンとの時差の問題だった。時差は五時間二十分あった。つまり、フィリピン攻撃のはじまる前に、米空軍には真珠湾攻撃の急報が入っていることになる。だから、どうしても、日が出る時刻には、攻撃部隊は目的地上空に到着していなければならない。米軍が備えを整える前に不意を討つことができないから、それだけ日本軍にとって、時間の選定が窮屈になっている。

いいかえれば、攻撃部隊は、日出時刻の二時間以上前に高雄基地を発進することが必要になるが、そのためには、大編隊が一糸乱れず夜間発進できなければならない。発進だけではない。まっ暗な空間で集合し、編隊を組み、目的地に向かって最短コースを直進しなければならない。

ぐあいの悪いことに、戦闘機用の無線電話が、雑音が多くて使いものにならなかった——

いや、聞きとりにくければ、技術者に活発に意見を出し、改良を頼み、使いやすいものにしていけばいいものを、気短な戦闘機乗りたちは、こんな役に立たんものは卸してしまえ、その代わりにガソリンを積め、などといい捨ててきた。隊内の通信連絡は、バンクしたり、握り拳をあげて振ったり、いわば以心伝心ふうのサインで十分用が足りる、とした。が、このような夜間発進、集合、大遠距離作戦行動などにぶつかると、どうしようもなく具合が悪かった。

昭和十六年十二月八日。午前三時半に起き出し、飛行場の指揮所に向かった横山大尉は、バラック建ての宿舎を出たとたん、息をのんだ。

霧だ。数メートル先が見えない。夜の濃霧は苦手だ。飛行場にたどりつくのが、やっとだった。

電報を見ると、状況は味方に不利だ。——敵はすでに開戦を知り、怠りなく備えていた。フィリピンから台湾へのコースも、高雄基地と台南基地の上だけが高さ四百メートルあまりの低層雲に蔽われ、密雲や濃霧が発生しているが、そのほかは天気がいい。

頭をかかえた。——もし敵が先制攻撃を考え、B17（〝空の要塞〟）の編隊を飛ばせ、雲の上から絨緞《じゅうたん》爆撃でもしてきたら、何もかもおしまいだ。夜間発進に備えて、飛行場に密集隊形で並べてある飛行機群は、たちまち全滅する。

不安と焦燥が六時間つづいた。日が出ても、離陸できる状態にはならなかった。しかし、六時間たつと、さすがに好転した。午前十時五十五分、横山隊長はまず台湾の土を蹴った。したがうもの、零戦五十三機。晴れた空を、一直線に南に向かった。

五十三機もの零戦隊を率いて飛ぶのは、かれもはじめてだった。しかも、開戦第一撃を、フィリピンの米軍基地に加えようとする。はるか右側には、入佐少佐の指揮する中攻の大編隊が同航している。「男子の本懐」という言葉が、しきりに胸を去来した。身体中に力がみなぎる。

おそらく、日出時間から大きく遅れている今、敵は戦闘機を上げ待ち受けているだろう。戦闘は、まず零戦隊から火蓋がひられる。そうなれば、かれには自信があった。中国空軍機よりも米軍機の方が手強いには違いないが、かれらが綿密なプランを立て、内地と高雄での四ヵ月の集中強化訓練で磨き上げた部下たちの腕前は、それをものともしないだろう。といって、ハッスルするのあまり、燃料消費量毎時七十リットル以下、という「省エネ」飛行を踏みはずすと、台湾まで帰れなくなる。

大編隊の先頭を快調にとばしながら、かれは、自分自身の心の手綱を引き締めるのに苦労した。

マニラの近く、クラークフィールド基地上空に突っこんだのは、午後二時のころだった。上空には、敵戦闘機十数機が警戒していた。横山隊長は、「全軍突撃セヨ」を令し、バンクを振ると、まっ先に敵機に肉薄していった。部下たちが、これにつづく。

零戦の性能は、敵機を圧倒していた。なかでも、二十ミリ機銃の威力は絶大だった。一発命中すれば、一瞬に敵機の翼が吹き飛んだ。機体の安定がいいから命中率が高い。しかも、パイロットたちは、日華事変以来のベテランが多く、一方、若い者は猛訓練によって十分の腕前を持っていた。

空中戦闘は、むしろ呆気ないくらいで終わった。横山隊長はすぐに高度を下げて、地上銃撃に移る。中攻隊の爆撃を免れた地上の飛行機、燃料庫などを、しらみ潰しに射って回る。

思いもよらぬほどスムーズに、開戦第一撃は大成功をおさめた。それは、横山たちは知らなかったが、実は、未明から台南、高雄両基地の上に居坐った密雲と濃霧が原因だった。なぜなら、開戦を知ったフィリピンの米軍基地指揮官は、急いで全飛行機を飛ばせ、厳戒状態に入った。たまたま、台湾最南端に近い基地にいた陸軍機が、計画どおり北部ルソン基地攻撃に出た。陸軍の基地付近は密雲も濃霧もなかったので、それができたのだが、米軍機が急を聞いて駆けつけたときには、日本陸軍機は引き揚げたあとだった。

もともと日本軍の戦力を過小評価していた米軍である。まあ日本軍にはそのくらいの距離を飛んで、ゲリラ的な航空戦しかできないだろうと考えながら、飛び回っているうち、燃料がなくなった。そこで、補給のため次々にクラーク基地に着陸した。たまたま昼どきだったので、このあたりでランチにしようと、メス・ホールに入って食事をしていた。そのとき、横山たちがとびこんできた。奇襲になるはずがないなりゆきなのに、奇襲になった。日本が知らないうちに、アメリカが勝手に転んでくれていたのだ。

だから、その翌々日、零戦三十四機を率いて横山隊長が第二撃を加えたときの米軍機の迎撃は、激烈をきわめた。中国空軍機の比ではない。戦意旺盛で執拗に食い下がってきたから、一掃するのに一時間近くかかった。その上に、引き揚げる途中、B17を発見、「見敵必殺」で攻撃を加え、翼端を吹きとばして撃墜したときには、燃料がカツカツになっていた。

省エネ飛行からすると、戦闘中はフルパワーを使うから、燃料は三倍を要する。戦闘三十分間の計画が一時間に延び、さらにB17攻撃のおまけがついて、燃料カツカツになったが、横山大尉は、その燃料で台湾まで帰るほかない。B17攻撃のときまでは三機だったが、部下二機とはどこではぐれたのか、いまは単機になっていた。

かれは、できるだけ燃料を節約しながら、針路を台湾の最南端に向けた。最南端付近に、陸軍飛行場がある。高雄基地より八十キロ手前だ。まかり間違ってもそこに降りればいい。

台湾海峡を北に進むにつれて、雲が濃く深くなった。往きに快晴だったのが、ウソのようだ。一面の雲海。高度を下げ、海を見ながら飛ぶと、燃費がふえるから、雲上を飛ぶほかない。ガソリンと空気の混合比をギリギリにまで絞り、計器飛行をつづけた。そして、台湾最南端の沖合いと判断した時点で、慎重に雲の中を高度を下げていった。

雲の層は、思いのほか厚かった。雲が切れたときには、海面から二十メートルから三十メートルしかなかった。豪雨だ。風防を開けたが、前がよく見えない。日没時を過ぎていて、視界は分刻みで悪くなる。しかも、最悪なのは、燃料計の針がゼロに近づいていることだった。

かれはそこで渾身の勇気をふりしぼった。海面すれすれを、北に向かって直進した。むろん、長い時間ではなかった。燃料計がゼロを指す。エンジンがパラパラといいはじめると、ハタと止まった。ほんのわずかな間、内地に残した妻子と、部下のことが頭をかすめた。

自分でもふしぎなくらい、冷静だった。心の中でかれらに別れを告げると、静かに不時着水の姿勢をとった。と、なんということか、目の前に船がいた。しかも、日の丸がクッキリと見えた。

「助かる。――よし」

着水寸前、身体をシートに固定したバンドを外した。着水と同時に、もんどり打って、前方に投げ出された。投げ出されてみると、ずいぶん注意したつもりだったが、座席をとび出すときに、風防で両ももをしたたかに打ち、脚がいうことをきかず、手の甲も切れて、ざくろのようになっていた。

近よってきた船から、船員がとびこみ、救命ブイにつかまらせてくれた。そして救い上げられたが、聞いてみると、軍に徴用されて台湾海峡を警戒している船で、無線機を積んでいた。そこで、さっそく高雄基地と連絡をとってくれ、司令部の命令で哨区を撤し、高雄に引き返した。

こうして、横山隊長は、奇跡的に生還することができた。だが、不時着四機、ほかに行方不明一機を出した。二回の攻撃で、フィリピンにあった米軍機の大部分を撃滅、制空権を日本の手に奪取したことは、めざましい零戦隊の活躍があったからこそだが、同時に、九百キロもの大遠距離にある目標を、目いっぱいの能力で攻撃することが、どのくらいきわどいものかを訓《おし》えていた。

戦場では、どんなことが起こるかわからない。相手があり、天候の変化もある。といって、慎重にすぎ、消極にわたっては、戦果は収められない。作戦指導のもっともむずかしいところである。

開戦第一撃に参加することができた私たちのクラスの飛行機乗りには、横山のほかに、おなじフィリピン空襲で、台南航空隊の**新郷英城**大尉がいた。どちらも零戦七十二機をもつ戦闘機部隊で、ポストもおなじ飛行隊長。どちらも中国戦線以来の戦闘機乗りの名手で、零戦で、高雄基地からフィリピンに飛びこんだ。

おもしろいことに、戦闘機乗りは、だいたい、似たような性格を持っている。いや、持つようになっている。決断が早く、敏捷だ。めったに大男がいず、中肉中背以下で、筋肉質。頭の回転が早く、ズバズバと単刀直入にモノをいい、どちらかというと早口。ファイト満々である。そうでなければ、戦闘機に乗りつづけられないのだろう。

こんな、阿部三郎中尉の証言がある。

「新郷少佐が飛行長時代、空戦訓練で私の相手をされ、私が勝って、新郷飛行長が制限高度以下に沈んでしまい、ヒヤリとしたことがあった。その夜、新郷飛行長が一升ビンを下げて私のところに現われ、(心配をかけたことについて)『すまん。これでカンベンせえ』と気の毒そうに謝られたのには、胸をつかれました」

すごく純粋で、人のいいのも戦闘機乗りの特徴か。ガダルカナルの死闘で、一式ライターといわれ、一発敵の焼夷弾を食うと、火だるまになって墜ちていった陸攻乗りたちが、「今日の護衛戦闘機隊長は新郷少佐」と聞くと、勇気百倍したという。

「新郷隊長は、最後まで見捨てず、私ども陸攻隊を護って下さいました。身を捨てて、親身になって護って下さいました」

いまでも、目をうるませる陸攻乗りがいるほどである。

その大型機乗りは、比較の上だが、悠揚迫らぬところがあった。むろんそれは、戦艦に乗った砲術家（テッポーヤと俗称していた）の悠揚迫らなさとは、ケタが違っていたが。

鉄砲屋が、日本海軍の「勝つ手」を担い、どれほどそれに大きな自信と自負心を持ち、押せども引けどもビクともしないほどの人的、物的厚味を持っていたか、今日の常識からは、ちょっと想像もつきかねるものがあった。私たちのクラス約百二十人のうちでも、鉄砲屋は約一割を占めていたほどだ。

ところが、飛行機乗りからすると、これが「鉄砲屋の頑迷固陋」に見えるのは当然だった。飛行機乗り自身でさえ驚くほどの飛行機の急速な進歩で、今日、明日の飛行機には、戦艦ですら勝てなくなっている。一日も早く兵術思想を転換して、戦艦から航空機へ、兵器体系と大艦巨砲から航空中心に切り換えないと、アメリカ海軍に勝てなくなるのではないか。

軍縮会議で対米六割の劣勢となり、海軍は深刻な危機感を抱いていたが、それよりももっと重大で切実な危機が迫ってきているのを、飛行機乗りたちは実感していた。かれらは、なんとか早くそのことを中央要路にアピールしようと気を揉んだ。だが、闘志満々で意識過剰の戦闘機乗りたちが、つっかかるようにして相手を折伏しようとするから、難しかった。いや、逆効果になることさえあった。

「実績を示せば、頑迷な鉄砲屋でも、航空が主兵であることがわかってくる」

山本五十六大将も少将のとき、そういって、かれらをなだめたことがあるほどだ。

恐るべき警告

〈マレー沖海戦＊中攻隊分隊長・庄子八郎大尉〉

その実績を、開戦第一撃の真珠湾、フィリピン、マレー沖で、飛行機乗りたちは、みごとに示した。

真珠湾攻撃では、飛行隊長は私たちよりも一つ上のクラス、ないし一つ下のクラスで、ちょうど空白になっていたから割愛する。フィリピン攻撃については、すでにのべた。

残るマレー沖海戦には、仏印ツドウム基地に進出した第二十二航空戦隊（二十二航戦と略す）の美幌航空隊（美幌空と略す）先任飛行分隊長に、**庄子八郎**大尉がいた。生えぬきのベテラン陸攻乗りである。

横山、新郷などの戦闘機乗りにくらべると、搭乗機の九六式陸攻（中攻）が大ぶりでやや鈍重なせいか、庄子大尉は、ムシロを下げて壁の代用にした急造バラックの庁舎で、悠揚迫らぬ大人《たいじん》のふうを見せていた。モノのいいかたからして落ちついていた。

二十二航戦（美幌空中攻四十八機、鹿屋空一式陸攻三十六機）の任務は、開戦当初、マレー方面の英空軍を一掃し、シンガポールにいる英極東艦隊主力を撃滅することであった。

十二月八日午後五時半、シンガポールを襲った中攻、一式陸攻、計七十二機は、飛行場施設と陸軍司令部を爆撃して引き揚げた。開戦を知らなかったらしく、いたるところコウコウと電灯がついていて、後味のわることこの上なかった。庄子大尉は、それまでに何度も夜間爆撃に出ていたが、こんな経験ははじめてだった。

この爆撃は、空軍基地を潰すほかに、シンガポールに入っている英戦艦二隻（新鋭戦艦プリンス・オブ・ウェールズとレパルス）を誘い出す目的があった。

セレター軍港は、約百機の戦闘機と、針鼠のような防空施設で堅く防守されている上、水道が狭く、浅く、雷撃ができないので、なんとか外洋におびき出すほかなかった。外洋に出てくれれば、陸攻隊が猛訓練をつづけてきた爆撃、雷撃を加えて撃滅することができるのである。

全機、無事基地に帰ると、しばらくして真珠湾攻撃の詳報が入りはじめた。なんともムズムズする話である。

八日、終日、敵艦隊動かず。九日午前も動かぬ。早くやっつけなければ、闇にまぎれてシンガポールを滑り出し、マレー北部の上陸作戦現場に姿を現わしたら万事休す。何のためにわれわれがいるのかわからなくなる。

「こうなったら、やむをえない。大損害覚悟でシンガポールにいこう」

庄子八郎大尉――マレー沖海戦で英海軍の誇る新鋭戦艦に500キロ爆弾を命中させた。

半数がやられるつもりで、陸攻大部での夜間攻撃を準備していると、夕方になって、味方潜水艦から英戦艦二隻発見の急報が入った。基地は沸き返った。バンザイ、バンザイ。

これから出ると、夜間攻撃になる。夜間攻撃には司令部は確信をもてなかったが、敵はすでに洋上に出ている。ここで攻撃しないと、上陸地点を襲われるおそれがあった。多数の輸送船が集まっているところに、敵戦艦二隻が現われたら――思うだけでも身の毛がよだつ。逆にもし、敵が中攻の攻撃圏外に遁走したとしたら、またそれで一大事であった。

すぐに、シンガポール爆撃用の爆弾を、一部では艦船攻撃用の魚雷に積み替える。そして、午後六時、雨がやんだばかりのツドウム基地から、「索敵攻撃」の命を受け、庄子大尉機を先頭に、中攻三機が離陸。つづいて爆装陸攻十八機、一時間遅れて一式陸攻（雷装、爆装）十八機が飛び立った。一式陸攻が一時間遅れて出発するのは、中攻にくらべて高性能なので、目的地点に到着するのを同時にしようという策であった。

庄子大尉の任務は、このとき索敵である。暗くなった海の上を、艦影を求めて、全員目を皿にしながらシャム湾を南下した。後から来る攻撃隊の目印にするため、赤い航空標識灯を海面に落としながら。

天候はよくない。雨はあがったが、雲が多い。

よほどの腕前の者でないと、こんな天候で夜間飛行をつづけるのは心細くなるものだが、このころの陸攻乗りは一騎当千のベテランぞろい。中央では陸攻の戦力を過大評価していたから、惜し気もなくベテランの腕利きを飛行機にのせた。ぜいたくな配員になっていた。いいかえれば、飛行機の性能そのものは、とりたてていうほどではなくても、搭乗員の質がすばらしくよかった。爆撃、雷撃とも、命中率が七十パーセント。世界一の腕前であった。

基地を出て二時間半あまり、黒一色の海に白蛇のように見える二筋の航跡を発見した。躍る心を抑えて高度を下げてみると、薄く黒く、大きな艦影。航跡の長さから見て三十ノットの高速を出しているようだ。

急いで地図に位置を入れてみた。潜水艦がレパルス型戦艦二隻を発見した位置を基点にして、日本軍の上陸地点に向かうコースを引き、現在来ているにちがいない予測位置を計算して入れてみると、少し食い違っていた。しかし、戦場では錯誤が起こりがちだ。それを見込んで、この二つの艦影を潜水艦が発見した戦艦と見て間違いないと判断した。

「敵戦艦二隻見ユ、速力三十ノット、地点〇〇」

庄子大尉は第一電を急報した。そして、攻撃隊が到着するまで頑張るぞ、と搭乗員に宣言し、敵の上空に腰を据えた。海軍用語でいう「触接」(尾行というような意味)開始である。四方八方に目を向けた。すこしの油断もできない仕事だ。

ところが、いっこうに攻撃隊が来ない。それどころか、一時間あまりたつと、基地から「帰レ」といってきたではないか。

「なぜだ。敵戦艦をつかまえているのに」

おそらく、英軍がこちらの無線を傍受し、偽電を打ってきたに違いない。厳重な灯火管制をして高速で北に向かっているこの敵戦艦をそのままにして、引き返せなどと司令部がいうはずはない。これでは、かえって暗号に組まず、ナマのまま（平文《ひらぶん》）で打った方がいいかもしれない。そう思い直し、こんどはナマの文章でもう一度発信したところ、またまた「帰レ」といってきた。

「これはおかしい。まさか味方じゃないだろうが。このあたりに味方の艦隊が動いているなど、われわれは何も聞いていない」

思いきって近寄ってみると、どうも味方の一万トン重巡二隻らしかった。張りきっていた気球の空気がスッと抜けたように、がっかりした。汗顔の至りというが、冷汗グッショリだった。

午前一時すぎ、基地に帰ってみると、後からついてきたはずの攻撃隊は、全機もう帰っていた。

途中、天候が悪化して、重い爆弾や魚雷を抱えては突破できず、やむなく引き返したという。結果論でいえば、危ないところ味方討ちしないですんだことになる。庄子隊三機は、索敵装備で、重いものを積んでいなかったから、先まで行けたというわけだ。

それにしても、開戦で、作戦部隊はみな無線封止をしていて、艦船の行動を基地司令部に何も通知しなかったから、こんなことになった。爆弾や魚雷を機体の外側にかかえた攻撃隊が、大事故を起こすおそれがあるので禁止していたそれらをかかえたままの着陸を、一機も事故を起こさずやってのけた。開戦第一撃の緊張感と抜群の技量とがそれを可能にしたのだろうが、幻の味方討ちと合わせて、こうして幸運にも危機一髪の大損害を出さずにすんだことはたしかだった。

翌十二月十日午前四時すこし前、味方潜水艦は敵艦隊を発見、雷撃したが、命中しなかった。敵は南に向かっていた。シンガポールに逃げこまれたら、面倒だ。

第二艦隊長官からの攻撃命令を、二十二航戦が受けとったのは、午前六時だった。前回と違って、昼間の強襲である。搭乗員たちは、まなじりを決した。こんどこそ、手ごたえがある、と思った。何よりも、早く敵をとらえなければならぬ。

二十五分後には、索敵装備の中攻九機がサイゴン基地を離陸した。雷装十七機、爆装九機の中攻隊が、これにつづく。八時十四分には、雷装の一式陸攻二十六機が中攻隊を追う。

ツドウム基地からは、八時二十分、五百キロ爆弾一発をかかえた庄子中隊八機、二百五十キロ二発を積んだ白井中隊八機、三十分遅れて五百キロ爆装九機、つづいて雷装八機、いずれも中攻が出発。

合計すると、爆装中攻三十四機、雷装中攻二十五機、雷装一式陸攻二十六機。いずれも南へ、シンガポールに向かって飛びつづけたから、壮観であった。大型機の大編隊による集中攻撃である。

このとき、索敵装備の中攻一機が敵艦隊をとらえ、冷静沈着、味方の全機を正しく目標に誘導したばかりか、攻撃隊が引き揚げたのちも、ただ一機で戦場に残って戦果を確認、駆けつけてきた敵戦闘機群に追われてはじめて戦場を離脱、無事基地に最後に帰ってきた。冷静沈着というか、豪胆無比というか、みごとな責任の果たしかたであった。しかも、その中攻の指揮官は、今日ではもはや有名になっている帆足正音予備少尉で、昭和十五年三月、京都の竜谷大学を卒業。一人前の僧侶になるとすぐ海軍を志願、予備学生として霞ヶ浦航空隊に入隊した。おとなしい、心やさしい青年だった。

話を戻す——。

午前十一時四十五分、帆足機、敵主力発見。刻々と、実況放送でもするように、敵の位置、針路、速力、付近の天候などを電報。それを聞いた中攻隊、一式陸攻隊は、すぐに機首を敵艦隊の方向に向け直し、一時間後、まず美幌空の爆装中攻八機が到着。三十ノットの高速で回避運動をしつつ猛烈な防御砲火を撃ち上げる敵に二百五十キロ爆弾一発を命中させ、つづいて駆けつけた元山空の雷装中攻十六機が、プリンス・オブ・ウェールズとレパルスに分かれて攻撃、レパルスに三本命中（視認）、ウェールズに二本命中（たちまち左に大傾斜、速力二十ノットに低下）させた。そこへ、遅れて発進した美幌空の雷装中攻八機が来合わせ、レパルスを攻撃して、四本命中。その三十分後、鹿屋空の雷装一式陸攻二十六機が現われ、レパルスに二十機、ウェールズに六機、突入した。そのとき庄子大尉の爆装中攻八機が、高度三千メートルで進入してきた。

一式陸攻による魚雷は、ウェールズに五本、レパルスに七本命中。レパルスは一瞬に轟沈した。そして庄子隊は、残るウェールズに五百キロ爆弾一発命中、至近弾一発を与えたが、気息奄々となりながらも、なおも海上を動きまわり、英海軍の誇る最新鋭戦艦のタフさを示していた。

庄子大尉は、二十分ばかり残って沈没を確認しようとしたが、爆弾は投下したし、シンガポールから戦闘機でも来たらやりきれないと思い直し、「味方潜水艦ヲモッテ撃沈セシメラレタシ」と基地に電報し、後をふり返りふり返り、引き揚げた。

引き揚げる途中、あまりの大戦果に庄子大尉は嬉しくなり、搭乗員とまずは機上で乾杯しようとサイダー瓶を出させた。そうしたら、凍っていた。高々度を飛んでいたせいだ。これはいかんと、高度を下げ、搭乗員にサイダー瓶と睨めっこをさせ、溶けましたとの報告を得て、あらためて乾杯した、という。

ウェールズが大爆発を起こして沈没したのを確認したのは、帆足機であった。午後二時五十分、檣頭のユニオン・ジャックがするすると海面から消えていくのを見届けたかれは、レパルスからSOSで駆けつけた英戦闘機の追撃をかわし、基地を出てから十三時間目にサイゴン基地に帰った。

この攻撃で、敵弾による雷撃機の自爆三機（中攻一機、陸攻二機）、不時着大破一、中破二、被弾機二十五、帰還機の被弾率四十二パーセントにのぼった。

英戦艦一隻が撃ち上げる対空砲火は、一秒間に一千発を越えていた。それにしては自爆機が少ないともいえるが、それは、雷撃機が発射魚雷の必中を期し、訓練のときよりもさらに低く、海面十メートルの低さを這うように突撃し、千メートルの近さまで我慢して、そこで発射した——目も開けられぬほどの弾幕の中をそこまで我慢するには、超人的な精神力を必要とするが、かれらはそれをなしとげた——それが、航空攻撃は高空からやるのが当時の常識で、対空砲火はすべてそれに備えてあったことの裏をかく形になって、「敵弾はみな頭の上を飛んでいった」結果となった。

これが自爆機の少なかった理由だが、仰天した英（米）海軍は急いで対策に乗り出し、まもなく低空で迫ってくる日本機を撃墜できるように装備を改める。しかし、大戦果に相好を崩すばかりの日本海軍は、被弾率四十二パーセントという恐るべき警告に気づかず、「勝った、勝った」と胸を張るばかりであった。

戦場の掟

〈スラバヤ沖海戦＊「足柄」飛行長・三浦武夫大尉〉

浮舟《フロート》をつけた通称ゲタばきの水上機を、ふつう水偵（水上偵察機）と十把ひとからげにして、いわゆる「縁の下の力持ち」——零戦や陸攻のはなばなしさにくらべて、地味なもの、日の当たらぬところにいるものと考えられやすい。だがほんとうは、そうではない。

海軍の戦いは、日本海軍も、アメリカ海軍も、イギリス海軍も、いや、世界どこの国の海軍もそう考えていたのだが、主力艦隊が洋上で四ツに組み、戦艦、重巡などが主砲を撃ち合い、雌雄を決する。

その場合、日露戦争（明治三十七年・一九〇四年）ころの四千メートルとか六千メートルとかの距離で撃ち合う決戦ならば、目で敵艦をハッキリ見て撃ち、戦場の状況や彼我の態勢の変化をフォローすることができるが、太平洋戦争（昭和十六年・一九四一年）ころになると、科学技術の進歩で、砲戦距離が二万メートルから三万メートルにまで延びた。

水平線の上にマストしか見えないような二十キロも三十キロも遠いところにいる敵艦に、撃った砲弾が命中したかどうか、何発が命中し、何発が遠く、あるいは近く外れたか、ないしは右に左にどのくらい偏ったか、敵はまっすぐ進んでいるか、舵をとって離れていくか近寄るか——そんなデリケートな、詳しい情報は望遠鏡ではわかりにくい。モヤがあったり、雨が降ったりしたら、なおさらのこと。敵の駆逐艦あたりが、敵味方の間に煙幕を張ったりしたら、まるで見えなくなる。

そこで考えられたのが、戦艦や重巡に積んで、決戦の前にカタパルトで射出し、砲弾の落ち具合あるいは敵艦の動きを見させ、砲術長の「目」の役割をさせようとした水上観測機だった。

操縦員と、偵察員（観測員）が乗る二座機で、ヴォート・コルセアの流れをくむ複葉単浮舟の九〇式二号水偵、その性能向上型の九五式水偵。そして、さらに空戦性能をよくした零式観測機（零観と略す）が太平洋戦争に現われた。世界最優秀の複葉水上機といわれたが、実戦では、意外なほど空戦性能がよく、ソロモン水域で大活躍する。

一方、操縦員、偵察員、電信員を乗せた三座機は、実用性と性能で世界一といわれた一四式水偵が、速力七十八ノットの鈍速と抜群の安定性で、夜間触接（敵に接触を保ち、状況と行動を知る意味の海軍用語）用に珍重され、夜戦を狙う水雷戦隊旗艦（軽巡）などに積んだ。その性能向上型が、一四式と同じ複葉双浮舟の九四式水偵。そして、低翼単葉双浮舟の零式水偵（零偵と略す）となり、日本海軍最後の傑作機とされ、太平洋戦争では三座水偵の主力として活躍する。

名前どおりの偵察はむろん、哨戒、攻撃、連絡、輸送、救難などと、なんでもこなす万能ぶり。

「足柄」飛行長三浦武夫大尉
——零偵を駆り、会心の弾着観測をスラバヤ沖で演じた。

そんなことで、重巡「足柄」飛行長**三浦武夫**大尉は、「考えてみれば、飛行時間は五千七百時間かナ」という。全部自分で飛んだ時間だけだ、というから、ずいぶん飛んだものである。

三浦飛行長が会心の戦いをしたのは、十七年三月一日、スラバヤ西方で、船団護衛部隊の主力である「足柄」「妙高」「那智」「羽黒」と駆逐艦四隻のいるところへ、イギリスの重巡エクゼターと駆逐艦二隻がパッタリ出会った、そのときである。「足柄」をとび出した水偵は、敵艦の上空に頑張って、画に描いたような弾着観測をしてのけた。零戦隊が、制空権を奪っていたから、邪魔をする敵戦闘機は、一機もいなかった。くりかえし訓練してきた腕前が、そのまま発揮できた。三斉射《せいしゃ》目に（三回目に発射した砲弾で）命中弾が得られたのである。レーダー射撃ではなかった当時の主砲射撃としては、目を見張るほどの見事さだった。

問題は、その後のことだ。

エクゼターと駆逐艦が二隻沈み、任務を終わった水偵が「足柄」に帰ってきた。

空母ならば、高速で走る空母の飛行甲板に着艦する。飛行機の尾部から吊り下げたフックが、飛行甲板に横ざまに張られたワイヤーを引っかけ、ブレーキがかけられ、飛行機は停止する。

ところが、水偵を積んだ戦艦、重巡、軽巡は、着水した搭載機が近寄ってくるのを、艦を停め、揚収デリックを舷外に出し、滑車の先についたフックに飛行機の吊り金具をかけ、吊り上げ、デリックを回してカタパルトの上に静かに載せなければならない。それだけの手順をとらないと、収容できない。

三月一日の対エクゼター戦のときは、述べたように敵戦闘機はいなかった。敵潜水艦もいなかった。海上も静かだった。三拍子揃って、味方に都合がよかった。カタパルトで射ち出された水偵は、無事に帰ってきて、またカタパルトの上に収まった。

「だが、こんなことが、戦場でいつもあるはずはない」

三浦大尉は、ふと疑問を抱いた。

「そんなはずはない。荒天のとき、敵機がいて、敵潜水艦がいて、艦が停められないとき、帰ろうにも帰れないことが、きっと起こる。そんなとき、黙って死んでいく覚悟をしておかねばならぬ。部下にも、その覚悟をさせておかねばならぬ……」

戦場では、戦いに勝つためには、勝たねばならぬという任務の前には、人命の尊重も二の次になることがある。指揮官が、部下の生命をなんとかして守ろうとしても、及ばないこともある。

科学技術の進歩で、この人命の犠牲を減らすことができないものか。大型空母のような大きな飛行甲板ではなく、もっと狭いところに降りられるようなものはないか。それがあれば、ちょうど今日のヘリコプターや垂直離着陸機に近い恩恵を、水偵搭乗員たちは受けられるであろう——そう思いつづけてきたという。

実は、それより約二ヵ月前、三浦飛行長は、九五式水偵で、ベラボウな記録を樹てていた——。

十七年一月十日、「足柄」はフィリピン西方海面を哨戒していた。と、敵飛行艇一機が、触接してきた。「あれをやっつけろ」という命令で、カタパルトから、三浦機ともう一機、射出されて後を追った。

敵の足が意外に速く、残念ながら逃げられてしまった。しかたなく帰途についた途中、敵爆撃機B26四機が味方上空に向かうのを発見した。すぐに報告して接近しようとしたが、あいにく大きなスコール雲が邪魔して、近づけない。そのとき、「足柄」と「摩耶」は之字《のじ》運動（ジグザグ運動）をしていた。爆弾八発が投下されて、「足柄」の左舷中部百メートルくらいに落下した。危ないところだった。

敵機は、爆弾を落とすとすぐに引き返したので、スコールの中での揚収になった。波もあるし、ウネリもある。

こんなときには、三十二ノットの高速回転で推進器《スクリュー》を回しながら、風下に向かって大角度転舵をして、機械を停める。そうすると、艦尾を風上に向かって力いっぱいひねることになり、艦尾の風下側に比較的波の静かな部分ができる。そこを目がけて手早く着水し、手早く艦に近寄り、デリックのフックに手早く飛行機の吊り金具を引っかける。フックにかけた瞬間、すばやくデリックを巻き上げる——という方法をとる。

フックに吊り金具をかけるのは、波の山が来て、機体がスーッと持ち上げられた瞬間にする。そして、フックがかかったのを見て、エンジンのスイッチを切る。

艦の動揺と、飛行機の動きと、デリックの位置と吊り上げのタイミングが微妙な関係を持っていて、呼吸がピッタリ合わないと失敗する。失敗したら惨めだ。ことに単浮舟の水偵では、飛行機が転覆しやすいから厄介だ。

このとき「足柄」は、三十二ノットで転舵（航跡静波といった）したが、あまり波が静かにならなかった。といって、グズグズしていると、モトの木阿弥になってしまう。急がねばならない。同時に、万一のことも考えねばならないので、二番機に、手早く、「暗号書は身体に縛りつけ、落下傘バンドをはずして泳ぐ準備をせよ」と命じ、三浦飛行長はまず着水コースに入った。危険なときは、指揮官先頭である。二番機はそれを見習って降りてくる。

波がある。機首を波に直角に向けながら、高度を下げた。ドンと浮舟が水についた。波と浮舟がハチ合わせしたのか、とたんに、ビューンと大ジャンプをした。

とっさにエンジン全開。

「やり直す」

猛烈な勢いで、艦スレスレをすりぬけた。目の隅に、艦橋で松浦参謀の振る手が見えた。艦橋とおなじ高さ（三十二メートル）までジャンプしていた。

脚が折れてはいないか、と心配になったが、確かめることができない。ままよ、と、ひとまわり艦を回って、二度目の着水。こんどもジャンプしたが、前ほどのことはなく、うまい具合いに降りられた。

そこで「足柄」を見て驚いた。ウネリが大きいのなんの。艦の赤腹（水線下の部分。赤い錆止め塗料を艦底一面に塗ってある）が出たり、かくれたりしている。水面に浮いた飛行機から見ると、ウネリの高いところは、「足柄」の上甲板より高いではないか。

「ウネリの高いところでフックをかけろ」

偵察員に命じて、三浦大尉はエンジンを回す。飛行機は前進をはじめた。揚収デリックから下がったフックの真下に入るよう、舵をとる。グッと来るショックを感じ、飛行機は宙に浮いた。

「やれやれ——」

デリックも強いが、飛行機の脚も強い。引き揚げるワイヤーも強いもんだと、やたらに感心した。ホッとすると、それだけ感心する気持ちの余裕が出てくるのだろう。そうするうちに、波風が少し静かになった。二番機は、大ジャンプもせず、無事揚収を終わる。波風相手の仕事は、そんなものだ。

艦橋で任務報告をすませた三浦飛行長に、松浦参謀が笑いかけた。

「九五水偵の脚の強さの実験をやったね。あれは世界一のジャンプだ。天晴れだよ。じつはね、着水できんときの話が出てね。参謀長に申し上げておいた。三浦飛行長のことですから、艦尾から一升瓶でも流しておけば、泳いででも帰って来ます——」

三年先輩の、とんでもない「悪友」航空参謀であった。

揚子江の四季

〈浙贛作戦＊「堅田」艦長・福山修少佐〉

昭和十七年五月、ちょうどサンゴ海海戦があり、世界の海戦史上はじめての空母部隊対空母部隊の決戦が戦われていたころから、十九年十月、フィリピン沖海戦で、連合艦隊が体をなさないほどに壊滅するまでの二年半を、**福山修**少佐は、砲艦「堅田《かたた》」艦長として、揚子江上で暮らした。しかもかれは、昭和十一年、中尉のときに十六駆逐隊駆逐艦「芙蓉《ふよう》」乗組で南支沿岸警備、その後、北京在勤海軍武官補佐官を一年、十六年には上海根拠地隊参謀をつとめているから、文句なし、ベテランのシナ通である。

もうひとつ、砲艦「堅田」。正確にいうと「河用砲艦」。俗称「ゲタぶね」。ちょうど下駄を裏返して浮かべたような格好の艦だ。揚子江の上流、浅いところまで行けるように、艦体の水面下の深さ、わずかに一・二メートル。基準排水量約三百トン、速力十七ノットで、揚子江上流の三峡の険を減水期でも通れるように設計され、全長約五十五メートル。兵装は八センチ高角砲一門、二十ミリ連装機銃一基、七・七ミリ機銃六の軽武装だ。

だが、昭和十七年五月から九月にわたる浙贛作戦では、洞庭湖部隊として、他の砲艦二隻、特設砲艇四隻と組み、陸軍部隊の作戦に呼応して湖内に進入。敵拠点に砲撃を加えた。このようにして、あるときは揚子江部隊の作戦に加わって奮戦し、またそれ以外の月日は、漢口から上海までを往き来して、警備任務についていた。

福山修少佐——ベテランの中国通。揚子江の四季は、詩情溢れるものであったという。

この間、砲艦「堅田」は、江岸の匪賊《ひぞく》（本来は徒党を組んで出没し、殺人掠奪をこととする盗賊の意だが、当時は便衣を着た中国兵をもふくめてそう言っていた）から銃弾を撃ち込まれたことは、一度もなかった。江岸に繋ぎっぱなしにしていたときもあったが、砲艦にいたずらされたこともないし、「日本の砲艦がどこそこにいる」と、中国軍あたりに告げ口された形跡もなかった。

なるほど、「堅田」の兵装は、のべたとおり薄弱だった。が、いざ攻撃となると、それだけの火力がほとんど一個所から猛然と一地点に向けて噴出する。その集中火力のすごさは、あるいは陸軍の一個大隊のそれ以上であったろう。

匪賊たちも、よくその瞬発攻撃力のすごさを知っていて、毛を吹いて傷を求める愚はおかさなかった。同時に、日本の砲艦が、明治以来、理不尽なことやむごいことをせず、江岸の住民たちが、砲艦、いや軍艦旗にたいして恨みをもっていないこともあったろう。

ある日——。

定期修理のため、福山少佐の指揮する「堅田」が、揚子江を下り、上海に向かっている途中だった。兵器廠から高角砲、機銃の試験発射を依頼してきたので、それならば、かねて匪賊が江岸近くにいるといわれた江陰《キャンイン》付近がよかろうと、人家のないところを見すまして、高角砲五発、機銃四十発をぶっ放した。

するとどうだろう。江岸に生い茂った草むらの中から数十隻の漁舟が「堅田」に漕ぎ寄せてきた。さすがの福山艦長も、二の句がつげずにいると、なんとその漁舟が、てんでに魚籠の蓋をあけて、獲物の魚を手に手に捧げ、どうか受けとってくれと声をはりあげるではないか。呆気にとられた艦長は、急いでかれらを制し、主計兵に命じて食料庫から食塩を持ってこさせ、かねてからかれらにはそれが貴重品であることを知っていたので、なにがしかをみんなに分け与えた。

漁師たちは、おどろくやら喜ぶやらで、口ぐちに「謝々《シエシエ》」といいながら、叩頭《こうとう》した。その姿が次第に小さくなるのを目で追っていた福山艦長は、艦尾に夕日を受けて翻る軍艦旗を、このときほど感動をもって仰いだことはなかったという。

しかし、妙な気もしないではなかった。この辺を警備している海軍の同僚たちの中には、この手を使って漁師の獲物を召し上げている者があるのだろうか。そうでなければ、かれらがあんなことをするわけがないはずだ。それとも、武力にたいして生き延びる知恵を、かれらは昔からみな持ち合わせているのか。

さて、その福山少佐によるそのころの「揚子江おりおりの四季」――。

夏――揚子江は増水する。冬の減水期にくらべると、漢口では十メートルも水位が高い。上り下りする船々は、悠々とすすみ、江岸の草木は生々と繁茂して、見渡すかぎり緑一色。その緑の畑の中を、クリークがあるのか、帆船が静かに動く。一望千里の沃野《よくや》を玉蜀黍《とうもろこし》や稲が埋めて、中国に食料不足があるなど、とうてい考えられぬほどである。

江岸のあちこちに、枝をいっぱいにひろげ、葉を繁らせた楊柳があるが、これが砲艦などには、格好の隠れ場所を提供してくれる。この木の下にかくれていれば、在支米空軍の戦闘機の目を逃れることができる。

また、水辺の草むらといっても、水面から数メートルもに茂ったアシやヨシで、そのなかにはいろいろな鳥や虫のたぐいが住みついている。ことに螢は名物で、数といい、光の大きさといい、想像をはるかに越える。夜、揚子江を下ると、まるで機銃の曳光弾を打ち込まれたように見えることさえある。

——揚子江を下航する砲艦から、夏になると、時折り江岸から機銃射撃を受けたという報告があった。福山少佐はいう。

「私はおなじころ、おなじところを数回下航したが、一度も銃撃を受けたことはなかった。とすると……」

犯人を捕えてみれば螢なり、ということか。

揚子江には、ありとあらゆるものが流れてくる。夏には、それが一番多くなる。こわれた家の一部らしい材木や家具、根こそぎになった大小の樹木、さては水死した家畜の類。水で大きく膨れあがった黒い牛が、数十頭も流れているのを目撃して、食料不足で苦しめられていた当時のこと、もったいないと、生唾をのんだ話もある。むろん、人間の水死体もたくさん流れていたに違いないが、どういうわけか、一度も見かけなかった。中国海軍が浮流機雷を流したともいわれたけれど、実害は一回もうけなかった。

揚子江の夏は、暑い。漢口では、インド人が避暑にインドに帰るといわれ、屋根にとまった雀が昏倒して屋根を転がり落ちる間に焼鳥になる、という話もある（下でそれを拾って、ハイ一丁あがり、と尾ヒレをつけるのは悪ふざけだが）。

南京から上流では、流速五、六ノット（毎時十キロ前後）で相当速い流れなのに、油を流したように、さざ波ひとつたてず、流れているのかよどんでいるのかわからない。そのくらい風がない。そのうえ、照りつけられ、揚子江はむろんのこと、一面の水田や湖沼から水蒸気がたちのぼり、湿度がものすごく高い。夜になるとひんやりするとか、朝夕は涼しいなどということは、薬にしたくでもない。耐え難い暑さ、というほか言葉もない。一晩中、洋車《ヤンチョ》（人力車）を走らせ、やっとウトウトできたとか、庭に寝台を出して野天に寝たとか、そんな話にはこと欠かない。

福山艦長も、知恵を絞り、「堅田」の上甲板に竹のスノコをしつらえ、その上に蚊帳を張って寝たという。

秋——揚子江の秋は、空と水からやってくる。日本の台風シーズンよりひと足早く、台風くずれが来て、夏の安定した気候をこわし、天気が変わりやすくなる。一方、揚子江では、満々とした水が、はじめはほんの少しずつ、やがては目に見えるほどに減ってゆく。

水が減りはじめると、沿岸の農家は忙しくなる。それまで水をかぶっていた江岸に、種蒔き、植付けを急ぐ。河水で運ばれてきた沃土を利用するわけである。さらに減水がすすむと、こんどは四ツ手網を拡げ、せっせと漁に精を出す。長江鯛といわれる鱖魚の漁期だ。陸地では、玉蜀黍や稲の収穫期に入る。しかし、当時は、そのあたり、まだ原野が多く、一面に白穂が波打つススキ野、といったほうがよかった。

秋もようやく深まると、揚子江の天気も安定し、いわゆる「江南の秋」となる。日一日と少しずつ寒くなり、少しずつ楊柳の葉が落ちてゆく。そのころになると、沿岸一帯に野菊が黄色い花を咲かせる。揚子江の野菊は、すべてといっていいくらい、黄色である。夏の増水期、水をかぶらなかった岩や崖の上の部分にも、野菊が密生し、燃えるような黄金色が水に映える。四季を通じ、もっとも美しいときの一つである。

このころ、上海は蟹の季節になる。「菊花蟹」という名にも、季節感があふれている。蕪湖《ぶこ》から下流の揚子江が主産地で、両岸のあちこちに網代木《あじろぎ》があって、それが晩秋になり、減水すると、見えてくる。この網代木に網を張り、蟹を捕えるのだが、早朝、葉のほとんどを落とした柳の下を朝霧が流れゆくにつれ網代木が現われてくる風景は、百人一首の、

「朝ぼらけ宇治の川霧たえだえに　あらはれいづる瀬々の網代木」

そのままと思ったものだ。

それにしても、この蕪湖蟹は、とてもうまい。生きたまま蒸籠で蒸し、まず甲羅いっぱいの赤い卵（?）を食べ、そして白味、爪や脚の先まで入っている白い肉を、針金や金づちを使って食べ、心ゆくまま竹葉酒（極上の中国酒）をあたためて飲む。思い出すだけでも食欲が湧く。

鰻漁がはじまるのも、秋である。蟹が蕪湖から下流であるのにくらべ、鰻はそれから約百五十キロ上った安慶付近でとれる。流れの静かな揚子江の直線部で、大きな竹をぶっちがいにしたものに網を張り、水中に入れ、風を利用しながら上流に向けて遡江し、下り鰻を捕る。揚子江に棲む魚はみな大型だが、この下り鰻は格別に大きい。日本にすれば、伊豆や鹿児島あたりで「池の主」といわれ、観光名物になっている大鰻――あれよりもっと大きい。

一度、食塩と物々交換で蒲焼にして食べてみたが、とても食べられるものではなかった。第一、火が通るほどに焼くのが大変で、焼きあがっても、硬くて容易に噛めない。皮にいた

っては、これはもう、人間の歯では噛み切れない。いっそなめしたら、柔らかくて靭い格好の皮製品になるのではないか。

冬——揚子江の水がもっとも減り、船は谷底を這うような気持ちで灯船や灯標をたよりに上り下りする。五千トンに近い貨客船も数十トンの曳船も、まったく同じ水路を通らねばならぬ個所が、あちこちにある。こんなところでは、上り船は下り船に路を譲り、通りすぎるまで待たねばならぬこともある。揚子江では水先案内人《パイロット》がどうしても必要とされるわけだ。沿岸の樹という樹は、ほとんど落葉する。夏の間、うまいぐあいに在支米軍機の目から隠してくれた楊柳の木も、いまは遙かに高いところに、箒を立てたようにして聳えているし、水辺のアシも枯れて、いまの沿岸との間に幅数十メートルの水たまりをあちこちに作っている。

この露出した増水期の江底は、格好の運動場になる。近くに着底停泊して、朝の体操や、午後の運動競技などを、楽しんだものだ。なお、この水たまりは、よく結氷しているのを見かけた。

冬の揚子江は、野鳥の宝庫だ。江中の砂洲（といっても、数百軒の農家があるほど大きい）に上陸すると、農家が飼っている鶏と見まちがえるほど雉がいる。あちこちに数羽ずつがかたまって、餌をついばんでいる。雉鳩や野鳩は、家のあるところ、木にかならずといっていいくらい、数羽がとまっている。

すこし内陸に入って、大きな竹やぶのある屋敷や廟の境内などには、夕ぐれともなれば、それこそ何千、何万とも知れぬ雀が宿帰りして、しばらくの間は大騒ぎをする。時折り、鉄砲を担いで鳥打ちに出ると、手ぶらで帰ることはほとんどなかった。

ただ雉だけは、とうとう一羽もとれなかった。数羽のグループのうち、一羽がかならず見張っていて、人間を鉄砲の有効射程内に近づけない。では知恵くらべだと、こちらが二手に分かれ、一方は隠れて油断させ、近くに降りてくるのを待ったが、そのカラクリがわかるのか、どうしても近くに寄ってこないのである。

揚子江には、数千、数万羽の鴨が群れをなし、水の流れも見えないところがある。その大群が浮かぶ中を航行すると、壮観だ。いっせいにこれが飛び立ち、天日ために暗く、船体に体当たりしてくるのではないかと、思わず首を縮めたくなる。このまっ黒な鴨の大群の中に機銃を射ちこめば、一羽や二羽には当たるだろうと、機銃射撃をしてみたが、これまた絶対に命中しないから不思議である。

また、沿岸の湖や沼には、雁が飛んでくる。厳冬、霜白く、湖や沼が一面に結氷すると、雁は水辺にあがり、数百羽が日向ぼっこしているのを見かける。

「ある朝、暇を見て、私（福山少佐）は、射撃の上手な部下を連れて、雁狩りに出かけた。こんどは、大成功で、十キロ以上の大ものを二羽も仕止めて帰艦した。途中、会った中国人の農夫がみな祝福してくれたものだ。しかし、この雁も、食べてみると、少しもうまくなかった。とにかく、大味で硬いのである。上海や漢口で食べる雉や鴨はうまいのに、うまくない。あるいは、あまりにも新しすぎたせいだろうか」

春――春は中国で一番いい季節である。二月も末になると、沿岸の柳の小枝がどことなく黄色味を増し、やがて、少しずつ緑がかってくる。揚子江の水も、少しずつ水位が上がる。増水期の河底が露出した江岸には、アシが赤紫の新芽をちょっぴりのぞかせる。

やがて里では、老梅が黄色く薫る。いよいよ「江南の春」である。

楊柳の緑は濃く、吹く風にしずかに揺れる。陸は花ざかり、野は一面に緑の絨緞を布きつめ、牛や山羊が点在して、のどかに草を喰む。揚子江の水も目立ってふえてくる。こんなとき、揚子江を上下すると、のどかで静かで、眠くなるほど。

「まったく、いいなあ」と感ずる。

春も晩くなると、ほんの一時期、時魚のシーズンが訪れる。時魚とは、揚子江下流でとれる、文字どおり「時の魚」で、シーズンといっても長いときで一ヵ月、ふつうは二週間くらいしかない。これを酒蒸しして食べる。肉はやわらかく、脂は細く肉のすみずみにまでゆきわたり、厚からず薄からず、口に運べばとろけるようで、上海人が天下一と賞味するもの。日本酒によく、中国酒によく、洋酒にもよく合う。

時魚を賞味し、天下の美酒に酔い、江南の春に眠る――まこと天下泰平、この世の極楽というべきである。

さて、春ともなり、江水がふえると、揚子江を東西に上下し、南北に横断する船もふえ、人や物の往来や交流も盛んになる。そうすると、中国の物資の統制に当たっていた日本陸海軍の仕事も多くなり、おのずから網にかかる物資もふえる。

あるとき、統制品である植物油のカメを多数押収した。そのカメの一つを試食してみたところ、菜種油の逸品だったので、廃棄処分にするのはもったいないと、僚艦に分配した。僚艦は、これを休養地の料亭に運び、料理に使い、乗組員全員の慰安会を催した。ところが、配ったカメの油が運悪く、植物油は植物油でも、菜種油でなくて桐油だったからたまらない。全員嘔吐、下痢は当然としても、料亭の全従業員、女将、女中、板前はもちろん、使用人の中国人、掃除婦にいたるまで、一人残らず嘔吐、下痢に襲われ、とんだところから「悪事」露顕に及んだ。幸い、命にかかわるようなこともなく、重症になったものもなく、半日か一日休めば事たりたので、笑い話ですんだが、まさに「江南の春」に浮かれた者への手痛いお灸であった。

ちなみに、桐油は、高級塗料用として欠かせないもので、食用にするなどとんでもない。しかし、料亭従業員まで一網打尽にされたというのは、そのころ中国にあった日本料亭が、どれほど植物油に困っていたかを物語ることでもあった。

痛烈な教訓

〈ラエ、サラモア戦＊「津軽」航海長・越智武雄大尉〉

さて、太平洋正面の戦場に移る。

アメリカが、日本軍の南部仏印進駐を見て、報復として石油の全面禁輸に踏み切った昭和十六年八月。

北部仏印進駐のときと違って、南部仏印には平和のうちに進駐するのだから、まさか石油を停めたりはしないだろう、とずいぶん甘い状況判断をしていた海軍は、愕然とした。ちょうど二十四年前、軍縮会議で対米六割の劣勢を強制されたときのように、動転した。

それまで、陸軍からどんなに日米開戦を強要されても、なんとか開戦せずにすませる方法はないかと、決定をズルズル引き伸ばしてきた海軍が、豹変した。開戦やむなし、とハラをきめた。

南方資源地帯の油は、海軍にとって、そのくらい重要であった。そして、待望の「油」作戦――南方作戦が開始された十七年二月、実は、日本の運命をきめる動きが、南方作戦の戦場から遙か離れたところではじまっていた。

一つは、米機動部隊によるマーシャル諸島空襲（二月一日）。これは、その後、二月二十四日のウェーク空襲、三月四日の南鳥島空襲とつづき、四月十八日の本土空襲となって、六月五日のミッドウェー惨敗につながる。

もう一つは、海軍の対米作戦のカナメであるトラックを、豪州方面から脅かされる恐れを断つための作戦――さきざきガダルカナルの敗戦を招くことになるサンゴ海周辺の要地、ラバウル（英語読みではラボール。海軍ではラボールと呼んでいた）とニューギニアの東岸、ラエ、サラモアの攻略。

その二月二十日に発動されたラエ、サラモア攻略作戦で、（機雷）敷設艦「津軽」は、三月五日、ラバウルを出港、輸送艦五隻の先頭に立って、ラエ、サラモアに向かった。

基準排水量四千トン、機雷六百個を積む。もっとも、このときは機雷は全部サイパンに揚げ、身軽になっていた。十二・七センチ連装高角砲二基（四門）を持ち、速力二十ノット。カタパルト一基に水偵一機を載せた新鋭艦（開戦直前完成）である。そして、**越智武雄**大尉が航海長をつとめる。

七日、船団は二隊に分かれ、「津軽」は天津丸、金剛丸、黄海丸を誘導。八日の未明、ラエ、サラモアに上陸を決行。順調に作戦は進行して、艦艇は警戒と陸戦協力にあたる。軽巡「夕張」が主隊で、ラエとサラモアの間を往ったり来たりしながら指揮。駆逐艦「朝凪《あさなぎ》」「夕凪」などがサラモア沖、「津軽」と駆逐艦「睦月《むつき》」「如月《きさらぎ》」「弥生《やよい》」がラエ沖。このほか天津丸、金剛丸、黄海丸は海軍特別陸戦隊の、横浜丸、チャイナ丸は陸軍部隊の作戦を、それぞれ助けている。

そんな布陣で、三月九日が何事もなく過ぎ、十日が明けた。ほとんど満天の雲だった。

早朝、その雲間からロッキード一機が現われた。明らかに偵察だ。ポート・モレスビー（連合軍航空基地）から二百七十キロの近さだから、見つかったら最後である。

それから一時間たらずして、小型機三機が襲って来、つづいて艦尾から、五機が急降下してきた。みな、「津軽」を狙っている。むろん、「津軽」は増速し、対空戦闘をはじめる。「面舵いっぱい」「取舵いっぱい」と大回避する。至近弾二発。右舷と左舷。そして、後から急降下してきた敵機の一弾が、煙突の左後部に命中、舵が利かなくなった。すぐに人力操舵を命じる。折も折、右から三機、突っこんできた。「取舵いっぱい」と号令はされたが、舵が動くかどうかわからない。ピンチである。

「航海長。アタマの向いている方向に砂浜はないか。ノシ上げられるところは」

艦長の声に、越智航海長は横ッとびに海図台にとびつく。とたんに、左舷後部に至近弾。助かった。命中していたら、終わりだった。

「右百六十度、敵機三機。突っこんでくる」

息を継ぐ暇もない。と、何やら艦首が左の方に動いているではないか。

「舵が利いてきたぞ。おい、航海長――」

海図台から顔をあげた航海長は、顔をあげたとたん、また一発、右舷の至近弾で、よろめいた。最初の一弾が艦橋の右舷すれすれの至近弾になって、これまでに五分たっていた。まるで、颶風の中心に巻きこまれたようであった。そして、このあとが大変なことになった。

開戦早々で、しかも「津軽」が大型で、出来たばかりで、ジェーンの軍艦一覧にも載っていない。そのうえ、高角砲が活躍して敵機を撃墜し、撃退したためだろうか、敵の飛行機電話を聞いていると、「津軽」をいつも「戦艦」という。戦艦がいるから大型爆弾を持ってこい、魚雷を持ってこい、と催促している。

「間違えてる。ありがた迷惑ですな、艦長」

「戦艦『津軽』か。悪くないぞ、しかし」

笑ったが、こりゃ容易ならんことになるぞと、気を引き緊めた。「津軽」は、最大戦速に上げた。最大戦速といっても二十ノットだが、やむをえない。

まず、雷撃機がやってきた。大型機がきた。戦艦「津軽」を攻撃してきた。魚雷と大型爆弾で止めを刺すつもりらしい。あいにく、「津軽」は、装甲らしい装甲を持っていない。一発命中したら、そのまま轟沈しかねない。

雷撃機八機。遠巻きに機をうかがう。「津軽」は、必死で撃ちつづける。突撃してくる出鼻を射って撃墜する。おどろいたのか、他のは逃げる。こんどは右と左に分かれて突撃してくる。死に物狂いで射ちすくめる。

突然、急降下爆撃機が降ってきた。

「面舵いっぱい」

艦長も航海長も、声がガラガラになる。

四機が左から、十機が艦尾から、八機が右横から、三機が右から、三機が左から、三機が右から、三機が右前から、同時といってよいくらいに間隔をつめて、突っこんでくる。もうメチャクチャである。魚雷が、まっ白なウェーキを曳きながら、何本も何本も、戦艦「津軽」を狙って突進してきたが、幸い、一本も命中しなかった。

「あれが日本の飛行機乗りだったら、とても浮いちゃおれんだったな」

フーッと溜息をついて、艦長がいった。

だが、もう一波やってきた。大型機の大群だった。四発の巨きな飛行機が、曇り空いっぱいになり、大型爆弾を、これでもか、これでもかと落としていった。双発の中型機も来た。爆音が頭の上を覆いつくした。号令が聞きとれないほどの轟音だった。「津軽」は、精いっぱい走りまわり、高角砲を撃ち上げた。が、一発命中すれば轟沈するはずの爆弾は、一発も命中しなかった。そして、えんえん二時間。

「打ち方待て」の号令がかかった。耳も頭も、ボーッとなっていた。

十二・七センチ高角砲弾二百四十四発、二十五ミリ機銃弾二千六十七発、七・七ミリ機銃千発を撃ちつくし、戦死十二名、重傷三名を出していた。そして艦は、一発の命中弾で、兵員賄所、煙路、方向探知機室、内火艇一隻、探照灯二基、機雷取り入れ装置二台が破壊され、操舵装置の、艦橋から舵取機械に舵の動きを水圧で伝えるテレモーターの水圧管が破れていた。それよりも危なかったのは、右舷に落ちた至近弾で、破片が舷側に突き刺さり、大小二十の破孔を作っていた。幸運というよりは、不思議だった。頬をつねってみたい衝動もあった。信じられなかった。戦艦「津軽」は、立派に浮いていた。

だが——。戦場は惨としていた。

「夕張」は至近弾で、艦体に無数の孔があき、「夕凪」は命中弾を受けてボイラーの高圧スチームパイプが破裂し、「朝凪」はボイラー一つ残すだけ。聖川丸は機械室に浸水して航行できず、「津軽」に曳いてくれと頼んできた。金剛丸は命中弾二発、船艙炎上。天津丸は海岸にノシ上げ、横浜丸は爆沈。その他も、大小の手傷を受けて、みな肩で息をしていた。

制空権をまず奪取して、それから輸送作戦をすべきであった。しかし、「制空権」ないし「制海権」が重要だとは、みな口ではいうが、ほんとうの意味がわかっていなかった。敵基地を攻略すれば制空権はとれると考えた。なるほど、それには違いないが、攻略するにも味方が制空権を握っていることが必要だった。制空権のないところでは、水上艦艇はいつも敵機に死命を制される。

この誤解が、あとあとまで尾を引き、戦争を失う土台になる。痛烈な教訓が、この作戦で得られたはずだが、誰も注意しなかった。

第三章　戦局の転機

事実誤認

〈ミッドウェー海戦＊「加賀」二分隊長・安武高次大尉〉

真珠湾で予想以上の戦果をあげながら、空母を討ちもらしたことを知った山本長官は、すぐ、「これからどうするか考えろ」と幕僚に命じ、討ちもらした米空母対策に腐心した。しかし、どう苦心しても妙案が浮かばなかった。

昭和十七年に入ると、その米空母部隊が動き出した。二月一日にマーシャル諸島、二月二十四日にウェーク、三月四日に南鳥島に来襲したが、そのたび、日本海軍は敵空母を捉えることも、空襲を防ぐこともできなかった。

山本長官が戦前から心配していた通り、受け身で、守る一方でいては、敗けてしまうおそれさえあった。

飛行機が、どうしようもないほど少なかった。十分な哨戒《しょうかい》（見張り警戒）ができないから、いつも不意を打たれた。

これでは、敵の空母部隊を味方が待つ戦場に誘い出し、それを捉えて積極的に攻めるしかない。

その場合、味方がそこを攻撃すれば、敵空母部隊が必ず誘い出されて出てくる要点はどこか。いうまでもなく、ハワイである。しかし、真珠湾攻撃のときと違い、今では敵も備えを固めている。十分な飛行機を準備してからでないと、ウカツに近づけない。その飛行機は、現在の日本の貧弱な生産量では、十月にならねば揃わない。十月まで、指をくわえて待っているわけにはいかなかった。

山本長官は、敵空母部隊に本土を空襲されるのを恐れていた。

——かれは二十一歳のとき、少尉候補生で日本海海戦に参加したが、ウラジオストックにいたロシア艦隊が房総沖に現われ、それを知った国民がパニックを起こした状況を忘れることができなかった。敵空母部隊の本土空襲で、もし家を焼かれたり、死傷者が出たりしたらどうなるか。戦争を続けられないほどの大混乱になるのではないか。

そんな状況にだけは、どうあってもさせてはならない。といって、十月までの数ヵ月間、手をつかねていたら、マーシャル、ウェーク、南鳥島とだんだん本土に近づいてきた敵空母部隊が、味を占めて、本土空襲に挑戦してくるのは目に見えている。

あれこれいきさつはあったが、そのうち、瓢簞から駒のように、ミッドウェー作戦の構想が浮かび上がった。

山本長官は、不賛成だった。だれが考えてもわかるように、これはそよの庭先に攻めこむようなものである。——味方基地（ウェーク）からは哨戒機の目が届かないほど遠い。だから、南雲機動部隊が近くまで行って航続距離の短い飛行機を飛ばさないと敵情がわからないのに、敵は、航続距離の長い哨戒機をミッドウェーから飛ばせ、味方が敵を捉《とら》える以前から敵に味方が捉えられる。最悪の、もっとも危険な状況になる。その上、味方基地からは手が届かないのに、敵基地（ハワイ）から距離が近く、いくらでも手が届く。

一言でいえば、本質的に無理な作戦なのである。不賛成、という方が、常識だった。

ところが、幸か不幸か、「では、ミッドウェーをやめてここにしたらどうか」という代案がなかった。代案がなければ、大本営で次の作戦として考えているフィジー・サモア作戦をしなければならない。南にはずれたフィジー・サモアまで連合艦隊が下がっていくことは、山本は反対だった。本土空襲を狙って中央突破してくる敵空母部隊に、「じゃあどうぞご自由に」と、中央本道を明け渡すことは、かれにはできなかった。かれは、身を楯にして、敵の本土空襲を阻止しなければならぬ、と決意していた。

真珠湾作戦のときと同じような大本営と連合艦隊とのスッタモンダがあり、結果、四月五日にミッドウェー作戦が内定、四月十五日ころに正式に決定し、上奏、裁可された。

「なぜ、こんな危ない作戦をしなければならないんだ。ミッドウェーを奪っても、持ちきれるはずはない。奪《と》り返されるだけなのに」

釈然としないふうで、みな表情も晴れなかったが、三日後の四月十八日、ハルゼーとドゥリトルのコンビによる初めての本土空襲があり、そのとき、空襲を防ぐことも、敵空母部隊を捉えることもできなかった。しかも、被害が出て、人心が動揺した。その状況を目の前に見て、みな愕然とした。そして一転してミッドウェー作戦の意義をのみこんだ。急に、作戦準備と作戦実施への強いドライブがかかった。

この米軍の本土空襲は、物心両面で日本に打撃を与えただけでなく、のちミッドウェー攻撃（六月五日）のときの状況判断を誤らせるカギになる。ずいぶんと祟《たた》られたものであった。

なぜなら、米軍は、五月上旬のサンゴ海海戦で、空母レキシントンを撃沈され、ヨークタウンに修理に三ヵ月かかる損傷を負わされた。サンゴ海に一隻の空母もいなくなった。このままでは、日本軍は無人の野を行くようにしてポート・モレスビーを手にいれてしまう。そうさせては一大事だと、日本本土空襲を終わって真珠湾に帰る途中のハルゼー部隊を、引き返させ、サンゴ海に急航させた。

その、サンゴ海に急航する米空母二隻を、マーシャル諸島の南方で、日本海軍の哨戒機が見つけた。重大情報だった。

同じころ、それとはまったく無関係なところで、日本海軍の暗号を解読した米海軍は、六月五日に予定されたミッドウェー攻略作戦の内容を知った。かれらにとって、モレスビー以上の重大情報だった。

そのとき、米海軍手持ちの空母は、ハルゼー部隊のエンタープライズとホーネット、それに大損傷を受けたヨークタウンの三隻しかなかった。何はともあれ、この三隻を至急真珠湾に集め、戦闘準備を急ぎ、ミッドウェーに出すしかなかった。

さっそくハルゼー部隊に、「真珠湾に大至急帰ってこい」という指令がとんだ。

ハルゼーはびっくりして、そこからすぐ回れ右をして真珠湾に戻った。ヨークタウンも、よたよたしながら真珠湾に引き返し、三ヵ月かかる修理を、三日三晩の突貫工事ですませた。三隻とも前後はしたが、ミッドウェー沖にとんでいった。

日本軍は、そんなことになっているとは、まったく知らない。米海軍の暗号を解読することができないでいたから、かれらの考えまではわからない。白波を蹴立て、西に向かっていた米空母二隻が、まさかハワイに引き返すとは思いもよらない。だから、発見した地点から西にあたる、米空母の行きそうなところ、いそうなところをシラミ潰しに調べた。しかし、いなかった（いるはずはなかった）。

「じゃあ、きっと豪州の、飛行機の目の届かぬ南の方、シドニーかブリズベーンあたりに逃げこんでいるんだ。それに違いない」

サンゴ海で二隻やられて、怖くなったんだろう。そうだ、そうだ、というふうに考えた。自分のモノサシで、そのまま相手を推し測ると、とかく間違いをしやすいが、このときも間違えた。

「なんだ。真珠湾には空母はいないよ。ミッドウェーを叩けば、空母が出てくる。それをつかまえて撃滅するつもりだったが、いないものが出てくるはずもないじゃないか」

――そんな、決定的な誤判断をしてしまった。

もう一つ問題があった。作戦に参加する部隊の大部分が、四月中旬ないし下旬に内地に帰ってきた。それも、開戦以来五ヵ月、戦場に出ずっぱりで奮闘してきた部隊で、人も艦も疲れていた。帰ったらひと休みして息を入れ、艦もドックに入れて修理し、訓練をやり直して心気一転、新戦場に向かう必要があった。

それよりも、この作戦計画が、参加部隊のほとんどが戦場に出払っている留守中に、連合艦隊司令部と大本営との間で作り上げられ、参加部隊のあずかり知らぬところで決定され、内地に帰ってきた鼻先に、命令としてつきつけられたことだった。

「ちょっと待ってくれ。帰ってきたばかりだ」といっても、

「待てぬ。すぐ準備にかかれ。出撃は五月二十七日だ」と応じなかった。その上、山本長官の注文で戦前から居座らされていた乗員の大異動があり、ベテランが去り、新顔に代わって、訓練のやり直しをしないといけない状態になっていた。すぐ出ろ、というのであれば、戦力のレベルが下がったままで戦場に行くことになる。艦として、これ以上の不安はない。

安武高次大尉が二分隊長（高角砲分隊長）をつとめている空母「加賀」では、飛行科の士官——飛行長、飛行隊長、飛行分隊長、それに飛行科の乗組中、少尉数人が交替した。幸い、高角砲分隊は、真珠湾そのままで、下士官兵も、ほとんど交替がなかった。

南雲部隊でもう一人のクラスメートである「飛龍」飛行隊長**友永丈市**大尉は、こんどの異動で着任してきた新顔だった。もちろん、新顔といっても、上海事変以来のベテラン艦攻乗りだ。そしてかれは、当日のミッドウェー攻撃隊指揮官として、百八機（艦攻三十六、艦爆三十六、艦戦三十六。このうち艦攻一機発動機不調で引き返す）を率い、日の出る二十分前、出発した。艦攻には八百キロ爆弾一個ずつ、艦爆には二百五十キロ爆弾一個ずつを積んだ。

はじめ曇っていた空が、ミッドウェーに近づくにつれ、晴れてきた。

空母を出発したころから、敵の飛行艇が、気づかれないように尾行していた。そして、ミッドウェー島を発見したすぐあと、頭の上で吊光投弾を落とした。見ると、正面に、グラマン戦闘機約四十機が立ちはだかっていた。

「丁重なお出迎えだ」

中国空軍を相手にしたときよりも、手ごたえを感じて気を引き緊めたとき、頭の上を、敵に向かって零戦隊がふっ飛んでいた。艦攻隊をカバーしている零戦はそのまま動かないから、飛んでいったのは半数だ。

ただ、零戦隊のとび出すのがちょっと遅れた。そのせいか、グラマンがずるずると押しこんできて、友永隊艦攻十七機は、重い爆弾を抱えながらの大立ち回りをさせられた。グラマン三機を撃墜したが、艦攻二機を失った。何しろ艦攻は、七・七ミリ旋回機銃一梃を持つだけなので、戦闘機には歯が立たない。それで三機もグラマンを撃墜したから、相手はカラッ下手だったに違いない。

零戦隊の奮戦は、大したものだった。グラマン合計二十七機を撃墜（報告）した。グラマンは、運動性能が零戦より劣っていたから、ベテラン零戦乗りの敵ではなかった。米軍資料でも二十五機のグラマンが日本攻撃隊を待ち伏せたが、空戦の結果、使える飛行機は二機だけになったという。

地上攻撃に入ると、ものすごい対空砲火を打ちあげてきた。高角砲の精度と威力が大きく、艦攻二、艦爆一を失い、被弾機が多かった。しかし、予定の地上目標を的確に捉え、格納庫、油タンクなどを爆破した。滑走路を使えないまでに破壊するには、爆弾をもっとたくさん投下しないとダメだった。その上、一網打尽にするはずだった敵機は、小型機一機が地上にいただけ。どこに行ったのか、影も形も見えなかった。

「これでは攻撃の目的が達しられない。もう一回、攻撃しなければ不十分だ」

大友大尉は、電報した。

「第二次攻撃ノ要アリ」

この一言が、ミッドウェー悲劇の幕を開けようとは、友永大尉も予想できなかった。かれらは、空母部隊に帰り着くと、つぎつぎに収容された。まずミッドウェー攻撃隊を収容したのち敵空母攻撃隊を正攻法で出す、という決定がされたからだったが、もちろん友永たちは、そのいきさつを知らない。

四隻の空母から出た攻撃隊のうち、「飛龍」隊の被害がもっとも多かった。すぐ使えるもの、艦攻九機、零戦七機に減っていた。このことが、あとで大きく響いてくる。

ミッドウェーの悲劇の経緯は、いままでにも多く語られているので、またそれは、本書の目的にもそわないので、ここでくり返すことは避ける。ただ、友永大尉の一言が、思いもよらず池に石を投げたという経緯については、簡単にふれておく。

南雲部隊では、腹案どおり、攻撃隊の半数をミッドウェー島攻撃、残り半数を敵艦隊出現のときのため艦船攻撃（魚雷と徹甲爆弾を持つ）に備えて待機していた。

敵空母部隊はミッドウェー付近にいないということだから、一応は半数を敵艦隊攻撃に備えておくが、状況によってはいつでもミッドウェー攻撃に切り換えるつもりだった。そこに「第二次攻撃ノ要アリ」と意見具申があった。だから、すぐに――というより自動的に、といった方がいいかもしれない――艦船攻撃（魚雷と徹甲爆弾）から陸上攻撃（陸用爆弾）に兵装を変える命令を出した。

あいにく、そのころ、敵空母を索敵機が発見した。それにダブって、友永大尉の率いる攻撃隊が帰ってきた。とりあえず、急いで第二次攻撃隊の兵装を、陸上攻撃から艦船攻撃に戻させたが、この第二次攻撃隊を先に敵空母攻撃に出発させるか、友永隊（つまり第一次攻撃隊）を先に空母に収容するか、空母の飛行甲板が狭く、どちらか一つしか選択できないため、司令部はジレンマに立たされた。考えたが、司令部は友永隊の収容を先にすることに決断した。

安武高次大尉――燃える空母「加賀」を脱出、重傷を負いながら戦意を捨てなかった。

――敵空母機が来襲するまで、まだ時間の余裕があると判断したからだった。だが、実は、そのときはだれにも気づかれなかったが、索敵機のコンパスが狂っていたのか、ほんとうの敵空母の位置よりも遠いところにいるように測ってしまった。まだ遠いから時間の余裕があると考えた司令部の判断は、だから、事実と違った。そんな余裕がないほど敵空母は、実際には近いところにいたのだ。

そして、次から次へと雷撃機が来襲。南雲部隊のペースが狂った。上空にいた零戦も、南雲部隊乗員も、低空を飛ぶ雷撃機に注意を吸い寄せられていたとき、不意に上空にあらわれた急降下爆撃機に虚を衝かれ、「赤城」に二発、「加賀」に四発、「蒼龍」に三発、爆弾命中。たまたま格納庫に目白押しに並んでいた飛行機が、ガソリン満タン、付近に飛行機に積むための魚雷や爆弾がゴロゴロしている最悪の状態だったため、「赤城」の一発、「加賀」の一発、「蒼龍」の全弾三発が致命傷となった。

「加賀」を襲った急降下爆撃機は九機だった。一分隊長（高角砲分隊長）安武大尉は、艦橋の一番上にある高角砲射撃指揮所——屋根のない吹きっさらしのところに立ち、十二・七センチ連装高角砲八基（十六門）の指揮をしていた。

その日の乗員の服装は、作業服か防暑服。士官はたいてい軍装を着ていた。

安武大尉は、日華事変で上海の敵前上陸を支援したり、揚子江遡江作戦をしたりした駆逐艦「三日月《みかづき》」「海風」時代から、戦闘のときは第一種軍装（冬服）を着ることにきめていた。真珠湾攻撃のときも、南方作戦（ラバウル、ニューギニア）、インド洋作戦のときも、冬服を着た。なにしろ、艦橋の屋根の上に、昼も夜もなく立っているから、冬服の下に、冬シャツ二枚くらい重ね着しないと、どうにもならないくらい寒かった。これがあとで、かれの命を救うことになるのである。

高角砲射撃指揮所から下を見ると、飛行甲板両舷からハミ出した位置に、半円形にふくらんだスポンソン（張り出し砲座）が大小いくつもあり、大きい方に連装高角砲、小さい方に連装の二十五ミリ機銃が置いてあった。まあ、高所恐怖症の人には勤まらぬ役柄である。

そのときにはまだレーダーを積んでいないので、見張員が双眼鏡で敵機を見張るだけのものだった。が、つぎつぎに海面近くに降りて来る雷撃機が、魚雷を発射する。その後を追撃する零戦が一撃すると、火を噴き、巨大な水しぶきをあげて海に突っこむ。それを見て、やったやったと躍り上がっていた隙に、真上から敵の艦爆が降ってきた。

見張員のあわてた声が、

「急降下ッ」と叫んだときには、黒い爆弾が弧を描いて落下してきた。

一発、二発、三発、四発。何発目かが、艦橋構造物のすぐ前に命中、炸裂した。それが、艦橋自体に大被害を与えると同時に、運悪く、爆弾が命中した場所に置いてあった小型ガソリンタンク車を粉砕し、燃える水を艦橋一面に撒き散らした（艦橋にいた艦長以下全滅）。

その状況は、高角砲射撃指揮所から見えなかったが、安武大尉は猛烈な爆風と火焔をかぶって打ち倒された。このとき、あとでわかったことだが、骨折（肋骨七本など）、露出部火傷、肺損傷出血、鼓膜裂傷出血のひどい手傷を負った。さらに、「加賀」は、いたるところで誘爆を起こし、猛火につつまれるが、その火傷も受けていた。

そんな状態ながら、安武大尉は、気がついたら海面に浮いていた。いつ高角砲指揮所から降り、どこをどうして「加賀」を離れて海に入ったのか、まったく思い出せない、という。

いや、「総員退去」の号令がかかったことだけは記憶にある。

「『加賀』爆発。沈没する」と叫ぶのは聞いたが、見てはいない、ともいう。

奇跡、といってもいいだろう。フッと意識が戻ったり、昏睡状態になったり、いわば生死の境を往き来しながら、浮流物の中に、自分も浮流物のように浮いていった。

昼間のことだ。時折り、敵機が来て機銃掃射を浴びせていった。近いところに、「加賀」の兵隊たちが、浮流物につかまって泳いでいた。だが、時間がたつにつれて、疲れてくる。そのときは気づかなかったが、かれらはたいてい防暑服を着ていた。六月で、艦内は暑い。防暑服は裸に近いから、作業がらくだ。身軽でもある。ところが、露出部分が多く、火に逢うと大火傷になる。海に入ると、体温の発散が早い。

「がんばれ。眠ると死ぬぞ」などと、声を絞って励まし合っていたが、だんだん声が弱くなり、海面から顔を出している西瓜頭の数が減っていく。からくも浮いている者には、助けるすべもない。

安武大尉自身は、冬服を着ていたおかげで、火傷を受けながら幸い範囲が少なく、海中での体温の発散が少なかった。それでも次第に苦しくなり、なんどか「これが最後だ」と思った。いつごろから意識不明になったのか、海に入って約五時間後、駆逐艦「萩風」のボートに助け上げられたことなどは、何も知らなかった。

あとで聞いた話では、「萩風」のボートには「加賀」の早川軍医長が乗っていて、安武大尉を見つけた。

「様子を見るとまず駄目だが、救助だけはした。『萩風』の後甲板で応急治療をした」という。その間、安武大尉は、意識不明のまま寝ていたに違いない。そののち、不意に、「(戦闘)配置ニツケ」のラッパが鳴った。安武大尉がムックリ身体を起こした。

「位置につけ、だ」

墓場から這い上がってきたような、まったく血のない顔で、唇を引き締め、よろめく足を踏みしめ、後甲板から前部士官室まで、気持ちだけは駆け足をしているつもりで、歩いていった。これから艦橋のトップまで、駆けて上がるつもりでいた——まだ、大型空母「加賀」に乗っている気であった。

暗い予感

〈ミッドウェー海戦＊「飛龍」飛行隊長・友永丈市大尉〉

「赤城」「加賀」「蒼龍」被爆のとき、離れたところにいて、さいわい被爆を免れた第二航空戦隊旗艦「飛龍」は、山口多聞二航戦司令官の指揮で、猛烈な反撃に転じた。四クラス下の小林大尉を指揮官とした艦爆隊(艦爆十八機、零戦六機)が、わずか九十浬(約百七十キロ)の近距離にあると報じられた敵空母の攻撃に出発した。

南雲部隊将兵は、海中に投げ出されて泳いでいる人たちをふくめて、「これで勝った」と思った。

日華事変以来のベテラン搭乗員たちの突撃である。真珠湾、ソロモン、インド洋の大戦果も、かれらの活躍によった。しかも、朝からの米軍機の目にあまるほどの技量拙劣ぶりから見て、三隻の空母がかれらにしてやられたのは、まったく運が悪かったからだ、と考えていた。味方の飛行機が出さえすれば、かならず敵をやっつける、と信じていた。

しかし、かれらが敵空母に近づくにつれ、空母護衛のため待ち伏せていた敵戦闘機が、執念ぶかく食い下がってきた。さらに空母に近づくと、予想もしなかった凄まじい防御砲火が火ぶすまを張った。それでも、突進して、敵空母に二百五十キロ六発を命中させた。米機の爆弾のバラバラ散発命中と違って、飛行甲板後部から艦橋前部にかけ、見事に一列に爆弾を命中させた。

だが、損害が甚大だった。指揮官機以下の艦爆十八機のうち十三機、零戦五機のうち三機が撃墜された。帰ってきた艦爆はわずかに五機。そのうち一機は被弾で使える見込みが立たず、修理すれば使えるのは二機。零戦では、帰ってきた一機が被弾（修理可能）していた。

艦爆は速力も大きいし、運動性能もかなりよく、空戦能力も相当にある。その艦爆隊が、これだけの大被害を出したのは意外だった。艦爆よりも速力が遅く、鈍重で、空戦能力などないも同然な艦攻隊は、出せばおそらく全滅するのではないか。みんながそう予想し、暗い予感に戦慄したのは当然だった。

しかし、山口司令官は、さきの艦爆隊が戦果を報じてきたあと、さらに新しい空母一隻を発見したという索敵機からの報告を受け取っていた。

「これを攻撃しなければならない」

それまでの報告を総合すると、敵空母は二隻だった。艦爆隊（第一次攻撃隊）が、一隻に大火災を起こさせた。残るのは一隻だ。これを撃沈すれば、敵空母は全滅する。全滅させれば、「飛龍」が健在なかぎり、味方の勝利だ。かれは艦攻隊をこれに向けようと決意した。第二次攻撃隊出発用意が命じられた。

友永大尉の乗る指揮官機は、さきほどのミッドウェー攻撃で、左の翼にある燃料タンクに被弾していた。『ミッドウェー』（渕田・奥宮共著）によって描写すると——。

飛行隊の指揮官機付整備員が、友永大尉のところに走ってきた。

「隊長。左翼燃料タンクの被弾修理はまだ終わりませんが……」

友永大尉は答えた。

「もういいよ。左翼タンクをそのままで、右翼タンクだけ、いっぱいつめてくれ」

整備員は、ちょっとためらい、

「ハッ、そしてやはり、出発位置に装備するのですか」

「うん、そうだ。間に合わんから、いそいでやれよ」

飛行服の袖に腕を通しながら、気軽な調子で指示した。整備員は走っていった。

見ていた友永大尉の部下の搭乗員たちが、あわ

「飛龍」飛行隊長友永丈市大尉——雷撃の後、敵弾をうけて、敵空母に体当たりした。

てた。

「隊長。私の搭乗機をお使いになっては」

二人、三人、入れ替わって申し出た。

友永大尉は、

「いいよ、いいよ」

と軽く手を振った。いつもの人なつっこい微笑を浮かべながら——。

——燃料が半分しか積めない。

なるほど、敵までの距離は近かったが、攻撃や空中戦闘のときは、エンジンを全開にする。燃料の消費量は大きくふえる。それを考えると、攻撃を終わって「飛龍」に帰りつくには、やや不安があった。それを計算しながら（飛行気乗りが燃料の計算をせずに出発すると考えるのは、バカげている）、ここが勝負どきと見て、一か八か、賭けたのではないか。

九州男児であった。友永丈市をトモジョーと縮めて、クラスの連中は呼んだ。頭がいいくせに太っ腹で、正直者で、愛すべき人物であった。かれは、九一式航空魚雷改三を積んだ艦攻十機と零戦六機を率い、進撃した。

艦爆隊の攻撃（第一次攻撃）のとき、敵空母の上空にいて電波を出し、攻撃隊を誘導して殊勲を立て、さらに新しい空母を発見報告して大殊勲を重ね、こんどもまた電波を出して友永隊を誘導しようと張り切っていた重巡「筑摩」五号機（水偵）が、忍び寄った敵戦闘機の不意討ちで撃墜されてしまったことが、結果として見ると、友永大尉にとって不運だった。

目を皿のようにして進撃するうち、右近距離に敵空母を見つけた。その位置からすると、出発前に示された敵の位置とは違っていたが、火災も起こしていなかったし、飛行甲板には爆弾の穴もあいていず、飛行作業をしていた。

「ここに一隻いる。よし、こいつをやろう」

かれは何の疑問も抱かなかった。索敵発見漏れのヤツか、報告位置を間違えたか。とにかくココにいるのを見過ごす法はない。

突撃を下令。十機の艦攻が右と左に分かれ、異方向同時攻撃を開始した。

そのとき、グラマン戦闘機三十機ばかりが、突っこんできた。

「邪魔するな」

零戦が食いつく。五対一の劣勢だが、右に左に飛び回り、暴れ回った。死闘また死闘。零戦二機が撃墜されたが、敵機十一機（うち四機不確実）を撃墜した。この零戦の死闘が、艦攻隊――前にのべた、あの速力の遅い、七・七ミリ機銃一梃しか持たず、空戦などほとんどできない純重な艦攻隊を、優勢な敵戦闘機から守り、突撃しやすくした。画に描いたような戦闘機隊の奮戦だった。

雷撃隊は、その間隙を縫い、グラマンと防御砲火にもひるまず、自分はやられても魚雷だけは命中させると、固い意志を押し立てて突撃した。

友永大尉が直率する五機は、一機も還らず、橋本大尉の指揮する五機だけが帰ってきた。

それも四機は修理しても使えず、修理して使えるものは一機にすぎなかった。

そのなかで、尾部の方向舵に指揮官マークをつけた友永機の最期が、帰還した丸山一等飛行兵曹機（艦攻）の電信員浜田一等飛行兵から報告された。

「友永隊長は魚雷発射後、敵の防御砲火を受け、ガソリンの火焔を曳きながら、敵空母の艦橋付近に突入、自爆されました。しかし、そのすぐあと、丸山機はまた空戦をはじめたので、その後の隊長機の状況は確かめられませんでした」

これを、敵空母が右いっぱいに舵をとって雷撃隊を振り落とそうとした事実とあわせて考えると、おそらく友永大尉は、発射直前、敵空母が大変針をしたので、必中射点が得られなくなったのだろう。そこで、猛烈な砲火の中で攻撃をやりなおし、もう一回ぐるッと回ってきて、会心の発射をしたのではないか、と考えられている。

――トモジョーなら、やりそうなことである。

山口司令官は、これで敵空母二隻を片づけた、と判断した（実は一隻を二度攻撃していた。米空母の被害復元能力の大きさと速さを見せつけたものだったが、日本海軍では想像もつかなかった）。その時点までの敵情報告では、敵空母は一隻ふえて三隻だったことがわかっていたので、残るのはあと一隻だ。

すぐに、第三次攻撃隊の出発準備を命じた。そうしたら、全部を集めても艦爆六機、零戦九機しかいなかった。これでは少なすぎ、敵を撃沈できない、と判断した。そこで、残りの修理を急がせ、敵に戦場の主導権を渡すことにはなるが、一隻の敵空母からの攻撃ならば零戦で凌げるだろうと考え、苦悩の末、攻撃を夕暮れ時に遅らせることに決断した。

そして、日没約一時間半前、先手をとった敵艦爆十三機が奇襲してきた。上空に十三機飛ばしていた零戦も、飛行機電話を持たないため間に合わず、命中弾四発を受け、発着艦不能になった。

南雲部隊空母四隻が全滅した。

濃霧の中

〈ミッドウェー海戦＊「那珂」通信参謀・川口敏大尉〉

通信参謀川口敏大尉――濃霧のなか、旗艦「大和」からの総退却命令に恨みをのんだ。

山本長官は、まだ「飛龍」が大活躍をしているときのことだが、三隻の空母はやられたが、全艦隊を集めて敵艦隊を攻撃、力押しに押して、作戦を完遂しようと考えた。

太平洋のあちこちに散らばっている全艦隊に、集結命令が出され、ついで、南雲長官が弱気で、いっこうに敵の方にとびこんでいかないのに業を煮やし、近藤第二艦隊（攻略部隊）長官に突進を命じる一方で、南雲部隊残存部隊を指揮させて夜戦を決行することにした。

このとき近藤長官は、三空母被爆大火災の悲報を受けるとすぐ、南雲部隊救援を決意、二十八ノットの高速で現場に急行していた。しかし、その後、敵が東に避退しているという報告が入った。この状況で夜戦を企てても、みすみす敵のワナに陥ちることになる。そう見た山本長官は、夜戦を中止、主力部隊の位置に集まれと命じた。

六日の朝、戦場には深い霧がたれこめていた。

攻略部隊（第二艦隊）主隊に属する第四水雷戦隊（司令官西村祥治少将）旗艦「那珂」の艦橋には、通信参謀**川口敏**大尉がいた。連合艦隊旗艦「大和」とは、霧の中で、ようやく見えるか見えないかの距離で離れていた。

——昨日、南雲部隊四空母全滅を知って以来、一時は相当に混乱したが、昨日まで東に向かって颯爽と進撃していた全艦隊が、いま、肩を落とし、昨日と反対の西に向かって退却していることは、誤りようのない事実だった。

そのとき、「大和」の探照灯が点滅しはじめた。

霧をとおしていたから、何やら遠い懐中電灯の光を見るようで、いかにも頼りなかった。が、その作戦命令のうち、読んでいてハッとするような言葉にぶつかった。

「……捲土重来ヲ期ス」というのである。

川口大尉は、思わず拳を握りしめたが、

「結局、負けた、ということだ」と気づくと、寒いはずはないのに、ゾクッと身の毛のよだつものを感じたという。

固い決心

〈第一次ソロモン海戦＊「鳥海」水雷長・小屋愛之大尉〉

全海軍をあげての大動員をかけたミッドウェー作戦が、思いもかけぬ大敗北を喫したことは、よほどのわけ知りででもなければ、現場の者に呑みこめる話ではなかった。

その上、中央——軍令部や海軍省が、常軌を逸するほどの執念で敗北の事実を隠そうとし、連合艦隊司令部も作戦研究会を開かず、敗因探究の機会を握り潰した。

イヤでも事実を目にし耳にしている現場は、上層部の意図を測りかねた。なぜここで敗因を徹底的に調べ上げ、事実を明らかにして、みんなの気持ちを引き緊めないのか。なんとなく中途半端で、ふっきれないでいる——そんなスキをアメリカに衝かれたのが、ガダルカナルであった、といえよう。日本にとって、最悪の事態だった。

開戦当初は昏の色が変わるくらい緊張したが、やってみると以外に敵の手ごたえがないので、やがて緊張もほぐれ、どこやら日華事変のいくさを思わせるような緊張の程度——いわば、敵にたいする顧慮、警戒よりも、こっちの都合を先に考えるような、あとから考えるとスキの多い姿勢と心構えで、予定された作戦日程を消化していた。

もしこのとき、ミッドウェーで見せたアメリカの無茶苦茶ともいえる闘志と、たたみかけてくる積極攻撃の実態が、日本軍の現場に正しく伝えられていたら、ずいぶんこれからの戦場の様子は変わっていただろうが。

一言でいえば、トップのひと握りの人たちの事実認識と、現場のそれとの間に、世界が違うほどの大きな隔たりができ、その事実がだれにも気づかれないままになっていたのである。たとえば、第八艦隊。

この七月十四日、第一航空艦隊（南雲部隊）がミッドウェーで全滅したので、生き残った「翔鶴」「瑞鶴」を中心に機動部隊を編成、それに第三艦隊という名前をつけた。それといっしょに作ったのが新編の第八艦隊で、受け持ち区域の平定と警備にあたるのが主な狙い。ニューギニアのポート・モレスビーを陸軍と協同して攻略する任務を与えられてはいるが、本来、防備哨戒が役目である。だから、旗艦こそ重巡「鳥海」だが、それ以下は、旧式で小型の軽巡「天龍」「龍田」など。これでいくさをするつもりだとすれば、ずいぶん米軍の戦意を甘く見たもの、といわないわけにはいかなかった。

八艦隊司令長官は、三川軍一中将。航海出身で、海大（海軍大学校）を出てすぐフランス駐在を命じられた大秀才。そのあとフランス駐在武官を勤めたフランス通。

そして、幕僚がすごかった。先任参謀神重徳《かみしげのり》大佐は、海大を首席で卒え、ドイツ駐在。戦前から軍令部作戦部員、ついで作戦班長をつとめ、そこから八艦隊に出てきた。また、大前敏一中佐は、海大を次席で卒えてアメリカ駐在。戦前から軍務局一課の主務局員だったが、八艦隊新編で、その参謀になった。しかも、参謀長大西新蔵少将は、大尉時代、帝国大学で教育学を専攻した学究。海大を出てドイツに駐在した俊秀である。つまり、八艦隊は、部隊の戦力は貧弱ながら、当時、日本海軍最高の頭脳で固められたエリート艦隊であった。

さて、その八艦隊司令部だが、旗艦「鳥海」に乗って内地からトラックへ進出、四艦隊司令部と打ち合わせを終え、七月三十日、ラバウルに着いた。そして司令部をラバウルの陸上に置き、必要に応じて「鳥海」に乗り込むことにした。

八艦隊が警備を主任務としていると考えれば、内地の鎮守府や警備府とおなじように、陸にいていいわけだが、海軍の中には、悪評を放つ向きもあった。

——艦隊長官ともあろうものが、陸で指揮をとるとは何ごとか。長官は常に旗艦にあって、部隊の先頭に立つのが海軍の伝統である、という。

ともあれ、「鳥海」(艦長・早川幹夫大佐)には、水雷長として小屋愛之大尉が乗り組んでいた。このとき五年目大尉で、少佐五分前のつわものだ。

「妙高」型一万トン重巡の改良型に当たる「愛宕」「高雄」「鳥海」「摩耶」四隻の魚雷発射管は、四連装四基。それを両舷に振り分け、上甲板に置いてあった。六十一センチ、九三式酸素魚雷である。アメリカの魚雷よりも速力が速く、射程が五倍以上で、何よりも爆薬量が五百キロ(アメリカ三百キロ)。比較にならないほどの大威力をもっていた。

七月三十日に八艦隊司令部がラバウルに進出してわずか一週間。

「ガダルカナル方面へ敵が積極作戦をかけてくる虞《おそれ》は絶対にない」と、四艦隊司令部からトラックで任務引き継ぎを受けたときの話だったので、店開き当初のあわただしさにとりまぎれていたこともあり、とかく司令部の目はニューギニアに向いていた。

とはいっても、どうもソロモン方面に敵が来そうに思われた。とりあえずガダルカナルの陸上警備兵力をもっと増強するよう、中央に要請した。敵が来る時期は、中央の判断どおり十八年以後、つまりまだ半年以上先のことと考えていた。

この判断は、神先任参謀が中央にいるとき、自分で研究した結論だったから、それに自信を持つのはあたりまえのことだが。


十七年八月七日早朝、敵大部隊がツラギ、ガダルカナルに来攻したという緊急電報は、そんなわけで、神先任参謀にとっては意外だった。ツラギ基地にいた航空隊司令宮崎大佐から報告してきた敵兵力——敵機動部隊二十隻、敵空母一、巡洋艦四、戦艦一、巡洋艦三、駆逐艦十五、その他輸送船というのは、過大に誤認しているのではないか。

「基地航空部隊で敵空母を、八艦隊で敵艦隊を片づけ、一コ大隊くらいの陸上兵力を出せば、奪回できるだろう。敵は強行偵察に来ただけだろう」

そう判断して、何はともあれ任務行動中の八艦隊各艦を急いで呼び集めた。

実際からいえば敵を過小評価する過ちをおかしていたが、即座に行動を起こしたタイミングがよかった。

なかでもラバウル北方海面を行動していた六戦隊（重巡「青葉」「加古」「衣笠」「古鷹」）は、ツラギからの緊急電報を直接受信すると、「集マレ」の命令を待たず、司令官の独断で取って返し、闘志満々で駆け戻ってきた。

「一刻も早くツラギ、ガダルカナルの味方を救わねばならん。救わん法があるもんか」

八艦隊長官三川中将の将旗を掲げた「鳥海」は、現地時間の午後五時半、軽巡「天龍」「夕張」、駆逐艦「夕凪」を率いてラバウルをすべり出し、港外で六戦隊といっしょになって、ソロモン諸島の東側を大まわりしながら南に向かった。

向かいながら、神先任参謀は、慎重だった。ラバウル出発前の八艦隊作戦打ち合わせで、突入攻撃の第一目標は敵輸送船とする、と強調したが、いまのかれを悩ませているのは、敵空母部隊がどこにいるか、だった。

けさからラバウル基地航空部隊が、全力をあげて敵空母の捜索攻撃に出たが、見つけることができず、目標を変えてツラギ沖の敵艦船を攻撃した。その途中、攻撃をはじめようとするころから敵艦上機の大編隊が飛び込んできた。海と空、空と空の激戦になった。

「――敵空母が、たしかに近くにいる」

油断ならない。ミッドウェー大敗の二ヵ月後で、軍令部の作戦中枢（作戦課）にいた神参謀は、ミッドウェー敗戦の経緯も敗因も、十分に承知していた。空母と水上部隊とがぶつかると、水上部隊は、「最上」「三隈」の新鋭重巡でさえ一方的にやられてしまう。基地航空部隊が敵空母を叩いてくれないと、危なくて突っこめない。

このあと起こる第一次ソロモン海戦が、あまりにも戦果が大きかった。敵来攻の電報を受けるとすぐ、手勢をまとめておっとり刀で駆けつけ、縦横無尽に敵を薙ぎ倒した武者振りが、あまりにも颯爽としていた。そのため、それ以前の先任参謀の苦心が歴史から消されてしまったように見える。が、実は、ラバウルを出て南下している時点では、まっすぐツラギ沖に突入するかどうか、決心しかねていたのが実相である。そのくらい、ミッドウェー失敗の教訓を重視して、慎重に構えていたのである。

だから、途中で敵偵察機に発見され、執念ぶかく後をつけられると、思い切って回れ右をし、もと来た道へどんどん戻り、敵を徹底的に欺こうとした。また、敵空母がいることは確かなのに、どこにいるかわからぬ。基地航空部隊は何をしているのかとジリジリしながら、八艦隊からも水偵を飛ばせ、ガダルカナル突入予定時刻と首っぴきで、できるだけ戦場から離れていた。こちらの意図を敵に覚られないよう、大事の上にも大事をとった。

ラバウル出撃から一日たち、八月八日になった。それまでの水偵の捜索で、少なくとも四百六十キロ圏内には敵空母部隊はいないことが確かめられた。いいかえれば、午後からガダルカナルに直行しても、日が落ちるまでの間に敵空母機の攻撃を受ける心配はほとんどなくなった。

よし――。艦隊は、二十ノット、に増速し、さらに二十六ノットに上げた。「鳥海」の艦橋では、高速に上げたときに感ずる、身体ごとフワッと前にもっていかれるような、人の血を湧き立たせるような躍動感を、みな持った。

「先任参謀。私の魚雷を全部射ちこみますと敵が全滅しますから、それから大砲を撃って下さい」

小屋水雷長は、神参謀にそういった。おなじ鹿児島出身の先輩であり、兵学校生徒のときの教官でもあったので、格別の親しみをもって何でも言った。

「よし。そうしよう」

神参謀の決断は、いつも早い。早いばかりでなく、切り口があざやかで、快刀乱麻を断つ。おそろしく頭の回転が早かった。さすが海軍大学校をトップで出た超秀才であった。

高速南下中、「鳥海」の作戦室に集まった幕僚は、検討の末、今夜の夜戦の腹案（戦闘要領）を決め、三川長官の決裁を得た。

〈ツラギ沖の西口を限るサボ島の南側を入り、まずルンガ（ガダルカナル北岸）沖の主敵を雷撃、左転してツラギ沖の敵を砲撃、雷撃したのち、サボ島の北側から避退する。

突入は一航過とし、できるだけ速やかに敵空母の攻撃範囲を脱する。そのため突入を、地方時の午前一時半より前になるようにし、翌朝の日出時にはサボ島の二百二十キロ外に脱出する。

一度も一緒に訓練したことがない、練度の高いもの（「鳥海」と六戦隊）と低いもの（「天龍」「夕張」「夕凪」）との寄せ集め部隊だから、常識ではイクサができない。

それが、暗夜、高速を出し、狭い水道で戦うのだから、何よりも混乱を起こさないようにすることが先決で、それには、魚雷発射のための運動を各艦が自由にとれるような隊形にしておかねばならない。

そのため、各艦の間の距離を、いつもの編隊航行のときの二倍に開く。結果、先頭艦と後尾との距離がバカ長く伸び、巧妙機敏な行動がとれなくなるが、やむをえない。しがたって、一航過だけとし、もう一度引き返して突入することは、まったく考えない。混乱防止のため、

使用速力は二十六ノット一点張りとする。途中で速力を増減しない……〉

連合艦隊で猛訓練をしていない、練度不十分の「天龍」「夕張」「夕凪」を連れている夜間突入部隊の先任参謀として、神大佐がどれほど神経を使ったか、手にとるようにわかる腹案だった。

前の晩、「鳥海」の士官室に現われた神参謀が、例の早口で言ったものだ。

「あすは八月八日、艦隊は八艦隊、隻数は八隻。昔から八の字は末広がりといって、幸運を約束する。あしたの殴り込みは、きっとうまくいくよ」

もともと船乗りには、縁起をかつぐ者が多い。十三日の金曜日には出港しない。これは海軍でも、平時ならばそうである。神さんのお告げ、というわけでもないが、みなニッコリしたことは確かだった。

とにかく昨日、敵の偵察機に見られている。敵はわれわれの突入を知って、待ち伏せているに違いない。その網の中に、駆逐艦の傘を持たないハダカの巡洋艦部隊が突入する。神参謀が「殴り込み」などと品のよくない新語を使ったが、それがぴったりに思われたから不思議だった――。

現地時間でちょうど真夜中（午前零時）ころ、サボ島の島かげを艦首方向に発見して、総員配置についた。

小山のような「鳥海」の艦橋の一番高いところ、主砲指揮所とならんで水雷発射指揮所がある。そこの十二センチ望遠鏡で、艦首から左二十度にぼんやりしているサボ島を見ながら、小屋水雷長は、息をつめた。

——あの向こうに敵がいる。

初陣であった。といってそれまで、「死ぬ」などと考えたことはなかった。それ以上に、海軍軍人となり、実戦の現場に出られる満足の方が大きかった。だが、つぎの瞬間、

「右三十度、艦影一つ。進んできます」

見張員の鋭い声がとんだとき、さすがに全身が硬直した。一瞬、冷たいものが背筋を走り、「死」が頭をかすめた。電光のようにかすめて消えた。はじめての——次に敵と会ったときには、もうそんな気持ちは起こらなかったから、これはもう、初陣につきものの「死に神の誘い」であったかもしれぬ。

小屋愛之大尉——「大事なのは司令長官の意志であって、参謀の優秀さなどではない」

だが、「鳥海」は風を巻いて突進していた。そんな感慨は、たちまち闇に飛んだ。敵艦がこちらに気づかずに去り、「鳥海」の艦首がサボ島南水道の水を蹴ると、

「全軍突撃セヨ」

これ以上ない鋭利な号令が、乗員一人残らずの胸を刺した。

——三十一年の生涯も、あと一、二時間で終わ

るかもしれぬ。フッと小屋大尉はそう思った。父母の顔、妻の顔、子供の顔が、頭をよぎった。と、ふしぎに落ちつきが戻ってきた。むしろ冷静になった。緊張の極限での奇妙な冷静さであった。

「左七度、巡洋艦一隻」

その静けさを、見張員の声が破った。

「敵は反航している。戦艦のようだ」

戦艦——という声が、ずしんと胸を打った。先手をとられ、戦艦の主砲を食ったら、このフネなんかひとたまりもない。そう直観した小屋大尉は、指揮所の十二センチ望遠鏡にとびついた。

そのとき、艦長の「左魚雷戦」という命令が伝えられた。望遠鏡の視野に入った敵艦は、すこしモヤっていて見にくかったが、マストの様子から戦艦ではなく、巡洋艦か駆逐艦だと判断した。それにしても、先手をとられては一大事だ。発射管に、「左魚雷戦反航」を命じた。

望遠鏡で、敵の艦首を見つめたが、白波が立っていない。すれ違う態勢だから、ぐんぐん距離が近づき、よく見えてくる。間違うはずはない。とすると、敵はストップしているのだろうか。

発射方位盤にデータを入れて、どの方向に魚雷を射つか、早く決めねばならぬ時機に来ていた。あの敵巡洋艦は、「鳥海」の射った魚雷がそこに到達して命中する時点にどこにいるか、何ノットでどう動いてどの位置に来ているか――敵艦の艦長の心の中を推測して、その上、敵艦のいる場所までも推定しなければならない。そして、それを間違えると、魚雷がアサッテの方にとんでいく。命中するはずはなかった。

――敵はストップしている。しかし、何にしてもこれだけの近さだ。白波を蹴立てて近づく「鳥海」の姿を見つけないはずはない。見つければ、当然、敵は全速力に上げる。といってもゼロからスタートするのだから、平均すればまず十二ノットまでになるのがせいぜいだろう。

「敵の速力を十二ノットとして調定する」

小屋大尉は、調定を終わったのを確かめて、艦長に「発射準備よし」と報告した。

艦長も水雷出身であった。水雷長との呼吸はピッタリ合った。敵艦が左五十度に見えるころ、「発射はじめ」の命令が来、発射につごうのよいように、少しばかり舵をとってくれた。

十二センチ望遠鏡で狙いすました小屋大尉の号令で、左舷発射管から、つぎつぎに六十一センチ酸素魚雷が発射された。一分、二分、三分……。時計員が時間を読む。命中してよい時間がたっているのに、音沙汰もない。不安と焦りで、頭が割れそうだ。と――ふと敵艦の艦首を見ると、白波が立っていない。

「――しまった。敵はストップしたままではないか」

ミスだ。大ミスだ。敵の速力十二ノットとして射った魚雷は、四本とも敵のはるか前の方を駆けぬけてしまったのだ。

一瞬、目の前がまっ暗になった。艦長と部下に、何といって詫びたらいいのか。責任感に、心が引き裂かれた。すると、これを幸せというのか、見張員が右九度に、左に進む巡洋艦三隻を発見した。おりから味方飛行機の投下した吊光弾で、その巡洋艦が、影絵のように黒い姿を浮かび上がらせた。距離八千メートル。

「右魚雷、発射はじめ」

間髪を入れぬ艦長の号令に、こんどこそはミスしないぞと、全身を目にして敵艦の艦首を見つめた。見張員は左に「進む」といったが、これにも波が立っていない。ストップしている。おそらく吊光弾が落とされたので、上の方ばかり気にとられているのだろう。

「よし。こんどは眠っているカモを射つ要領でいくぞ」

そして、まんなかの艦を狙って射った。距離五千メートルだから、魚雷が届くまでに三分四十秒かかる計算だ。

時計員が三分四十秒を知らせたとき、暗い海面に大きな火の玉が光った。と思うと、黒い海から空に向かって焰が噴き、その焰のまんなかに、高さ百メートル以上もありそうな水柱が、焰の明るさに照らされて、闇の中に白く、水で富士山をつくったように盛り上がり、やがて横へ横へとひろがりながら低くなり、消えた。消えると、こんどは海面が燃え立ち、一の字にくっきりと、焰の線が闇に引かれた。そこには、もう敵艦の姿はなかった。まもなく焰の線が消えると、あとはまたもとの闇黒にかえった。

小屋水雷長は、深く息を吸い込むと、艦長に、「魚雷命中、撃沈」と報告した。これで責任を果たすことができたと思った。

なにしろ、敵味方の距離が五千ないし六千メートルの近さだから、海上では手にとるように敵の様子がわかった。

小屋大尉は、魚雷を射ち終わると、すぐ次の魚雷を装塡するように命じた。だが、装塡には、どうしても一定の時間がかかる。それがその夜の夜戦が終わるまでに間に合う見込みはなかった。仕事がなくなったのである。そこでそのあとは、はなはだ不謹慎だが、文字どおり「高見の見物」。トップの指揮所から第一次ソロモン海戦のほとんど一方的な猛烈な戦闘を、逐一、拝見させてもらったわけである。

このあたりの模様は、海軍報道班員という名目で「鳥海」に乗艦、この作戦に同行された作家の丹羽文雄氏の著書「海戦」に詳しい。

この間、小屋大尉は、戦闘報告のため、一つ下の階の戦闘艦橋に降りていった。

艦橋に下りたとき、かれは、ちょうど早川艦長が三川長官に、「まだ輸送船団が残っています。再突入しましょう。作戦目的は船団の撃滅です」といった意味のことを進言しているのを聞いた。

たしかに作戦目的は、船団の撃滅第一であった。作戦目的を達成しない作戦など意義がないことは、誰でも知っている初歩的要件である。

――（艦長のいわれるとおりだ。ここまで来て、船団をやらんという法はない）

そう力こぶを入れながら聞き耳を立てていると、司令部首脳は、妙なふうに逸れていた。

「再突入すれば二時間かかり、黎明までに敵空母の攻撃圏外に離脱することができない」

「八日夕刻、敵空母の電話の感度が大きく、その上、味方索敵機が発見していないところから見ると、索敵網が不十分なガダルカナルの南東方面で、しかも百八十キロ付近にいるらしい。そうすると敵空母は、夜戦を知ってすぐ追跡してくる可能性が大きいから、このまま引き上げても、わが基地航空部隊の攻撃圏内に誘いこむことができる」

「魚雷はほとんど使ってしまった」

「『鳥海』作戦室に敵弾が命中し、海図類をなくした」

おかしな話である。

「鳥海」が海図類をなくしたら、六戦隊の旗艦「青葉」に道案内をさせればいい。魚雷は発射管に装塡していたのを射っただけで、あと半数は残っている。敵空母を怖がるのは、ミッドウェーをくり返したくないという意味ではわかるが、「再突入すれば二時間かかる」というのは、おそらく突入した兵力が全部集まり直し、もう一度突入し直すということだろう。敵を薙ぎ倒して駆けぬけ、引き揚げを命じたときに単縦陣をつくっていた「鳥海」「青葉」「加古」「衣笠」の四隻が、その位置から「回れ右」して再突入しようというのではないらしかった（その位置から主力の、練度の高い重巡四隻が突っ込めば、約二時間でガダルカナル沖とツラギ沖の船団を料理し、もとの位置に戻ることができたであろう）。

聞いていて、小屋大尉は、つくづく思った。
――（何よりも、まず最高指揮官が固い決心をして、自分自身がそうしようと意図して行動するのでなければ、ダメだ。参謀などの意見に引きずられて、それについていくのではダメだ。優秀な参謀がいるから、それに委せておけばよいと考えているのだろうが、参謀に委せると、理屈っぽくなり、思い切りが悪くなり、安全サイドをとって冒険しなくなる。大事なのは司令長官の意志であって、参謀の優秀さではないのだ）
八艦隊は、そのあとすぐ引き揚げた。むろん、敵輸送船団には手をふれぬまま。船団の上空にがんばり、吊光弾を落とそうと張り切っていた味方水偵は、八艦隊が引き揚げたのを知ってアタマにきたのか、持ってきた吊光弾全部を船団の上に投下して帰った。ほとんどすべての護衛艦艇を失い、ハダカになった敵の船団は、それでなくても心細いところを、真夜中が不意にまっ昼間に変わり、ハダカがみんなに露見したようにあわてふためいたという。
なお、戦後わかった米側資料によると、八艦隊司令部が脅《おび》えた米空母二隻は、七日のわが基地航空部隊との戦闘で戦闘機十一機、艦爆一機を失い、危険を感じ、八日夕刻、艦隊司令部に電話して戦場を引き揚げ、後方基地に帰ってしまったという。八艦隊司令部が、自分たちを攻めてくる打ち合わせをしていると思った米空母の無線電話は、じつはその逆で、退却許可を求める電話であった。なんとも気の重くなる話である。

大幸運

〈モレスビー陸路進撃＊八艦隊司令部付・小屋愛之大尉〉

ガダルカナルの惨烈な争奪戦は、歴史としていえば、日本軍を敗戦に追いこむ転機になったもっとも重要な六ヵ月だが、じつは、その争奪戦がはじまる三ヵ月前から、ニューギニアのポート・モレスビー攻略のための努力が、日本軍ではスタートしていた。

対米作戦のためのカナメとして、日本海軍が何よりも大切だとしたトラック環礁は、オーストラリア方面から攻撃されたら脆い。それで、開戦早々、ラバウルを攻略した。いわば、トラックを護るための出城を築いた。

ところが、ラバウルを攻略してみると、ニューギニアのポート・モレスビー（これも現地読みと違うが、通説にしたがっておく）からしきりに敵機が空襲してきて、危なくてしようがない。そこでこれを攻略しようと考えた。

輸送船に陸兵をのせて、海軍部隊で護衛してゆき、目的地で敵前上陸する。そのあと戦力維持のための補給や輸送をどうするか、敵が奪い返しにきたとき、ラバウルからどのような方法で増援部隊を出すか、それは可能かどうか——などまでは詰めない、わりに簡単に考えた計画としか思えなかったが、とにかくMO作戦と銘打った作戦がはじまった。五月はじめのことだった。

ツラギ、つづいてガダルカナルに航空基地を作りはじめたのは、実はMO作戦の一環としてであった。

さて、そのようにして作戦が開始されると、日本海軍の常用暗号を解読した米海軍が、なけなしの空母二隻をくり出してきて、いわゆる「サンゴ海海戦」が起こった。結果は痛み分けとなって、両軍主力部隊は後退した。海上輸送でモレスビーを攻略することは、事実上できなくなり、七月にもう一度作戦をやり直すことにした。そこへ、降って湧いたようなミッドウェーの大敗北（六月五日）があって、それどころではなくなった。しようがない。陸路をとってモレスビーに行こうということになった。

作戦をはじめるとき、いろいろいきさつがあったが、省略する。八月には陸路モレスビーを奪ってしまおうと、陸軍が担当して、作戦が七月下旬からはじまった。

それから十日もたたぬうち、米軍がツラギ、ガダルカナルに来攻（八月七日）。山本連合艦隊司令長官を先頭に、海軍は奪回に全力をあげることになるが、陸軍にとっては迷惑な話だった。モレスビーで手がいっぱいなのに、ガダルカナルに陸軍を出してくれというのだから。

さて、そのモレスビー陸路攻略だが、陸軍部隊がモレスビー近くに迫ったら、海上から軍艦にのせた陸軍部隊を強行揚陸し、陸と海の両面から一気にモレスビーを占領しようという計画が立てられていた。

そのためには、ラバウルの陸海軍最高司令部（十七軍司令部と八艦隊司令部）が、陸路作戦の状況をいつも摑んでいなければならない。そこで、第一次ソロモン海戦を終わって、「鳥海」水雷長から八艦隊司令部付に転出していた小屋愛之大尉が、神先任参謀にいわれ、藪から棒に、連絡参謀としてニューギニアに行くことになった。

戦場とはいいながら、魚雷発射の専門家が陸戦服を着てゲートルを巻き、頭から蚊帳をかぶり、通信隊の少尉以下、電信員五名、暗号員四名に無線機二台と暗号書を持たせ、陸軍南海支隊司令部と行動をともにする。

「たいへんなことになった」

富士山より高い山がいくつもあるというスタンレー山系が正面に立ちはだかっていた。

「どこを越すんだろう」

あのどの山の背かを越さないと、モレスビーにいけないことだけは確かだった。上陸地点から八十キロ入ったところまでは、道らしい道があった。それ以後は、ようやく一人が通れる道、胸を衝く急坂を縫うだけだった。猛獣毒蛇のたぐいはいなかった。パプア人も、いわれたような人食い人種ではなかった。ただ、悪性のマラリア蚊がいた。

このマラリア蚊と、南海支隊兵站計画の崩壊と、妨害に出た連合軍の予想外な強さと執念深さと、そして将兵のエネルギーを極端にまで消耗させつくした山岳戦とが、結果として、一万人を越えた部隊の生存者を千人にも足らなくした。

小屋大尉はいった。

「敵との戦闘で、スタンレーの山々にはたくさんの日本人の骨が埋められた。だがそれは、死んだ者のほんの一部だ。飢えと疲労と、マラリアと怪我と病気で、あるものは行き倒れ、あるものは見捨てられ、あるものは自決し、あるものは介錯を頼み、あるものは行方不明となり、あるものは溺れた。密林に、草原に、渓谷に、河川に、海中に、洞穴に、一人消え、二人消え、あるときは大量に消え、南方の大自然の中に九千人以上が消えて、帰ってこなかった」

折悪しくガダルカナルに米軍が来攻し、ラバウルの基地飛行機は全力を挙げてこの敵に立ち向かわねばならなくなった。それが、南海支隊のための空中補給を一回しかできなくさせ、食糧を人の背に担いで運ぶ以外に方法をなくさせた。これが、支隊の兵站計画の崩壊をいっそう早めた。

しかもそのルートは、東西に走る山系を南北に横切っていたから、深い谷から急坂を登って高い山頂を越えて深い谷に下りる努力の、かぎりないくりかえしであった。

そのような状況のなかを小屋大尉に率いられた通信隊員は行動した。自動車の通る道のついた麓に、中型無線機（発電機のついた比較的大力量のもの）を電信兵二人をつけて残し、そのほかの隊員に携帯無線機と暗号書を持たせた。携帯無線機でいったん麓の無線機に打ちこみ、そこからラバウルに中継させる。そして、これだけの重さのものを担いで陸軍部隊についていくうち、全員がマラリアにかかってしまった。

発熱四十度を超え、頭痛がひどくて動くことができなくなった。やむをえない。簡単な天幕を張って、全員そこに寝込んだ。一行は六人か七人になっていたが、持っていたキニーネをのみ、一週間そこで寝ていたら、やはり若さだろう。動けるようになった。そこで、一週間遅れながら、陸軍部隊の最先頭の位置にまで苦労して追いついた。

追いついてみると、そこは糧食の欠乏がはなはだしく、米がなくなっていた。担送が届かない。山頂からは紺青のサンゴ海が、また夜はモレスビーの灯が見えるというのに、それ以上、前に進めなかった。

糧食ばかりか弾薬も欠乏していた。それよりも、あの元気いっぱいだった四国（第十五師団）の気丈な兵たちが、痩せさらばえ、負傷兵とともに、密林のなかの名ばかりの野戦病院に、毛布にくるまって死人のように横たわっていた。

モレスビー攻略など、だれが見ても不可能な話だった。敵は山中でさえも、あれほどの猛抵抗をくりかえし、日本軍の進撃予定をすっかり狂わせ、その結果、糧食弾薬の決定的な欠乏を招かせた。

さらに山を下ってモスレビーに近づけば、かれらの得意な機械化攻撃がいっそう容易になり、古語にいう「佚《いっ》をもって労を待つ」で、体力の衰えきった日本軍がそれに勝利を収めうるとは、とうてい判断することができなかった。

「主隊の進撃が不可能ならば、海上から別働隊を上陸させる作戦は成り立たない」

小屋大尉は、八艦隊司令部に連絡して、状況を報告した。

このとき南海支隊には「撤退セヨ」との軍命令が届いていたが、陸軍部隊は、そう簡単に回れ右ができるものではない。その混迷のなかで、さらに小屋大尉は、「連絡任務はすでに終了したと考える」と電報し、携帯用電信機を打ちこわし、暗号書を兵に持たせて後退することにした。

艦隊司令部との間の暗号だから、最高機密の「甲暗号書」を持っていた。海に落ちたらそのまま沈むようカバーに鉛を入れた相当に重いものだ。ラバウルを出るときは、問題にもならなかったその「重さ」がいま、衰弱しきった暗号員には、たいへん過大なロードになっていた。といって、これは機密保持の点から、敵地に埋めることも、破ることも焼くこともできなかった。かわいそうだが、持たせるほかなかった。

考えると、小屋大尉たち海軍連絡通信隊は、ここに来るまでに五つの山を越えてきた。上陸地点に戻るにしても、また確実に五つの山を越えなければならなかった。

状況も違っていた。来るときは、マラリアに悩まされながらも、任務があり、目的があって、気持ちが緊張していた。いまは、敗北感の重圧の上に、心身ともに疲労困憊している。

これから帰るといっても、食糧は持っていなかった。上陸地点まで戻ったとしても、それからラバウルに帰る便のアテはない。来る船、来る船沈められて、一ヵ月に一回、便があるかないかということだった。

「このまま一日か二日、ここにジッとしていたら、確実に衰弱死する」

来る道みち、木によりかかり、道のわきに横たわって、眠るように死んでいる陸軍の兵たちをたくさん見た。越えてきた山道の苦しさ、凄まじさは、二度と考えるのも嫌であった。

このままでいたいと思った。安楽死という言葉が、すごく魅力的にひびいた。

もう九分どおりそう決心して、身体中の力を抜いたときだった。とつぜん、不安そうにこちらを見つめている電信員の目に気づいた。息がつまった。

——これはいけない。そういうわけにはいかない。電信員を連れている。

かれは現実に引き戻され、歩きだした。死にそこなったのである。

妙な転機だった。あとから考えると、そのあたりで突然、風向きが変わったとしか思えない。——それからというもの、幸運の連続であった。常識では考えられないほどの幸運が、つぎつぎに訪れた。

結果からいうと、それほど立て続けの幸運に恵まれないと、あの緑の地獄から脱出することは不可能だったのだ。

まず、陸軍部隊の先頭の指揮官たちに別れを告げ、飢えと疲労とで、ドロドロになった身体に鞭打ちながら、もと来た道をひと足先に戻りはじめ、飲まず食わずで山道をたどっていたときだった。日時は特定できないが、パッタリ高砂族のグループに出会った。

高砂族とは、台湾原住民族の総称だ。ことに台湾山脈地帯に住む人たちは、当然ながら山に強く、山岳戦の貴重な協力者で、このときも、米袋を背負って山道を登ってきていた。

これこそ天の恵みだった。小屋隊は、さっそく米を頒けてもらい、腹ごしらえをすることができた。

「さァ、矢でも鉄砲でも持ってこい」というまでにはいたらなかったが、それでも、五山を越え、麓の発電機付き無線機のあるところにたどりついた。そして艦隊司令部に連絡をとり、電信員二名を収容して上陸地点の海岸にまで出ることができた。

海岸に出ると、第二の幸運が待っていた。ここ一ヵ月あまり船は一隻も入ってきていないというのに、駆潜艇二隻に護衛された輸送船一隻が、ひょっこり入港してきた。天にも昇る気持ちで、駆潜艇の一隻に便乗した。

「入港するのも命がけですが、出港するのはもっと命がけです。無事にラバウルに帰れるなど、期待されん方が身のためです」

艇長が笑いながら、妙な太鼓判を捺すので、苦笑いを返すと、案の定、B26らしいのが来て、爆撃をはじめた。

いったん死のうと思った生命だから、ここで召し上げられてもモトモトだ、と思うことにした。なぶり殺しにされるようなものだが、なにしろ、すっかり制空権を敵に奪われてしまっているところでの飛行機と艦との戦いだ。どう逆立ちしたって、勝てっこない。

そのとき、大幸運がやってきた。とつぜん空の一角から零戦四機が降ってきて、それこそ矢のように敵機に突っかかっていった。身をひるがえしたB26の逃げ足の早かったこと。大きな図体ながら、雲を霞と遁走した。駆潜艇は助かった。

出港したあと、間もなく霧がかかってきた。追っ払われた敵機が、執念ぶかく引き返し、駆潜艇を撃沈するまでねばるだろうことは、常識といってよかった。しかし、霧がこれほど厚くかかれば、とうてい攻撃はできない。

ラバウルまでは、一昼夜あまりかかる。難関は翌朝だった。うまく出港できても、かならず翌朝、大規模な空襲をかけられ、それで全滅するのが、そのころのパターンだった。

ところが、また また幸運に見舞われた。出港すぐあとからかかった霧が、ラバウル入港までかかりっぱなしで、霽《は》れなかった。そのころの状況では、奇蹟といっていいほど何事もなく、駆潜艇たちはラバウルにすべりこんだ。

ラバウルに帰ってきた小屋大尉一行は、文字どおり骨と皮だけになっていた。人間の顔らしい顔をしていなかった。どれほど人間の限界を超えた過酷な任務であったか、また、一行が行動をともにした南海支隊の作戦が、どれほど人間性を無視した無鉄砲なものであったかは、還ってきた小屋大尉の顔かたちを、一目見ただけで胸をつかれるほどに呑みこめるはずであった。

水雷参謀につれられ、司令長官に帰還の挨拶にいった小屋大尉は、長官から思いもかけぬ言葉を聞いた。

「また行きたくないか」

そして、ご苦労というねぎらいの言葉はついに一言も聞けなかった。

「なぜそういわれたのか、いまでもわからない」とかれは、いまも顔を曇らせる。

「海軍には、そんな人もいた。たしかに、いたがね……」

そして陸軍部隊についていえば、これがあの地獄といわれたニューギニア大敗走の口火になった。

危機一髪

〈第二次ソロモン海戦＊伊一一潜機関参謀・長谷川正大尉〉

ツラギ、ガダルカナルに敵来攻（八月七日）の急報を受け、山本連合艦隊長官はすぐに連合艦隊主力部隊のトラック、ラバウル方面への急進を命じた。その結果として、わが第二、第三艦隊と米機動部隊との衝突が八月二十四、五日にかけて起こった（第二次ソロモン海戦）が、これはそれにからむ潜水部隊の戦闘である。

このとき、すぐにも作戦できる潜水艦は、第一潜水戦隊（一潜戦と略す）の七隻がインド洋通商破壊戦に出るため内地で整備中であり、戦場にいたのは三潜戦三隻（他は修理のため内地回航中）、七潜戦八隻だけ。そこで一潜戦七隻に至急南東方面に進出するよう命令が出され、結局、十八隻の潜水艦が戦場付近に集中する大作戦になった。

長谷川正大尉が三潜戦機関参謀として乗っていた伊号第一一潜水艦（伊一一潜と略す）は、三潜戦の旗艦潜水艦で、旗艦設備（司令官室、幕僚室、幕僚会議室）を余分に持ち、それだけトン数もふえて、公試状態で三千トン近い大型艦。飛行機一機を積む、最精鋭の甲型潜水艦であった。

八月二十日、トラック基地を出港した伊一一潜は、ソロモン諸島の西側を、ガダルカナル南方の配備地点に向かって南下中、八月三十日夜、敵の駆逐艦一隻が護衛する大型輸送船を発見、追跡し、翌朝未明、魚雷四本を発射して撃沈した。

やがて配備地点に到着。潜航して哨戒中、敵の空母一隻、巡洋艦二隻、駆逐艦多数の部隊を発見。攻撃に移って魚雷三本を発射、轟音を聞いたが敵駆逐艦が動きまわっているので頭を出すことができず、敵の爆雷攻撃に備えて水面下七十メートルに潜水、必要最小限度の発電機以外は一切のモーターを停めて無音潜航に移った。

それから二時間あまり後、海面がなんだか静かになったようなので、戦果を確認しようと浮上をはじめ、深度四十メートルにしたとき、突然、敵駆逐艦が突っこんでくるスクリュー音を聴音器でとらえた。

「すわ——」と急いで深度をとり、深さ六十五メートルになったとき、爆雷の至近弾五発を受け、息つくひまもなく無数の爆雷攻撃を食った。三千トンの潜水艦は上下左右に大震動する。電灯も消えて、まっ暗闇。ただ幸いに命中弾がなかった。それで、からくも沈没しないですんだ。

といっても、大震動で二次電池（鉛蓄電池）が壊れた。船体の前半分、乗員の居住区の下にビッシリ並べた二百四十個の二次電池がやられて、たった一つの水中動力である二次電池の電力が使えなくなった。

動けない。スクリューも舵もポンプも動かない。だから、少しずつ潜水艦が沈みはじめ、前後左右の釣り合いが崩れ、船体が傾いてくる。一刻も早く浮上しないと危険な状態になっているのだが、敵の艦艇が海面を右往左往しているので、浮き上がることができない。

そのうちに、壊れた二次電池に海水が入り、電気分解を起こして塩素ガスが発生、艦内に

長谷川正大尉――敵の攻撃をうけながら生還するには、何回にもわたる幸運が必要だ。

充満してきた。猛毒性のガスである。すぐにみな防毒マスクをつけた。何よりも潜水艦が沈没するのを防がねばならない。

機関長を先頭にした電機部員は、電池室に入って、二百四十個のなかから壊れていない良品を発見し、それをつなぎ直して何とか水中動力を得ようと奮闘する。だが、機関長以下数人が、塩素ガス中毒でつぎつぎと昏倒していく。

同時に、高圧空気でタンクの中の海水を少しずつ圧し出して、船体に浮力をつけ、沈んでいくのを防ぎながら、乗員は米俵をかつぎ、号令で艦内を前に走り、後ろに走り、船体の前後左右のバランスをとる。深度百メートルのあたりで潜水艦をジッと停まった状態にたもとうと必死だ。――伊一一潜の安全潜航深度は百メートル。多少の安全率は見てあるが、それ以上あまり深く落ちこむと、水圧で潜水艦は圧し潰される。

敵爆雷五発の至近弾を受け、艦内がまっ暗になってから、五時間になろうとしていた。電機部員の死に物狂いの努力が休みなくつづくが、塩素ガスの発生はますますひどく、電池が使える見込みが立たない。さらに悪いことに、船体の水平バランスがだんだん崩れ、前後傾斜が大きくなる。

そして、五時間十分たったころ、傾斜の度が目に見えてひどくなり、潜航をつづけることが不可能になった。もしこのまま潜っていると、急激に安全深度を越えて沈降することは必至であった。

艦長は、ついに浮上を決意した。

時間は、日が落ちて約一時間たっていた。その夜の月は、新月に近いが、こうなったら、敵の水上艦艇との戦闘を予期しても、浮上せざるをえなかった。

水上戦闘は、相手が海軍艦艇の場合、いうまでもなく、潜水艦に決定的に不利である。十四センチ砲一門は持っているが、敵艦と四つに組んで砲撃戦をするようにはできていない。ましして敵弾が一発でも命中すれば、潜水艦にとって最大の武器である海という「かくれミノ」を、振り捨てなければならなくなる。

「水上戦闘用意」

「浮き上がれ、メインタンク・ブロー」

歯を食いしばった決死の行動だった。

長い長い緊張の末、ザアッという水音とともに、浮き上がった。

浮き上がってみると、敵の姿は見えなかった。星がところどころに瞬いているくらいで、まだ海面は、まっ暗になっていなかった。

考えているヒマはなかった。

とるものもとりあえず補助発電機を起動し、電灯をつけ、ポンプを全力で回して艦内の給排気を急ぎ、何よりも艦内の塩素ガスを追い出しにかかる。同時に主ディーゼル機械を起動して水上航走。折からとっぷり暮れた夜の闇を利用して、ソロモン諸島とニューヘブライズ諸島の間を突破、ソロモン諸島の東側を北西に進み、トラックに向けてスピードを上げた。

防毒マスクといえば、浮上したとき、マスクをとろうとすると、薬剤フィルターを入れた清浄罐が、手でさわれないほど熱くなっていた。マスクをとると、瞬間、激しいめまいがして、猛烈な頭痛に襲われた。ビタミン注射をしたが、一昼夜あまりも頭痛が去らなかった。もうしばらく潜航をつづけていると、おそらくみな意識不明になっていたのではないか。――あとの話ながら、鳥肌立つ思いであった。

その翌日（八月七日）午後、伊一一潜は敵の哨戒飛行艇を発見した。おそらく近くのニューヘブライズ諸島にあるエスピリツ・サント米軍基地から出たものだろう。ふつうならば、こんなときは急速潜航して、「かくれミノ」の中に身をかくしてしまうのが常識だが、水中動力源の二次電池が使えないから、潜ることができない。みな覚悟をきめて、全速力の二十四ノットに上げた。そして、艦内に備えてある機銃から小銃まで持って上がり、砲員は十四センチ砲にかじりつくようにして、死に物狂いで射ちまくった。

この間、一時間あまり、轟音と爆風を残して十四センチ砲弾が飛んでいくが、艦船を射つための砲弾しか持っていないので、まるで効果がない。機銃は命中しているように見えるのに、敵機は平気なふうで、まっすぐに突入してきて、六十キロらしい爆弾三発を投下、一瞬、血の気が引いたが命中せず、敵機は、そのまま南東方向に去っていった。

そして翌八日にも、正午ちかく、約三十分間にわたって敵の双発飛行艇と交戦。こんどは爆弾二発を投下され、その一発は船体から五十メートルそこそこのところに落ちた至近弾になり、上にいたものみな、したたかに黒い飛沫を浴びた。幸い、それ以上の被害はなく、午後には敵機の行動圏外に出ることができた。

トラック基地にすべりこんで、九死に一生を得たことを喜び合ったのは、それから三日目、十一日の午前十時ころ（現地時間）であった。

敵の艦艇とぶつかり、その攻撃を受けながら脱出生還するには、このころでも、伊一一潜ほどの危機一髪の瀬戸際をくぐる苦闘と、幸運——それも一つでなく、何回もつづく幸運が必要だった。

——爆雷の命中弾を受けず、安全深度以上に落ちこまず、全員がガス中毒に斃れる寸前に浮上でき、浮上しても付近に敵水上艦艇の姿がなく、夜の闇にまぎれて戦場を離脱できたばかりか、敵哨戒飛行艇に二回も発見攻撃されながら命中弾を食わなかった——どの一つをとっても、致命傷を受けて少しもおかしくなかったが、幸いに、そのすべてを免れることができた。

この十七年秋ころまでに、開戦以来、すでに十一隻の日本潜水艦が敵と交戦し沈没した。伊一一潜の重ね重ねの幸運の、どれか一つを不幸にも欠いたからであろうか。

潜水艦を攻撃するための爆雷は、艦尾から落とすと、あらかじめ調定した深度まで沈降したときに爆発する。潜水艦の八メートル以内で爆発すると致命的打撃を与え、十六メートル以内では相当の損害を与える。ただ、ドラム罐のような形をしているので、沈降深度が遅く、その上まっすぐに落ちていかない。潜水艦の位置をとらえても、その位置に狙いをつけるのは容易でない。

ところが米軍では、第二次大戦がはじまるとまもなく爆弾のような形をした爆雷を開発した。爆弾型の爆雷は、沈降速度が速く、その上、まっすぐに落ちていく。日本が爆弾型の爆雷を使いはじめたのは昭和十九年末だったから、その間、一方的に敵にやられたわけで、伊一一潜などの場合も、それを撃ちこまれたにちがいない。しかも、米艦艇は爆雷を持っている数が多く、一隻について一回に十三個から九個を立てつづけに撃ちこんだ。命中率がはるかに大きくなるのは当然だ。

さらに、十七年八月には、たいていの米艦艇はレーダーを備え、秋にはマイクロウェーブの新式高性能レーダーができた。米駆逐艦が、伊一一潜を、二万二千メートルで捉えたという米側記録もある。

ソナーは、水中に音を発射して反響をとらえ、潜水艦の距離と方向を測定する、いわゆる水中聴音機。アメリカでは、開戦までに駆逐艦百七十隻に装備し終わっていた。

以上は、艦政本部第四部（潜水艦担当）の寺田明技術少佐の研究によったものだが、そうすると、米駆逐艦は、まず遠距離で日本潜水艦をレーダーでとらえ（日本潜水艦はレーダーを持っていなかった）、五千五百メートルから四千メートルあたりに近づき、探照灯をつけたり、照明弾を射ったりして目標を確認する。それではじめて敵に発見されたことを知った潜水艦は、急速潜航して「かくれミノ」にかくれる。だが、この距離はもうソナーが利くから、ソナーが示す目標の位置に向かって、例の爆弾型の爆雷と、ヘジホグと称する投げ網スタイルのロケット弾（二十四発を楕円形に発射する）とを組み合わせて猛射する。駆逐艦二隻がペアーで攻撃するときは、一隻はソナー探知をつづけ、電話でもう一隻の攻撃艦を誘導する。このシステムで撃沈された日本潜水艦は四十隻に及んだという。

戦後の米海軍の記録では、これでいくとだいたい二時間たらずで撃沈することができたそうだ。科学技術のレベルの差が、こんなところにも現われていて暗然とならざるをえない。

幸運の連続

〈第二次ソロモン海戦＊伊二七潜機関長・岩永賢二大尉〉

おなじころの十七年九月、こんな事実もあった。

岩永賢二大尉が機関長をつとめていた伊二七潜（伊一一潜と同型だが、司令部設備がなく、それだけ小さい）が、インド洋で通商破壊作戦にあたっているとき、一人の水雷科の下士官が、急に盲腸の痛みを訴えた。折よく軍医長の中尾軍医中尉が乗っていて、診察した結果、

「どうもこのままにしておくと危ないですよ」という。

「じゃあ、手術したらどうなんだ」

「手術したら助かる見込みが大きいですが……」

「そんならすぐ手術しようじゃないか」

「ううん。でも麻酔がないんです」

　まさか、この狭い潜水艦で手術をする機会があろうとは、誰も予想しなかったせいらしいが、それはともかく、このまま放っておくと危ないという人間を、放っておくわけにはいかない。麻酔なしで盲腸の手術をするほかない。

　まず、本人の説得である。

「経験がないので、麻酔なしで腹を切るのが、どのくらい痛いものか知らんが、猛烈に痛いに違いない。その痛さを我慢しぬいて生きるか、それとも痛いのは嫌だからと手術をせずに死ぬか、二つに一つだ。どうする。ここは性根を据えて考えろ。生きるか死ぬかだ——」

　いいながら、こりゃ気の毒なことになったワイと同情したが、ここは当人が、どうあっても大勇猛心をふるい起こさねばならなかった。必死であった。

岩永賢二大尉——長期行動中の潜水艦内で発生する盲腸炎患者は、頭痛のタネだった。

　やがて下士官は、青い顔に決意を固めたようにして、

「やります。お願いします」といった。

「よし。頑張れよ」

　すぐに手術の仕度にかかる。手術台は士官室のテーブルである。さっそく、艦長に報告し、潜航してもらって準備にかかる。深度四十メートル。四十メートル潜れば、海がどんなに荒れていても、

艦の動揺はほとんどなくなる。

準備が整い、岩永機関長をふくめた屈強の下士官数人が、手足に一人ないし二人ついて、押さえる役だ。

手術がはじまった。なにしろ麻酔なしだ。文字どおりの切腹だが、どのくらい痛いか、これは本人でないとわからない。本人は、苦痛に脂汗を流して呻く。手足を押さえる方も、

「コラッ、我慢しろッ」

と叫びながら、汗みずくで、必死に押さえつける。

一瞬も息の継げない大格闘で、手術が何分くらいかかったか、まるで覚えがない。とにかく無事に手術が終わって、ホッと一息——というより、こっちのみんなの方がグロッキーになってしまった。

その翌日——だったか、幸か不幸か、艦のネガチブ・タンクのキングストン弁が不具合になった。やむなくマレーのペナン基地に帰った機会に、患者の下士官を陸に揚げて基地隊に頼み、艦は修理ののち再びインド洋に出撃した。

盲腸の麻酔なし手術の予後は、幸い良好だった。

それにしても、みな、よくやったものである。

長期行動中の潜水艦で、盲腸炎患者の出るのが、軍医長の最大の頭痛の種であり、艦内の悪条件のもとで手術するのは危険が伴うとされていた。これも、「幸運の連続」のうちの例に挙げるべきであろうか。

指揮官の条件

〈ガダルカナル攻防戦＊零戦隊長・小福田租少佐〉

八月七日、ツラギ、ガダルカナルへの敵来攻を知って、一番早く対応したのは、ラバウルにいた第五空襲部隊であった。

――サンゴ海海戦（五月六日、七日）以前から進出していた陸上基地航空部隊で、連日、陸攻、零戦、飛行艇、陸偵を飛ばせ、ポート・モレスビー、豪州本土の攻撃、ラバウル、ラエ（ニューギニア）、ツラギなどの警戒、サンゴ海一帯の索敵偵察に忙殺された。

六月下旬から、サモア、ニューカレドニア攻略のための準備作戦がスタートしていた。いわゆる南東方面航空基地強化作戦で、ラバウル、ガダルカナル、ラエなどに急いで航空基地をつくろうとするもの。ガダルカナル基地では、八月五日に滑走路がほぼ完成した。

――六月五日のミッドウェー海戦で、「赤城」「加賀」「飛龍」「蒼龍」の四主力攻撃空母が沈没し、搭載機約三百機を全部喪ったのが痛かった。サンゴ海海戦で喪った約百機と合わせると、一ヵ月の間に約四百機が消えうせた。残った主力攻撃空母二隻は、いま内地に戻り、サンゴ海海戦で損傷を受けた「翔鶴」の修理と搭乗員の訓練をふくめて、九月中旬にならないと、空母部隊は使えなかった。

結果、日本海軍では、主兵である航空戦のすべての重荷を、基地航空部隊だけで背負わなければならなくなった。これは、たいへんなことであった。敵の空母機と、海兵隊機と陸軍機の攻撃に立ち向かうだけでなく、それまで南雲機動部隊が担当していた積極作戦も引き受けなければならない。

この日（八月七日朝）、ラバウルに集まった飛行機は、陸攻三十二機、零戦三十九機、艦爆十六機、陸偵二機、飛行艇四機。ニューギニア東南端に近いラビを攻撃、敵軍事施設の増強を阻止しようとして、準備を整え、待機していた。

そこへ、敵来攻の急報が来た。ツラギとガダルカナルを、一刻も早く救い出さねばならない。ラビ攻撃に備えた陸用爆弾を、敵空母、輸送船攻撃用の爆弾や魚雷に積み替える時間が惜しく、そのまま飛び出した。陸攻二十七機、零戦十七機、艦爆九機。攻撃目標、敵空母、輸送船。

ガダルカナルまで片道千五十キロ近い。それを往復した上に戦闘行動をすることを考えると、艦爆はむろんのこと、零戦もラバウルまでは帰りつけないおそれがあった。

指揮官はあわてた。ラバウルから二百八十キロくらいしか離れていないが、ともかく小型飛行場のあることがわかっていたブカ島に駆逐艦を急航させた。かれらがガダルカナルから帰ってくるまでの間に、急いで飛行場を準備し、不時着に備えようという。

山本長官は、急報を受けるとすぐ、前にふれたように第二艦隊、第三艦隊（機動艦隊）を出撃させ、敵機動部隊の撃滅とツラギ方面の奪回をはかると同時に、基地航空部隊に艦爆、零戦、飛行艇、水上戦闘機（水戦と略す。零戦を改造して単浮舟をつけた。運動性よく、F4Fと空戦して撃墜したり、B17を迎え撃って全弾を撃ちつくし、手を振って別れたなどという武勇伝もある）の増援をきめたが、その零戦の増援部隊が、これから述べる第六航空隊（六空と略す）であった。

その前に、つけ加えておく。八月はじめの空襲で味方機の受けた被害の大きさ、である。七日の航空攻撃のような総攻撃が、つづいて八日、九日とガダルカナル方面の敵艦艇、船団に加えられ、合計二十一隻撃沈、敵機五十八機撃墜などという大戦果が報じられた。ところが、米軍の実損は、戦後の資料によると、駆逐艦一隻と輸送船一隻が沈没し、戦闘機十一機、艦爆一機を失っただけだという。

一方、味方機の被害は、延べ数で陸攻七十機、零戦四十六機、艦爆九機が出撃、うち陸攻三十一機（被弾使用不能を含む）、零戦三機、艦爆九機（全機）を失った。ことに七日の艦爆九機のうち自爆未帰還六機、不時着水三機、八日の陸攻二十三機のうち自爆未帰還十八機、被弾五機と全滅したこと、その大部分が敵の防御砲火による被害であったことは、司令部や関係者たちを蒼白にさせた。

小福田租少佐——指揮官というものは、常に全般を見渡しながらの判断が必要である。

中攻と、その後継機の一式陸攻は、敵弾を受けると日華事変もそうだったが、ガダルカナルでも火の玉になった。航続力、つまり燃料搭載量をふやすため、普通なら翼の中に燃料タンクをハメこむのを、翼の外板と隔壁を油漏れしないように作って、その中に五キロリットルのガソリンを満載した。いわば、全機これガソリンタンクであり、アメリカから一式陸攻を「ワンショット・ライター」とアダ名されたのも、やむをえなかった。そして、終戦まぢかに燃料タンク防御装置をつけた陸攻が完成するが、活躍できないままに終わるのである。

話を戻す——。

六空は、ミッドウェーで大損害を出し、木更津で再建中の戦闘機部隊（零戦約六十機、搭乗員約百二十名）で、戦闘機隊長は小福田租少佐。日華事変中、中支、南支と転戦し、横須賀航空隊に帰ってテスト・パイロットをつとめるうち、六空に転勤。着任してちょうど十日目に、ツラギ、ガダルカナルに敵が来攻した。

戦場の状況は述べてきたとおりで、一刻も早く、一機でも多くの増援を出さねばならぬ。そこで、六空に白羽の矢が立った。すぐに行け、という。

八月上旬ころの六空は、パイロットや飛行機の頭数こそかなり揃っていたが、かんじんのパイロットの腕前はまだ未熟で、教育訓練中の者が大部分。第一線の戦闘部隊というには、ほど遠かった。だが、いまそんなことをいっていられなかった。

このあと終戦までに、この同じ言葉が何回くりかえされたことだろう。

それだけではない。はじめ空母で輸送する計画だったが、急に空母の都合がつかなくなったから、君ご苦労だが、先発隊を引っぱってラバウルまで急いで飛んでってくれ、という。

　そのとき、かれ三十三歳。体力にも、腕にも、十分の自信があった。南半球のラバウルまでといっても、島伝いにゆけば、行ける。そこで、未熟者とその指導員を残し、すぐにでも実戦にとびこめる精鋭十八機を選んで、八月十九日午前、硫黄島に向け木更津を離陸した。

　戦闘機は、単座である。思うような航法（飛行機の位置を測定したり、針路速力を修正したりする、船の場合の航海術にあたるもの）ができない。そこでこの場合は、一式陸攻二機（予備員の零戦パイロット二名をのせている）が先導し、そのあとを小福田隊が編隊を組んでついてゆく。

　木更津・硫黄島間約千二百キロ。スピードの遅い陸攻についていくのだから、時間こそ三時間半あまりかかったが、気は楽で、一機が着陸に失敗して機体をこわしたのを除くと、全機無事、硫黄島に着いた。

　ところが、硫黄島の滑走路が八百メートルしかなく、陸攻は着陸できない。そのまままさらに約千二百キロを飛んでサイパンに着陸する。そして翌朝、サイパンを出て硫黄島に戻って空中待機し、零戦隊を誘導して零戦隊の次の目的地であるサイパンにゆく。この間、陸攻隊は約九時間飛びつづけるという。

　非常な悪天候のため二日間飛行できず、三日目、ようやく快晴を迎えた小福田隊長は、陸攻搭乗員たちに過大のロードをかけるのも気の毒であるし、この天候ならば大丈夫と、陸攻の支援を辞退、零戦だけでサイパンに行くことにして硫黄島を出発した。

　マリアナ諸島は、いうまでもなく、三十いくつかの島々が、南北八百キロにわたって連なり、島と島との間がおよそ二十ないし三十キロ。この島弧に向かって突っかければ、かならずどの島かを発見でき、その島を起点にたぐっていけば、いやおうなしにサイパンに到着できるはずである。二十キロないし三十キロを隔てた島は、飛行機からは、どこをどう飛んでも見落とすことはない。

精密な航法計算をしながら、小福田隊長は、視野いっぱいにひろがる南の海を、快調に飛びつづけた。

飛びつづけて一時間あまりたつと、前方にポツ、ポツと雲が現われ、飛ぶうちに、見る見る空いっぱいに拡がり、南洋の海特有の猛烈なスコールに巻きこまれた。まっ黒な、巨大な雲のかたまりが、海面近くにまで垂れ下がり、ところどころに白い紗《しゃ》を無限に重ねたようなスコールが、石ころほどの大粒の雨を海にたたきつける。

こうなると、必死だ。雲のかたまりを避け、なんとか海が見える海面スレスレにまで高度を下げ、右に左にスコールの柱を避けながら、無我夢中で飛ぶうち、いつのまにか時間がたち、われに返ると、機位を失していた。

どこを飛んでいるのか、わからなくなった。

「困った。どうしたらいいのか——」

それまでかれは、一方の手で操縦桿を握り、もう一方の手で零戦の飛んでいる方向と速力、飛行機が風に流される方向と大きさを計算して、航空図に機位を書き入れてきた。それが、そのときどきに反射的な回避運動——苦しさにのたうちまわるような飛行をつづけ、それに全神経を使わねばならなかったから、計算も航空図への記註もまったくできなかった。

「洋上に不時着、行方不明――か」

思わず、ふり返った。後からは、部下の全機が、少しも乱れぬ隊形を組み、ピッタリついていた。

「隊長ッ。頑張ってください。われわれは、どこまでもついていきます。死なばもろともです――」

かれを見つめる、大きく見開かれたいくつもの目が、そう叫んでいた。ズシリとした重味を、両肩に感じた。指揮官として、かれらの信頼にこたえなければならない。どんなことがあっても、この人たちを犬死にさせてはならない。まるで背中からカツを入れられたようだった。

すると、不安が、急にふくらみはじめた。みるみるふくらんで、いまにも爆発しそうになった――悪天候が予想もしなかったほど長く続いて、時計を見るともうあれから二時間もたっていた。機位がわからなくなっていたが、いま機首を向けている方向にマリアナ列島がほんとうにあるのだろうか。もしあったとしても、こんなに暗雲が空と海の間を閉ざしていては、手がかりの島影が見えないまま、列島線を通り過ぎてしまうのではないか。出発以来の時間からすると、もうどの島かが見えてよいころであった。通り過ぎてしまえば、絶対に助からない。

硫黄島まで引き返すことも考えた。だが、このような天候の急変が硫黄島でも起こっているかもしれないとすると、洋上の「点」でしかない硫黄島は、マリアナ列島よりももっと発見の可能性が少ない。

上司から用意された計画に、素直に従っていれば、人手の揃った陸攻の誘導で、いまごろはサイパンに着いていたろう。慎重を欠いたことが、いまさらのように悔やまれた。といって、悔やんでみても、事態は少しもよくならない。

このときのかれの顔つきを見たら、木更津に残してきた妻子も気を失うほどおどろいたろう。いつもの自信と落ちつきがすっかり消え、頭に血がのぼり、のどはカラカラ、目を裂けるほどに見開いて前を凝視し、島影を雲間から探し出そうと、それはかりであった。

やがて、さすがのスコールも峠を越えたのか、スコールとスコールの間に、とぎれとぎれながら水平線が見えはじめた。その、機首のまっすぐ正面のあたりに、ぽつんと、小さな三角形の島が、目に入った。とがった山頂から薄い煙が出ていた。

「あッ。ウラカス島だ。まちがいない」

——その瞬間の気持ちは、生涯わすれられない、と、かれはいまでも息を弾ませる。

マリアナ列島の一番北端にある活火山島である。列島弧のまん中あたりに突っかけるつもりでコースをとっていたのが、いつのまにか、最北端すれすれのところに来ていたことになる。つまり、二時間で四百キロも、知らないうちに左の方、北方に機位がズレていたのだ。

不意に、鳥肌立った。列島線到着がもう少し遅れたり、風がもう少し強かったりして、これが、もう少し北にズレていたら、ウラカスどころか、行けども行けども茫々とした海が見えるばかりで、やがて燃料が尽き、全員、海の藻屑になるはずであった。

私たちが仲間うちでいう「悪運が強い」とは、このことであったろう。——そうなって少しもおかしくないのに、現にそうなって命を落とした人もいただろうに、別にそうなるまいと特定の努力をしたわけでもないのに、フタを開けてみたら際どいところでそうならず、命を落とさずにすんだ。神様が哀れと思召して、飛行機の向きを、あるいは艦の向きを、ちょっと、いじってくださった——そうとしか人間には思えない微妙な恩寵を与えられた——「悪運が強い」というのが、やはり、いちばんピッタリするようである。

ちなみに「悪運」といって「悪」の字をつけるのは、海軍精神といわれたものだが、二年現役の今井善樹主計大尉のいうように、「一見不良で、ザックバランで、ほんとうは真面目な気持ち。精神主義と合理主義の適当な混じり合い。あまりゴチャゴチャいわないで、責任を持つこと」であったため、「幸」運ないし「好」運といいたいところを、戦死した人たちのことも考えて「遠慮」したのであろう。

さてこの大試練を受け、悔い改めて素直になった小福田少佐は、その後は先導してくれる陸攻のあとにくっついて、サイパン→トラック→カビエン（赤道のすぐ南のニューアイルランド島）のコースをたどり、日本を出てからちょうど七日目に、目的地のラバウルに着いた。

着くと、さすがにグッタリして、みな、飛行場の草原にすわりこんだ。

「これで仕事が終わったのではない。これから戦闘がはじまるのだ」

そう考えて、自分自身を鞭打つが、やはり無理だった。零戦隊が内地からラバウルまで自力で移動したのは、これが最初で最後だったから、それだけ、このあと搭乗員の腕前が落ちていったということだろう。

「その夜（ラバウルの第一夜）は、夢多く、浅い眠りのなかに更けていった。夢は、蒼空をかけめぐり、故国はもう手のとどかぬ遙か遠いものとなってしまった感じだった」とかれは述懐した。

そのころ、敵は、ガダルカナルとポート・モレスビーの二つの方面にいた。六空の零戦隊は、さっそく戦線に加わったが、ガダルカナルはラバウルから片道千五十キロ。ガダルカナル上空での戦闘行動を勘定に入れると、往復約二千百キロ、五時間以上の飛行になった。みんな若いといっても、帰るとグッタリする。

朝八時ころ、戦闘機隊を率いてラバウルを出発、ガダルカナルまでいって戦闘し、帰ってくると午後一時か二時ころ。それが毎日のように続いて、疲労のために食欲がなくなり、夜眠られなくなった。

八月は、一年でいちばん涼しいそうだが、朝昼晩、真夜中までも、連日二十七度を下がらない。湿度が多く、ムシムシして、月に十日は、少なくとも雨が降り、降るとスコール性のドシャ降りになる。だから、マラリア、デング熱、赤痢、皮膚病などが猛威をふるう。そのなかで、パイロットにずっしりと過大な負担がかかり、疲労が、回復するヒマなく、つぎつぎに蓄積されていく。

「どんな激戦でもやるから、もう少し近いところに出ていけんのかなァ。零戦の航続力の長いのが、恨めしいよ」

はじめは、その程度のボヤキだったものが、あとに、

「おれたちゃ死ななきゃ内地に帰れんのだ」とデスペレートになったのも無理ない仕儀であった。

さて、そのボヤキが実ったのか、まもなく零戦隊は、前にふれたブカ島に進出した。二百キロほど敵に近くなっただけだが、ラバウルから往復五時間以上かかっていたのが四時間あまりになった。いい変えると、ラバウルから行けば、零戦の航続力からいってガダルカナル上空では十五分しか戦闘できず、十五分たったら引き返さないとラバウルに帰れなくなる。それが、ブカからでは、そのつもりになれば、一時間十五分戦えることになる。これは大きい。さらに、このあと進出するブーゲンビル島南岸近いブインでは、基地を離陸して高度をとり、ガダルカナル上空まで行くのに、一時間十分しかかからない。こうなると、ラバウルやブカからだと一日に一回しか行けないものが、少なくとも二回、うまくすると三回行けることになる。

戦闘機乗りの実感からすると、離陸して一時間、長くて一時間半までが、パイロットのコンディションが最良だ。とすれば、ブインならば理想的、ラバウルでは、ブカをふくめて遠すぎ、疲労のため、判断力、瞬発力、持久力、機敏性がにぶり、にぶったまま、それが支配的要素となる空中戦闘に入らざるをえなかったことになる。

ガダルカナル航空攻撃で、予想外に飛行機の被害が多かった大きな理由の一つである。

そのブインに、二〇四航空隊（二〇四空と略す。零戦部隊）が進出したのは、十七年十月末——南太平洋海戦（十月二十五日—二十七日）前後だった。ブインのあるソロモン諸島最大の島ブーゲンビル（ボーゲンビルとも読む）は、すっぽりとジャングルに蔽われた三千メートル級の高い山が島いっぱいに居座っていて、平地が少なく、なんとも無気味なところだった。

だが、ブインに出てきた搭乗員たちは、ハリきっていた。戦場までの距離が、ラバウルからの約半分——五百六十キロになった。

「敵サン、あわてるだろうな」といったふうだ。

そのころは、まだ零戦が強かった。零戦二十機とグラマン二十機というように、同数だったら、かならず勝った。味方が少なくても、六割あれば互角の勝負をする自信があった。

空海陸の三方面で、日米ガップリ四つに取り組みながら、まだ日本軍が優位に立ち、米軍を剣が峯に追いつめたころである。

ブインから、ガダルカナルへ、毎日のように零戦編隊が空襲に出かける。指揮官、**小福田**少佐。約一時間半の航程だ。この距離は、しかし、米戦闘機にとっては遠すぎる。かれらには四百二十キロ前後がよく、特別に航続距離の大きいP38に増槽をつけ、それで、ギリギリというところ。だが、爆撃機は、航続力が大きい。ふつうに来られる。

かれらは、夜八時か九時ころから、一機か二機、対空砲火の届かぬ高いところを回りながら、ポトリ、ポトリと爆弾を落とす。そして、一時間ばかりネバっていて、引き返すと、次のが来て、ポトリ、ポトリ、ポトリとやる。夜が明けるまでそれをくり返して、引き揚げていく。いうまでもない。神経戦だ。まさかオレには当たるまいと、祈るような気持ちで寝みはするが、爆弾が炸裂して、地響きを立てると、否応なく目が覚める。それが毎晩つづくから、結局、みな寝不足になる。

夜が明けると、こっちの番だ。ガダルカナルに「出勤」するのだが、途中一時間半の眠いこと。身体が溶けていくようで、飛びながら、操縦桿を膝にはさみ、居眠りをする。部下たち列機も同じに違いないから、どんな編隊をつくって飛んでいたやら。下から見ていたスパイ連中に聞いてみたいくらいである。

ガダルカナルにあと二十分というころ、奇妙に目が醒める。大急ぎで戦闘準備。高度を六千メートルくらいに上げ、機銃にタマをこめ、射撃照準器のカバーを外し、酸素吸入器のバルブを全開。空戦に備えてシートベルトを締め直し、座席まわりを点検、編隊に向かって戦闘隊形を指示する。そして、敵を発見するのと同時に増槽を切り落とせるよう、燃料コックを機体内タンクに切り換える。

これだけの戦闘準備を全機が終わったころ、だいたい、あと十分くらいのところに来る。一転、鷹の目になって敵機を探す。もっとも緊張するときだ。

敵機の見え具合は、いろいろだった。太陽の方向、高さ、雲の有無などが影響して、ゴマ粒のように見えることもあれば、チカチカッと光ることもある。もちろん、敵機がこちらを発見しない前に、こちらが向こうを発見し、少しでも敵よりも高い高度で、敵の後ろに回り、なんとか太陽を背にするよう、編隊を指揮してもっていく。

それが指揮官の仕事である。部下がもっとも戦いやすいよう、敵に勝ちやすいよう、部下に被害がもっとも少ないよう、八方に気を配り、編隊を指揮する。そして最良の位置から、敵に向かって突撃してゆく。

空中戦は、すさまじい格闘だ。ありとあらゆる形容詞を並べても、なお言いあらわせないほどの凄まじさだ。敵を見るまでは、小福田少佐くらいのベテラン戦闘機乗りでも、緊張というか恐怖というか、とにかく身体がカチカチになる。それが、敵機との格闘戦になると、一瞬に吹き飛んで、あとは無心というか、無我夢中というか——敵を墜とさなければこっちが墜とされる、という怖いほどハッキリしたさだめに支配された世界になる。

しかし、指揮官としては、その渦の中に巻きこまれてしまうわけにはいかない。いつ空中戦を終わるか、味方をどううまく集合させるかを、全般を見渡しながら判断しなければならない。もう一機、などと功名に駆られて深追いするなど、指揮官の名に値しない。

空中戦は、よほどのことがないかぎり、二十分もたてばカタがつく。空をまっ暗にするほどの黒煙を吐いて墜ちていくもの。突っ込みすぎて敵機をかわしそこね、一団の火の塊となり、もつれあように海面に吸い込まれていくもの。そんな凄惨な光景がウソのように消え、胴体に大きなマークを描いた指揮官機を目指して、味方機が集まってくる。

一機、二機、三機と数えて、ほとんど全機が集まってきたときの嬉しさは、たとえようがない。逆に、引き揚げようとして見回しても、目につく味方がほんのわずかというときは、心配と気落ちに胸をしめつけられる。

ガダルカナルのころは、まだよかった。ガダルカナルを撤退して、戦場がソロモン諸島にうつった十八年半ばになると、一種のナダレ現象が起こった。「攻撃には強いが防御には弱い」飛行機——零戦や一式陸攻が、こちらが優勢で、攻撃をしかけていくときは、すばらしい力を発揮するが、その逆の立場に立たされると、どうしようもなく脆い。

一発の焼夷弾を受けると、瞬間に一団の火の玉となる。当然、パイロットは、自分の飛行機にたいする自信を失う。いや、そのころになると、零戦対策として開発したF6Fが出現。これがたいへんな戦闘機で、自重約四千キロの機体（防火防弾装備、十二・七ミリ機銃六、レーダーを備えたバランスのとれた機体。零戦の自重は約千七百キロ）を、二千馬力のエンジン（零戦は九百五十または千百馬力）で強引に引っ張る。格闘戦性能と航続力では零戦に及ばぬものの、そのほかの性能では零戦を上回っていた。

ある日、小福田少佐は、ガダルカナル上空で、敵機を見つけた。こちらの方が遙かに高いところにいたので、あせらず、ゆっくり、攻撃しやすい位置に回りこんでいった。だが、この敵機は、まるで毒蛇のように、不利なはずの真下からかれの零戦を撃ち上げ、猛烈な勢いで急上昇して、かれの目の前を斜めに昇っていった。

そのころ米軍機の主力だったF4Fを見なれた目からすると、ケタはずれのすごい上昇力で、びっくりした。F4FとF6Fは、見たところよく似ているので、これがはじめて戦場に出てきたF6Fであったらしい。このときは、幸いこちらが優勢で、優位にいたから、別に苦戦はしなかったが、こいつは厄介なことになりそうだと思った。

そのほかにも、F4Uは零戦より高速で、急降下速度が大きく、P38は、高空性能がよかった。零戦が、高空性能がたりず、急降下速度が低い短所を持っているのを見抜いて、高空性能にモノをいわせる戦法を敵がとりはじめ、それからは零戦も手が出なくなった。

零戦の被害が多くなった。機数が減り、腕前の確かな、ベテラン搭乗員が戦死し、補充が間に合わず搭乗員の技量と経験が不足し、いっそう被害がふえた。悪循環に陥った。

小福田少佐の見るところ、戦闘は、いったん形勢が逆転しはじめると、ナダレを打つようにして、総崩れになりやすい。一種の心理作用も手伝って、自信を失い、その結果、パニック状態を呈してくると、もう手がつけられなくなる。傑作機といわれた零戦も、このころには、もう完全に敵にナメられていたらしい。

「攻撃一辺倒」の設計方針――海軍の兵術思想そのものが、敵味方四つに組んだ戦場で、攻撃にさらされていた。

一式陸攻の場合、それと同様ながら、状況はもっと悲痛だった。零戦が防御力ゼロだったといっても、戦闘機は、もともと「攻撃」が本務だ。攻撃力を何とか工夫して生かし、敵にぶつけていくのが仕事だし、攻撃力も持っている。しかし、一式陸攻は、抱えている爆弾や魚雷を敵に向かって投下することで攻撃するので、敵戦闘機を撃墜するための攻撃力は、持っていないのも同然。敵戦闘機に対しては、受け身一方であり、やられ放題。たのみは、やられてもそれが致命傷にならないようにするための防御装備だが、一式陸攻では、それが無視されていた。ゼロであった。

小福田零戦隊は、いつも一式陸攻隊を護衛して、敵地空襲にいった。敵地上空で、スクラムを組むようにして警戒しているところへ、突然、高々度から敵戦闘機が降ってくる。アッという間に、いわゆる一撃避退——十分スピードに乗り、一直線に逆落とし、翼を狙って猛烈な連射を加え、ヒラリと翼を返して一目散に逃げていく。食いとめる余裕もない一瞬の出来事だが、陸攻はパッと火を噴き、火だるまになって墜ちる。

何十回となくこの光景を目にしたが、そのたびに、護衛できなかった申しわけなさと、あまりにも防御の弱い陸攻の脆さに、どこにもっていきようもない怒りを、覚えた。これとは逆に、米軍のB17（空の要塞）、B24などの爆撃機は、実にしぶとかった。必死になって撃ちまくる機銃弾が、いくら命中してもびくともしない。いいようもないほどの憎々しさだったが、爆撃機は、こうでなければならなかったのだ。

さて、ガダルカナルに敵機が増勢されるとともに、夜だけブインに来ていた爆撃機が、毎日のように、昼夜を問わず来るようになった。

ある日、小福田少佐が、飛行場の指揮所で昼寝——というより、軽便椅子にもたれてウツラウツラしているところに、突然、敵爆撃機来襲の警報が入った。とび起きた少佐は、敵襲に備えて待機していた零戦隊にメガホンで発進を命じた。命じながら、ヒョイと見ると、八十メートルほど離れたジャングルの出口のところに、待機小隊以外の零戦が一機、エンジンを回し、いつでも出発できそうなのを見つけた。

ずいぶん気のきいた整備員がいる、と感心しながら、全力疾走。とにかく、一機でも多い方がいいのだから、飛行機にとび乗り、エンジンの試運転をしている整備員に、「退《ど》けッ」と一喝、座席にとびこんだ。昼寝をしていたそのままだから、飛行服も着ていないし、落下傘もつけていない。三種軍装の緑色のワイシャツのまま、飛行帽もかぶっていなかったが、そんなことをいっている場合ではない。シートベルトを締めると、すぐに滑走路に出て、誰よりも早く飛び上がった。その間、一分とかからなかった。「たいしたもんだ」と自分でそう思った。

その日は、高度千七百メートルくらいのところに、ちぎれ雲があった。その上まで上がったとき、チラとB17が見えたが、向こうの入道雲の中に見失った。しかし、護衛戦闘機か何かがいそうな気がして、高度を上げていったら、いた——入道雲の間から、凧のような格好をした妙なヤツが二機、出てきた。

P38だ。最近デビューしたと何かで読んだことのある新鋭機だ。速力、上昇力、火力、防御力など零戦を遙に超えるという評判が高い。

よォし、と闘志を燃やした。これが日本の飛行機との最初の出会いらしいからには、絶対に負けられない。

相手は、二機がぴったりと編隊を組んで、ゆっくりとやや高いところを回りながら、高度を上げていた。どうも、こちらに気づいていないらしい。少佐はエンジンを全開にして、かれらの後上方につこうとした。まだ敵は気づかない。射距離に入った。高度はあと一息というところだが、一対二だ。不意を討った方がいいと考え直した。

そのとき、急に敵が左上昇をはじめた。気づかれたか、と閃いたときには、もう身体が自然に動いて、敵の内側に回りこんだ。少し距離が遠いが、ここで一撃、と引き金を引いた。さすがベテランの小福田少佐だ。

と、どうしたことか、タマが出ない。しまった。とっさに反対側に切り返す。態勢の立て直しだ。

反転して敵機に向き直ってみると、降って湧いたように、敵機が四機になっていた。一対四だ。これは苦しいことになったぞ。待機小隊の零戦六機がどこかにいるはずだ、と祈るような気持ちが心をかすめたが、現実は、それどころではなかった。四羽の鷲が上空で円を描き、高度が落ちた小福田機に襲いかかる機を窺《うかが》う最悪の状況になっていた。

あせったら負けだ、と思った。頭の中で、忙しく作戦計画を立てた。ともかく、敵との距離を、もっと大きくとる必要がある。そこでまず、水平全速力で、近くの入道雲の方に走った。最悪の場合、雲にとびこむことも考えての布石だ。そして、入道雲を背に、敵に向き直った。

向き直ってみると、追っかけてきたのは二機だけで、あとの二機は、はるか向こうでゆっくり旋回している。ほかの零戦に備えているのか。それとも何か発見したのか。

来た。追ってきた二機が、一列になって突っこんできた。残りの二機のことなど振り捨て、全神経を向かってくる二機に集中する。敵味方、互いに相手を狙って、一直線に突っこむから、たちまち近づく。射撃距離に入ろうとする直前、思いきり機首を下げ、同時に斜め宙返り、それも急旋回を打った。命がけだ。目はくらむ。機体は空中分解するのではないかと思うくらい、操縦桿とフットバーを力いっぱい引く。

向き直ってみると、敵の斜め後下方に出ていた。それまでは計画どおりだが、予想より距離が少し遠い。これでは命中しないだろうが、絶好のチャンスを逃す手はない。そこで、念入りに狙いをつけて、機銃の引き金を引いた。タマが出ない。そこではじめて、おかしいと気づいた。機銃が撃てなければ、逃げるしかない。脱兎のように、近くの入道雲の中にとびこんだ。

雲の下に出ると、もう敵はいなかった。気がついたら、汗びっしょりになっていた。飛行服も飛行帽もなしのワイシャツ一枚で、真冬なみの気温の高空を駆けまわったにしては、自慢にならぬ汗だった。

基地に降りて、兵器担当の分隊士をどなりつけた。ふつうなら、平身低頭して謝るはずの分隊士が、ヤケに落ちついているのが、よけい癪にさわった。

「隊長。そりゃ無理ですよ。あの飛行機は、エンジンを取り換えたばかりで、試運転中のヤツです。機銃のタマなど、一発も積んでいませんよ。そこへ隊長がとんできて、いきなり離陸されたんで、どうなることかと心配しとったとこです……」

小福田隊長は、ガックリした。骨折り損のくたびれもうけどころか、危うく命拾いしただけのことだったのだ。

こうして、ガダルカナルからソロモン決戦を、はじめから終わりまで戦い抜いた二〇四空は、実戦に参加した在籍の全パイロット二百五名のうち、百八十五名の戦死者を出して、部隊解散となった。

死屍累々

〈第三次ソロモン海戦＊「霧島」副砲長・池田鶴喜少佐〉

池田鶴喜少佐が、高速戦艦「霧島」の副砲長として着任したのは、十七年六月、たまたま「霧島」が帰っていた佐世保で、であった。

大正四年（一九一五年）完成の旧い艦（完成当時、巡洋戦艦）ながら、改装に改装を重ねて、高速戦艦として面目を一新、三万六千トン、三十六センチ主砲八門、十五センチ副砲十四門（両舷に七門ずつ）、十二・七センチ高角砲八門、二十五ミリ対空機銃二十梃、カタパルト一基、水偵三機、乗員約千五百名、の堂々たる戦力で、ことに、僚艦「金剛」「比叡」「榛名」とともに、三十・五ノットの高速力を誇っていた。

日本海軍には、「大和」「武蔵」をはじめ、戦艦十二隻がへサキを揃えていたが、三十・五ノットの高速で走ることのできる戦艦は、この四隻だけ（大和型二十七ノット、長門型二十五ノット、伊勢型二十五・三ノット、扶桑型二十四・七ノット）。

真珠湾攻撃で火蓋を切った太平洋戦争は、述べてきたように、戦争の様相を一変させた。戦艦中心の時代から、航空中心、それも海戦では空母機動部隊中心の時代に変わった。空母は、艦載機を発艦させるため、すくなくとも二十四ノット以上の速力をもたねばならず、事実、三十ノット前後の速力を、主力の攻撃空母群はもっていた。つまり、空母と行動をともにする機動部隊各艦は、三十ノット前後の速力が出なければならぬわけで、したがって、機動部隊に参加できる戦艦は、日本海軍には「霧島」など高速戦艦四隻以外にいないことになった。

真珠湾に行ったのが「比叡」「霧島」、ミッドウェーが「金剛」「榛名」、南太平洋海戦が「比叡」「霧島」（「金剛」「榛名」は前進部隊に参加）と、高速戦艦四隻が、交替しながらも出ずっぱりで東奔西走したのも当然だった。

南太平洋海戦（十七年十月）が終わったあと、「翔鶴」「瑞鶴」が修理と再建のために内地に帰ると、「比叡」「霧島」（十一戦隊）は機動部隊からぬけて前進部隊に入り、戦場に残った。このとき、前進部隊には、高速戦艦四隻の揃い踏みが見られたわけだ。

ガダルカナルの戦況は、その後も、いっこうによくなっていなかった。

日本軍のテンポは、近代戦らしくなく遅くて、飛行場奪回部隊がガダルカナルに上陸したのが、米軍来攻（八月七日）十日後の十七日。歩兵部隊の精鋭八百名が敵をひとひねりにするつもりで飛行場に急ぐうち、敵戦車部隊に包囲されて全滅した。八月二十一日の悲劇である。

おどろいたことに、米軍は、その前日の二十日（上陸十三日目）、日本軍が苦心して造成した飛行場を修復して、戦闘機と艦上爆撃機あわせて二十機あまりを、進出させてきた。

これで、局面はすっかり変わった。空母が来なくても、米軍はいつでも飛行機が使える。日米のバランスが、日本に決定的に不利になった。

日本軍は、もっとたくさんの飛行機をラバウルに持っていた。ただ、述べてきたように、ガダルカナルまでの距離が遠すぎた。片道千五十キロ。往復の飛行時間を考えると、一日一回、しかもガダルカナル上空には十五分しかいられなかった。——途中の中間基地を、それまで一つも作っていなかった。

米軍は二十四時間飛行機が使えるのに、日本軍は一日十五分だけ。しかも、疲れている日本機を、ベスト・コンディションで米軍機が迎え撃つ。この仕組みと、前に述べた「防御装備の欠落」という基本要素を見落とすと、ガダルカナル攻防戦の筋道がわからなくなる。

さて、飛行場奪回部隊（一木支隊）が全滅した前日、艦上機約二十機が飛行場に進出したと述べたが、問題は、その飛行機を積んでガダルカナルに近づいてきた米空母部隊だ。間の悪いことに、一木支隊の残り（本隊）が、輸送船三隻に分乗し、最高八ノットという、まるで牛のようなノロノロとした速力で、ガダルカナルに向かっていた。風前の灯だった。

機動部隊（第三艦隊）と前進部隊（第二艦隊）が、とるものもとりあえず、ガダルカナル北方海面に急いだ。

「比叡」「霧島」は、機動部隊前衛の中軸（このとき「金剛」「榛名」は内地で修理、待機）。

こうして、日米空母部隊同士の第二次ソロモン海戦（八月二十四日）となった。

第二次ソロモン海戦では、こちらが考えていたような戦果が上がらなかった。米空母に損傷は与えたものの取り逃がした。これはどうあっても飛行場をまず奪回し、飛行場から作戦する敵機を封じこめないと、わが機動部隊の作戦もうまくいかない、と考えた。

鼠輸送（駆逐艦に陸兵を乗せ、夜間、高速でガダルカナルに送りつける輸送法）のはじまりである。

これには、米軍も手の打ちようがなかった。そのスキに送りこんだ三コ大隊（川口支隊）は、九月十二、十三日両日の夜、総攻撃を加えたが、あと一歩というところで失敗した。米軍の重火器の前には、軽装の歩兵による白兵突撃では歯が立たなかった。

駆逐艦では、人と軽兵器は運べても、重火器、弾薬類は運べない。その盲点が、第一回総攻撃の失敗につながった。この上は、高速輸送船団に人と装備一切をのせて突入させ、突入を絶対に成功させるために、高速戦艦「金剛」「榛名」と重巡で事前に飛行場を砲撃、一時的に使用不能にするしかない。

戦艦、しかも虎の子の高速戦艦二隻までも猫の額のような狭い海面に突入させ、陸上砲撃に使うのは、危険というか暴挙というか、海軍としては「清水の舞台からとび降りる」以上の決意をしなければならぬ。だが、山本長官の決意は固かった。断乎として強行した。

その日（十月十三日）を中心に、連合艦隊決部隊は、ガダルカナルを遠巻きにして、砲撃隊と高速船団の支援にあたった。乾坤《けんこん》一擲《てき》の大作戦だった。幸い、砲撃は成功した。飛行場を火の海にし、高速船団も無事突入、人、重火器、弾薬、糧食も陸揚げを終わった。ただ、その翌々日、陸揚げした物資の集積場を米駆逐艦と飛行機で攻撃され、大部分を焼失してしまったが。

上陸した第二師団を軸とする陸軍部隊は、十月二十四、五日に第二次総攻撃を敢行した。十分の自信をもって攻撃したのだが、結果は失敗に終わった。

その連合艦隊決戦部隊と、それを察知した米機動部隊が、十月二十六日、衝突した（南太平洋海戦）。激烈な戦闘がつづいた。

夜戦部隊は、「比叡」「霧島」を押し立てて敵を猛追。火に包まれて動けなくなったホーネットを、駆逐艦「巻雲」と「秋雲」が雷魚を放って撃沈するなどの武者振りを見せたが、エンタープライズの方はさんざんやられながらも逃げ帰った。

このときの被害、空母「翔鶴」「瑞鳳」損傷（どちらも発着艦不能）、飛行機の約四割を失った。この飛行機の喪失で、艦攻、艦爆隊の主要幹部の大部分が戦死。そのためか戦果が確認できず、誇大発表になった。

第三次ソロモン海戦は、その誇大戦果からはじまった。

ガダルカナルにいる陸軍部隊の上級司令部、十七軍の参謀長は、「あと一押しだ」と判断した。

――こんどは、二個師団と独立混成旅団を送りこみ、再挙を図る。輸送船ならば五十隻、駆逐艦ならばのべ八百隻と水上機母艦二十隻を使おうという大計画。むろん、「金剛」「榛名」で大成功した飛行場砲撃を、やってもらわなくちゃならぬという。

「柳の下にドジョウが二匹いるはずはない。この前は敵の意表をつくことができたから成功したので、こんどは敵も備えている。そんな狭いところで成功する作戦ではない」と、行く番の十一戦隊（「比叡」「霧島」）司令官阿部弘毅中将が抗議するのも無理はなかった。

だからといって、陸軍の要求を無下に断わるわけにはいかない理由があった。宇垣連合艦隊参謀長もいうように、

『ガダルカナル問題の発端は、海軍側の不用心にあり。第一回、第二回、第三回と、ずいぶんと陸軍を引っぱり出した。三回の失敗はもちろん陸軍に責任があるが、完全に輸送補給をなしとげなかった海軍に罪がある』のだから、ともかく海軍は、やらねばならなかった。

高速船団のガダルカナル突入は、月のない夜でなければならぬ。十一月十三日だ。それをはずすと、一ヵ月先に延ばさねばならなくなる。その観点から、「比叡」「霧島」は一日前の十二日夜、砲撃する。

「比叡」「霧島」は、警戒隊として軽巡一隻、駆逐艦十一隻を従えて進撃した。

戦闘配置についた池田少佐は、前檣楼の上から二番目、副砲指揮所にいた。二時間半くらい前からものすごいスコールに見舞われ、鼻をつままれてもわからぬほどの暗さがずっとつづいた。月のない晴れた夜が一番暗いというが、それどころではない。一寸先も見えない。

「これじゃあ、今日はダメかな」

そう考える方がマトモな状況だったが、そのうち、舞台のカーテンを引いたように、星が見えてきた。美しくまたたいている。スコールが通りすぎたらしい。サボ島が見えた。

副砲指揮所では、詳しい様子も時間もわからない。ただ旗艦（「比叡」）の黒い後ろ姿を目の前に見ているだけだ。

「砲戦目標飛行場」

号令が伝えられた。右前方に飛行場があるはずだが、むろん見えない。二千五百メートル級の高い山の稜線が、いっそう黒く夜空をかぎり、静まり返っているだけだ。飛行場射撃には、副砲（十五センチ砲）は使わない。無関係ではあるが「戦闘」だ。徹甲弾を装填して、いつでも射てる状態にはしておかねばならない。

「霧島」副砲長池田鶴喜少佐——15センチ副砲の全力をあげて敵水上艦隊を猛射した。

と、そのガダルカナルの暗さの中に、ポツンと灯が見えた。もう一つ、ずっと前の方にも、見える。仮標といって、それを狙って撃てば、射撃盤の操作で、主砲のタマが飛行場に落ちるようになっている。

「──こんどは、前の（「金剛」「榛名」の）ときよりうまくいきそうだナ」

指揮官用の観測鏡で闇を見すえながら、池田少佐は、期待をふくらませた。この前は、飛行場一面を火の海にしたそうだが、こんどはどうなるだろう。

突然、「比叡」が探照灯を点けた。闇になれた目を引き裂くほどの強烈な白光が、敵大型巡洋艦をとらえ、とらえると同時に、主砲が射撃をはじめ、カッと命中の閃光が走った。「霧島」も撃ちはじめた。おそろしく近い。六キロもない。巡洋艦四隻だ。

「これはいかん──」とっさに、池田少佐は、副砲の「打ち方始め」を号令した。主砲の三十六センチ砲は、飛行場射撃に備えて三式弾（約四百七十個の小さな焼夷弾を一括して三十六センチ砲弾の中につめたもともと対空射撃用の焼夷榴散弾）を揃えていた。それを、艦船用の徹甲弾（装甲を貫通し内部で炸裂する）ないし通常弾（人員殺傷用）に取り換える余裕がなく撃っている。ちょうど花火を打ち上げたように、見た目はキレイだが、実害は何も敵に与えられない。この敵を撃ち破りうるのは、十五センチ副砲に備えている徹甲弾しかない。

かれは、猛然と撃ちはじめた。距離は二キロもない。敵の先頭を狙って撃つと、最初から命中した。白と赤と、それにどこやら緑色まで混じった命中の異様な閃光が、いくつもあった。と、ものの三十秒もたたないのに、探照灯が消えた。ああたりは、暗黒に戻った。「比叡」の前檣楼が火につつまれているのが見えた。しかし、それに気をとられるわけにいかない。観測鏡に目を当て、まっ暗なままで射撃をつづける。幸い星があるし、なにより距離が近い。敵艦がかすかに見える。タマがどこに落ちたかも、なんとか判断できる。

息も継がせずに撃った。あとで調べると三百十三発撃っていた。射撃時間が短かったことから、どれほど濃密な猛射を敵に浴びせたかが思われる。

なにしろ、敵味方が反対方向から突撃してスレ違ったわけで、まっ暗闇のなか、海戦史上空前絶後の大乱戦となった。そして、「比叡」が探照灯を点けてから二十数分後には、人ばかりか、艦も死屍累々。

「霧島」の副砲も、敵とスレ違ったため間もなく撃てなくなった。手のあいた池田少佐は、あちこちで大きな火柱が立ち、終わりごろには、あたりを昼間のような明るさにした大火柱が立つのを見た。だが、このとき日本軍が米艦隊のほとんど全部（十三隻中、損傷を受けないのは駆逐艦一隻だけ）を撃沈または大損害を与えていた事実はわからなかった。

その後「霧島」は、いったん戦場を離れたあと、「比叡」救出のためにふたたび戦場に戻ろうとしたが、命令によって引き返した。考えてみれば、ルンガ沖——ガダルカナル島と北のフロリダ島とに挟まれた海面は、正味では東京湾くらいの広さで、高速戦艦が昼日中、高速で走りまわる場所ではない。僚艦「比叡」に後ろ髪を引かれながら、引き揚げざるをえなかった。

そして、一日おいた十四日夜、なんとしても飛行場砲撃をしなければ、陸軍二コ師団の輸送が成功しないと考えた連合艦隊司令部は、「霧島」と重巡二隻（「愛宕」「高雄」）に射撃再興を命じた。

射撃隊のほか、軽巡二隻、駆逐艦九隻が警戒について出発した。

夜に入ると、だんだん雲がふえ、スコールも来る嫌な天気になった。見え具合いも、いいときもあれば悪いときもあって、安定しない。一昨夜は星が見えたが、星などまるで見えない曇り空だ。

池田少佐は、戦闘配置についた。飛行場砲撃には関係ないが、敵が現われたら、副砲も撃たない法はない。副砲指揮所の副砲長用観測鏡で、前方から左右にかけ、綿密に捜索する。

それだけに神経を集中していると、時間がどのくらいたったか、いま何時か、などはわからなくなる。もっとも、あとで午前零時ころだったと聞いたが、そのころ、観測鏡の中に、小さな、かすかな影のようなものがあるのを感じた。

「おかしい。なんだろう」

観測鏡で注視する。その影は、だんだん濃くなる。ちょうど潜水艦を前から見たような感じだ。右舷側をすれ違う敵艦にちがいない。

すぐに副砲にこの目標を指示し、距離八キロに照準を合わせた。

艦長からはまだ何も号令がかからないが、一昨夜のこともある。一昨夜の「比叡」は、探照灯を点けて砲撃をはじめた瞬間から敵の巡洋艦、駆逐艦の急射撃をうけ、艦橋が火災を起こし、上甲板の高角砲、機銃、探照灯、電信室などはやられてしまった。今夜は、こっちが先に敵を叩いてやろう。艦長から号令がかかったら、瞬間にタマが撃てるよう、すっかり準備を整えておこう、と考えた。

すれ違いざまだから、態勢がどんどん変わる。八キロから七キロ、六キロと照尺の調定距離を変えた。そして、六キロに調定させたときだった。不意に旗艦（射撃隊は三隻。先頭が旗艦「愛宕」、二番艦「高雄」、その後に「霧島」が探照灯を点けた。

白光の中に浮かび上がった敵艦は、予想もしなかった新鋭戦艦のノースカロライナ型ではないか（実は新鋭戦艦サウスダコタだったが、どちらも、大きさと戦闘能力はほとんど変わらない）。四十センチ主砲九門、四万二千トンの凄いヤツだ（「霧島」は三十六センチ八門、三万六千トン）。

武者震いを覚えた。瞬間、ともかく先制攻撃が大事だと思いつき、下腹に力をこめ、敵艦にも聞こえるほどの大声で、

「打チ方ハジメ」と叫んだ。発砲と同時に、脚下にうずくまる時計係が秒時計をスタートさせ、六千メートルを砲弾が飛んで落下するまでの時間を測り、大声で報告する。

「初弾用意……弾着」

それと同時に、敵戦艦の後檣付近に強烈な閃光が見え、また敵艦のこちら側と遠い側に水柱が立った。初弾命中である。鉄砲屋が夢にまで見る栄光の瞬間。ともかく一発でも多く敵艦に命中させねばならぬ。どんどん射った。

艦長からの射撃開始の号令が、少し遅れてかかった。主砲が撃ちはじめた。敵艦も撃ってきた。

なにしろ距離が近いから、一度敵をとらえたらめったに放すものではないが、大事をとって少しずつ調定を変更していった。

その間、敵艦に注意を集中していたから、ほとんど感じなかったが、そういえば、主砲射

撃のときの震動と少し違った、何か激しい震動を覚えたこともあった。また、背中が熱くなるようで、何か燃えているような気もした。だが、射撃中は、ことに暗闇では、目標から目を離さず、ひたすら食い入るように見つめているだけなので、つまり全身全霊をあげて没入しているので、たとえ背中に火がついたとしても気づかなかったかもしれない(このころ、「霧島」は敵弾命中により火災を起こしていた)。

反航戦で、態勢の変化が早い。砲の旋回できる範囲を間もなく超えて、射撃ができなくなった。「霧島」も、射撃中止。この間、時間にすると五、六分――計りかたによっても十分は超えなかったようだが、じつは、「霧島」は、取ッ組んでいたサウスダコタのほかに、もう一隻のノースカロライナ型戦艦、ワシントンからも集中攻撃を受けていた。

四十センチ砲弾十四発、二十センチ以下の中口径砲弾十七発、水線下で爆発したと推定される砲弾六発を受けて大穴があいた。前部電信室全滅、三、四番砲塔が動かず(水圧停止)、舵故障などで、行動の自由を失い、グルグル回りつづけ、右舷に傾き、艦内あちこちに、火災が起こっていた。

副砲指揮所には、被害はなかった。池田少佐は、射撃中止の命令ではじめてわれに返ったが、疑問がどうしても解けなかった。あれだけ主砲が命中していたのに、なぜ、炸裂しなかったのだろう。――実際には、三式弾六十八発、零式弾二十二発を撃ったが、一式弾は二十七発しか撃っていないことは、もちろん、そのときかれにはわからなかった。

三式弾は、前にも述べた焼夷榴散弾、零式弾は、高角砲弾のような時限信管をつけた通常

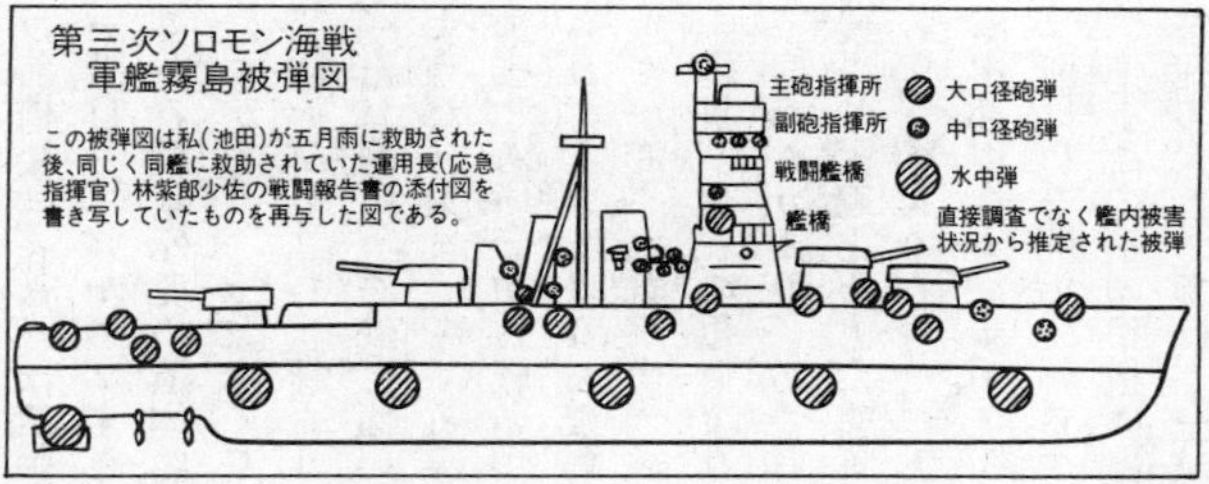

この被弾図は私(池田)が五月雨に救助された後、同じく同艦に救助されていた運用長(応急指揮官)林紫郎少佐の戦闘報告書の添付図を書き写していたものを再与した図である。

弾（大型艦船の装甲を貫くことができない、人員殺傷のための普通の砲弾）で、どちらも戦艦の厚い装甲には歯が立たない。一式弾だけが徹甲弾だが、弾数が少なく、それだけ効果があがらなかったのだろう。これもあとの話だが、サウスダコタには、三十六センチ砲弾四十二発が命中して上甲板以上の構造物は破壊され、そのため本国に帰っている。この日、三十六センチ砲は「霧島」だけしか持っていなかったから、三発に一発は命中した計算になる。ただし、敵艦の装甲を貫いて沈没されることはできなかった、ということである。

気がつくと、「霧島」は停まっていた。暗さの中で、まったく様子がわからない。そこへ、「総員上甲板」の号令が伝えられた。これはいけない。下の方で、大損害を受け、沈没必至だから、皆に退艦させようといっている。

まず、副砲指揮所員全員を点呼した。一人も戦死したものはいなかった。そこで、部署を離れ、退去することを命じた。

といっても、部署はここを死に場所と心に決めたところだ。生きながら離れようとは、思いもよらなかった。離れがたいものがあったが、やむをえない。瞑目、黙禱して指揮所を離れた。

前檣楼（「霧島」は艦橋から上、主砲指揮所まで八階あった）のまっ暗な階段を降りてくると、三階目くらいから、すさまじい形相になってきた。大穴が開いている。階段は曲がりくねっている。戦死者の遺体にぶつかる。心の中で祈りながら、破口にぶらさがり、ゆがんだ支柱につかまり、それをくりかえして、前甲板に降り立った。見上げると、前檣楼が、黒ぐろと闇にそびえ立ち、静まりかえっている。

たしかに、右舷に傾いていた。火は消えている。しかし傾きは、少しずつだがふえているようだ。集まってくる乗員も、黙っている。整列しても、黙っている。ついさきほどまで、励ましあいながら戦いつづけてきただけに、戦友の姿が消えているだけに、まだ事態が信じられず、言葉にならないのだろう。

やがて、「君が代」がラッパで吹奏され、みな粛然と敬礼するうちに軍艦旗が卸された。

「総員、現在の位置より、順次、後甲板に横付けした駆逐艦に移乗せよ」

号令がかかり、みな後甲板の方に歩きだした。ふしぎなほど、急ぐ者がなかった。艦を自慢にし、艦とともに真珠湾攻撃に加わり、太平洋、インド洋を高速でとばしてきた船乗りであり、軍人であった。去りがたいのも無理はなかった。

中部甲板まで歩いてきた池田副砲長は、そこに十メートルあまりの大きな破孔が、黒く二ヵ所に口を開いているのを発見して、立ちすくんだ。

——この下の甲板には、十五センチ副砲が、ならんでいる。みんな、どうしたろう。この破孔の大きさでは、全滅に近かったのではないか。若い、元気な部下たちの顔が、姿が、目

の前をよぎった。胸が締めつけられるようだった。指揮官は、血のつながった父親も同然である。耳のそばで、だれかの声が、

「副砲長、急いで下さい」

と注意しなかったら、いつまでも、凍ったようにそこに立ちつくしていただろう。

後甲板の中ほどまできたころ、駆逐艦が右舷の後ろの方に、艦首を横付けしているのが見えた。近くで見ると、駆逐艦もずいぶん大きい。横付けしたところから、「霧島」の乗員が駆逐艦に乗り移る。駆逐艦の前甲板が、ふくらんで見えた。

「これで離脱する」

駆逐艦の艦橋から、メガホン越しの大きな声が聞こえると、後進をかけたのか、黒い大きな船体が、すうッと離れていった。

「霧島」の後甲板には、まだたくさんの乗員が残っている。生死の分かれ目で、死ぬ方にとり残されたわけだから、そこに多少なりと混乱が起こるかと思っていたら、完全に予想がはずれた。だれも追わない。あとで聞くと、駆逐艦二隻に生存者全員を乗り移らせる計画だったが、もう一隻の方の準備が遅れて、横付けできないうちに「霧島」が沈没してしまったという。

「霧島」は、そのころには相当左に傾いていた。まっ暗で水平線は見えず、基準になるものが何もないから、角度などはわからない。しかし、後甲板右舷の端に立っていた池田は、駆逐艦が横付けを離したころから、急に傾斜がひどくなったような気がした。

——これはいかんな、と足場に注意するうち、なんだか艦の舷側（もちろん垂直であるべきもの）が水平になってきたように思った。

後甲板に残った乗員が、つぎつぎに海にとびこんでいった。泳ぐとすると、これは邪魔だと気づき、首にかけていた七倍の双眼鏡を外し、靴を脱いだそのとたん、どんなはずみかわからないが、立っていた固い支えがなくなって、ズルズルと海に引きこまれた。大きな艦が沈むときは、激しい渦ができて人間は巻きこまれる。巻きこまれたら大変だと、艦から離れるように、全力で泳いだ——つもりだったが、渦に巻きこまれた。身体がクルクル回ったらしく、上下左右がわからない。第一、海の表面がどこかわからない。

これが昼間だったら、明るい方向に見当をつけて泳げば海面にポッカリ出るものだが、まっ暗な夜だ。まわりは、何か無数の泡の混じった海の中だ。ともかく立ち泳ぎの姿勢をとらなければと、両手両足に力をこめてあおった。水面に出よう、水面に出なければと、そればかりを考えて、こん身の力をふりしぼってあおった。

だが、水面に出ない。もしかすると反対の、海の底の方に向かってあおっているのではないか。不安のようなものが頭をかすめたが、懸命にあおった。それでも水面に出ない。心のどこかで、これでオレもお仕舞いかと思わないでもなかったが、なに、もう少しだとあおった。またお仕舞いかと諦めかけたが、いやもう少しだとあおりつづけた。

もう、苦しいとか何とかいったものではなかった。ただ、生と死との境目で、生に近づこうと、ありったけの力をふり絞る。いや、もう無意識のうちに手足を動かしていたとしかいえない。そして、もうだめだ、もういかんと咽喉と胸が破裂しそうになったとき、パッと何かが開いたような感じがした。「空気だ」と知った。

ふだん空気の中にいると、それを呼吸してはじめて生きていられるなどとは感じない。だが、空気を断たれた水の中に死の寸前まで閉じこめられ、そこからポッと空気の恵みの中に立ち戻ったときの気持ちは、とても言葉にはつくせない。とにかく、ひと呼吸。胸の中いっぱいに空気を吸いこもうとする途中で、ガブッと誰かに掴まられた。

もちろん、誰かわからない。溺れる者ワラをも掴むの掴まられかたで、とてつもなく強い力で、放そうにも離れない。苦しい。水面にポッと浮き上がった瞬間に掴まられたから、水の中でもがいていたときよりも、もっと苦しい。思い切って、潜った。深く潜った。ようやく手が離れた。

溺れかかった者は、いったん手を離させて救出するのが定法で、そうしないと、溺者も救助者も溺れてしまう。だが、このときは、暗くて、掴まってきた者がどうなったのか、わからなかった。その場で泳いでいたが、何か固いものが手に触れたので掴まってみた。いくらかラクだ。よく見ると、艦内応急で、隔壁の補強などに使う木材の切れ端だった。そのうちに、何人も手を出して掴まってきた。何人も掴まると浮力が減って沈み、息が苦しくなる。

どうも、はじめに渦の中に巻きこまれたとき、息をつめて、水面に出ようと全力投球をした。それがこたえたのか、大きな呼吸をしようとすると、胸の奥が痛んでそれができない。このまま息ができなくなるのかと思ったが、とにかく両足で水をあおりつづけた。そうしないと沈んでしまうからだ。

ずいぶん長い間そうしていたようだったが、ふと、近くに何か大きな黒い塊があるのに気づいた。なんだろう。もっと浮力の大きなものだとありがたいがと思いながら、意を決して木材から離れ、黒いものに泳ぎついて手を触れてみた。

相当背が高くて、上まで手が届かない。半端なところに手をかけて摑まってみると、足をあおるのに少し力は要るが、安定がよく、宝物にめぐりあった気がした。そのうち、また人が集まってきて摑まりはじめ、浮力が減ってちょうど摑まりやすい高さになった。よく見ると、洗面用の水入れ（木箱）を逆に重ねたものだった。

時の氏神というヤツだ。おかげで、呼吸もいくらかラクになった。それで気持ちが落ちついたのか、耳を澄ませると、あちこちでオーイ、オーイと呼んでいる。何を呼んでいるのだろう。足を強くあおり、伸び上がるようにして見回したが、何も見えない。

しかし、そうして見回すと、なんだか空がかすかに明るくなったような気もした。時計がないから、むろん、時間などわからない。海の上の夜明けは早い。場所はガダルカナルの西方、そう遠くない洋上だ。夜が明けると敵機が飛んできて、機銃掃射をするか、救助艇を出して拾い上げ、捕虜にするかしにくるだろう。そのときはどうすべきか。

よし、とハラをきめた。その瞬間、息をいっぱい吐いて、肺の中をカラにし、そのまま水の中に潜る。潜れるところまで潜ればよい。それでよい。

ずいぶん時間がたった。何も来ない。やはり最後か、とハラを固めたころ、カッターが一隻、不意に近くに現われた。見ると、鈴なりに人が乗っている。艇長らしいのが、「すぐ来るから頑張っておれ」と大声をかけた。あれで駆逐艦まで帰ることができるのだろうか、というくらい、沈みそうに見える。その夜、波がなく、鏡のように和いでいたから、行けるかもしれないが。

と、同じ洗面用水箱に摑まっていた一人が、「ロープを投げてくれ」と叫んだ。すぐにカッターからロープが投げられた。手早くその端を水箱に巻きつけた。抵抗がふえてずいぶん重くなっただろうが、カッターは黙ってそのまま曳いてくれた。

「暗くてよかった」と池田少佐は思った。

ロープを投げさせるのは、自分でなければならなかった。指揮官が、あらゆる可能性を考え、知恵を働かせ、この場合そうするのが最善だと認めて、カッターにそれを求めなければならない。それが務めだ。夜が明けたあとの一身の処置にかまけて、ロープを投げさせることに気づかなかったのは、何とも言い訳もできない自分の失態だったと、顔も上げられない気持ちだった。

やがてカッターは駆逐艦に着いた。そして皆、艦内に引き揚げられた。

駆逐艦「五月雨」であった。

第四章　南海の乱撃戦

将棋の駒

〈ソロモンの死闘＊国川丸飛行長・西畑喜一郎少佐〉

西畑喜一郎少佐は、水上機パイロット（前出の三浦武夫少佐と同じ）。水上機母艦国川丸の飛行長として、十七年九月ころから十八年三月まで、ショートランド基地（ブーゲンビル島南端ブイン基地沖合いの島）にいた。

国川丸は、もともと川崎汽船の優秀船で、約七千トン（総トン数）、十八ノット。十七年半ばに海軍に徴用、十二センチ高角砲二門を装備し、水偵十二機を積んだ。

ソロモン戦場では、地形からいって水上機の活躍する場面が多かった。それまでゲタばきの水上機は縁の下の力持ちで、空戦に弱いときめこんでいたものが、ガタルカナルから来る米軍機と互角にわたり合い、追っ払ったり、撃ち墜《おと》したり、身体を張って輸送部隊を護りとおし、感激した陸軍部隊から何度も感謝状を贈られたりした。そのくらい、背負わされたハンデをものともしない一騎当千の腕と、正義感と、負けず嫌いのガッシリした骨太さを持っていた。西畑少佐にも、水上機乗りの典型、といったところがあった。その典型的なところが、戦場のあちこちで噴出するのだが。

――十八年一月十二日も過ぎていた。日付けははっきりしないが、ラバウルの八艦隊司令部に呼び出された。ショートランドから出向いてみると、

「一月十二日。十七軍司令部で轟《とどろき》（万作）中佐が戦死した。ついては、君その代わりに行け」と命じられた。十七軍司令部へ転勤するわけではなく、ただ行ってこい、というだけである。ガダルカナル攻撃のときにも、二回ほど飛行場指揮官として駆逐艦と潜水艦で出かけたが、このときもそうであった。

五ヵ月ばかり前から、熱帯性下痢というのか、しつこい下痢に悩まされ、リンゴをすってガーゼで漉したのを食べていたが、そんなことをいっても聞いてもらえる状況ではない。あとから考えれば、あと半月もするとガダルカナルの撤退作戦がはじまった時機で、とにかく手近にいる中、少佐、それも一時期留守をさせても、あと何とかなると司令部が考えた人間を引っ張ったのだろう。

ショートランドに帰り、そこから駆逐艦に便乗してガダルカナルに向かった。途中、敵機の空襲を受け、他の駆逐艦が被害を受けたが、ともかく、夜到着。上陸して軍司令部に出頭したが、そうしてみると、問題の下痢があばれ出して、収拾がつかなくなった。前の二度の経験から、ガダルカナルの状況はよく知っていた。

（とてもこれでは任務遂行ができない）

兜をぬぐほかないと考えた。そこで、艦隊司令部に電報を打ち、最近の便で帰ることにし

た。

帰りの駆逐艦では、空襲も受けず、ショートランドに帰りついたが、陸軍の辻（政信）参謀といっしょだった。そのときの見聞である。

駆逐艦（名前が想い出せない）には、陸軍の兵隊がたくさん乗ってきた。病人ばかりで、駆逐艦の短い、五、六段の舷梯（階段）を這って、ようやく上がるほど衰弱しきっていた。それが上がってくると、ほっとして気が緩むのか、甲板に横になって、死んだように寝てしまう。

ところ嫌わず寝られると、駆逐艦からすると困る。駆逐艦は戦闘行動をしなければならないので、乗員が戦闘作業で駆けまわるのを妨げられる。そこで、（この場所とこの通路をあけておいて下さい）という意味の線を甲板に引いている。この中に入ってはいけないという線だが、寝ころびようによっては、線から足が出る。駆逐艦の甲板士官や下士官が見まわって来て、

「この足を、ちょっと引っこめてくれませんか」などと言う。

たまたまその様子を辻参謀が見ていた。ツカツカと出ていった辻参謀が、そばの陸兵に、「あそこに乗っとる中尉を呼んでこい」と命じた。陸軍中尉が気力を振り絞ったようにして、出てくると、辻参謀は、ものもいわず、いきなり拳を固めて擲《なぐ》りつけた。

病人なのだ。ようやく駆逐艦にたどりついたに違いない痩せ衰えた中尉だ。見ていて怒った西畑少佐は、辻参謀に食ってかかった。

「あなたのところは、えらいことをしますね。あなたは、この人たちと関係ないんじゃないですか」

辻参謀は、唇をゆがめた。

「陸軍はそうじゃない。命令権があるんだ」

西畑少佐は、おどろくよりも呆気にとられた。それでよく戦争ができるなと、正直なところ思った。

海軍では、そんな考え方をする人は少なかった。だが、中には、いるにはいた。

そのころの、第二水雷戦隊司令官は、功績のある、評判の高い駆逐艦乗りだった。

西畑少佐が、国川丸にいたときの話だ。司令官の指揮する二水戦駆逐隊の上空直衛（上空を旋回しながら敵機の攻撃から艦艇を守る）と対潜哨戒を、国川丸の飛行機でしていた。そのとき、駆逐隊の一隻が味方射ちをして、西畑少佐の部下の飛行機を撃墜した。司令官の目の前での出来事である。

それに気づいた国川丸の別の飛行機が、撃墜された飛行機の搭乗員が飛行機にすがって浮いていることを確かめ、その旨を書き、「救ってくれ」と言い添えた紙片を報告筒に入れて、司令駆逐艦に投下した。

せめて誤って撃った当の駆逐艦がそこまで行き、竹竿でも出して搭乗員を拾ってくれればよかったが、駆逐隊はそのまま、どんどん行き、浮いていた搭乗員を死なせてしまった。

顔色を変えて怒った西畑飛行長は、司令官に会いにいった。

「私は、あなたのところの直衛は、今後一切やりません。あなたのところは、部下にたいする愛情がないじゃないですか」

するると、参謀を連れた司令官が、頭から、

「おれは山本長官の命令でやっとる」

お前なんかに、とやかくいわれる筋はない、という様子だったので、カチンときた。

「私は下ッ端ですが、私も山本長官の命令を受けてやっている。どうでもあなたの上空直衛をせいというなら、本日かぎりで海軍やめる」という具合で、大喧嘩になった。

「まあ、まあ」と居合わせた航空戦隊司令官の城島少将が中に入った。

「どうすればいいか、西畑君」

「搭乗員を連れてきますから、手をついて、すまなかった、といってくれますか」

口ではそう言っても、できることではないことは知っている。そこで、一本とったあと、適当なところで、手を打った。まあ、部隊を引き連れてガダルカナルから帰ってくる途中のことではあり、敵潜水艦が気になり、艦を停めたくない事情がわからぬわけではない。それにむかっていうのは、言う方が無理かもしれぬ。が、部下の搭乗員を派遣し、それを撃墜され、見殺しにされた指揮官としては、たまらない。

「ほんとうに、おどろいた」

悲憤やるかたないふうであった。

十八年二月、ガダルカナルを失って、しばらく——四ヵ月たらずの間だが、戦況の静かな時期があった。といっても、航空戦は、エスカレートする一方で、ガダルカナル撤退の時点ですでに五百機になっていた米軍機は、その後も毎月五十機から百機の割でふえつづけていた。

これにたいする日本機は、ラバウルに約百六十機、ガダルカナル戦の終わりころ出てきた陸軍機約八十機で、それも連日の激戦で、日に日に機数が減っていた。

なんとかこの窮状を打開しようとし、山本長官の打った手が、空母機を全部ラバウルに揚げ、基地航空部隊と協力して、大兵力による航空撃滅戦を敵に挑む「い」号作戦だった。真珠湾の大成功を再現させる心組みで、みずからラバウルに将旗をすすめ、采配を揮った（四月七日から十四日まで）。

結果は、米軍の北上反攻作戦を、予定より十日遅らせたかわりに、味方の被害が大きかった。作戦に参加した機数の三割を失い、被弾機を加えると六割が使えなくなった。

そして四月十八日、ブイン上空で山本長官戦死。二代目長官に古賀峯一大将が就任して、福留参謀長のいわゆる「玉砕戦」に入らざるをえなくなる。前線で、玉砕を期して防ぎ、それによって戦力増強への時間を稼ぐという戦法である。

五月十二日に、米軍が突然アッツに上陸した。愕然とした海軍が、連合艦隊ともども北方に注意を集中しているとき、予想より早く（八月ころと予想）、六月三十日、予想以上の大部隊がソロモン中部（ニュージョージア島沖）のレンドバ島に来攻する。その五日前の二十五日、西畑少佐は八艦隊司令部に呼びこまれた。

「航空参謀が内地に帰ったので、後任が来るまで航空参謀代理をやれ」というのである。司令部にうつったら、たちまちレンドバとニューギニア（ナッソウ湾）に火がついた。

航空部隊は連日のように攻撃に出る。水上部隊もコロンバンガラ輸送とからんで、突撃する。クラ湾とコロンバンガラ沖で、凄まじい海戦がつづくが、このころは米艦艇に射撃用レーダーがゆきわたり、対空用のVT信管も使われるようになって、夜戦も思わぬ大敗を喫する苦戦がつづき、飛行機の損害もふえていった。

そんな七月半ば、一悶着が起こった。

八艦隊司令長官は男爵鮫島中将（侍従武官から四艦隊長官を経て現職）、参謀長山澄少将（侍従武官から「名取」「妙高」「陸奥」艦長を経て現職）、先任参謀木阪中佐（海軍省軍務局二課局員から現職）というふうで、トップ三人とも二、三ヵ月前に着任したばかりの、それまでに米軍と直接格闘したことのないエリートによって占められていた。

しかし、さすがに八艦隊の対応は早かった。敵上陸の夜には、駆逐艦の全力である九隻が突撃。二日夜、四日夜、五日夜とつづけて増援輸送を強行（五日夜のときは駆逐艦「新月」「長月」を失い、三水戦司令部全滅）。

連合艦隊司令部は、続々と水上部隊、航空部隊を増強した。攻撃は日本に有利にすすみつつあった。陸軍も、増援部隊を準備、一気に押し戻そうとした。そして十二日夜、コロンバンガラに進撃した。輸送は成功したが、夜戦で軽巡「神通」を失い、二水戦司令部全滅。

さらに第七戦隊重巡「熊野」「鈴谷」が増援に来た。八艦隊では、これに重巡「鳥海」を加えた重巡三隻と、三水戦軽巡一隻、駆逐艦三隻を夜戦部隊とし、敵水上部隊を撃滅し、同時に輸送隊駆逐艦三隻に陸軍部隊を乗せてコロンバンガラに送りつけようと計画した。

夜戦部隊主力がラバウルを出港（十六日夜）、途中まで進撃した十七日朝、大型機十九機、戦闘機、爆撃機約百五十機がブインに現われ、駆逐艦一隻沈没、二隻小破。それまで味方航空部隊の奮戦で好転していた敵味方のバランスが崩れてしまった。敵が飛行機を大増強してきたのだ。

とりあえず、八艦隊は、作戦を中止、夜戦部隊のラバウル帰投を命じた。

さて、このあとどうするか、である。あいにく、翌十八日は満月（月齢十五・五）だった。

先任参謀は、満月を利し、重巡、駆逐艦の砲撃で敵を撃滅するという。

西畑喜一郎少佐——小気味よい、正義感に満ちあふれたベテランの水上機乗りだった。

西畑少佐は、それを聞いていて、おかしいと思った。

「夜戦の本質からいって、それは違うのではありませんか。夜戦というのは、いまは電探があるから変わってきたが、本来は視界ゼロのとき、大激戦をやるのが常識です。満月のときに大砲を撃つといわれるが、あなたの目標は何ですか」

「あたりまえだ。アメリカの艦隊だ」

不愉快そうに、先任参謀が答えた。

「私がアメリカ艦隊の長官だったら、一隻の艦も出しませんよ。飛行機を出して、爆撃標的にして撃沈します」

水雷参謀が、わが意を得た、というふうに乗り出した。

「西畑君の意見に賛成です。こりゃあ危険です。中止すべきです」

「私は、おそらく半数はやられるのではないかと思います。こちらに打つ手があるなら反対しませんが、打つ手がありません。だから反対します」

レーダーを持った夜間戦闘機など、こちらにはない。ばかりか、来襲した敵機に対抗する戦力がない。だから反対だ、と言っているのだが、バカなことをいうな、といわんばかりに無視して、さっさと幕僚の決をとった。先任参謀、通信参謀、砲術参謀、航海参謀が決行賛成、反対は水雷参謀。西畑少佐は航空参謀代理ということで、勘定には入れられない。つまり、圧倒的多数で決行がきまった。

西畑少佐は憤慨した。

「私は司令部の正規の人間ではないから、本日かぎりで会議の出席をやめます」

そう先任参謀に宣言して、クラスメートの**末松虎夫**少佐の部屋で寝転んでいることにした。

夜戦部隊は、十八日深夜、ラバウルを出撃、十九日夜、ブインから出てきた輸送隊と一緒になって進撃。深夜、輸送隊を分離。輸送隊はコロンバンガラ泊地に何事もなく着き、人員、物資を予定通り揚陸した。一方、夜戦部隊は、敵艦隊がいつも出てくるクラ湾の北口まで進入したが、一隻も姿を見せないので、反転、引き返した。

それからラバウルに向かって一時間半も走ったころ、不意に敵機が襲ってきた。満月で、明るいといっても、艦から飛行機は見えない。しかし、空からは艦が見える。ことに南の海では、夜光虫がよく光るので、高速で走る艦の艦尾波《ウエーキ》が鮮やかに輝き浮き立って見える。また、かれらは飛行機用レーダーを持っているから、攻防力のバランスは日本側にひどく分が悪い。

爆撃によって駆逐艦「夕暮」沈没、「清波」消息不明（沈没）、「水無月」「松風」小破、重巡「熊野」に魚雷一本命中損傷という大きな被害を受けてしまった。西畑少佐が警告したとおりになったのである。西畑少佐を探して、長官の使いが駆けこんできた。

「参謀長は判断がつかんといっとられます。長官は、何とかならんか。西畑君を探してこい、といわれました」

呼び出されたのでは、行かなければならない。

「おう、西畑君。何とかならんか」

「私は、何回も申し上げますように、対処措置がとれるならば反対しません。こうなることは、目に見えていたのです。処置なしです」

「それはわかった。わかったから、何とかしてくれ」

そうまでいわれたら、意地を張っているわけにもいかない。考えているうちに、ふと、一つのトリックを思いついた。

「成功するかどうかわかりませんが、とにかくやってみます」

「そうか。いい方法があったか。頼んだぞ」

何やらこそばゆいものを感じたが、その足で航空艦隊司令部に走った。艦隊参謀にクラスメートの**横山保**少佐がいることを思いついたのだ。

「おい、横山。何とかしてくれ」

開口一番、そういった。

「まずいことやったなァ。どうするつもりか」

この二人、兵学校以来の「悪友」であった。しかし、この場合、冗談口を叩いている余裕はなかった。

「飛行機をすぐ飛ばして、夜間戦闘機が出たような格好にしてくれんか。そうしたら、敵が無線を聞いて引っこむだろう。すぐ飛ばしてくれ」

トリックである。敵がこちらの飛行機通信を傍受していることを逆手に使うのだ。飛行機を飛ばし、その飛行機に夜間戦闘機の呼び出し符号を使って発信させる。そうすれば、敵は戦闘機が出てきたのでは危ないからと、ガダルカナルに引き揚げる——いや、引き揚げてくれないかなァという希望を託したわけである。

横山少佐が、ニヤリと笑った。

「貴様がそういってくるだろうと思ったから、こっちは準備しとった。よし。引き受けた」

そこで、なんとなく微苦笑しあうと、二人とも立ち上がった。横山は飛行場へ、西畑は八

艦隊司令部へ。帰りながら、

――（エラい人のお守りはツラいよ。エライ人は、自分が一番エラいと思っているらしいから、どうしようもない）と考えながら、クラスはやっぱりいいわいと、改めて嚙みしめたものだった。


あとの話になるが、ついでに述べる――。

その後も下痢がとまらず、身体の衰弱がひどくて、とうとう西畑少佐は、九月半ばころ横須賀鎮守府付となり、飛行機で内地に送還された。機内では腰掛けていられず、ベッドに横になりっぱなしだった。そして診断の結果、無期限休養を命じられた。

「期限なしの休養なんて、そんな無茶苦茶なことがあるもんか。一ヵ月休養さしてもらえば十分だ。若いんだぞ、おれは」

骨と皮になりながら、気持ちだけは誰にも負けなかった。水上機乗りの負けず嫌いだ。一ヵ月おとなしくしていた。すると、どうやら腹具合も落ち着いてきた。そこで一ヵ月過ぎるのを待って、無理矢理、人事局に頼みこみ、百里航空隊飛行長に出してもらった。海軍とすれば、戦死者が多く、中堅幹部が払底しているので、やってくれれば大助かりではあった。しかも、航空隊が続々と新設され、一方では解隊されるので、西畑少佐も、百里空から間もなく大井空へ、大井空から十九年に入ると厚木空へと転勤させられ、席のあたたまる暇もなかった。

そして三月一日、横須賀鎮守府に三〇二航空隊が開設され、西畑少佐はその飛行長となった。とはいうものの、名目はそうだが、実際は横須賀鎮守府の防空指揮所を整備し、そこに勤務することを命じられた。一年五ヵ月の間、防空指揮所で、空襲警報の発令、帝都防衛の航空作戦を担当して、そこで終戦を迎えた。

その間の話である。

「防空演習のとき、主婦たちがバケツや火たたきを持って火を消してまわっている。大反対だ。主婦の仕事は、老人と子供を連れ、大事なものを持って避難することであり、その訓練が防空演習ではないか。主婦が火を消してまわっていたら、老人と子供はどうするのか」

そう主張して、横須賀管内では、空襲警報が鳴ったら、女子と老人と子供は避難せよ、と指導した。

「これは感謝された。海軍で、おれがいいことをしたというのは、これぐらいかナ」とかれは笑った。

もう一つは、B29攻撃の問題。

防衛総司令官が東久邇宮稔彦王大将で、横須賀防空部隊はその指揮下に入っていたが、防衛総司令部からB29に体当たりせよという命令が出た。

これはいかんと思った西畑少佐は、すぐ、鎮守府参謀長横井忠雄少将に、申し入れた。

「29に体当たりするなんて、絶対にできません。ぶつかっても落ちるか落ちないかわからないのに、そこまで行くうちに、こっちは絶対に撃墜されてしまいます。この人の少ないときに、人を減らすばかりです。海軍は絶対に体当たりしません」

　そして、参謀長の了承をとって総司令部に電話した。

「そうしたら、宮様は偉かった。『海軍を除く』と命令を出してくれた。しかし、陸軍は体当たりだ。まったくの話、これでは人間は消耗品だ。そして、どんどん人が死んでいく。あとは、人が足らん、人が足らんという。私の目に映ったところでは、その点がこの戦争のポイントだと思う。上の人からすると、私たちは将棋の駒――歩《ふ》だったんだ」

生死は紙一重

〈ソロモン敵中脱出＊「川内」カッター・山本唯志少佐〉


　十七年十一月、二夜にわたる激戦（第三次ソロモン海戦）で、連合艦隊は使うことのできる艦艇航空機の全力をあげて戦い、立ち向かってきた米艦艇のうち、新戦艦ワシントンを除いてほとんど全部を撃沈または大破させたが、味方の損害があまりにも大きかった。四隻の高速戦艦のうち二隻を失った。ばかりか、重巡「衣笠」、駆逐艦「夕立」「暁」「綾波」、高速輸送船十一隻沈没（三十八師団基幹部隊乗船のもの全滅）。もうこれ以上、この種の作戦をつづけることに耐えられないところまできてしまった。ガダルカナルから撤退するほかなくなった。

　山本長官は、駆逐艦十隻前後の損害を覚悟しながら、「陸軍にたいする責任」を果たすため、悲壮な決意で、使える駆逐艦の全部――二十二隻を集めて撤退作戦を断行した。

十八年二月、三回にわたった撤退は、予想を遙かに越えて成功した。沈没一隻、損傷三隻の損害を出しただけで、生存者のほとんど全員、約一万六百五十二名を連れ帰ることができた。

だが――ガダルカナル攻防戦六ヵ月にわたる死闘のバランスシートは、胸が痛くなるほどのものだった。まず、ガダルカナル奪回という作戦目的を達成できなかった。その間、米空母二隻撃沈を含め、戦艦、巡洋艦、駆逐艦、潜水艦を合わせて五十三隻（米軍資料による）を撃沈破したが、日本海軍の損害は、沈没したもの空母二、戦艦二、重巡三、軽巡二、駆逐艦十四、潜水艦九、損傷したものの延べ隻数は空母二、重巡六、軽巡五、駆逐艦六十三、潜水艦一にのぼった。飛行機については、的確な資料がなく、推測が混じるが、空母機を含む艦艇搭載機約三百二十機以上、基地飛行機約六百九機、計約九百三十機以上に達し、消耗率にすると年になおして九十五パーセントという、驚くべき数字になった。

開戦当初は、日本軍の方が優勢だった。その優勢はサンゴ海とミッドウェーで崩れたが、それでも、ガダルカナルに米軍が来攻したときは、まだ五分五分だった。それが、このガダルカナル攻防六ヵ月間に、逆転した。日本軍は、戦えば戦うほど苦しくなり、米軍は、逆にラクになり、余裕がでてきた。一言でいうならば、太平洋戦争は、ガダルカナルを終わったところで、もう少し詳しくいえば、第三次ソロモン海戦を終わったところで、勝敗がきまった。それ以後、日本軍は、いつも劣勢で優勢の敵と戦わねばならなくなった。苦しい、勝ち味の薄い戦闘が、終戦の日までつづくのである。

優勢で、かつ攻める側に回った米軍は、劣勢で、かつ防ぐ側に回った日本軍を睨みながら、十分な準備期間をとって、やがて「梯子登り作戦」と称する行動を開始した。十八年六月のレンドバ（ニュージョージア島）からムンダ攻略、十一月のタロキナ（ブーゲンビル島）来攻がそれだ。

第三水雷戦隊（三水戦と略す）通信参謀**山本唯志**少佐の登場である。

タロキナ逆上陸部隊を護衛し、十一月一日午後、ラバウルを出港した襲撃部隊は、重巡二隻（「妙高」「羽黒」）、三水戦（旗艦「川内《せんだい》」、駆逐艦三隻）、十戦隊（旗艦「阿賀野」、駆逐艦三隻）で編成された、当時としては大部隊。途中、時間の関係で逆上陸が取りやめられ、輸送部隊をラバウルに帰した。そのあと、身軽になった襲撃部隊は、敵艦艇、輸送船の攻撃を狙い、タロキナ沖に向かって進撃した。

中央に重巡二隻（五戦隊）、左前方に三水戦、右前方に十戦隊。速力三十ノットで疾駆する。その夜の航路計画は山本通信参謀の担当で、ラバウルからニューアイルランド島南端のセントジョージ岬沖を過ぎ、針路百三十度で戦場のタロキナ沖に向かうコースを海図に引いた。これがあとで、意外な役に立とうとは知らなかった。

「川内」では、真夜中を少し過ぎたところ、戦闘準備、砲戦魚雷戦用意が命じられ、いつでも大砲と魚雷が射てる手順を整える。

敵影が見えた。左四十度。巡洋艦が先頭だ。山本参謀は、すぐに無線を使って友軍に知らせる。本隊の左前方に「川内」は突進しているから、敵に一番近い。これから通信参謀が忙しくなる。後についてくる駆逐艦への命令を無線電話で誤りなく伝えねばならぬ。

三水戦司令官（伊集院少将）の号令を、一つも聞き漏らさぬようにすることが大事だが、三十ノットで走っていると、風圧がひどい。第一、声が風で飛ばされて聞きとりにくい。もちろん、戦闘中だから、艦橋の窓ガラスを卸してある。そこで山本参謀は、海図台の前にしゃがみこんだ。

副長が、機関科に、

「敵艦隊が見えた。本艦は今よりこれを襲撃する」と知らせている。「川内」の艦橋には、まっ暗な中、緊迫が加わる。

「戦闘。魚雷戦、左六十度反航ノ駆逐艦。左魚雷戦反航……発射始メ――」

「用意――」

右に大きく舵をとった「川内」は、グッと左に傾く。どこかで、鉄がきしむ。

「打テッ」

「敵発砲ッ」

二つの大声が同時に聞こえた。それに、発射管から魚雷がとび出したときの圧搾空気の音がかぶさった。魚雷が、自動的に、つぎつぎに発射管をとび出す。

水雷長は、すぐに「次発装塡《そうてん》」を命じた。

そのときだった。猛烈な音と震動が起こり、艦橋の天井に鉄片が降ってきた。何だかわからないものが、あたりにぶちまけられた。海図台がひっくり返った。

アッという間もなく、山本少佐は無線電話のマイクを持ったまま、海図台の下敷きになった。起き上がろうとするが、動けない。機関参謀と航海士が助け起こしてくれて、海図台の下から這い出した。幸い鉄兜をかぶっていたから、頭には異状ないらしい。ただ腰から下がシビレるように痛く、長くは立っていられそうにない。敵は猛烈に撃ってくる。

「射撃指揮所破壊。砲術長、方位盤射手重傷」

損害の第一報が来た。艦のまわりに引っきりなしに水柱が立つ。二度目の大震動。艦橋のコンパス、通信器、望遠鏡などの目盛りを照らす微光が消えて、何も見えなくなった。艦橋電路がやられたらしい。

「舵利《かじき》きません」

悲痛な声が操舵室から聞こえた。速力が急に落ちた。航海長が応急操舵を命ずる。

――これはいかん。機関部がやられたらしい。

山本参謀は、マイクをとった。

「ワレ通信不能トナルオソレアリ」

なにか総毛立つ思いだった。

速力がさらに落ちた。艦内の通信装置は、艦橋付近の一部が使えるだけで、まったく不通だ。艦内は相当混乱しているらしく、状況がわからない。応急班が活動をはじめた。どこがやられ、どのくらいの損傷を受けたのか――。

艦が停止した。敵を目の前にして、なんということか。

「ワレ航行不能」

マイクに叫んだ。

「指揮室。駆逐隊と携帯無線機で連絡をとれ。電話連絡はとれているのか」

山本通信参謀が通信指揮室に注意する。

「受信はできます。送信しても応答しません」

「これから無線連絡が大事だ。あらゆる方法で、どの艦とでもよいから、連絡を確保せよ。最後まで頑張るぞ——」

伝声管の向こう側で、駆逐艦の名前を呼び、必死に連絡をとろうとしている通話員の声が聞こえる。

伊集院司令官から、指揮下の駆逐艦一隻を呼び寄せよと命じられた。おそらく敵をめざして突進していったのであろう、見えるかぎり駆逐艦らしい影も見えない。しかも、無線連絡がうまくとれない。

と、またまた猛烈な砲弾がとびかかってきた。「川内」の動けないのを見て、カサにかかっている。しかし、射撃指揮装置を破壊された「川内」は、応戦できない。敵のなすがままに撃たれているほかない。このくらい無念なことはない。このまま動けないのだろうか。修理すれば動けるのだろうか。——艦橋と機関科指揮所との連絡が断ち切られたまま、状況がまったくわからない。機関科からは何もいってこない。待ちきれなくなった機関参謀が、後部の指揮所にとんでいった。

妙な暗合だった。それをキッカケにして、スコールのような猛射を浴びせていた敵の射撃が、ピタリとやんだ。味方の魚雷が利いたのだ。今のうちである。

「総員応急処置にかかれ」などという号令は「号令詞」に載っていないが、総員が手早く応急処置にとりかかった。怪我した者も、軽いのは自分で手当をしながら立ち働いた。

重傷を負った砲術長と方位盤射手が、簾状吊架《れんじょうちょうか》という、竹製の大型すだれのような担架《たんか》で、指揮所から艦橋甲板に卸されてきた。おなじクラスの砲術参謀が駆け寄り、励ます。砲術長は意識はハッキリしていた。痛むのかときどき眉をしかめるが、「残念だ。畜生、畜生——」と叫ぶ。

山本唯志少佐——カッター漕艇によるソロモン敵中脱出行は悪夢としか思えなかった。

航行不能。機関部の重大事故らしいとすれば、最悪の場合も考えておかねばならない。通信参謀は機密書類の責任者だ。司令官の許しを得て、暗号書やそのほかの機密書類の処分にかかった。あいにく歩くのが不自由なので、部下に規定どおりの処分を命じ、「川内」自体の機密書類の処分を艦側に通告した。旗艦は二重性格を持つので、三水戦と「川内」と、双方とも漏れのないようにしなければならない。

その間にも、艦はだんだん右舷に傾いてきた。

事態は緊迫しつつある。

「総短艇用意」

力のこもった司令官の声が聞こえた。沈没に立ちいたったときの準備である。

電信室に通じる伝声管から、電話で懸命に友軍と連絡をとっている先任下士官の声が聞こえる。「川内」の感度は、弱ってきているらしい。なかなか連絡がとれない。ここは、どうあっても味方との無線連絡をとりたい。いや、とらねばならぬ正念場だ。

一方では、艦に積んでいるカッターや内火艇全部を卸す準備を急いでいる。カッターには、艦に火災が起きたときの消火用として、海水をいっぱい張ってあったし、内火艇などには爆風（主砲を撃ったときの空気の衝撃）よけのためにカバーをかけて縛りつけてある。それを取り除いて水面に卸すのだから、時間がかかる。

機関参謀と機関長が艦橋にとんできた。魚雷が第三罐《かま》室に命中し、罐用の真水が全部なくなって、罐が使えなくなった。強いて使おうとすれば第一罐室が使える。機械には異状ないという。では、海水を使って第一罐室を焚こう。艦をまず動かして、いくさに参加しようと決定。機関長は機関室へとって返した。

まもなく、罐の至急点火がはじまったらしく、煙突からまっ黒な煙がもうもうと吐き出された。それを見つけたのかどうか、すっかりやんでいた敵弾が、また立てつづけに飛んできた。

そこへ、応急班からの報告がとどいた。推進器の外軸（「川内」は内外二個ずつ、四個の推進器《スクリュー》を持っていた）室に浸水、推進器破損という。万事休す。スクリューがやられては、いくら罐を焚き、機械を回しても動けない。自沈するほかない。もちろん、罐を焚くことは中止。ボートを卸すのを急ぐことにされた。おかしなもので、こちらのハラを見すかしたように、敵弾が間遠になった。「川内」は、少しずつ沈みはじめた。

そのときだ。水平線上に艦影が見えた。巡洋艦と駆逐艦の三隻らしい。敵か味方か。近づくように見える。艦型からすると味方らしい。救助に来たのではないか。

「味方識別信号」

声がとぶ。とっさに下士官がスイッチを入れる。マストの信号灯が点かない。電源故障だ。艦橋の端にとんだ信号員の下士官が、懐中電灯で、連送する。必死である。

「ワレ、センダイ。ワレ、センダイ……」

だが、なんの応答もない。ないまま、遠ざかってゆく——。

「総員上へ」

号令が、艦内すみずみにまで伝えられた。通信科先任下士官の連絡も実を結ばなかった。「川内」は、ただひとり敵地に残されて孤立し、いま沈もうとしている。

「電信室は当直を引け」

山本参謀は、伝声管でそう命ずると、手に持っていた無線電話のマイクを手放した。何かが胸をつきあげた。

いつか、星が出ていた。薄明かりの短艇甲板（艦橋のすぐ後の甲板）に、生き残った乗員が集まった。艦長、司令官の訓示があり、万歳三唱。そしてボートを卸し、負傷者を先に、乗員はボートに乗り移った。

幹部の士官たちは、私室に軍刀をとりにいく。山本少佐は、短刀をとってきた。護身用になるか自決用になるか、神のみぞ知るだ。

艦橋に戻ってくると、司令官と艦長が艦橋に残り、ボートで艦を離れていく乗員たちを見つめていた。相変わらず敵弾が飛んでくる。山本少佐は、担当の通信と機密書類の処理を終わって、何も思い残すことはなかった。もちろん、艦と運命をともにするつもりである。死ぬ決心をすると、ときどき艦橋付近に炸裂する敵弾も、別に恐ろしくない。いっそ、直撃弾を受けてコッパミジンになればよい。

そんなことを思っているとき、誰かが、前部電信室火災だ、という。いまさら燃えても、どうということはないが、やはり気になるので、艦橋の階段を降りてみた。乗員はもういないはずと思っていたら、意外に艦橋の下の通路にかたまって弾片を避けている。ふだんならば、まっ暗でも難なく通れたはずだが、敵弾が落下するのと艦が傾斜を増すのとで、狭いところで人の渦に巻きこまれ足がいうことを聞かないせいか、渦の下敷きになってしまった。

気がついたときは、まわりには誰もいなかった。見回すと、甲板のあちこちに黒い塊が散らばっている。何だか状況がよくわからないまま、起き上がって身体をあたったが、血は出ていない。では艦橋に戻ろうと思い直し、艦橋下の三番十四センチ砲のそばまで来たときだった。ものすごい衝撃が襲って、そのまま海にハネとばされた。フリ落とされたといった方がいいかもしれない。

まっ暗な海。顔を水面に出すと、目の前に巨大な「川内」の黒い姿があり、大きく傾き、動かずにいた。これでは、艦には帰れない。

そのときは、防暑服という、ホンコンシャツのような緑褐色の半袖の上衣に短ズボン、それに参謀肩章の略章をつけ、雨衣を着ていた。護り刀はポケットに入っていた。これがあれば安心だとホッとしたが、あんな混乱の中、よく落とさずに持っていたものだった。

泳ごうとすると、左足が傷んだ。艦は、次第に傾きを増している。どうしようもないので、浮き身をして空を眺めた。突然、後ろから雨衣を引っぱられた。ガブッと水を呑んだ。苦しい。こんなもの着てるからいかんのだと、もう一度潜って雨着を脱いだ。浮き上がったところに、うまい工合に木片が浮いていた。掴まって、ヤレヤレと思ったとたん、横合いから誰かが手をかけてきて、二人とも沈んだ。浮き上がると、その男はもう向こうの方を泳いでいて、木片は二メートルくらい先に浮いていた。それを引き寄せて、身を託したが、こんどは足を引っぱられたかと思うと、短ズボンをものすごい力で引っぱられ、ズボンの紐を解かざるをえなくなった。下着一枚になってしまった。

いやはや、である。海水温度は冷たくはない。寒くはないが、息苦しくなった。諦めた方がよさそうだ、と例の木片を腹に当てて眺めていると、側《そば》を二人が勢いよく泳いでいった。どこへ行くのだろう。伸び上がるようにして目で追うと、「川内」の舷側にカッターが一隻ついていた。

助かる——と思うのと同時に身体が動き出し、カッターに向かってクロールで急いだ。脚が二、三度ツリそうになったが、痛みは忘れていた。全力で泳いだ。そして、どうやらカッターにたどりつき、縁に手をかけたが、すべすべしていて艇内に入れない。艇内から誰かが、抱くようにして引き揚げてくれた。

やれやれと安心したせいか、身体のあちこちが痛み、目眩《めまい》がした。艇座の下に入ると猛烈に眠くなった。眠ったら最後だと、何とか眠るまいとする。そんな間に、カッターと艦との間で大声でどなりあっているのが耳に入った。

「早く乗れ」

「おれたちが乗りに来たんじゃない。分隊長を頼む。分隊長は負傷している。今すぐ運んでくる」

半分眠ったような頭が、急に熱くなった。あの兵隊たちは、死を目の前にしながら、分隊長を助けようとしている。

「早く乗れ」

カッターから叫ぶ。走り去ったのか、返事がない。

「艦の傾斜が増してきた。短艇索《きく》を放て。櫂《かい》用意。渦に巻きこまれるぞ。急げ。ナニ？　滑車がはずれぬ？　短艇索を切れ！」

それから何も覚えていない。……気がついたときには、誰かの事業服らしいものを枕に寝ていた。誰かに背中をさすられていた。静かに顔を拭き、唇をぬぐってくれていた。

あとで聞いた話だが、防暑服につけた参謀肩章で誰かわかったが、全身にヤケドしているので、とても助かるまいと、みな思ったという。そのうち嘔吐をはじめたので、捨ててもおけず、おっかなびっくりで身体に触ったところ、黒く光っていたのはヤケドのただれではなく、重油だとわかり、拭いてくれていたのだという。そうならば、口を拭ってくれたとき、布が口に入って呼吸がつまり、昏睡状態であったのが危うく我に返ったのだろう。

まっ暗な四周を見まわした。遠く砲声が聞こえ、闇の中を閃光が飛び交う。星が輝いている。櫂漕《とうそう》がつづく。リズミカルな波と櫂の音。櫂が、静かな海面に銀色の波を立てる。

「『川内』はどこに見えるか」

さきほどから聞こう聞こうと思っていたことを、たまらなくなって口にした。

「『川内』はだいぶ前に、大きな水柱を立てて沈みました」

眠っていたのだ。轟音も水柱も知らない。いまさらのように、司令官、艦長、同僚、戦友の安否が気になった。しかし、ふしぎだった。「川内」の最期を聞くと、反対に生き抜かねばという決意のようなものが、身体を衝き上げた。艇首の方向、はるか離れて、カッターが一隻、銀色の尾を曳きながら進んでいる。どこに行くつもりだろう。いや、それより、このカッターはどうやらその後を追っているらしい。

どこに向かうのか、と確かめるつもりで、艇尾の艇指揮の方を見たとき、艇尾では、さかんに甲論乙駁をやっていた。短艇用コンパス(羅針儀)を積んでいないから、どっちが北か、方角がわからない。前のカッターについていこうとか、近くの島へ行こうとか、ショートランド島にいこうとか言い合って、何も決まっていないらしい。

これはいかん、と思った。

今夜の戦場は、敵が上陸したタロキナ岬の沖合いだ。ブーゲンビル島近くをウロウロすれば、敵の水上艦艇に逢いやすい。できるだけ早く戦場を離れ、セントジョージ岬に向かうしかない。

カッターの位置はハッキリしないが、ともかくも北西に向かって漕げば、ニューアイルランド島の南端、セントジョージ岬の近く――風や潮に流されたとしても、ラバウルのあるニューブリテン島のどこかには着くはずだ。このとき、こんどの出撃の航路計画を立てたことが役に立った。セントジョージ岬から百三十度でタロキナに向かうコースを引いた。その逆のコース――北西に進めば、もとのところに戻るはずである。

聞いてみると、艇内の最先任者だったので、

「これから、おれが指揮をとる」とみんなに宣言した。そして艇内にいた通信士に命じた。

「南十字星を背にして漕げ」

おれが指揮をとる、とみずから買って出たものの、また、たまたま先任者だったから当然のこととはいえるものの、「川内」の沈没位置からセントジョージ岬まで、まっすぐに行って約百九十キロ――風や潮の影響を考えると二百数十キロにもなる距離で、しかもその航程

の大部分が、敵の制空権、制海権の下にある。そこを文字どおり非武装の、本来十三人乗りの、いっぱい詰めて二十五人までは乗れるところに、五十七名も乗った超満員のカッターを漕いで乗り切ろうとする。冒険ともいえない不安いっぱいの大冒険。

「――南無天照皇大神宮。南無八幡大菩薩」と祈るほかない事態であった。とにかく、全力をつくしてやるほかないのである。

二日目の朝は、昨夜の凄惨な出来事を忘れたような上天気。だが、夜が明ければ、敵機の飛行哨戒がはじまる。上空警戒が何よりも大事だ。

昨夜から、戦場を少しでも遠く離れようと、懸命に、徹夜で漕ぎつづけてきた。といっても、超満員のカッターだから、オールは両舷に三本ずつ（本来は六本ずつ）が最大で、二本ずつがいいところだ。人が邪魔になって漕げないし、長丁場だから、エネルギーの消耗はできるだけ防がなければならぬ。オールについているのは、三、四人の若い兵だ。あと怪我をしている分隊士、それに通信士、電信員、信号長。一等水兵や下士官たちだ。

山本少佐は、夜が明けるとすぐ味方の捜索機がきっと来るだろう、と待った。来たとき、どうして通信したらいいかを考えていると、後ろの方、昨夜の戦場と思われるあたりに零戦二機が飛んでいるのを見た。こちらに気づかないらしく、近寄ろうとしない。

ガッカリして、張っていた気持ちがしぼむと、いろんなことが頭をもたげてくる。第一、みんなは、昨夜から一滴の水も呑まず、漕ぎつづけている。誰も口には出さないが、相当腹が減っているはずだ。そのときカッターには、ビスケットが少しと、水を入れた水筒十個があるだけだった。順調にいったとしても、目的地までは少なくとも四日はかかる。とても十分な配給はできない。

いま一番大事なことは、敵が攻めこんできたタロキナ基地から、一刻も早く、一メートルでも遠く離れることだ。それには、漕ぎ手に奮発してもらうしかないが、腹が減っては力は出ない。そこで、ひとまず、漕ぎ手中心に食糧を配給することに決心した。

「漕がざる者は食うべからず」

カッターの推進力となる元気者（大部分がいわゆる若年兵）にビスケット二個、負傷者と准士官以上で直接オールを握らない者は一個ずつ。水は、水筒の蓋に一杯あて。異議を申し立てる者はいない。配給開始――。

配給といっても、水筒を一人一人に回すのに時間が少しかかるだけで、ビスケットを一つや二つ食べるのに手間ヒマはかからない。

「マスト一本、水平線。近づく――ッ」

「駆逐艦らしいッ」

艇首《バウ》にいる見張り員が、金切り声をあげた。反射的に、みなバウ方向をふり返る。すうッと血の気が引いた。いまどき、このあたりに味方の艦艇がいるはずはない。もし敵の水上艦艇に出逢ったら百年目だ。ただごとではすまない。少しでも遠ざかって、発見されるのを防がねばならない。みな必死で漕いだ。敵はまだカッターを発見していないらしい。どんどん進んでいく。

　そのとき、北西の方向――ラバウルの方向から、味方飛行機の大編隊があらわれ、南に向かって頭上を通り過ぎた。どこに行くんだろう。目で追ううち、突然、さきほどの艦がそのあたりに煙幕を張った。と思うと、激しい対空砲弾が撃ち上げられ、たちまち空が黒ずみ、無数の褐色の斑点――豹のような斑点で埋められた。爆煙が、水柱が、つぎつぎにあがる。それまで静かだった海が、たちまちに凄まじい格闘の海に一変した。

　カッターという、水面近い低い位置で、それほど遠くないところで戦われた空海の激戦を見たのは、もちろんはじめてだった。みな、顔色を変え、息をはずませていた。ふうッと大きな溜息をつく者もいた。――が、おかげで、敵駆逐艦に発見攻撃されないですんだ。

　だが、敵基地からまだそれほど遠く離れることができていないカッターは、まもなく第二の正念場を迎えねばならなかった。

「飛行機一機ッ。B25――」

　見張員が、後ろの方を指して叫んだのが、はじまりだった。ふり返ると、こちらに向かってくる。見る見る機影が大きくなる。そして、私たちの頭の上に来ると、悠々と旋回をはじめた。「悠々と」といういい方しかできないほど落ちつき払って、大きく旋回をつづける。

　艇尾の艇座の下から見上げると、敵機が爆弾を持っていないのに気づいた。

「機銃掃射をする」

　そう直感したから、手短に、敵機が掃射の姿勢に入ったら、みな海にとびこみ、できるだけ散らばれ、と注意した。みなオールを揚げ、逃げる用意をして、固唾をのんで敵機を見つめる。と、敵機が高度を下げ、突っこんできた。

「とび込めッ」

いっせいにとび込み、思い思いの方向に泳いでいく。山本は、左脚が痛んで遠くまで泳ぐ自信がない。こうなれば、運を天にまかせるほかない。そこで、敵機と反対側の縁に片手をかけ、水中にともかく入ることにした。

敵機は、右舷側からカッターに並行に突っこんできた。ものすごい低空射撃だ。よしきた、とカッターの底を潜って左舷側に移った。猛烈な銃撃だ。カッターに命中する。銃弾が飛散する。もうよかろうと、水の中から頭を出すと、B25の尾部の機銃が煙を吐いている。あわてて潜る。そして、敵機はひと回りすると、こんどは散らばって泳いでいる者に、機関砲を撃ちこんだ。機関砲弾は、まっ黒な水柱を立てて炸裂する。その間に水から頭を出して、息を継ぐ。と、こんどは左舷側から襲ってくる。あわてて右舷側に潜る。すると大きく反転して、右舷側から突っこんでくる。

「おれを狙っているのか、こいつ」

ヨオし、と闘志を燃やす。追っかけっこのような襲撃を、十数回も敵機はくりかえした。

「なんと執念ぶかい奴だろう」

抵抗する手段を何も持たない者を、なぜこうまで痛めつけようとするのか。こうなると、もう憎しみがふくれあがって、思わず拳を握って振りまわすことになった。

だが、おそらく機銃を撃つのにあきたのだろう。敵機は肩を聳やかすようにして、南へ去って、とにかくすぐにカッターに戻った。

と、目を疑った。カッターの中は血の海だ。カッターに残っていた兵の三人が、血だらけになっていた。二人はすでにこと切れていたが、艇座の下の電信取次ぎの上等水兵は、背を射抜かれたらしく、苦悶していた。バウの艇座にいた第一分隊長も虫の息だ。すぐに傷の手当をと思うが、繃帯も薬も、何もない。

身体中の血が逆流する、というのがこのことだろう。どうすることもできないまま、立ちすくんだまま、涙が流れて止まらないまま、意気揚々と遠ざかっていく敵機を目で追うだけであった。

そのうちに、散らばって泳いでいた連中が、ぼつぼつと帰ってきた。オールを二本抱えている者、艇座の下の足掛けに使う板を押しながら泳いでくる者――いつの間にこんなものを持ち出したのか、機転と機敏さに驚くというより、思わず笑ってしまうほどだった。

何はともあれ、機銃弾で孔を開けられたところを塞がねばならぬ。シャツや防暑服などの繊維製品を引き裂いて、孔ふさぎを急ぐ。流れた血を洗う。清掃しながら、みんなが帰ってくるのを待つ。

敵機がいなくなって、急に元気になった一人が、立ち上がり、大声で叫ぶ。

「おうい。早く乗らんと、置きっ放しにするぞう」

やがて五分刈りの西瓜頭が、海面に一人もいなくなった。人数を調べると、整備兵が一人いない。機銃掃射でやられたに違いないが、「川内」に乗ってきたばかりの兵で、正確な姓名を誰も知らない。

「もう一度さがせ」

みな目を皿のようにして見回すが、とうとう見つからない。やむをえない。さっき襲ってきたような敵機が、また来ないうちに、ここをできるだけ早く、遠くに離れなければならない。心残りだが、行動を起こすことにした。

背中を射抜かれた上水の出血が止まらない。カッターの中に鮮血が流れる。水を求めるが、水はみんなで呑んでしまった。一滴も残っていない。悲痛な声を聞きながら、一言もみな口を利かず、ただ漕ぐ。ウワ言を口走る声も、だんだんか細くなる。

すでにカッターには、二人の死者がいる。このまま艇内に置いて赤道近くの直射日光を浴びては、腐敗の心配もあるし、艇員の士気にも影響する。ずいぶん考えたが、船乗りのしきたりによって、水葬することとし、同僚二人が抱えて、うやうやしく海に葬った。私たちは自席で黙禱を捧げ、冥福を祈った。

陽が高くなると、日光が痛いように膚を刺す。海の上で、何一つ遮るものがないから、鉄板の上で焼かれているようだ。

「鱶《ふか》だッ」

悲鳴に、ギョッとする。巨大な鮫だ。それが群れをなしてカッターを追ってきた。血を嗅ぎつけたのか。私たちを船もろとも呑みこもうとでもするように、すごい勢いで突進してきて、艇尾にダーンと追突するかと思うと、斜めに体当たりをかける。突然カッターが下から持ち上げられ、いまにも転覆しそうになる。ハラハラのしどおしで生きた心地もなかった。とにかく漕ぐほかない。漕いで、この悪魔どもを振り切るほかない。

「どうか敵機が来ませんように」

もしここに敵機が来て、前のような機銃掃射をされたら、敵弾を避けようと海にとび込めば鱶にやられ、鱶にやられるのがイヤだとカッターにしがみついていると、敵弾にやられるだけだ。進退きわまると、こんなとき、祈るしかなかった。わが無力、非力を嘆いてみても、どうなるものでもない。

さすがに諦めたのか、鱶の攻撃は減ったが、執念深いヤツが数頭、まだ追ってくる。折も折、遠いところをB25が飛んでいるのを発見、胆を冷やしたが、どうやらこちらに気づかないらしく、通りすぎ、胸なでおろした。が、背中を射抜かれた上水が、このとき息を引きとった。

なぜ死んだ三人は、機銃掃射を食ったとき海にとびこまなかったのか。みんなの意見では、泳ぎに自信のないのが第一で、その次は、機銃掃射といっても、たいしたことはあるまいとタカをくくったんだろうという。何はともあれ海にとび込むのが一番だと、顔見合わせて、うなずき合ったことだった。

それから間もなくのことだったが、B25一機が、水平線上に現われた。見る見るうちに近づいてくる。私たちの上を、大きく旋回しはじめた。味方の索敵機は一機も来ないというのに、今朝からこれで三回目だ。私たちは、漕ぐのをやめ、敵機の動きを見つめる。海にとびこむ用意をする。旋回の半径がだんだん小さくなる。

「とび込めッ」

いっせいにとび込んだ。とびこんで、敵機を仰ぐ。どうしたんだろう。敵機はそのまま南東の方向に去った。機銃も撃たず、爆弾も落とさずに。

ハッと気づいた。夢中でカッターによじのぼり、あたりを見まわした。猛然、襲ってくると思った鱶がいなかった。鱶はおろか木片一つ浮いていない静かで、綺麗な海に、あちこち西瓜頭が浮いているだけだった。

身体が溶けてしまいそうだ。午後の陽は、情け容赦なく照りつける。身体にベッタリとついた重油が、乾いてくるのか、目にしみて、目を開けていられない。海水で顔を濡らし、目をパチパチさせながら、漕ぎ手を励ましつづけた。腹が減った。咽喉がかわく。黙って漕いでいる艇員も同じだろう。夜になればスコールが来るだろうから、いま少しの辛抱だといい聞かせ、我慢する。漕ぎつづける。炎天の下で、何の変化もない海を眺めながら、同じ調子で漕ぎつづける。

哨戒の帰りらしいB25一機が飛んできたが、そのまま通りすぎ、水平線に機影を没した。

夜になった。脱出第一日目を過ぎようとしている。夜は飛行機が来ない。空は美しく輝く星でちりばめられていた。

みんなも、はじめて我に返ったように、いまは物言わなくなった第一分隊長と背を射ち抜かれた上水の遺体を囲んで、語りあっている。お通夜だ。しかし、いつまで語っても名残りはつきない。こんども、船乗りのならわしにしたがって、水葬にした。艇内はシーンとしている。名残り惜しそうに、無数の夜光虫の光る中、消えていった遺体を伸び上がって追い、瞑目した。

夜になると、思いのほか冷えてきた。どのへんまで漕ぎ進んできたのか、まるでわからない。ただ、南十字星を背にして漕げば、セントジョージ岬に着く。それだけが頼りだ。

南の海は天候が変わりやすく、たちまち雲が南十字星を消してしまう。雲間にのぞく星を見きわめ、コースをきめる。これを間違えると、反対方向にさえ進みかねない。暗黒のカプセルの中とおなじだから、必死である。

その暗闇の中に、濃い灰色の幕が見えてきた。どこやら冷たくなった。スコールだ。しめた。真水が呑める。そう思っただけで、胸がカーッとなった。スコールが、ものすごいスピードで迫ってくる。ザアッと来るぞ、それ来るぞ、来るぞ、来るぞと、咽喉を鳴らすようにして待ったが、来なかった。近くまでは迫ってきたが、ヒョイと向きを変えたらしい。まっ暗で、距離感がつかめないから、期待しすぎたのかもしれないが、あげく、咽喉がよけいにヒリついてきたのがコタえた。

漕ぎ手の疲れが目立ってきた。スコールに逃げられたせいばかりではない。昨夜から、ほとんど交代なしで漕ぎつづけている。疲れすぎては、このあと差し支える。交代で寝て、明日の鋭気を養うことにした。

そのうちに、寝息がもれはじめる。山本少佐も、通信士と交代して眠ろうと努めた。眠ろうとするほど目が冴えて眠れない。暗い雲の切れ目から、澄みきった月が顔を出す。哨戒機らしい爆音を、二度ほど聞いたが、何ごとも起こらない。

うとうとしているうちに、短い南海の夜が明けた。三日目。十一月三日、明治節だ。北の方向に向かって、天皇陛下万歳を三唱した。やがて、空がバラ色に染まる。すると、右舷側の水平線上に、細い、小さな紫色の影がクッキリと浮かび上がった。

「島だ。島が見える」

ロビンソン・クルーソーもこうだったかと思わせるほど、カッターの中は賑やかになった。

島には椰子の樹がある。咽喉の渇きも空腹も、椰子の実で癒すことができる。

「島にゆこう。腹いっぱい椰子を食べ、糧食を補充してラバウルに帰ろう」

「いや、あの島はラバウルと反対の方向にある。疲れるばかりだ。それより予定どおりに行った方がいい」

艇内の意見が二つに割れた。小声ながら、意見をたたかわしている。これはいかん、と山本は思った。もよりの島にあがって休み、渇と空腹を癒すのは望ましいが、見え具合いからすると、島は遠い。いままでの航程と時間から見ても、セントジョージ岬やニューブリテン島が見えるには早すぎる。しかも、見えている島は、目的地と反対方向にあるではないか。

「艇長。針路北西ようそろう」

厳然と命じた。そして、

「予定どおり、セントジョージ岬に向かう」とかぶせた。「島」派の連中は、島と山本参謀を見くらべ、恨めしそうな様子だった。

そういえば、「厳然」としている山本の格好は、あまり「厳然」とは見えなかった。「川内」からまっすぐにカッターに乗り移った連中は、まっ白な事業服をキチンと着ていたが、かれを含めて泳いだ者は、海面に流れ出した重油を浴び、上下まっ黒な服に、黒白はげちょろの顔を載せていた。しかもかれは、ズボンなしの下着だけ。それもまっ黒の重油漬け。

「よくまア、みんな我慢して、最後まで統制のとれた行動をしてくれたもんだ」とかれはいう。だが、それから一時間とたたぬうちに、山本参謀の判断どおりにしてよかったと「島」派の連中も納得し、その後はひたすら指揮官のいうことに従ったからだったのであろう。

——やがて日が昇り、バラ色が薄れて青空に変わると、あれほどハッキリ見えていた島影が、拭ったように消えてしまったのである。

一時揺れた心も落ちついた。誰かが軍歌を歌い出した。すぐ皆それに和した。軍歌は、どんなに疲れているときでも、精気をよみがえらせてくれる。カッターは、ぐんぐん進む。「軍艦マーチ」から「如何に狂風吹きまくも」になる。波一つないところで、いかに狂風も、いかに怒濤もないものだが、なんだか兵学校時代の短艇巡航でもしているような気になり、「艇長、代わろう」と、舵柄を握っていた先任下士官と入れ替り、艇尾の腰掛けに掛けて舵柄をとった。

これが戦場でなかったら、楽しいだろうな、などと、しばらく巡航気分を満喫したが、たちまち現実に引き戻された。

「飛行機一機。敵味方不明。突っこんでくる」

信号員長が指す方向から、小型機が迫ってきた。

「退避用意」

身構えながら固唾をのむ。茶褐色と緑色のだんだらだ。味方機だ、と誰かが叫ぶ。爆弾を持っていない。ゆるやかに高度を下げてくる。塗色は味方機に似ているが、マークが青と白で、赤が見えない。B26だ。胴体にU4Xと書いてある。半信半疑のまま海にとびこんだ。それでも味方機だと思いこんだ連中が、悠々と艇内に居残って、飛行機に向かって合図している。飛行機は、相変わらず旋回をつづけ、いっこうに襲ってこない。おかしい。安心させて一気にみな殺しを狙っているのだろうか。

やがて飛行機は、何やら紐のようなものを垂らし、それにつづいて何かを投げた。搭乗員は機体から半身を乗り出し、さかんに手やハンカチを振った。カッターの居残り組は、こんどは艇座に立って、手や手拭を振っている。飛行機から、ピカッピカッと発光信号を送ってくる。

読めたぞ。味方と間違えたのだ。遭難した米軍のボートを探していた捜索機が、ここで発見した、と考えると、飛行機の行動のツジツマが合う。飛行機から投下したものを拾った水兵に、あとで聞いたら、英語で何か書いてあったが、英語がわからないから捨てましたという。残念。とにかく、足もとの明るいうちに、早く退散した方がよさそうだ。

それにしても暑い。海面は油を流したような無風だから、よけい暑い。日光が無数の錐になって、皮膚にギリギリと揉みこんでくるようだ。上衣を海水に浸して着るが、すぐに乾いてしまう。兵たちは、たえず海水をかけ合いながら漕いでいる。その水と、弾痕から滲み出す水が、カッターの底にたまり、オールを持たない者はアカ（たまり水）汲みに精出す。ちょっと油断すると、アカがすぐダブダブになって、カッターが沈下するから閉口する。

もうそろそろ島が見えていいころだ。懸命に探したが、島らしいものも、漂流物も見あたらぬ。まさか、間違えたとは思えない。そんな、どことなく不安げな態度が反映したのか、兵たちまで不安そうに聞いてくる。

「通信参謀。ここはどのへんでしょうか」

「いつごろ、島が見えますか」

それには、

「平均実速が三ノット以上出ていれば、日没までに島が見えるだろう。見えなければならん」

いかにも自信ありげに、快活に答えたが、内心は不安だった。

その島が、紫色にクッキリと見えてきた。太陽の位置からいって、午後一時半ごろか。バウの向こうの雲の間から姿を現わした。

元気百倍というか、嬉しくてとび上がるというか、さっそく軍歌を歌い出す。カッターは静かな海をすべっていく。折よく、後ろの方からスコール雲が迫ってきた。この風を利用しない法はない。帆走しよう。手早くみんなから集めた上衣（事業服）を結び合わせて帆を作る。マストも何もないから、短い爪竿を桁《けた》（長さ一メートル）に、長い爪竿（三・六メートル）をマストにして帆を張る。

うまくいった。追風をいっぱいに孕んで、スイスイ走りはじめた。

「橈上げェ。橈組めェ」

艇長の先任下士官が、張った声で号令をかけ、「川内」の舷側を真夜中に離れてからはじめて、みんなが寛いだ。一服したいところだ。

だが、この寛ぎも、永続きしなかった。B25一機が、こんなところにまで現われた。低空で哨戒しているらしい。あわてて帆を卸し、艇内に身体を隠し、敵機を見つめる。どうやら気づかなかったらしい。そのまま南の水平線に姿を消した。

それ――と帆を揚げる。どうしたことだ。風がなくなった。カッターが動かぬ。まるで敵機が風を持ち去ってしまったようだ。残念だが、漕ぎはじめる。

灼けるような陽だ。咽喉も胃も、灼けただれたように、痛む。目が昏《くら》みそうだ。水が欲しい。水、と叫び出しそうになるが、前で黙って漕いでいる健気な兵たちを見ると、歯を食いしばって堪えるほかない。だが、山崎一等水兵は、相当参ったらしい。動作が鈍くなり、ともするとフラッと眠る。それでも話しかけながらアカ汲みを手伝っていたが、とうとう艇尾座の下へ半身を入れて、泥のように眠ってしまった。

　やがて、暮色が迫るころ、南方に一塊の黒雲が現われ、見るうちに拡がり、前触れのように小波が惜しよせてきた。

「スコールだ」

　嬉しそうな声があがる。真水が降ってくるのだ。手の空いた者が、水受けになりそうなありとあらゆる物を並べ、雨水どりの準備。気の早い者は、仰向けになって、口を開ける。だが、スコールは向こうに行ってしまった。スコールが飲めないとわかると、咽喉がよけいにヒリつく。きのうから一滴の水も口にしていないのに、二度もスコールに逃げられた。

　しかし、三度目は成功だった。それから二時間あまりたったとき、満天黒雲に覆われた。星が見えないから、見えるまでジッとしていた方が利口だ――といいながら、じつはスコール待ちである。橈上げ、橈組めで、手を休め、みな空を仰ぐ。大粒の雨が、ポツリときた。

「総員スコールとり方用意」

　どこかで聞いたことのある号令だと思ったが、そんなセンサクより、さっきの帆を広げるのが先だ。と、ドーッと物凄いスコールが来た。帆の下から這い出した兵が、四つん這いのままスコールを呑む。上衣を広げて、その隅から呑む。手拭から呑む。鉄兜を捧げ、口を開いている者。山本少佐は、上衣が重油に浸っていて、それを水受けにできないので、艇尾座の下にしゃがみ、その上にたたきつけるスコールを手でかき寄せて呑んだ。腹いっぱい呑んだ。水筒にもつめた。雨は、まだ降っていた。

咽喉の渇きが止まると、寒さが襲ってきた。艇尾座のところにいると、風が冷たくてどうにもならない。みな濡れ鼠である。だが、カッターの中に隠れ場所など、あるはずはない。そうだ。お互いの体温で温め合おう。裸体結合だ。

山崎一水は艇尾座の下で動かない。死んだのではないか。そっと触ってみた。裸のまま、ブルブル震えていた。呼吸はしている。ここまで一緒に来たものを、なんとか連れて帰りたい。山本は上衣をぬいだ。艇尾座の下に入って山崎一水を抱き寄せ、自分の上衣で二人を包むように覆って風雨を避けた。まるで氷を抱いているようで、こっちまで身震いが伝染したが、かれが元気づくにつれて、寒さが薄らいできた。

スコールは夜半にやんだが、月も星も出ない。眠ろうとするが、眠られぬ。そんな中、第三夜は更けていった。

うつらうつらしているうちに、東が白んだ。今日こそは島に上がろう――みなの心も同じと見え、顔は晴れ晴れとして、元気いっぱいだ。みんなでアカを汲み出し、漕ぎはじめた。

朝もやがはれると、艇首にハッキリと島影が現われた。ニューアイルランド島だろう。バウ(艇首)を島に向けた。船脚が軽い。八時ごろらしい。敵哨戒艇一機が、水平線スレスレに飛んでいった。と、行く手に黒い小さな浮流物が一つ。椰子の実だろうか。島が近くなると、浮流物が多くなる。拾おう。近づくと、椰子の実ではなく、空樽だった。味方の艦の落とし物だ。漬け物でも入っていたら万歳だ。だが、腐った鰯が二尾しか入っていなかった。なんということだ。

そこから小半時も漕ぎ進んだころ、椰子の実が流れてきた。拾ってみると、だいぶ古いらしく、茶褐色をしていた。それでも、少しは胃袋の刺激になるだろうと、主計兵曹に調理を一任、漕ぎ進んだ。

漕ぐのを見ていると、これはいかん、と思った。船脚が遅くなっている。無理はない。何も食べずに、寝不足のまま、連日の炎天下の下で漕ぎつづけてきた。誰ひとり苦痛を訴えず、不平も洩らさず漕ぎつづけてきたが、それだけ疲労は大きいだろう。このまま先を急いで、身体を損なわせては、いままでの苦労が水の泡になる。

「橈上げ。橈組め。しばらく休憩する。その間に、昨日の要領で、仮製の帆を作れ。帆走する」

山本少佐が命じた。めいめいの着ている衣類を一枚あて供出せよ、とも命じた。事業服の上衣の胸を切り開き、上下左右につなぎ合わせた。シャツや褌などの薄い布は、裂いてより合わせ、綱を作った。帆を揚げてみると、これは昨日のヤツを上回る見事な（！）帆になった。そして、折からの追風に乗り、少しばかり左に傾いているのが難だが、波を蹴って走り出した。六ノットは出ているだろう。

そのあいだに、さっきの椰子の実が、主計兵曹の苦心で、みごとに料理された。果肉《コプラ》は小さく砕き、みんなに配ったが、果汁はほんの少ししかない。通信参謀どうぞ、とうやうやしく持ってきた。咽喉から手が出そうだったが、我慢して、ひと口嘗《な》めるだけにし、衰弱していた山崎一水と、もう一人の一水に与えた。かれらは、涙を流しながら飲んでいた。

昼ごろ、不意に敵機が現われた。もうラバウルから百五十キロ以内だから、まさか敵機は来ないだろうと思っていたのが、逆を衝かれてあわてた。帆を卸して、みな艇内に身体を伏せた。敵機は低空をウロウロしていたが、まもなく南東方に去った。それを確かめて、帆走をはじめる。こんどは、二、三ノットしか出ない。

それから二時間ばかりすると、また敵機が現われた。カッターを見つけたらしく、まっすぐにこちらに来る。あわてて帆を卸し、身を伏せる。いかにもウサン臭そうに、低空を旋回している。高度が変わらないから、機銃掃射はしないらしいが、いったい、味方の飛行機は何をしているのだろう。零戦が来てさえくれれば、敵機は逃げていくに違いないのに、などと考えながら見つめるうち、何を思ったか敵機は、北東の方に姿を消した。

まったく、いやになるくらいの敵哨戒機の網の目の細かさであった。同時に、どういうわけか、敵機が引き揚げていくとき、きまってそれまで吹いていた風までを持っていくのが迷惑至極だった。こんどはひどかった。風が逆になった。否応はない。漕ぐほかなかった。

島は一漕《ひと》ぎごとに大きくなった。もう一息だ。島に着きさえすれば、いくらでも休める。士官も兵隊も区別はなかった。疲れたら替って漕ぎ、休んだら替って漕いだ。そして、夕映えに空が赤く染まるころには、島の木々が一本一本、数えられる近さにまで漕ぎ寄せた。

椰子の実が、しきりに船べりを流れていく。しかしながら、もうそれには何の関心ももたなかった。なんとしても今夜中に島に着こう、着かねばならぬ――それだけだった。

ところが、どうしたことか、漕いでも漕いでも島に近づかない。むしろ遠ざかっているのではないか、とさえ思われた。

カウンター・カレント（逆潮流。島や川岸に沿って逆方向に流れる流れ）があるのだろうか。骨を削る敵中脱出行のあと、いま、目的の島を目の前にするところまでたどりつきながら、それ以上、前に進めない。泣きたいような気持ちは、誰しもおなじだろう。全力を出しつくして力およばぬことを知ったときの無力感が、みんなにのしかかって、溜息が出るばかりであった。

山本は、これではいかんと、自分自身に鞭打った。

「よし、今夜は漂泊する。ぐっすり寝て、明朝、捲土重来だ。かならず島に上がるぞ」

ことさら快活に、宣言した。

日が落ち、夜の闇が迫る。いや、スコール雲だ。たちまち島を包み、島の形も、山の稜線も見えなくなると、叩きつけるようなスコールが襲ってきた。手ぎわよく水を呑み、水を採る。それだけすませたら、あとは適当にお引きとり願いたいのだが、それがなかなかやまない。あれほど待ちあぐねたスコールだが、度が過ぎると、うらめしくなる。

艇員の大部分は、特製の帆を拡げ、その下にもぐって寒さを凌いでいる。カッターには、弾痕から滲み出す海水と雨水が溜まるので、交替で汲み出さねばならない。

山本少佐は、艇尾座のところで平井上等水兵と裸体結合する。事業服で隙間風を防いでいたが、夜が更けるにつれて寒さが身に染み、なかなか眠れない。艇内は、シーンと静まっている。帆に当たる雨音が耳につく。そのなかに、キョーイ、キョーイと、引き裂くような得体の知れぬ鳴き声が聞こえる。

錨がないので、風と潮のまにまに漂っているだけだが、島から遠くないことだけは確かである。

眠れないまま、昼間、兵たちに話した状況判断を思い返した。――あの島が目的のニューアイルランド島だとすれば、いま漂泊しているあたりは、敵潜水艦がいつも出没するところだ。もしニューブリテン島の南岸だとすれば、敵魚雷艇が横行する海面だ。これから先、難所がもう一つあるから、みな気を引き締め、油断するなよ――といったが、問題はその場合、どうするかだ。何一つ対抗手段を持たないから、敵の意表に出るほかないが、さて、どうしたものか……。

折も折、バウの見張員が叫んだ。

「怪しい音が聞こえる。魚雷艇らしい」

瞬間、艇内は死んだように動かなくなった。しかし、それらしい音は、それ以上聞こえなかった。やれやれ助かった、と思う間もなく、

「陸岸方向でパイプ（笛）の音がする。敵兵が本艇を発見して、仲間に合図をしているらしい」

「違った方向からもパイプの音が聞こえる」

捨てては置けない。艇尾座の上に出て、姿勢を低くし、あたりを入念に見張った。雨が凄い。風も加わっている。だが、それらしい物音は聞こえてこない。時折り何やらがキャッ、

キャッと奇声を発するだけだ。

しばらく監視警戒していたが、寒さで歯の根が合わなくなった。ねぐらに戻るほかない。みな極度に疲れていた。闇に目をこらすと、こんな寒さの中で、みな寝くたれていた。若さだろう。

ねぐらにもどり、平井上等水兵の体温で、ようやく震えがとまった。弾痕から滲みる海水が、温かい。雨は、夜明け前にあがった。空には大きな星が無数に、闇から浮き上がって輝いていた。

空が白むころ、起きた。漕ぎはじめて五日目の朝だ。カッターは、島の沖合い十五カイリ（二十八キロ）にあった。

今日こそはと、みな顔を引きしめている。キビキビと帆を畳み、アカ汲みをし、張り切って漕ぎはじめた。

早朝、B25の低空哨戒に逢った。もう、歯牙にもかけない勢いだ。風と潮に乗り、快走する。それから三十分もたったろうか、島の突端に白いものが見えた。セントジョージ岬の灯台だ。間違いない。神仏の御加護だ。もうジッとしていられなかった。山本は艇尾座に立ち上がった。

「灯台ようそろう。セントジョージ岬まで、あと十マイル（十八キロ）。今日こそ上陸できるぞ。最後の頑張りだ。元気を出して、しっかり漕げ」

誰からともなく、威勢のいい掛け声が上がる。

「一、二。一、二。……」

声に合わせて、ピッチを上げる。みな、飢えも渇きも忘れていた。力漕につぐ力漕。海岸の椰子の樹が、一本一本数えられるようになった。島に近づく。近づくにつれ、潮流が強くなった。なにくそ。みな三交替で力漕をつづける。遅々として進まぬ。気は焦るが、身体がいうことを聞かぬ。放心したようにオールを動かす者、オールを流すまいとしがみつく者。口のまわりに黄色い泡をふき、鼻汁を垂らし、目を白くする者――カッターを進めようと死に物狂いの、疲れ切った漕ぎ手の姿だ。

あと三マイル（約五キロ）。漕いでも漕いでも近づかない。これほどみな懸命に努めてもまだ不十分なのだろうか。これまでの死闘は、ムダだったのだろうか。といって、漕ぐ手をやめれば、この潮にどこまで流されるかわからなかった。みな身体で、それを知っていた。漕ぐのだ。せっぱ詰まった気持ちで、力をふり絞った。

「人がいるぞォ」

見張員が絶叫した。瞬間、漕ぐ手をやめて、いっせいに振り向く。

「兵隊だァ」

「また出てきた」

「たくさん、いる、いる」

人数が、どんどんふえる。艇内は歓声の渦だ。人だァ、兵隊だァ……。みな幼い子供に返ったように、身体中で叫び、肩をたたきあい、喜びあった。

と、向こうの一人の兵隊が、手旗を持って、灯台に登っていく。こちらも、信号員長が、バウに立ち上がった。

「タレナルヤ」

「ワレ、センダイカッター」

「カイグンナリヤ、リクグンナリヤ」

「カイグン……」

灯台近くに集まった人たちが、手に手に帽子を振り、手を振る。急にカッターのスピードが速くなった。カウンター・カレントに乗ったらしい。潮が強いと、カウンター・カレントも強いのがふつうだが、カッターは、それまでの悪戦苦闘を忘れたように、ぐんぐん陸岸に近づいた。あの砂浜がよかろう、と、艇長に灯台の東側の砂浜を指示した。

「ソコハキケン。サンバシヘマワレ」

おやおや。砂浜をやめ、桟橋に向かった。

「一言いう。みなよく協力して頑張ってくれた。だれひとり違反者もなく、不平をいう者もなかった。礼をいう……」

山本少佐が訓示した。そして、上陸後の注意を話すうちに、桟橋に着いた。守備隊員たちの協力で、まず負傷者を治療所に送り、残りで艇内を片付け、上陸用意。さて、上陸しようかと立ったが、足がフラフラする。桟橋を歩こうとしたが、気がゆるんだせいか、左脚の傷が痛む。守備隊員の好意に甘え、背におぶわれて桟橋をわたり、友軍基地に上陸第一歩を踏んだ。

艇員たちも、隊員に助けられ、嬉しそうに上陸してくるが、イヤハヤ、これは内地の人には見せられん格好じゃワイと、おかしさを押さえるのに苦労した。帆作りに「協力」して、着ていたものを身ぐるみ剝いで提供したのもいるし、ハダカのまま四日間もモロに灼かれて、身体の裏表がハッキリしなくなった者もいるし。

セントジョージ岬には、味方の対空砲台と電波探信所（レーダー・サイト）があった。砲台員、電探員、設営隊員、それに原住民がいた。その人たちが、何くれとなく世話を焼いてくれた。心づくしの粥食に、六日ぶりの、終生忘れられない美味さを味わった。

本部の前庭に特設された食卓で、五十一名のはずの人数が妙に少ないことに気づいた山本少佐は、隊長に好意を謝したあと、治療所をのぞいた。艇員たちは、ここにいた。一人の水兵長の左脚が紫色に腫れ、傷に蛆がわいている。痛むのだろう。治療を受ける間、歯を食いしばり、額に脂汗をにじませていた。元気になった山崎一水が、介抱している。そのほかに何人も、あちこちの傷の手当を受け、軽いのは、お互い薬を塗り合ったり、繃帯をかけ合ったりしていた。

こんなにたくさんの負傷者があったのか。あれほど元気そうに漕ぎつづけ、アカ汲みをしつづけながら、傷の痛みを堪えていたのか。それに気づかず、いたわりの言葉をかけることができなかった自分自身の迂闊さを山本少佐は恥じた。これまでのかれらの努力、苦痛、忍耐を思うと、胸が詰まった。

「山崎一水、よく看護してやれよ」

そういいつけて、そこを出た。

本部に戻る途中、海岸に引き揚げられたカッターを見た。撃ちこまれた機銃弾の弾痕が生生しい。数えた者が、二十三ヵ所だという。そのうちには、第一分隊長たち数人の生命を奪った弾が貫いたものもあるだろう。悪夢だ。悪夢としか思われぬ敵中脱出行であった。

『宛南東方面艦隊司令部。通報第八艦隊司令部。発山本少佐。

川内カッター一隻、乗員五十一名（准士官以上五名、下士官兵四十六名、内重傷一名要入院）セントジョージ岬着一〇〇〇』

上陸後、早々に発信した電報に、夜に入って返事が来た。明早朝セントジョージ岬着の予定で、海洋観測船第三海洋丸が、基地への補給物件を搭載、迎えに行くという。

その迎えの船で、全員ラバウルに帰ったが、ラバウルの桟橋に機関参謀が出迎えていたのには仰天した。潜水艦に、司令官と幕僚は拾われたのだという。

何にせよ、ラバウルの桟橋で艇員の兵の一人が呟いた言葉が、すべてをあらわしていた。

「よう生きて帰ったもんだ……」

その「よう生きて帰った」山本少佐がいう。

「ちょっとヤヤコシイが、ふしぎだよ。第六水雷戦隊（六水戦と略す）から、二水戦に転勤して内地に帰ったら、翌日、出港してガダルカナルに向かった。貧乏クジを引いたと嘆いたが、三水戦にいたクラスの**藤野隆雄**がやられ、二水戦から先任参謀と私（通信参謀）が三水戦に行くことになり、退艦する日に二水戦に出動命令が来た。そのまま乗っていこうとしたら、伊崎二水戦司令官に、お前はもう三水戦に替っているから艦を降りろといわれ、出港間ぎわに卸されて、夜明け前に四戦隊に移された。それも司令官が四戦隊のカッターを呼べと命じられ無理矢理に卸されたわけだが、その日に二水戦がやられた。家の者は、そんなことを知らないから、てっきり戦死したと思ったらしい。カッターで敵中脱出したのもそれで、泳ぎついたのをカッターに引き揚げてくれたのが、なんと私の従兵だった。息を吹き返したのも、従兵のおかげだ。何よりもあのとき、私のそばを二人の兵が大急ぎで泳ぎ抜いていった。何だろうと私は、そのあとを追っていってカッターを発見したが、まったく紙一重のことだった。生きる死ぬるは紙一重、というのが実感だなあ」

自分では、「悪運が強い」とはいわなかったが——。

白骨街道

〈タロキナ奪回戦＊第八艦隊通信参謀・高橋義雄少佐〉

高橋義雄少佐が、重巡「妙高」通信長から転じて第八艦隊通信参謀となり、艦隊司令部に着任したのは、十八年十月二十八日だった。

艦隊司令部は、そのとき、ブーゲンビル島南部のブイン基地に近い海岸のそば——椰子林の中にあった。艦隊司令長官鮫島中将以下、薄い緑の第三種軍装に身を固めていた。「妙高」の艦内生活とまるで違った雰囲気だ。戸惑いが先に立った。ともかく、指揮下の部隊がブーゲンビルのあちこちに散らばっているので、それを頭に入れることからはじめねばならない。

ガダルカナルを抜いた米軍は、四ヵ月前の六月三十日、ニュージョージア島対岸のレンドバに来攻、七月半ばには、ニュージョージア島ムンダ岬に上陸、味方のムンダ基地（零戦、陸攻用）を包囲し、占領した。

補給物資が途絶し飢えと病に打ちのめされながら、それでも戦いつづけた陸海軍部隊は、転進をくりかえし、十月ころにはブーゲンビルに到着、文字どおりここが第一線となった。

八艦隊は、ラバウルの南東方面艦隊の指揮下でソロモンの防衛を担当していた。しかし、ソロモンを含む南東方面は、その時点で行なわれていた戦争指導要綱——戦争全体をすすめていく方針からすると、絶対にここは守りとおすという絶対国防圏から外され、極力そこを持ちこたえて敵に損害を与え、それによって絶対国防圏の防備が固まるまでの時間を稼ぐという、一言でいえば「捨て石部隊」、さらにいえば「玉砕部隊」と性格づけられていた。

なお、ブーゲンビル島では、おそらく敵は、北端のブカ島、南端の、ブインを含む一帯、ないしは東岸のキエタ方面に来攻するだろうと判断され、防備もその方向に重点をおかれていた。

そんな状況のなかで、十一月一日、突然、ブインの目の前のショートランド島が艦砲射撃を受けた。

「これは」とおどろくうち、ブーゲンビル島中部の西側、タロキナ岬に米軍大部隊が来攻した。重点防備の裏をかかれた。敵はやすやすと上陸した。そしてかれらは、そこに飛行場を造りはじめた。

一言でいえば、ラバウルに王手をかけられた。タロキナとラバウルは三百七十キロしかなく、小型機の行動範囲に入る。ばかりか、ブインに司令部をおく八艦隊、ブインに近いエレベンタに軍司令部をおく十七軍は、ともども退路を絶たれ、敵中に孤立する形になった。

たまたま、四日前、ブーゲンビルへの飛び石になるモノ島に米軍が上陸、占領したことに危機感を抱いた連合艦隊が、とっておきの秘蔵ッ子、空母航空艦隊を注ぎこんできた（ろ号作戦）。それがラバウルに着いたとき、ちょうど敵のタロキナ来攻にぶつかった。

激烈な海空戦となった。この格闘戦を失えば、ブーゲンビルからラバウル一帯——ソロモン方面の日本軍最大最重要の根拠地が、米軍の制空権下に置かれ、根拠地としての機能を果たせなくなる。死んでしまう。死ねば、トラック基地が南の砦を失う。トラック基地は、日本海軍にとって、対米作戦のカナメである。これを欠いたら対米作戦は成り立たなくなる。

飛行機の搭乗員にも、艦隊の乗員にも、その危機感が重くのしかかって、戦いは凄絶をきわめた。しかし、それだけの死闘をくりかえしても、勝てなかった。量の差、質の差が、このころになると、もうどうしようもないまでに開いていた。

十二月五日、米軍はタロキナ飛行場を完成させた。ラバウルが死命を制せられただけでなく、ブインも、十二月十一日以後、連日、戦闘機、爆撃機連合の大空襲を受けた。八艦隊司令部が椰子林の中にあったとは前に述べたが、その椰子林がすっかり坊主になり、そこにいられなくなった。やむなく、もっと奥地のジャングルの中に移転したが、問題は通信設備だった。大型送受信機や発電機などが、重いし、大きいし、デリケートで調整がむずかしいしで、動かせない。ソロモン全体の通信中枢になっているので、海岸近くの防空壕の中に入れておくほかない。

制空権を失うと、もう手も足も出なくなった。あまりのことに、陸軍第十七軍が動き出した。このまま何もせずに朽ちるよりも、十七軍約一万名を主力として、タロキナの敵を攻撃し、敵の大軍を後方に牽制し、状況が許せば飛行場を奪取して、ラバウルへの敵の圧迫を断ち切るという考えだ。

十二月半ばから約二ヵ月かけて準備し、主力が行動するための食糧と弾薬を集め、十九年三月上旬を期して作戦開始と定めた。そして、実際に作戦行動を開始したのは、三月八日であった。

はじめは、予想以上にうまくいった。三つの飛行場のうち二つが、砲撃によって制圧された。ここで味方航空部隊が大挙して駆けつければ、残る一つの飛行場も制圧でき、敵の飛行機が飛べないところを味方機でさんざんに叩きつける——同時に陸軍部隊の奮戦で、あるいは敵を追い落とすこともできただろうに、なんとも不運だった。

二月十七日、米機動部隊に奇襲され、かんじんのトラック基地が、壊滅に近い打撃を受けた。基地機能が破壊され、二百七十機あまりいた飛行機は、ほとんどゼロになった。真珠湾攻撃のとき、南雲部隊は一撃だけで引き返したが、この「日本の真珠湾」を攻撃した米機動部隊は、翌十八日も居座って、陸上施設もシラミ潰しに爆撃していった。

前にのべた絶対国防圏を護るための、トラックが中枢基地であり、建設に必死の努力を重ねていた矢先だったから、大本営も連合艦隊も色を失った。連合艦隊長官は、即日、航空部隊にラバウルからトラックへの転進を命じた。二月末までに、およそ作戦行動のできる飛行機は、水上機のほか南東方面には一機もいなくなった。

一機もいなくなったあとに開始されたタロキナ攻撃だから、「ここが勝負」と見て、十七軍や南東方面艦隊から「飛行機を送れ」と矢の催促を連合艦隊に出したが、咽喉から手が出るほど欲しかった海軍機は、水上機こそ来たものの、陸上機は陸攻四機が来ただけだった。トラック基地の修復再建に夢中で、ブーゲンビルにまでは頭が回らなかったのであろう。そのくらい、トラック壊滅のショックは大きかった。その結果、敵は六日後には潰された飛行場を修復して使いはじめた。飛行場を敵が使いはじめると、ガダルカナルとおなじ状況になった。三月二十四日の十七軍の総攻撃も、第一線部隊の九割を失う大損害を受けて失敗。方面軍からの持久命令で、飢えと疲労に苦しみながら、ブイン地区にもどってきた。四月半ばまでかかった。このタロキナ攻撃作戦に、海軍の設営隊員が、後方輸送を担当して参加した。そして、甚大な損害を受けた。

長い間、食糧不足に悩んでいたから、隊員のほとんどが栄養失調症にかかっていた。悪化すると骨と皮ばかりになり、胃腸が弱り、異様に下腹がふくらんでくる。消化吸収機能がやられ、動作がにぶくなる。それほど悪化していなくとも、栄養失調症の上にマラリアにかかれば、もうどうしようもなくなる。

マラリアにかかると、まず猛烈な悪寒が襲い、身体の中を戦慄がはしり、ふるえがとまらず、何枚毛布をかけても寒い。そして、つぎは発熱をはじめるが、発熱をはじめると、とたんに三十九度、四十度の高熱になる。こんどは、猛烈な汗をかく。

マラリアも、三日熱は一日おき、四日熱は二日おきにこの病状をくり返すが、熱帯熱ではじめから毎日高熱がつづくから、たまらない。二日目くらいから意識が混濁しはじめ、やがて脳をおかされて意識不明になる。マラリアにはキニーネが特効薬で、アテブリンなどを併用したが、その薬が底をついていた。

栄養失調で体力が衰えているところに、マラリアにかかるから、高熱による体力の衰えは凄まじいまでに加速される。重い荷物を担いでジャングルを歩くとき、もしも落伍して列を離れたら、最後だった。列の人たちは、自分一人を支えるだけで精いっぱいだ。落伍した者を背負っていくことなど、とてもできない。

それに追い討ちをかける熱帯性潰瘍があった。これは始末に困るソロモンの風土病で、虫に刺されたところを何気なく掻いたりしてもいけない。

高橋義雄少佐――〝緑の地獄〟に最後まで踏みとどまり、豪軍将校から敬意を表された。

腫れる。潰瘍がはじまる。そこが崩れて肉がはじけ、ひどくなると骨が見えてくる。そこに蝿がたかる。

疲労しきっているから、蝿を追う力もない。傷口はむろんのこと、目、口、鼻にたかり、蛆がわき、腐爛し、熱帯のはげしいスコールにたたかれて、白骨になってしまう。この世の地獄だ。

タロキナ作戦中のことである。

高橋少佐が、要務で、ジャングルの中を急いでいた。ふと、途中、大きな樹の根もとによりかかり、銃を肩で支え、腰を落としてまどろんでいる兵を見かけた。

「おい、眠っちゃだめだ。元気を出せ」

大声で呼ぶと、ポッと目をあけ、鉄兜の下から、うっすらと微笑んだ。やれやれよかったと、そこをあとに、司令部に急いだ。

一週間くらいたったあと、だったか、また要務ができて、おなじ道を通った。何気なく、「あの兵は、どうしたろう」と思い出し、立ち停まって薄暗いジャングルの中を見まわすと、いた。おなじ姿勢で、おなじ樹の根もとにおなじようによりかかっている白骨があった。

「戦場では、人が死ぬのは日常茶飯事のようになって、感覚が麻痺してしまうものだが、これには、強烈なショックを受けた。司令部に着いたときには、冷汗でグッショリだった」と述懐した。

高橋通信参謀は、ブーゲンビル島のあちこちに散らばっている部隊との通信連絡のため、緊急暗号書を作ったりしたが、戦況がここまでくると、ヒマなことが多くなった。そこで、かたわら住民の宣撫を担当し、計画を立てた。

戦前、ブーゲンビル島には、豪州人の椰子園《プランテーション》があり、椰子を育て、椰子の実を集めて積み出していた。そのときの豪州人たちの住民との接しかたが、多分に権柄ずくのところがあったので、その白人と戦う日本人ということで、住民はずいぶん好意を寄せていた。かれの使うピジン・イングリッシュが、英語の達人の二年現役の主計長にはよく通じて、酋長との交流をいっそう深めたりした。

ある日、高橋参謀は、住民の案内を受け、集落から集落へと巡視していた。そして、ジャングルの下を流れる小川を渡ろうとしたときだった。かれの話——。

「突然、亡くなった母の声が、

『義雄、お待ち！』と聞こえ、ハッとして木陰に身をひそめたとき、間髪を入れず急降下してきた敵機が、川に向かって猛烈な機銃掃射を加えた。これでもかというように、執拗に銃撃してまわって、飛び去った。危ないところだった。ほんとに命拾いをした。そのあと、この一件が伝わったのか、酋長から、

『カピタン（キャプテン）には、ゴッドのグレイス（恩寵）がある』と信頼され、称賛されるようになった。亡くなった母の愛を、しみじみと嚙みしめたものだった……」

あとの話になるが、ついでに述べる。

いよいよ八艦隊は玉砕のほかないと中央で考えたのか、下士官兵は全員が下士官に進級、高橋少佐も二十年五月一日付で中佐に任じられた。

そうするうちに、対ソ関係が微妙となってきた。そのせいか、外国語学校でロシア語を専修した高橋中佐は、対ソ要員として内地帰還を命じられた。かれは、やむなく五月下旬にブーゲンビル島を離れ、ラバウルまでたどりついたが、すでに内地は主戦場となって近づけない。気をもみながら八月十五日の終戦をラバウルで迎えることになった。

実は、ブイン地区の八艦隊将兵は、二十年七月一日、決戦態勢に入っていた。タロキナから上陸し、米軍と交替した豪州軍は、七月十三日を期し、ブインめざして総攻撃をかけようとしていた。ところが、その方面は六月末から連日の豪雨で戦車も使えず、物資も運べない。やむなく、氾濫した川を挟んで両軍が睨み合っているうちに終戦になった。

このような状況では、対ソ要員もあるものではない。そこで、八月二十七日、終戦処理要領についての草鹿南東方面艦隊長官の親書を持ち、高橋中佐は水偵に乗ってブインに戻り、鮫島長官に手渡した。そして、豪州軍終戦処理部隊との陸海軍連絡司令部が設けられ、海軍側の連絡参謀として、ブーゲンビル地区の終戦処理に当たった。

豪州軍の方針は、ソロモン諸島の各地に配備されている日本軍を、急いで一ヵ所に集め、将校と下士官兵を引き離し、軍隊組織を壊して抑留すること。抑留場所は、ブインの南東約四十キロにある五つの離島を当てること、であった。そして、抑留所の施設は、日本軍の戦争俘虜の手で作れ、という。

だが、栄養失調とマラリアに冒され、歩くのもままならぬ病人をたくさん抱え、しかも、自活のために苦労して開墾した農園を捨てて集まってくるには、豪州軍がいう以上の時間がかかる。

第一、軍隊組織を壊すというが、そんなことをすると豪州軍の考えている終戦処理そのものが困難になることを、高橋参謀はくり返し説得。まず、軍隊組織はそのまま、将校は必要の最小限度の人数を統制者として残すことに改めさせた。

問題は、食糧と医薬品だった。戦争が終わったからには、内地に帰るまでにこれ以上一名の落伍者も出してはならない。一人残らず連れて帰らなくてはならない。それには、述べてきたような苦境にあって、ここまで生き延びてきた者の健康を回復させることを何よりも急がねばならない。

連日、日本軍のそんな実情を説明し、食糧、医療を要求しつづけた。戦争俘虜という以上は、国際法による当然の権利として、それにふさわしい待遇を受けられるはずである。

そのうちに、豪州軍側も少しずつ規制を緩和してきた。日本人の心を理解しはじめたせいでもあったろう。そして、このような豪州軍側の理解を深めることができたのは、語学と法律知識にすぐれた、大学出身の二年現役主計科士官たちの働きによるところが大きかった。逆にいえば、これらの有能な人材を連絡司令部に集めた、高橋参謀の着眼のよさがあった。

そうするうち、抑留所にも少しずつ安定が戻ってきた。すると、一難去ってまた一難というふうに、戦犯容疑者の詮索が厳しくなった。豪州軍は、住民たちをそそのかし、炎天下にみんなを整列させて首実験をするまでになった。住民の誤認で、ゆえなく拉致される可能性も十分にあった。

高橋中佐にも疑いがかけられた。幸か不幸か、八艦隊司令部への着任がタロキナ来攻の三日前であり、それ以前のことは何も知らぬと応酬して、それを押し通すことができた。

このような事態のなりゆきを心痛していた鮫島八艦隊司令長官は、連絡司令部を通じ、豪州軍側に申し入れた。

「部下の行為は、すべて司令長官たる私の責任である」

豪州軍は感銘した。そのせいかどうか、八艦隊のブーゲンビル部隊からは、一人の戦犯容疑者も出さずにすんだ。ただ、ブーゲンビル北端からほんのちょっと離れたブカ島で、住民の告発によって、警備隊司令加藤大佐と設営隊主計長後藤主計大尉が、豪州軍に拉致されたが、これを防ぎえなかったのが残念だった。

さて、二十一年一月二十九日から二月二十七日にまたがる復員船で、部隊全員、何の混乱もなく、整然と内地に向かった。そのとき、最後まで踏みとどまった高橋中佐に、豪州軍連絡将校がメッセージを贈ってよこした。

「本国から見離された悲惨な状態の下に戦闘を継続したにもかかわらず、将校にたいする部下の叛乱がなかったこと、軍属（設営隊など）にも軍人と同様の規律が保たれていたこと、原住民も最後まで日本軍に好意を持っていたことなどの事実にかんがみ、本官は日本軍に敬意を表するものである」

指揮官の孤独

〈トラック被空襲＊第四軍需部・瀬間喬主計少佐〉

十八年五月十九日、敵のアッツ島上陸の報があって間もなく、**瀬間喬主計少佐**はトラック島・夏島に着いた。

かれの話。

――スベリに引き揚げられた飛行艇から出て地上に降りたとたん、ムーッとした熱気を感じ、いよいよ南洋に来たという実感を味わった。

とにかく暑くてたまらぬ。まず、内地から着てきた合着を脱いで、貸与品の防暑服に着換えた。

第四海軍軍需部は部長が兵科の殿村大佐。通信出身のきわめて温厚な老紳士といった感じの人であった。

前任者は、五年上の阿賀谷主計中佐で、正式の軍需部員はこの阿賀谷中佐一人だったので今後、部員は私一人なわけだ。部員室にはほかに機関科の特務大尉出身の応召の少佐と機関科の特務士官の大尉がいたが、これらの人は正式の部員ではなく、軍需部付であった。第一印象で、なんだか感じの悪い嫌な所だと思った。

阿賀谷中佐は一週間ばかり残ってくれて、関係各部に私の着任の挨拶と阿賀谷中佐の離任挨拶をいっしょにすませた。軍需部で糧食を立て替え支給しているというので、横須賀の料亭小松の出店であるトラックの小松、准士官以上の慰安所である南華寮、兵員や徴用員の慰安所まで案内してもらった。

一週間後、飛行艇で発った阿賀谷中佐の見送りから帰る途中、足がガクガクして熱感があった。名物のデング熱だ。一週間か十日、高熱で苦しんだが、これで免疫になった。

第四軍需部は第四艦隊（旗艦「鹿島」）の指揮下で、クェゼリン、サイパン、パラオに支部を持っていた。といっても、九十九・九パーセントの軍需品は横須賀軍需部からの輸送に頼るほかない。各支部とも遠く離れ、状況もわからず、現実には本部、支部とも横須賀軍需部の支部といった方がよいほどだった。

このころのトラックは、まだ連合艦隊の泊地で、陸上の各役所は軍需部もふくめ、女子従業員（筆生）をたくさん抱えていた。陸上各地の挨拶を終わり、苦しかったデング熱が治ると、泊地にいる連合艦隊司令部に敬意を表するため旗艦「武蔵」に行き、艦隊主計長北村主計大佐を訪れた。すると、艦隊主計長室の入口には、面会謝絶の貼紙がしてあった。

このときはじめて、四月十八日に連合艦隊長官山本五十六大将が、陸攻でブインに向かう途中、米戦闘機の攻撃を受けて戦死し、四月末に後任として古賀峯一大将が着任しておられることを正式に知った。北村主計大佐は、長官に随行して負傷し、面会謝絶になっていた。

トラックには、南興水産の漁船で、相当数の鰹《かつお》が水揚げされていた。軍需部の糧食倉庫として使っているチャーレ地区の倉庫は、もともと南興水産の鰹節製造、貯蔵に関係のあったものばかりで、鰹節製造のための基地だったようだ。着任した当日も、准士官以上の食堂に鰹の刺身が出された。物のない東京から来たものにはたいそうな御馳走だったが、これが毎日つづいたため、しまいには見るのも嫌になった。

結局、この島でとれるものは、いくらかの鰹と、南洋庁トラック支庁の指導で邦人に作らせている少しばかりの野菜くらい。生糧品は、内地から連合艦隊の補給のために来る給糧船「間宮」に頼る状況だった。

現地で少なくとも、艦隊の各室（長官室、士官室、士官次室《ガンルーム》、准士官室）に供給できるくらいの野菜や豚肉、鶏肉、卵くらいはできないものか、というのが私の念願だった。

野菜の件を支庁に交渉するが、なかなかできない。

「一度、島を回って農民にハッパをかけて下さい」といわれ、支庁で仕立てた船に乗り、支庁の農政関係の課長の案内で、島を回ることにした。

瀬間喬主計少佐――「軍人が戦場で勇気のなさを見やぶられたら、もうおしまいだよ」

トラック島とひと口にいうが、連合艦隊が停泊できるほど大きな環礁の中に、四季島（春、夏、秋、冬の各島）、七曜島（月、火、水、木、金、土、日の各曜島）のほかに、竹島、楓島などいろんな名前の島がある。航空隊は竹島、楓島にいた。あとで陸に上がってしまった四艦隊司令部をはじめ、第四根拠地隊司令部、第四施設部、第四軍需部、第四経理部、第四港務部、第四十一警備隊本部など、おもな部隊、機関はみな夏島にあった。

それをいちいち回っていたら何日もかかるので、野菜を作っている主な島を回る。農民を集めてハッパをかけるが、無表情だった。

トラック諸島で野菜を作るのはナマやさしいことではないようだ。ここには野菜の作れるような平地はほとんどない。みな山の斜面を耕して畠にしている。この斜面に種子を蒔いたり、容易に手に入らない人糞肥料をやっと手に入れて施肥すると、毎日一度はかならず来る南洋独特のスコールで、種子、肥料ともども洗い流されてしまう。

あきらめかけていたとき、私の希望をかなえてくれそうな人物が現われた。本職は土建屋らしいが、私の希望を聞いて、そんなものはワケないですよという。なんでも、ポナペからこちらに移ってきたらしい沖山という四、五十歳くらいの小柄な男だった。

十日くらいたつと、さっそく鶏卵を十個ほど持ってきて、

「これは、ほんの見本ですが、これからはいくらでも納められます」という。

「間違いないな。本当なら、さっそく艦隊に信号をやるぞ」と確かめたら、大丈夫ですという。そこで艦隊あてに、各室用の鶏卵の補給が可能であると信号した。しかし、どうも反応がおかしい。あまり忙しくて、事前に見に行かなかったのが悪いが、四、五日たって沖山経営の養鶏所に行ってみたら、なんと唐丸籠《とうまるかご》に入れた鶏を四、五羽飼っているだけだった。

それからしばらくして、大きな伊勢海老を持ってきた。

「こういうのが、たくさん獲れますが、どうでしょうか」という。士官室、とくに司令部に

最適だと思ったが、こんどは簡単にはだまされなかった。しかし、かれは、原住民は酒が好きだが、手に入らずに困っている。かれらに酒の三、四本もやれば、みんなで飲んでリーフ（サンゴ礁）に出かけ、いくらでも獲ってきますという。本当なら、みんなに喜ばれてこんなよいことはないと思い、補給用の酒を与えたところ、翌日獲って来たのは、大きいのは実に大きいが、三、四匹にすぎない。何とかかとか理屈は言ったが、その後もこの種のことがたびたびあったものの、いつも嘘だった。

天才的山師とでもいうべきだろうが、それでいて、何か憎めないところがあった。原住民には、たしか酒を飲ませてはいけないことになっていたように覚えている。その禁止されている酒を一本ばかりやってかれらに飲ませ、あとは自分たちで飲んでしまったのかもしれない。もうそのころは、民間では酒は絶対に手に入らなくなっていた。

話が前後するが、軍需部長殿村大佐は、私が着任してしばらくすると、海軍の輸送船の監督官になって転出（まもなく戦死）、後任に唐津か伊万里（そのころは各港に海軍の監督官みたいなものが置かれていたらしい）から応召の大佐がやってきた。この人は、四艦隊長官小林中将のクラスだとか言っていたが、着任してしばらくすると、腹具合が悪く、下痢をして、内地に帰らぬと治らぬようなことを口に出しはじめた。困った人が来たものだと思った。部下は敏感にそれを感じとるからである。

内地からは、今のうちに送っておかねば輸送が途切れたら送られなくなるというのか、大量の軍需品を次から次と送ってきた。格納する倉庫は、まったくない。どうしようかと思うが、相談する相手がいない。応召の少佐（機関科、特進）はいるが、やけに横柄でひねくれていて相談相手にならず（戦争中、応召者の中に、時たまこの種のタイプの人を見かけた。要するに、召集解除されて内地に帰りたいのであろう）、軍需部長はあてにならず、結局、一人で駆け回らねばならなかった。

施設部に頼みこんで、他の島に椰子造りの仮設倉庫を何棟も建ててもらい、それでも格納しきれぬものは地面に材木を敷き、その上に軍需品を積み上げ、シートをかぶせ、ロープで縛りつけたりもした。軍需局の配慮はいたれり尽くせりだが、問題はこれから先の洋上の離島への補給で、それは四艦隊司令部の協力がなければ、軍需部だけではどうにもならない。

そのうちに、冷蔵庫のアンモニアがたびたび漏れていることがわかった。熱帯地にあるトラック基地で冷蔵庫が動かなくなったら、基地機能を果たす上での打撃が大きい。

これを機会に、アンモニアを送ってもらうことと、兵科の部員を一名増員してもらいたいこと、そのほか山ほどもある懸案事項を訴えるため、東京（軍需局、艦政本部）と横須賀（軍需部）に出張することにした。八月だったと思う。

東京では、非常に忙しかった。軍需局三課で報告と要請をし、艦政本部で兵科部員一名の配員を要請したら、温厚そうな中佐の部員が担当で、

「事情はよくわかりましたが、何しろ人がいないものですからねえ」といわれた。艦隊の持っている三式弾の回収のときなど、兵科部員がいないと困るし、副長的業務があまりに多く、

本来の補給業務に専念できないので、先任部員になる人（副長的業務の担当者）が欲しかったのだ。

トラックに帰ってしばらくすると、輸送船でアンモニアのボンベが送られてきた。南興水産にやかましくいい、冷却機の取り扱いのベテランという老人を台湾から呼びよせた。これで一安心だ。

トラック在勤中、コレスポンド（兵学校、機関学校、経理学校を同年に卒業した者）としては、兵科の**滝川孝司**が駆逐艦長で立ち寄り、水交社で会ったし、機関科では**国定義男**が「榛名」の工作長で来て、やはり水交社で会った。このとき国定に、「今ごろは誰でもかれでもみな参謀になるので、いまに貴様も参謀になるぞ」とはなはだ失敬なことをいって別れたが、しばらくすると、果たしてニュージョージアに行く途中の第八連合特別陸戦隊参謀としてやってきた。機関学校生徒のとき陸戦が非常に上手だったと聞いていたが、それを見込まれたのであろう。機関学校出身者で陸戦隊の参謀になったのは、かれだけではないかと思う。

軍需物資を満載した輸送船で、途中、敵潜水艦の攻撃を免れたものはつぎつぎと到着したが、ある日、輸送船菊川丸が火災を起こした。日華事変中、上海の主計科武官室に勤務していたときも同じような事件が起き、接岸していた船をすぐ黄浦江のまん中に移し、錨泊させて消火に努めたことがある。今回は、防火隊の指揮は、第四港務部長手東五郎大佐が船上でとられた。

火災を起こしている船には、爆弾、爆雷のほかあらゆる軍需品を積んでおり、トラックの軍需部にとっては貴重なものばかりであった。夕方近く、軍需部にも防火隊を派遣するよう要請があった。軍需部は、派遣防火隊といっても下士官の指揮する徴用の軍属ばかりで、こんなことには慣れていない。出したくはなかったが、積んでいる物のほとんどが軍需部の補給品だから、出さないわけにもいかず、派遣した。

指揮官は孤独である、という言葉があるが、こういうときにはそれを切実に感ずるのではなかろうかと思い、手束大佐の心中を察し、気の毒でたまらなかった。すなわち、この場合求められるのは、いつまで消火を続けるか、というより、いつ消火を打ち切るかという決断だ。見切りをつけて船を放棄すれば、危険は免れる。しかし、もう少し消火に努めれば、あるいは鎮火し、船も軍需品も助かるかもしれない。だが、悪くすると大爆発を起こし、船も軍需品も防火隊員の命も失ってしまうかもしれない。決断は、なかなかむずかしい。

もし早く決心して船を放棄すれば、もう少し消火に努めれば鎮火したであろうに、という批判を受ける。反対に、消火活動を続けて爆沈したら、もう少し早く放棄すべきであったとの批判を受ける。このような批判をするのは、だいたいにおいて参謀族に多い。

防火隊が帰ってくるまでは心配で、寝衣に着換えず待っていたら、夜もだいぶ更けてから突然、大爆音が聞こえ、軍需部の海に面した側の窓のガラス戸がはずれたり、ガラスが割れたりした。とうとうやったか、と思った。

残念ながら軍需部の派遣防火隊員からも三十人近くの犠牲者を出したが、総指揮官の手束大佐以下相当数の殉職者を出した。火災の原因は、搭載していたマッチがこすれて発火したものだろうと推定された。

十八年九月十九、二十日の両日、ギルバート諸島のタラワにたいし敵の大空襲があった。このとき、守備部隊は大量の対空銃砲弾を消耗したとみえ、弾薬類の緊急補給を要請する電報が軍需部に入ったが、どうすることもできなかった。はじめての戦闘のときは、どうしても弾薬の消費量が多くなりがちだと聞いていた。

ついで十一月十九日、マキン、タラワ両島に敵空母機による大規模な空襲があり、二十一日には敵の上陸がはじまった。そして、三日間の奮戦ののち、守備隊は玉砕した。補給担任区域の部隊にたいし、弾薬の消耗を補充するための追送補給ができぬうちに部隊が全滅したことには、胸が痛んだ。

そのうち、もう駄目かと諦めていた兵科部員の増員が発令された。着任した人は、なんと八月に艦政本部にいったとき、応待された古谷中佐であった。そのとき、人がいないからといわれたが、そのときのことを忘れず、しかも人がいないのと、誰もあまり行きたがらぬところでもあって、自分で買って出られたのであろう。非常な感激であった。さっそくその晩、二人で小松に行き、一緒に飲んだ。海軍士官は、お互い初対面でも、一度飲むとすぐに同じ士官室に前から一緒にいたような仲になるものだ。

これと前後して、例の扱いにくい応召の少佐に内地転勤の発令があった。発令があったとたんガラリと態度が変わり、毎日ニコニコして飛行艇便を待っていた。

一方、冷蔵庫の方は、またアンモニアを漏らして始末に負えなくなった。十二月だったと思うが、再度東京に出張、打ち合わせの結果、補機出身の機関兵曹長をつけてくれることになった。あとの話になるが、こんどはうまくいった。海軍の教育のすぐれていることを、改めて感じた。

なお、そのころ鰹はまったく獲れなくなり、ときどき毒魚のまじった、少量の魚が獲れるだけになっていた。

十九年二月十七日払暁、敵機動部隊の艦載機による空襲を受けた。空襲警報のサイレンで皆はね起き、防暑服に着替え、裏の防空壕にとびこんだ。ときどき壕の外に出て見ると、トラック島の上空は敵機が乱舞していた。軍需部長は防空壕の一番奥に身を潜めたまま、一歩も外に出ようとはしなかった。そのうち、軍需部の一万トン重油タンクの一基に爆弾が命中し、重油が流れ出て、需品倉庫一帯が燃えはじめた。

部長は相変わらず防空壕から外に出ず、部下の報告を聞いているだけだったが、このとき「防火隊整列」を命令した。外に出て、ちょっとでも火災の状況を見れば、防火隊を整列してみても無意味なこととわかるはずだが。

防火隊指揮官は、新しく来た機関特務大尉出身の少佐だが、この人が見当たらない。おそらく重油タンクの状況を見にいっていたのだろうが、防火隊員も出てこなかった。しばらくすると部長が壕の中から、「防火隊指揮官は瀬間部員」という命令を下した。なんで私を指名するのか。命令だからすぐとび出したら、嬉しいことに防火隊員が全員出てくれた。軍人なら当然のことだが、みな徴用の筆生や倉庫手である。よく出てくれたと思った。

こんなことをしても焼け石に水だと思ったが、小型の消防車とともに隊員を連れて、倉庫地帯に降りてゆき、水がないので海から水を吸い上げて、消火に努めた。敵機の攻撃には波があり、波が襲うのと同時に警報が鳴るが、ここには警報が鳴っても身を隠すものが何もない。隊員の一人が、

「部員。退避しなくてもいいです」と大きな声でいってくれた。

放水消火の最中、倉庫の前に立てかけてある水素だったか酸素だったかのボンベの群に放水させようとしたら、ある隊員が、

「部員。それに水をかけたら爆発します」と叫んだ。かれは東京市で、消防の経験があるのだそうだ。

どのくらいたったか、消火をつづけているとき、本部から軍医長の伊坂正軍医中尉（のちに大尉）がとんできて、

「部員。部長が患者のいる防空壕をあけて、オレを入れろといっておられますが、どうしましょうか」という。よく聞いてみると、軍需部長は防空壕を次から次へとわたり歩いていたが、それ以上行く防空壕がなくなってしまった。するとこんどは患者用の防空壕に来て、

「ここにオレが入るから、患者をみな出せ」といっていることがわかった。

戦場心理学では、人は戦場では自分のいるところが一番危ないと感じるものだという。部

長は、いまその心理にとりつかれている。そこで軍医中尉に、

「部長のいうことなど聞かず、ほうっておいてよい」と言った。

その日の午後だったと思うが、チャーレ地区の糧食倉庫地帯で寝起きしている角田兵曹以下の倉庫係が、何の情報も入らず、武器もなくて、さだめし不安な思いをしているだろうから拳銃を届けてやろうと考えた。補給用の拳銃五、六梃と弾丸を持ってこさせ、チャーレに届けることにしたが、これが軍人だけの部隊編制のところなら、誰かを指名して届けさせるのだが、ほとんど軍属ばかりの役所なので、敵機の飛び交う中を持っていかせるに忍びず、こんなことは部員のやる仕事でないとは承知していたが、自分で持っていくことにした。

乗用車を飛ばしていくと、道に車一台、人っ子一人通っていなかった。ただ一台、陸軍参謀の乗った車が島を見て回っているのと、途中、撃沈された船から岸に泳ぎつき、はい上がったと覚しい十名ほどの兵員たちが、頭から真っ黒に重油を浴び、血を流しながら、トボトボ歩いてくるのに会った。するとかれらは、こんな悲惨な状況にあってさえ、私の車のフロントガラスの下の方につけてある赤い丸の標識（佐官が乗っているという標識）に気づくと、サッといっせいに敬礼した。私は目頭が熱くなった。

一般論としては、あるいはふつうの概念としては、人の嫌がることを部下にやらせず、自分でやることは美徳といわれるだろう。しかし、軍隊、とくに戦場では、指揮官はその美徳を捨てねばならぬことが多い。南京時代もそうだったが、それを棄てきれなかった私は、しょせん指揮官たる資質に欠けるのではないかという気がした。

チャーレに着くまでに、輸送船の轟沈するのを目の前に見た。ほんとうに一瞬にして消えてしまった。午前には竹島の砲台に敵の爆弾が命中して、砲身が砲座ごと沖天に舞い上がるのを見た。

チャーレで拳銃を渡して本部に帰ったら、（あとでまったく司令部の誤認情報にもとづくものだったことがわかったが）敵上陸の報によって「総員陸戦用意」の令が下っており、軍需部の丘のまわりに補給用の小型機雷が並べてあることを知った。

その晩だったか、次の晩だったか、そして場所がどこであったかも忘れてしまったが、四艦隊司令部の主催で今後の防備に関する緊急打ち合わせ会が開催され、私が出席した。

翌日も早朝から八時ころまで爆撃を受けた。味方の飛行機は一機も見えず、敵機の蹂躪にまかされた感じだった。昼ころ、サイパンから飛来した味方の戦闘機三、四十機が見えたが、これを見た朝鮮の労務者が、

「ヤンヤー、ニッポンヒコーキ」と歓声をあげ、万歳をするように手をあげて喜んだ。この日、攻撃機が数機飛び立ったような気がするが、定かではない。

これまで四艦隊長官は、ずっと陸上で浴衣を着て暮らしておられたという噂であった。何か抜けていたのではあるまいか。

二日間の空襲で夏島の損害がきわめて少なかったのは、敵の攻撃目標が、主として竹島、楓島の航空基地と在泊艦艇、船舶だったためと思われる。

この戦闘、というより敵の一方的攻撃で、トラック航空基地にいた約百五十機の飛行機全

部を失い、艦艇十一隻、船舶三十隻が沈められた。悪夢のような、二日間にわたる空襲が終わった。

その次の日の課業整列（朝礼）のとき、軍需部長が号令台に上がって訓示をし、「みなも、これで度胸がすわったことと思う」といったところ、整列の中のアチコチで失笑が起こった。

軍人が、戦場で勇気のなさを見やぶられ、臆病者の烙印を押されたら、もうおしまいである。

指揮官先頭

〈マリアナ沖海戦＊第三艦隊航空参謀・田中正臣少佐〉

田中正臣少佐が、第三艦隊航空乙参謀を命じられたのは、十八年六月二十日だった。司令長官は小沢治三郎中将。戦略戦術の大家とされる人は、海軍にも少なくなかったが、ほとんどが理論型、秀才型で、いくさ上手、つまり実戦型の戦術家は、小沢中将が第一人者だと、海軍の誰もが信じていた。

小沢長官は、幕僚を必要としない指揮官といわれた。山本五十六長官は幕僚に相談して、その決をとったが、小沢はみずから決し、幕僚に細目を計画させた。小沢は指揮官先頭型であった。のちにかれは、日吉（横浜市港北区の慶応義塾大学構内）の防空壕に引っこんで出てこない豊田副武連合艦隊司令長官を批判し対立することになるが、かれの所信から見れば、当然でもあった。

呉に入港していた「瑞鶴」の三艦隊司令部に着任した田中少佐は、なんとなく空気がよくないのに気づいた。居心地が悪そうだ、と思った。そして、小沢長官に着任の挨拶をしたとき、不意に大外刈りか何かで、投げとばされたような気がした。

士官名簿で田中少佐の席次や肩書きを見ていたらしい長官が、それを置き、憤懣やるかたないといった怖い表情で田中を見すえると、

「ものの用に立たん」と一言、吐き捨てた。とりつく島もなかった。

たしかにかれは、兵学校をトップグループで卒業してはいない。エリートが入る海軍大学校甲種学生の課程も、ちょうど五十九期生が受験する直前に学校が戦時閉鎖され、かれはもちろん、クラスメートの誰も学生になっていない。しかし、日華事変からはじまり、戦場を駆けどおしに駆けまわっているし、艦隊の研究項目であった急速訓練向上策では、恩賜研学資金を貰い、燃料を使わないで訓練の効果を上げる方策では、海軍大臣賞を受けていた。

「ものの用に立たん」と長官にいわれた以上、ほんとうに「立たん」かどうか、やってみようと決心した。

調べると、各艦の飛行長は搭乗員を錬成した経験がないといってよく、飛行隊長はみな若い。錬成の指導ができるのは、かれ自身しかいないことに気づいた。よし、これでいこう。

田中参謀は、それから司令部にいる時間をできるだけ少なくし、搭乗員たちが訓練に精を出している鹿屋基地に出向き、トラックに出たあとも陸上基地を歩き回った。航空隊はあち

こちの基地に分かれていたから、けっこう時間がかかった。その間、小沢長官の不信の目から逃れることができるのが、ありがたかった。

そんな毎日がしばらくつづいた。幸い、搭乗員の技量も上がってきたので、交渉して駆逐艦一隻を出してもらった。トラック環礁の中を、夜っぴて、駆逐艦が標的艦となって走り回る。それを、夜間偵察機が追っかけて捕捉、雷撃隊を誘導し、雷撃訓練。

これには航空隊が大喜びした。あるところまで腕をつけたあとは、実戦のときとできるだけ近い状況で訓練をくり返すと、めきめき上達する。それまで、そんな訓練をしなかったらしく、航空隊の空気までが明るくなった。

その翌日だったか、翌々日だったか。あのいつも怖い目で睨みつける小沢長官が、柔和な顔で、田中少佐にいった。

「乙参謀。頭のいいことやるなぁ」

また叱られる、と小さくなっていたところなので、おどろいた。雷撃訓練の話だった。

「ものの用に、少しは立つ」

といわれたのだろうと解釈したが、油断ならんぞ、と改めて気を引き締めた。

そのうち、夜の九時、十時ころ、長官室のボーイが、

「乙参謀。長官が私室でお呼びです」と呼びに来た。防暑服に着換えて、急いで長官私室に入ると、長官は浴衣を着て、一人、手酌で酒をのんでいた。見るともなく見ると、手がぶるぶる震えていた。

「今日撃墜された飛行機は何機か」

質問される。答えると、

「航空兵力の毎日の損耗を押さえておけ」と注意され、未帰還機が「ツセウ」(ワレ、敵機ノ追跡ヲ受ケツツアリ)と送信してきた場合が大事である。付近に敵空母がいるからだ、などと、酒を飲みながら教育される。

噛みしめるようにして聞くうち、長官は酒を飲んだときの方が睨みが利くし、頭が冴えてくるらしいと気づいた。

長官ジキジキの教育は、相当つづいた。気が向いたとき、呼ばれるので、困った。夕食のあと一杯飲んだりして、こりゃ飲みすぎたな、と思うときなどに呼ばれると、せっかくの酔いが覚めてしまう。ばかりか、こちらは立ったまま、長官が「酒の肴」代わりに質問するのを的確に答えなければならない。

しかし、小沢長官も気の毒だった。南太平洋海戦(十七年十月)のあと、衆望を担って第三艦隊(空母機動部隊)司令長官に就任したが、苦心して空母航空部隊を訓練し、一人前に飛べるところまで育てて戦場に出ていくと、そのときの連合艦隊長官が苦しまぎれにそれを基地航空戦に注ぎこんだ。そして大損害をうけ、またはじめから再建のやりなおしをしなければならなかった。

「あ」号作戦(マリアナ沖海戦)は、かれが機動艦隊長官としてはじめての海上航空決戦であった。かれが、この決戦に異常な決意を燃やし、どれほどの精力と情熱を集中したかは、容易に想像できた。

機動艦隊——空母部隊と水上決戦部隊の全部が、スマトラ沖のリンガ泊地で訓練し、待機していた間、小沢長官はシンガポールで、黙々として計画を練った。

時おり、田中参謀は小沢長官に呼ばれて、訓練に熱中する空母部隊の基地回りのお伴を仰せつかった。いつも、長官と、田中参謀、麓副官の三人だった。捕虜を収容していたチャンギー刑務所にも足を伸ばした。ジョホール、セレターが見える、ジョホールで宴会したときなど、長官はすこぶる御機嫌で、

「ここはジョホール、いくさ忘れて、酒を汲む」などと即興の歌を、いい声で歌ったりした。

そのころ田中少佐は、ようやく小沢長官を身近に感ずるようになったという。

そのうち、構想がまとまってきたのか、幕僚に計算と、具体的な作戦計画の立案を命じてきた。

計算にせよ計画にせよ、どこどこまでも突っこんでいく。小さいこともゆるがせにせぬ。徹底的に調べさせる。異常な熱意というよりは、執念、さらにいえば、偏執といった方がよい部分もあった。

「実戦型という意味では、満点に近い。しかし、ある意味では、片輪ともいえるなぁ」

ある日、田中少佐は長官の採点をしてみた。

「その片輪のところを、幕僚が補佐しなければならんのだが——」

年輪と迫力——精神的迫力、いわゆる気迫と肉体的迫力に圧倒的な懸隔があり、ふつうの

人間では勝負にならなかった。

「ミッドウェーでやられたように、敵空母の飛行甲板を壊せばいい。飛行甲板に損傷を与えるのだ」

「相討ちはいけない。相討ちでは敗ける」

「味方の艦を損傷させてはならぬ。絶対に損傷を与えぬことだ。人命よりも艦を尊重する。飛行機は弾丸の代わりと考える」

「ミッドウェーの失敗をくり返さぬよう、絶対に敵よりも先に、しかも漏らさず敵を発見する。攻撃兵力を割いても索敵する。三段索敵を研究せよ」

「陣形は、輪型陣でなければならぬ」

幕僚たちに、小沢長官が出した注文である。

長官の意図は、二段階に分かれていた。まず前衛の爆弾をもった零戦隊が先制奇襲して、敵空母群の飛行甲板に穴をあけ、飛行機を飛ばすことができないようにし、さらに主隊の飛行機で反復攻撃して敵を撃破。追撃戦に移ったならば、主隊（主力空母六隻）から敵の方向へ百八十キロ近づいて布陣している前衛（「大和」「武蔵」以下の戦艦、重巡部隊）が敵を急追し、全軍突撃して敵を撃滅する、というのだ。

このような、独自の指導計画を持って、機動艦隊を指揮しようとする長官は、それまでになかった。小沢中将の出番の遅れたことが痛感された。日本海軍の不明、ここにきわまる、といってよかった。

だが、飛行機乗りの田中参謀から見ると、小沢長官でさえ飛行機のことはあまり知らぬといわざるをえなかった。

訓練の意味についても、飛行機の性能についても、よく知らない。性能の数字は詳しいが、性能は数字だけではない。いわば、艦長程度の知識にすぎない。といって、それさえ持っていない長官がいたのだから、どうしようもない。幕僚がそばで補佐してすむことではない。

「結局、飛行機乗りが長官にならなきゃ、どうにもならんということだ」

具体的にいうと、空母九隻、戦艦五隻、巡洋艦十三隻、駆逐艦二十六隻、飛行機四百三十九機の大部隊を演習も何もせず、いきなり本番にぶつけたこと、そして航空部隊を、若年兵が多いというのに、タウィタウィ待機地で一ヵ月も訓練もさせずに放っておいて、腕を致命的なまでになまらせてしまったことだ。

いよいよ戦場をめざしてタウィタウィを出たとき、小沢長官は旗艦「大鳳」に軍楽隊をのせていった。それまで戦場に出るときはのせなかったのだが、かれは、どう間違っても勝ちいくさだと確信していたのではなかろうか。

事実、十九年六月十九日未明には、三段索敵の効果が見事に現われて、敵空母群は三つとも捉えたのに、味方空母群は一つも敵機に捉えられていないという理想的な状況が現実のものとなった。敵味方の距離を、予定どおり四百マイル（七百四十キロ）にととのえた。味方の槍は敵に届くが、敵の槍は味方に届かない、いわゆるアウトレーンジ戦法をとるのに理想的な距離である。

念のためいい添えておくが、小沢司令部の指揮構造は、海大を優秀な成績で、恩賜品をいただいて卒業した先任参謀大前敏一大佐と、海大を上位で卒業して米国に駐在した水雷出身の有馬高泰中佐の二人のエリートが、小沢長官の直接の手足となり、参謀長はのけものになっていた。

本来ならば、参謀長が長官の直接のスタッフで、参謀たちの意見をもとめてアドバイスする形をとるが、山本五十六長官の場合も、小沢司令部と似たような形になっていた。先任参謀の黒島亀人大佐と長官が直結していて、参謀長の宇垣纒少佐（のち中将）が浮いていた。個性の強い、独創性の大きい指揮官には、手足は必要でも、アドバイスは必要ないというのだろう。

話を戻す。

「大鳳」の艦橋にいた司令部職員は、長官と田中参謀、軍医中尉、見張り担当の山縣中尉の四人だけで、参謀長以下は防御甲板の下に入っていた。

小沢長官が幕僚の補佐を必要としない数少ない指揮官の一人であったと前に述べたが、作戦の経過も展開も、すべて自身で工夫考案したものだから、艦隊が計画どおりに動きさえすれば、バタバタ立ち騒ぐことは何一つない。若いとき、柔道で鍛えた筋肉質の長身に、「鬼瓦」とあだ名された顔をのせて突っ立つ姿は、まるで不動明王か仁王の像だ。泰然と動かないからこそ、いっそう全軍の信望を集めている。

タイミングを測っていた田中参謀が、

「長官。飛行機隊出しますか」といった。

「ウン」

「信号兵。第一戦法発動！」

乾坤一擲のマリアナ沖海戦が、こうして幕を切って落とされた。

戦闘の経過は、いろいろ述べられているので、ここでは省略する。

残念ながら、十分な実戦的な編隊飛行訓練が受けられず、さらにタウィタウィでの一ヵ月間の空白があって、腕がなまってしまった若年搭乗員には、悪天候下の遠距離飛行は荷が重すぎた。加えて敵空母群の防御が、日本海軍のレベルを遙かに越えて堅く、戦闘機とレーダーと空母を結んだ電話指揮システムは、空母そのものの防御の固さとあわせて、容易に歯が立たぬほどであったことが、小沢長官の期待を裏切った。

かれは、事前に、「飛行機は弾丸の代わりと考える」といったが、飛行機は、弾丸に代わりうるものではなかったのである。

さらに、不幸がかさなった。敵潜水艦の奇襲を受け、飛行機隊を発進させると間もなく、「大鳳」と「翔鶴」が沈没した。やむなく司令部は、まず駆逐艦「若月」に移り、つぎに重巡「羽黒」に移り、翌二十日正午（日本時間）、空母「瑞鶴」に移った。

駆逐艦や重巡では、十分に情報が集められず、「瑞鶴」に移ったが、移転中に敵空母部隊が追撃してきている情報が入ったのが不運だった。そのため、さらに損害をふやすことになったが、「瑞鶴」も、敵急降下爆撃機の攻撃を受け、艦橋の前と後に一弾ずつ、轟音とともに命中した。いつものように艦橋にいた司令部職員は四人だった。艦橋の前に命中した一発では、一時、あたりがまっ暗になった。とともに、見張りをしていた山縣中尉が、顔の半分を削ぎとられてバッタリ倒れた。

あちこち燃えはじめた。艦橋には、応急指揮官の鋭い声が交錯する。担架がとびこんできて、山縣中尉を担ぎ卸す。艦橋には、長官と田中参謀と軍医中尉の三人だけになったが、小沢長官は毅然として、眉一つ動かさなかった。

このあと、ようやく機動艦隊の残った兵力が判明した。合計六十一機。なんと、機動艦隊艦載機の八十六パーセントを失っていた。

運の強い男

〈マリアナ沖海戦＊「龍鳳」航海長・越口敏男少佐〉


「生死は紙一重」というのが、戦場を駆け回ったベテラン戦士たちの実感である。前出の西畑中佐の述懐。

「飛行機の話だが、予備士官から来た今川という偵察員がいた。後ろの座席に座っていたが、戦場を駆け抜けて、さて帰ろうというとき、『今川、今川』といくら呼んでも返事がない。ヒョイと振り返ってみると、眉間に一発、タマの痕があって、死んでいた。たった一発。いくら考えても、操縦している私は敵機から撃たれた覚えはない。前から撃たれれば、当然、撃った敵が私の目に入っているはずだが。また、前から撃たれたら、後部座席の偵察員よりも、まず前の私が撃たれていて当然なのだが」

またまた「運」の話になったが、ここにも「自称・運の強い男」がいる。

前出・揚子江遡江作戦で、中国の機雷を「生け捕り」にした越口敏男少佐（戦後、堀之内と改姓）。「あ」号作戦で、かれが航海長をつとめていた空母「龍鳳《りゅうほう》」（艦長・松浦義大佐）。潜水母艦「大鯨《たいげい》」を改装した、いわゆる「改装空母」だが、僚艦の「祥鳳」「瑞鳳」にくらべると、ひとまわり大きい一万五千トン、速力二十六・五ノット。主力空母ならば推進器四軸がふつうだが、改装空母だから二軸、海軍で俗にいう「二本足」だ。軸馬力がそれだけ少ないから、艦を扱うときに気をつけなければならなかった。

それよりも閉口したのは、飛行甲板がいわゆるフラッシュ・デッキ——平らな一枚の飛行甲板で、艦橋が飛行甲板の下にあることだった。艦橋にいると、水平線から三十度くらいの高さまでは見えるが、飛行甲板の前の端がヒサシのように出っぱっていて、それ以上が見えない。平和な時ならばそれでもよいが、敵機が現われたりすると、お手上げである。

応急の対策として、飛行甲板の前端左舷側に仮設艦橋を作り、そこから伝声管を、艦橋の中央にいる操舵員のところまで引っ張った。仮設艦橋の伝声管に、伝令一名をつける。そこは上に邪魔物がないから、敵機が見える。敵機を見ながら、面舵、取舵と機械室へ命令を伝える。

艦長は、それと反対側の右舷前端部に飛行作業の指揮所（仮設ではない正規の指揮所）があり、そこで全艦の戦闘指揮や、飛行機発着艦の指揮をする。そして、越口少佐は、

「操艦に関しては航海長に一任する」と艦長からあらかじめ指示されていた。

戦闘がはじまると、そんなことで、艦橋には艦長も航海長もいないことになる。そこで、副長が艦橋に頑張る。

何といっても「龍鳳」は、潜水母艦を改装したものだから、敵主力と艦隊決戦をする戦場に出ていく造りではない。装甲も薄い。だが、空母であれば戦力の軸だから、当然、敵に狙われる。ハダカではないにしても、それに近い弱い防御装備で敵の魚雷や爆弾の集中攻撃を受けることになるから、いかに上手にそれらからのがれるか――回避運動、つまり操艦の上手下手――いまどう避けたら安全かというトッサの間の正しい判断と機敏な処置が、何よりも不可欠になる。

「これは責任重大だ」と越口航海長は臍《ほぞ》を固めた。

かれは、責任を背負って、萎縮したり、固くなったりするタイプの人間ではなかった。海軍は、そんな線の細い人間は作らなかった。まま正面からチャレンジするタイプを鼓舞した。そのなかでも、越口少佐たちの兵学校五十九期生は、クラスの気風として、頑張り屋が多かった。ナニクソと、奮い立つのである。スターになろうとは毛頭思わないが、信頼される人間になろうとはみな思っていた。

さて、マリアナ沖海戦のときの「龍鳳」は、二航戦（「隼鷹」「飛鷹」「龍鳳」）の三番艦。「龍鳳」が潜水母艦「大鯨」を改装した空母であるとはすでに述べたが、「隼鷹」は日本郵船橿原《かしわら》丸を、「飛鷹」はおなじ出雲丸を改装した改装空母。「龍鳳」が搭載機数常用二十四機（補用機七機）なのに、「隼鷹」「飛鷹」が常用四十八機（補用機五機）。さすがに客船を改装した空母で二倍も格納庫が大きかったが、速力は似たり寄ったりの二十六・五ノットから二十五・五ノットの比較的低速。それが、主力空母（一航戦）の「大鳳」「翔鶴」「瑞鶴」と組んで本隊となった。

十九日の攻撃では、「龍鳳」は問題なく攻撃隊を発艦させた。第一次攻撃には護衛戦闘機五、二百五十キロ爆弾をかかえた零戦、いわゆる戦闘爆撃機七。第二次攻撃には、護衛戦闘機六、天山艦攻二。その間に、「大鳳」と「翔鶴」が、敵潜水艦の雷撃を食い、沈没したが二航戦の三隻には異状なかった。

戦況は、「乾坤一擲の総攻撃」と期待したようには進んでいないらしかった。しかし、そこまでは見当ついても、それ以上詳しいこと、総合的なことは、何一つわからなかった。通信がうまくいかない。艦同士はうまくいっても、飛行機が相手になると、うまくいかない。

そんな状況のまま十九日は暮れ、二十日が明けた。明けるとすぐ、タンカー五隻と一緒になり、午前十一時過ぎ、洋上補給をはじめた。一隻ずつ燃料パイプをタンカーから引いて重油を補給するから、艦隊全部にタップリ積みこむには、結構時間がかかる。

その間に、重巡「羽黒」にいた小沢司令部は、「瑞鶴」に旗艦を変更した。ちょうど正午だった。

折悪しく、正午を挟んだ前後十分ほどの間に、味方索敵機二機が、それぞれ空母を含む敵部隊を、意外な近さに発見、報告してきた。どんなことからそうなったのか、離れている越口少佐たちにはわからなかったが、小沢司令部では、これを二つとも索敵機の誤認——小沢艦隊を敵機動部隊と見誤ったと判断した。引っ越しの最中で、「羽黒」と「瑞鶴」の間を、内火艇が往ったり来たりしていたときだから、例によって「運が悪かった」とすべきことかもしれない。

このころ、重巡「愛宕」に乗った前衛部隊（第二艦隊）指揮官栗田中将が、さかんに小沢長官に意見を具申（補給をやめ、早く西方に避け、敵から離れること）するが、小沢長官はそれに取り合わなかったり、栗田中将がたまりかねて北西方向に走り出したり、指揮の混乱のような気配もあった。だが、二航戦は、なんの連絡もないので、「何だ、何だ」と、怪訝そうにしていた。だから、午後三時すぎ、全軍に避退命令が出されたとき、艦隊は、前衛、一航戦、二航戦、タンカーの順に動き出す形になった。

越口敏男少佐——自称「運の強い男」は、空母「龍鳳」航海長として活躍、実証した。

二航戦の「龍鳳」に敵機が襲いかかってきたのは、午後五時半すぎ、太陽も西に傾きかけたころであった。

味方機から「敵攻撃隊貴隊方向ニ向カフ」と電報が入り、戦闘準備を整えると間もなく、左側遙かなところに敵機の編隊を発見した。高度が低いから、雷撃機に違いない。

艦長は、もう戦闘指揮所に立っている。艦橋には、副長と越口航海長。仮設艦橋に行くとコンパス（羅針儀）はないし、何かと不便なので、ギリギリまで艦橋にいることになる。

「敵機三機、左七十度」

見張りの声に、ひょいと左七十度の方向を見たら、グラマン三機が突っこんでくる。雷撃機だ。

「取舵いっぱいっ」

大声で号令をかけると、そのまま左舷の仮設艦橋にふっとんでいった。敵機が発射するところは、見ないままだ。カンというものだろう。

「魚雷二本、前方七十メートル通過」

副長から伝声管で仮設艦橋に知らせてきた。危ないところだった。

ブーッと零戦が飛び立つ。発艦が終わると、間もなく「打チ方ハジメ」の号令がかかる。その間にも、敵機が次からつぎへ襲ってきた。

「ああ、オレの命もあと三分か、五分か」

一瞬、頭をかすめた。つまらない感慨だが、奇妙なほど鮮明に残っている。もっとも、対空射撃がはじまった瞬間、影も形もなくなったが。

敵機の攻撃は、このころにはもう上手になっていて、息も継がせなかった。左から、右から、前から、後ろからとびこんできた。もちろんこちらも、右に左にと避けて回るが、このくらい四方から突っこまれると、一方をうまく避けるためには反対から来たヤツには横腹をさらすことになりかねず、おかげで至近弾の飛沫を何度か浴びた。

ひょいと気がつくと、いつの間にか鉄兜をかぶっていた。艦橋をとび出したときには、急だったので、鉄兜を忘れてきたはずだが、いつ鉄兜が頭に載ったのか。あとで、特務少尉の掌見張長が、鉄兜に気づき、仮設艦橋に持ってきて、後ろからかぶせてくれたことがわかった。しかし、それに少しも気づかなかった。戦場の凄まじさを改めて思い知らされた。

一番艦「隼鷹」は、煙突付近に爆弾命中、黒煙をあげて戦闘不能になった。二番艦「飛鷹」は右舷後部の機械室に魚雷命中、そのうちに後部大火災となる。二航戦で無傷なのは「龍鳳」だけになったが、そのせいだろう。敵機がよってたかって「龍鳳」に集中攻撃をしかけてきた。

「敵機右三十度」と聞くと右に頭を向ける。「後方ッ」と聞くと艦尾を見る。あっちからも、こっちからも来る。折も折、掌見張長の怒声が聞こえた。

「左五十度、急降下ッ」

ハッとふり仰ぐと、まっ黒なヤツが突っこんでくる。もう急降下をはじめている。しまった、と思った。機銃を射ちながら突っこむ。蛇が赤い舌をペロペロ出しているようだ。爆弾を落とした。爆弾が機体を離れると、ジャーッという不気味な音がする。ちょうど艦は右に回りつつあったので、とっさに、

「面舵いっぱい急げ、前進いっぱい」と叫んだ。しかし、発見がちょっと遅かった。やられた、命中だ、と観念した。

爆弾がキューッと落ちてきた。

艦は急激な大角度の舵をとったので、大きく左舷に傾き、飛行甲板の後部に置いてあった零戦三機ばかりが、舷外にこぼれて海中に落ちた。爆弾が後部の倒していたマストを直撃、海中に落ちて、それからバァーッと水柱が立った。

半秒の差。面舵いっぱい急げ、で命拾いした。たぶん、あの爆弾は、装甲を貫いて艦内で爆発させようとしたらしい。マストを吹きとばしたところで爆発せず、何分の一秒か後で、水中に落ちて潜ったところで爆発した。それで助かった。マストを直撃するのと同時に爆発していたら、ちょうどそこが発電機室なので致命傷になったであろう。

「舵もどせ――ッ」

「機関科異状なし」

すぐさま機関長から知らせてきた。

これほど嬉しいことはなかった。一番あとの敵機が一番ヒドいことをしていったが、とにかく助かった。

飛行甲板にとびあがって、右舷側の艦長のところに急いだ。

すると、艦長も飛行甲板をこちらに歩いてきた。期せずしてまんなかあたりで出っ会《くわ》したが、ニコニコして、

「うまくいったねェ」とねぎらってくれた。そして、

「おい。君、顔まっ黒だよ」

「艦長もまっ黒ですよ」

爆煙と至近弾のまっ黒な海水をしたたかに浴びて、二人ともまっ黒。腹をかかえて笑ったが、こんな朗らかな笑いは、はじめてだった。

飛行甲板は、機銃の弾痕で、いたるところささくれていた。

「よく当たらなかったなァ」

立ち去りがたい様子の艦長に、上がってきた副長も相好を崩していた。

しかし、二番艦「飛鷹」の最期は悲惨だった。艦の後部が猛火につつまれていた。ガソリンが燃えたらしい。生存者は、火を避けて艦首の方に集まっていた。だが、「飛鷹」は、艦尾の方から逆立ちをするようにして、沈んでいった。艦首の者は、バラバラと猛火の中に落ちていった。助かった者は、艦首からロープ伝いに海に入ったが、ロープを持って滑ったので、両方の掌に火傷をしたという。

そのあと、二航戦各艦から出した飛行機を収容するわけだが、一、二番艦の飛行機も「龍鳳」に着艦させねばならない（一番艦損傷着艦不能、二番艦沈没）。「龍鳳」の収容能力は小さい。詰めこんでも三十機程度だ。その上、東風で、風に立てて直進すると、敵機動部隊の方にどんどん近づくことになり、なんとも複雑な気持ちだった。

だが、この場合、そんなことをいってはいられない。ともかく収容を終わり、飛行甲板が塞がって着艦できなくなったものは、駆逐艦の近くに不時着水を命じ、搭乗員だけを拾い上げた。

戦果を挙げたという情報もないのに、味方は飛行機の大部を失い、「大鳳」「翔鶴」「飛鷹」などを沈め、悄然として戦場を離れた。そのときの寂しさは、何にたとえようもなかった。「龍鳳」の航海長として、この戦闘で「龍鳳」に一人の戦死者も出さずにすんだことがせめてもの慰め、としかいえなかった。

第五章　連合艦隊の落日

誇大戦果

〈台湾沖航空戦＊T部隊航空参謀・田中正臣少佐〉

「あ」号作戦の敗北後、田中正臣少佐は陸揚げされ、鹿屋航空隊付となった。何回か死線を越えてきたが、先のことはまったくわからぬと思いいたると、かえって楽天的になるものである。

といって、マリアナで敗れ、次の戦場はフィリピンに違いないが、日本海軍が勇戦敢闘はしても、一つ一つ城を明け渡して後退する結果となっているのが、無念であった。

何にせよ、飛行機のいくさになっている以上、飛行機乗りが、身体ごとぶつかっていくほかない。どうすればいいか。どう組織して、敵の痛いところに結集した力をぶつけるか。

小沢長官は、打開の途を、マリアナでアウトレインジ戦法に選んだ。すばらしい着想だったが、若年搭乗員の技量向上と管理に失敗した。指揮効率を維持する点でも失敗した。――戦況が「分」単位で、航空戦に特徴的な目まぐるしさで動くのに、情報の収集処理にぬかりがあり、対応に遅れと誤りがあった。そんな戦訓を踏まえて、何とか起死回生の手段を考えねばならぬ。

鹿児島県の鹿屋基地で、隊付という比較的フリーな立場にいるのを幸い、あれこれ考えていたとき、十九年七月半ば近く、連合艦隊の航空作戦打ち合わせに呼び出された。第二航空艦隊（二航艦と略す）、三航艦、大本営の四者による新作戦の打ち合わせだ。

新作戦発案者の源田実大本営参謀がいう。

「マリアナ沖海戦で、わが海軍航空部隊の大半が敵機動部隊攻撃に失敗したのは、敵の固い防御網に阻止されたからだ。まず、敵機動部隊の前方約五十マイル（約九十キロ）に、電探《レーダー》と連繋する戦闘機を配備し、空母自体は強力な対空砲火網で護られている。このため、攻撃隊はまず敵の戦闘機群につかまり、幸いそこを突破しても、対空砲火で撃ち墜され、敵空母に実害を与えることができなかった。

どうすれば、この堅固な防御網を突破できるか。——戦闘機の大兵力を集めて力押しすればよいが、わが飛行機生産能力と搭乗員の練度の飛躍的向上が図れない現状では、それは出来ない相談——とすれば、打開策として、悪天候に乗じた奇襲攻撃しかない。いいかえれば天候が悪く、敵機動部隊が戦闘機を飛ばせにくく、かつ対空砲火の効果を発揮しにくい状況をとらえれば、わが航空攻撃は可能のはずだし、敵の意表をつくことも可能なはずだ。

たまたまフィリピン、台湾、沖縄方面は、台風の通路に当たっている。予期される敵の進攻時機も、台風が多く通るときに当たり、統計では、七日から十日に一回、台風が襲来している。悪天候に乗ずる攻撃ができるチャンスは多いはずだ。

一方、搭乗員だが、一般論として練度は相当落ちているが、まだ一部には、経験豊富な熟練搭乗員も残っている。この熟練者を土台とし、経験の浅い若年搭乗員の中から優秀な者を選んで加え、それで特別部隊を編成する。特別部隊には、新鋭機と新兵器をフルに活用させる。さらに台風観測陣を整備し、これらを打って一丸とし、敵機動部隊、とくに敵空母撃滅への道をひらく。

この特別部隊を、T（攻撃）部隊という」

「T部隊は、本土、台湾、フィリピンの間を作戦場面とし、エセックス級空母十隻を撃沈破することを目標とする。戦法としては、台風を利用する攻撃を本旨とし、その機会が得られないときは、夜間攻撃に重点をおく。このため、T部隊は飛行機隊と専属の気象班で編成する」

田中正臣少佐――T部隊の戦果が誇大だった、というのは今でも納得できないという。

田中少佐は、唸った。さすが大本営で考えるだけあって、具体的だ。問題は、このような困難な状況、ふつうなら飛行機を出すのをやめるほどの悪天候ないし夜間、そこにしか突破口がないとして、あえて飛行機を飛ばせ、それを搭乗員の腕で乗り越えられるかどうかだ、と思った。

「どうあってもこれは、実戦に近い状況を作って何回も訓練しなければならん」

Z旗を揚げて、「皇国ノ興廃コノ一戦ニアリ。各員一層奮励努力セヨ」などというだけでは追いつかぬ。作戦に失敗したら、腹を切ってすむものではない。

T部隊の航空参謀になった田中少佐は、身が引き締まるおもいだった。指揮官久野大佐、航空参謀田中少佐、ほかに通信参謀、整備参謀、気象長おのおの一人ずつという小人数の司令部機構で、豊富な経験と識見をもつベテランの久野司令を中心に、偵察機を含めて約百九十機の新鋭機を揃える「最後の虎の子部隊」であった。

このような小人数で司令部が固められたのも「T部隊」の特徴の一つだった。司令部機構のゼイ肉をこそげ落とし、身軽にすることで、指揮命令を明確にし、かつスピードアップさせようと狙った。小さなカバンに歯ブラシ一つ入れて、どこにでも飛んでいくわけである。

このT部隊に、はじめて陸軍の雷撃機隊が参加した。飛行第九十八戦隊（四式重爆十八機）、飛行第七戦隊（飛行機の整備が遅れ、十月の台湾沖航空戦に間に合わず、のち再建T部隊に加わってフィリピンに出ていく）の二隊。海軍で正規に雷撃訓練を受け、雷撃機に改修した四式重爆（キ-六七）をひっさげて加わった。

精鋭の戦隊が選ばれただけに、パイロットの技量は平均して優秀だった。ただ偵察員が、はじめて洋上を飛ぶので、イロハからはじめねばならず、電信員もだいたい同じだった。しかし、それも九月末には整備され、夜間雷撃隊として、大いに期待された。

九月に入ると、月はじめと月末の二回、大がかりな総合実戦訓練をくりかえした。鹿屋にいる久野司令の指揮下、南九州の基地を出発した飛行機隊が、土佐沖から遠州灘方面のどこかにいる空母部隊（駆逐艦で代用）を探し出し、偵察機が攻撃隊を誘導して攻撃、終わって状況により関東方面の基地に帰る。逆に関東方面の基地から出た攻撃隊が、南九州の基地に帰る、というふうに、機動力を自由自在に発揮して九百キロを急速移動する訓練を組んだ。

　これを視察に来た源田参謀は、

「夜間攻撃はまだまだ訓練しなければいけないが、練度はかなりの程度までいっている。昼間の攻撃は問題ない。荒天の時、九百七十ミリバール、風速十七メートルの熱帯低気圧ならば、突破できる見込みがある。練度は、ギルバート作戦（十八年十一月）のときの二十四航空戦隊程度、いわば二流程度だ」と評した。

　ただし、ショッキングな結果も出た。はじめから、あれほど重要とされた電探《レーダー》が、大型機には取りつけられていたものの、信頼度が低すぎた。一応信頼できるものは飛行艇で半分、陸攻と艦攻は四分の一から五分の一しかなかった。これでは夜とか視界が悪いときには、敵を発見攻撃できないのではないか。原因は、電探そのものにも不良個所があるが、電探のオペレーターの技量不足もあることがわかった。

　もちろん、大急ぎで対策を講じたが、講じているうち、それから二週間もたたぬうちに、敵機動部隊が沖縄、台湾に来襲、台湾沖航空戦が突発（十月十一日）した。T部隊は翌十二日、対策はそのままにして初出撃することになったのである。

　その日、台湾南方洋上には台風があった。タイフーンの頭文字をとって名づけたT部隊には、まさに打ってつけの「上天気」——といってよかった。積んでいる飛行機用電探の八割がたが、故障ないし不具合だったが、もう、そんな泣きごとをいってはいられなかった。

田中先任参謀は、鹿屋の司令部で、久野司令を補佐した。敵がわが内懐に入ってきたいまこそ、敵機動部隊をとらえて撃滅する絶好のチャンスだった。何が何でも、やっつけなければならなかった。

その日の午前、まず索敵機四機、午後三機を出した。そして午後一時から一時半にかけ、宮崎と鹿屋から攻撃機五十五機を発進させた。千三百キロを一気に飛んで敵に殺到し、攻撃を終わったら三百キロを飛び、台湾の四つの基地のどれかに帰投させる。いわゆるシャトル・ボンビングの考え方である。また、航続距離の短い陸軍四式重爆二十一機と天山艦攻二十三機は、午後出発、沖縄で給油し、夜間攻撃させる。合計すると、五つのグループ、九十九機の大兵力である。

攻撃隊は、途中、与那国島のあたりで、夕暮れを待つため時間調整をし、索敵機の情報を得て敵艦隊めざして突入した。この夜は、空の半分に黒雲の塊が散らばる半晴で、夜間飛行にはありがたくない空模様だった。しかも、電探にほとんど信頼がおけないから、索敵機がうまく敵を発見してくれないと、まっ暗になった後で攻撃隊が自分で探すのは無理だった。

この攻撃では、索敵機、直協機の活躍がみごとだった。敵戦闘機の執念ぶかい追跡と攻撃を上手にかわしながら、敵機動部隊の上空に頑張りつづけ、適切な情報を送ってよこし、味方攻撃隊を誘導した。そしてついには連絡を絶ち、夜の海に消えていった。

鹿屋司令部では、飛行機用電波に聞き耳を立てていた。飛行機同士の通信の様子から、二つの攻撃グループが敵を攻撃したらしいことはわかったが、あとの三グループがどうしたかわからなかった。どんな成果をあげたかもわからない。司令や参謀が戦場に出向くわけではないから、航空部隊司令部の宿命ともいえるが、情報の空白地帯におかれて、ただ心配し、焦慮するほかなかった。

その間に、台湾の基地には、作戦を終わった飛行機が、一機また一機と帰りついた。着くとすぐ基地の士官が搭乗員の報告を聞き、それを台湾の高雄にいた二航艦司令部に送る。二航艦長官福留中将は、それらをまとめて速報、鹿屋ではその電報を十三日朝九時に受けた。

「十三日、午前一時マデニ判明セル総合戦果　撃沈二　艦種不詳、内一隻空母ノ算大ナリ　中破二　艦種不詳、内一隻空母の算大ナリ」

しかし、十四日までにわかった未帰還機は五十四機。出撃した飛行機の五十五パーセントが還らず、とくに指揮官機の還らないのが目立った。

米機動部隊が十三日も台湾空襲をつづけるのを見た連合艦隊司令部は、「敵撃滅の好機到る」と判断、T部隊に攻撃続行を命ずる一方、航空総攻撃（決戦）を十四日に予定した。

その一日前の十三日、T部隊の二回目の出動である。「敵空母撃沈」の声を聞かなくなって久しい。それを、わがT部隊がなしとげた。

「明日の総攻撃を前に、T部隊で残った敵空母を全部やってしまおう。T攻撃でないと、ふつうの攻撃では無理だよ」

T部隊の搭乗員たちは、そういって胸を張った。士気大いにあがっていた。

午後早く、鹿屋から索敵機四機が飛び立ち、そのあとに攻撃隊三十三機（ほかに直接護衛の零戦十二機）がつづいた。この日も、索敵機の踏ん張りがみごとだった。だが、敵部隊を発見報告したものは、ほとんど還らなかった。

この日、台風はフィリピン東方洋上を北上、天候は半晴ながら雲がたれこめ、ところどころにスコールがあった。その中を、攻撃隊は索敵機の報告する位置に敵大部隊を発見、突入した。午後六時半から七時すぎにわたり、猛烈な対空砲火の中に、魚雷を射ち、八百キロ爆弾を投下した。そして、攻撃した攻撃隊二十八機のうち十八機（六十四パーセント）が未帰還。しかも、今日もまた各攻撃隊の指揮官たちは還らなかった。還ってきた飛行機もみな対空砲火に打ち抜かれていて、戦場の凄まじさを無言のうちに物語っていた。

そのうち、魚雷を抱えていった一式陸攻二機が、十四日夜明け前、千三百キロをふたたび飛んで鹿屋に帰ってきた。ナマナマしい戦場の声を、はじめて搭乗員から直接聞くことができた田中参謀は、息を呑んだ。

――夕暮れ、スコールに見え隠れする敵正規空母四、その他四、計八隻のグループに向かって、陸攻二十二機、銀河陸爆二機が突撃し、目標を確認しながら攻撃を加えた。帰ってきた二機が見届けた戦果は、軽巡か駆逐艦一隻を含む二隻轟沈、というのである。

間もなく、夜間攻撃を終わって台湾の基地に着陸した飛行機が、つぎつぎに鹿屋基地に帰ってきた。聞いていて、胸が熱くなるほどの激戦をなしとげていた。結局、十二日、十三日のT部隊総合戦果は、

「十二日　空母六ないし八隻轟撃沈（うち、正規空母三ないし四隻を含む）
十三日　空母三ないし五隻轟沈（うち、正規空母二ないし三隻を含む）」と集計した。
海軍は湧き立った。この集計のままの発表を聞いた国内も湧いた。
十四、十五日に「航空総攻撃」をかけることとなり、T部隊も三回目の出撃を決意した。しかし、二回の出撃で消耗が意外に大きく、飛行機約五十機を集めるのがようやくだった。
十四日午前、まず索敵機八機が鹿屋を出発、つづいて攻撃隊四十二機（陸軍飛行第九十八戦隊の四式重爆十六機を含む）が出撃した。索敵機の発見した敵部隊をそれぞれ攻撃したが、陸軍四式重爆の戦果がたいへんなものだった。

「戦艦（カゴ型マスト）一隻轟沈、その他火柱一。大型空母一、小型空母一、甲巡一炎上（撃沈確実）。小型空母一、乙巡二、火災（沈没ほぼ確実）……」

この日の出撃で、二十七機（うち重爆十二）が未帰還となった。

編成以来、飛行機百三十機を揃えることをめざし、何よりも優先して整備されてきた最精鋭のT部隊だったが、三回の出撃のあと、十五日までに百二十六機を失い、搭乗員百組が戦死した。いくら急いで再建につとめても、十月末までに戦力を回復する見込みが立たなかった。T部隊は、台湾沖航空戦で壊滅した。

それについて、つけ加えておきたいのは、T部隊の戦果が誇大だった、といわれている点である。田中少佐は、

「いまでも納得がいかん」と憤懣やるかたない表情である。

「あとで私は中央に呼ばれて、戦果の再検討に立ち会わされたが、そのときいわれた。軍令部の上層部が、祝杯を上げる準備をして、おどり上がって喜んだ。君の出した電報でそういうことになったんだ。感状まで用意されていた、という。それはともかく、納得がいかんのは、飛行機が燃えながら海中に突入した焰と、魚雷が命中し、爆発し、爆沈したときの火焰とが、見間違えられるものだろうか。実際に私は見ていないから、断定はできないが、搭乗員の報告を聞くと、まったく嘘や偽りはなかった。残念ながら、海軍の飛行隊長（指揮官）たちは、ほとんど全部戦死してしまったから、士官の目で見た状況を聞くことができなかった。それにしても、見えたものは見えたものだ。陸軍重爆隊の搭乗員にわかるわけはないと海軍の者はいうが、重爆隊を参加させたのは、その海軍ではないか」

十四日、台湾沖の米空母に同乗したUP通信特派員報道によると、

「今日、日本軍の雷撃機、爆撃機、戦闘機の大編隊が、前後十時間にもわたってこの大機動部隊に襲いかかってきた。今次大戦でも最大の海空戦の一つというべく、その激しさの点では四ヵ月まえのマリアナ沖海戦をさえ遙かに凌いだといえよう。わが艦隊は、おそらく海上に浮かんだ最大の軍隊集団といえようが、この大艦隊は、来襲する日本機にたいして、面も向けられぬような対空砲火を浴びせた。この恐るべき防空砲火は、もちろん日本機を撃墜したが、日本機の編隊は後から後から、あたかも大波の打ち寄せるように、われわれの頭上に殺到してきた。私は空母の格納甲板で、この壮烈な海空戦を終始見まもった……」

そして、ハルゼー大将は述べた。

「十二、十三日の夜には、日本の飛行機がわが艦隊の周囲の海面でさかんに燃え、味方の艦が瞬間的に光の陰になったので、その艦自体が燃えているのではないかと思ったほどだった……」

T部隊による米軍の被害を、米軍資料で拾っておく。

「十二日夜　損害なし。衝突事故で駆逐艦一隻損傷。

十三日夜　新鋭重巡キャンベラが雷撃機により魚雷一命中。火焔がマストの上まで噴き上げ航行不能となる。

正規空母フランクリンに雷撃機が魚雷二本発射。二本ともきわどいところでかわされたが、一機は発射直後、火災を起こして飛行甲板に突入、燃えながら海中に転落。

十四日夕暮　軽巡ヒューストンは、銀河（雷装）十一―十六機の攻撃により右舷中部に魚雷命中、前日のキャンベラを上回る大損害を受けた」

最善の選択

〈レイテ沖海戦＊「大淀」砲術長・鈴木孝一少佐〉

兵学校で、まったくのカナヅチから三週間後には十一キロの遠泳を泳ぎ抜き、伊藤整一生徒隊監事に目をむかせた**鈴木孝一**生徒は、その後、砲術を専攻。「花も嵐も踏み越えて、行くが男の生きる道」というあの『旅の夜風』の歌が好きで、ときどき小声で口ずさみながら戦艦「武蔵」の主砲発令所長から、十八年八月、軽巡ではあっても一万トンの大型新鋭巡洋艦「大淀」の砲術長に転じた。着任したのは、トラックである。もともと潜水戦隊旗艦用として建造された艦で、十八年二月末に完成したばかり。それだけに、他の巡洋艦に見ることのできない個性的な特徴を持っていた。

まず、とび離れて長い航続力（十八ノットで一万八千五百キロ）。二式高速水偵（紫雲）六機を積むための大型射出機《カタパルト》（長さ四十五メートル。ふつうの射出機は二十五メートル）と巨大な格納庫。艦隊司令部が乗るから、そのための施設と強力な無線通信能力を備えている。備砲は十五・五センチ砲六門を艦首に集め、煙突付近に新式の長砲身十センチ高角砲八門。二十五ミリ対空機銃を、はじめ十二梃、のち六十梃。魚雷発射管なし。速力は公称三十五ノット、実際は三十九・五ノットを出した。そして、艦体主要部は、十五・五センチ砲弾が命中しても耐えられるだけの装甲で覆われていた。

艦橋の一番高いところにある、よくできたピカピカの射撃指揮所に立った砲術長鈴木少佐が、どれほど闘志を燃やしたか、想像を超えていたろう。「武蔵」といい「大淀」といい、最右翼の砲術者がつくポストである。それから四ヵ月、猛訓練を重ねた鈴木流の対空戦闘を実地に試すときがきた。

戊《ぼ》第三号輸送部隊第二部隊として、軽巡「能代」（二水戦旗艦）、駆逐艦二隻とニューアイルランド島北端のカビエンに、陸兵と物件を輸送することとなる。十二月三十日にトラック出港、十九年一月一日未明カビエン着。急速荷揚げをして、あと野砲を数門揚げれば全部終わるというキワどいところで、急速出港を命じられた。米空母機百六機（戦闘機四十機、急降下爆撃機五十機、雷撃機十六機）が二つに分かれ、「大淀」と「能代」に襲いかかってきたのは、そのすぐ後だった。

手練の内田航海長の名操艦と、対空弾（三式弾という焼夷榴散弾）三百発を撃ちつくして徹甲弾まで撃った対空射撃の奮戦とで、「大淀」は被害軽微。「能代」は至近弾五、直撃弾一を受けたが、大事にいたらず、一月四日午後、みなトラックに帰った。

この成功が、鈴木砲術長はいうまでもなく、乗員に与えた自信は、測り知れなかった。もっとも手強い相手の空母機の猛襲を受けながら、敵に名を成さしめなかった。

そして「大淀」は、この後、横須賀に呼び戻されて、連合艦隊旗艦になるための改装にとりかかることになる。だが、横須賀に入ってみると、改装工事をはじめる前に、すぐにサイパンまで魚雷や爆弾を運んでくれという緊急輸送命令を持ちこまれた。しかも、護衛艦がないから、単艦（一隻だけ）で回航せよといい、その上、「新鋭の対潜防空巡洋艦だから、なんとか我慢してくれ」と口頭で伝えてきた。

「よろしい。ご期待に副《そ》いましょう」

颯爽と答え、雪の中、飛行機用補助タンク、爆弾、飛行機用魚雷など、航空戦力の向上に直接求められている兵器弾薬を積み込み、サイパンに向かった。そして、サイパンに陸揚げし、トンボ返りで横須賀に帰ってきた。この間、一週間。さっそく、連合艦隊旗艦のための改装工事がはじまった。

格納庫を司令部関係の諸室に造り直し、カタパルトをふつうの二十四メートルのものに改め、電探を新式のものに変え、二十五ミリ機銃を六十梃に増設した。

ただし、連合艦隊旗艦といえば、「大和」「武蔵」「長門」などといった、防御装甲も厚く、鋼鉄の塊のような大戦艦の役どころで、周囲を連合艦隊の艦艇で厳重に固められているのが定石だ。「大淀」はそれらにくらべると防御甲板も薄い。その上、単独旗艦で護衛の駆逐艦さえついていない。

「『大淀』のような防御の薄い艦にいて連合艦隊長官が戦死したら、まるで日本海軍の足もとを見られるようで、嫌だな」

豊田長官はそういって、「大淀」に乗るのを渋った。それを、参謀副長高田利種少将が、

「『大淀』は、兵器も通信力もいいし、艦の者もしっかりやっているから大丈夫ですよ」となだめて納得してもらったという。「大淀」が聞いたら憤慨しそうな話だが、それかあらぬか、「大淀」の連中、猛奮発をするのである。

「山本、古賀の二人の長官を失い、豊田長官までも『大淀』で戦死ということになれば、海軍は敗北のほかなくなる。海軍が敗北すれば、日本の敗戦だ。自分の任務のことから日本を敗戦させたら、自決したくらいでは追っつかない。死んでも、死にきれない」

鈴木少佐は、そう考えた。単独旗艦で、「大淀」は一隻だけだから、敵機と戦って勝つかどうかは、「大淀」砲術長の腕一つにかかってくる。

「人事をつくして天命を待つ、という。砲術長として、きめられたことを忠実に、精いっぱ

い努めれば、それから先どんな結果になろうと、やむをえない、といっていいのか。人間の力では不可能だとされるところまで踏み込んで、あくまで豊田長官を護りとおすべきではないか。慎重の上にも慎重に、遠謀深慮すべきではないか」

木更津沖に、ついで柱島泊地（広島湾）に「大淀」は停泊していたが、大将旗が卸され、連合艦隊司令部が日吉（横浜）の防空壕に移るまでの正味五ヵ月間、かれは自室に戻らず、艦橋の二層上、一番高いところにある射撃指揮所で毎晩寝た。考えられる未明の奇襲に対抗するためだ。

朝四時から十時まで、連日「大淀」は、戦闘第一配備についた。機関は即時待機。十時ころ、東方洋上に出した索敵機と哨戒艇から「異状ナシ」の報告が入って、はじめて緩やかな警戒配備にもどった。

鈴木孝一少佐――「乗員の精神的鍛錬と技能教育が、群がる敵機の攻撃をハネ返した」

夜の闇にまぎれて沖合いの哨戒線を突破した敵潜水艦の集団が、夜明け前に搭載機を放ち、二十機もの編隊を組んで「大淀」を集中攻撃すれば、こちらは一隻である。多勢に無勢で、やられてしまう。

日本海軍では、伊四〇〇クラスの大型潜水艦に爆撃機三機を積み、米海軍のアキレス腱であるパナマ運河を破壊しようという作戦計画が立てられていた。日本でできることをアメリカができないはずはない。

「もし自分が米海軍の指揮官だったら、やってみせる。『大淀』がどこにいるかくらい、連中は摑んでいるに違いない」

猛訓練をつづけた。切り札は訓練しかない。早朝訓練にはじまり、午前訓練、午後訓練、薄暮訓練、夜間訓練。その五つを、糸で縫い合わせてワンセットにし、それを連日くり返した。凄まじい戦闘訓練の連続だった。

かれは、全身を火にして、くりかえした。

「豊田長官を護るのが目的である。敵機を撃墜するのが目的ではない。敵機は墜としたが、『大淀』には敵弾が命中したのでは、何もならぬ。爆弾や魚雷を抱えて攻撃してくる敵機に『大淀』の全射弾を浴びせろ。面も向けられぬ弾幕を張れ。その他には目もくれるな」

乗員たちが、息を切らせるくらい激しい訓練が、連日つづいた。連合艦隊長官が乗艦していて、しかも瞬発的な戦闘をしなければならぬ連合艦隊旗艦は、日露戦争のときの旗艦「三笠」以来、「大淀」しかなかった。しかも、そのころは内地空襲が激しく、いつ、突然、敵機が突っこんできてもおかしくなかった。

鈴木砲術長の張りつめた心が、そのまま乗員に伝わった。「大淀」は、いつも、ピーンと張っていた。カビエンで、敵空母機の大群に撃ち勝った自信もあった。それよりも、「あのときより今の方が、ずっと上手になっているぞ」という実感の方が大きかった。

「来てみろ。叩き落としてやる」

みな、腕を撫した。

といって、指揮官としては楽観しているわけにいかない。日本海軍には、まだ対空射撃用レーダーはないし、機構的にいっても、対空砲火の命中率は高くない。訓練でカバーできない部分もある。

かれは、胸のポケットにいつも薬を忍ばせ、もし「大淀」が敵弾を受けて沈没し、海に投げ出されたら、薬をのみ、水に潜ってそのまま浮いてこない覚悟を固めた。

幸い、「大淀」は、その五ヵ月間、敵機の攻撃を受けなかった。それにしても朝から晩まで、空を見上げて、小さな黒点も見逃すまいと気を張りつめた毎日は、

「戦闘力練磨一途で進めばよかった『武蔵』のときより、何層倍かむずかしいもの、つらいものだった」とかれはいう。

さて——。

フィリピン作戦（捷号作戦）で機動部隊本隊（小沢部隊）に参加した「大淀」は、十月二十日、豊後水道を出撃、空母四隻、航空戦艦二隻（「日向」「伊勢」）、軽巡二隻、駆逐艦八隻とともに戦場に向かった。

旗艦「瑞鶴」のマストに「Z旗」（皇国の興廃この一戦にあり）が掲げられたのは、二十四日正午ころ。空母に搭載してきた飛行機の大部が発進して敵機動部隊の攻撃に向かったが、「瑞鶴」から出た飛行機隊が敵空母部隊に突入した。そして、生き残った飛行機はフィリピン基地に行き、三機のほか、小沢部隊空母には帰ってこなかった。また、予期された敵機の

空襲もなかった。戦闘が、一日延びた。

二十五日早朝、艦隊は決戦を身構え、上空警戒機以外の全飛行機を発艦、フィリピン基地に向かわせた。そして艦隊は二つの輪型陣を組み、「大淀」は、「瑞鶴」「瑞鳳」隊（ほかに「伊勢」「多摩」「秋月」「初月」「若月」「桑」）の先頭に立った。

敵約百三十機との戦闘がはじまったのは、午前七時半ころからだった。

戦闘は、蜂の巣のそばで、ブンブン襲ってくる蜂を叩き落とすようなものだった。敵機も死に物狂いで突っこんでくる。そのスピードを追尾していくには、「大淀」に装備している九四式射撃装置などではダメである。飛行機にたいしては、機械装置に頼らぬ、砲術長の目の子計算（全量射撃）でいく。機銃は弾幕射撃を徹底させる。それでいくほかなかった。

戦闘になると、敵機を墜とそうとして後を追いたくなる。ところが、ああやって四方から来ると、どうしてもスキができる。そのスキを衝かれてミッドウェーでは大敗を喫した。長追いしてはならぬ。長追いせず、すぐ次の新しい目標をとらえることだ。

対空射撃指揮官の心得として、若い分隊長たちに言った。

「弾を落としたものは、やりっぱなしにして、次の目標を捉えろ。機銃指揮官は、見張員を待たず、自分で目標を見つけて射て。四方八方から来る敵機を漏れなくやるには、指揮官自身が見張りを兼ねるべきだ。各指揮官が見張りを兼ね、砲術長の意図を十分呑みこんで、深追いせず、向かってくるものを射て」

このような射撃を食うと、戦争中に見た米軍資料でも、狙いが狂うという。そのせいか、

「大淀」には至近弾が多かった。

ついでながら、便所に行く時間を見つけるのに、一番苦労した。小学校の運動会で、出番が近づくと小用が近くなり、何度も便所に行きたくなる。あれと同じ現象が起こる。

自室の机の中には、家族の写真を入れていたが、これからひと戦争やるというとき、チラと頭に浮かび、サッと消える。サヨナラ、といいたい気持ちはするともいう。

話を戻す。

「瑞鶴」が、敵の百三十機の大編隊による第一波の空襲で損害を受け、なかでも無線通信能力が壊滅した結果、旗艦を「大淀」に移すこととなり、「大淀」は「瑞鶴」に近寄っていった。「大淀」の艦橋が「瑞鶴」の艦橋の目の前に来たとき、第二波の敵機三十機あまりが現われた。

「いまひといくさやって、また来るゥ」

メガホンで叫び、向かってくる爆撃機と雷撃機を追っ払い、そのあと、改めて「瑞鶴」に近よった。こんどもまた敵機が突っこんできたので、卸す準備をしていたカッターをあわててモトに戻し、またひといくさし、三度目の正直で、「瑞鶴」に近より、カッターを送って小沢長官たちを艦に迎えた。中将旗が「大淀」のマストに翻った。

この日、朝から日没近くまでの約八時間、六百機余の敵機と戦った小沢部隊は、自身の血で、栗田艦隊の突入作戦に呼応したつもりでいた。そして、夜に入って間もなく、味方駆逐艦が敵水上部隊と戦っていることを知ると、小沢長官はこれの救出のため、主隊を率いて反転、敵を夜戦で撃滅しようとした。

朝、十七隻を数えていた機動部隊本隊は、いま、「日向」「伊勢」「大淀」「霜月」のたった四隻になっていた。だが、交戦中の味方駆逐艦は、その後まったく応答なく敵情もわからなかった。やむなく小沢長官は、夜戦を打ち切り、「大淀」を先頭に、「若月」が加わって五隻になった艦隊を率い、月のない夜の海を奄美大島の薩川湾に向かった。

そのころ、警戒配備の長として艦橋に鈴木少佐が立っていたとき、参謀が一人、上がってきた。間もなく小沢長官が、「どうれ」といった気配で、姿を見せた。

長官と参謀の話は、いつの間にか昼間の戦いの結果に及んだが、コンパスのところで聞くともなく聞いていた鈴木少佐の心を強く打った言葉があった。

「……いや。栗田長官は、本土近くの戦闘でも暴れなければ、と考えているんだよ」

そして間をおき、独り言ともなく、

「……(栗田)長官もつらいだろうな」

かれは、胸をつかれた。「大淀」に大将旗を掲げていた連合艦隊旗艦時代、敵機の攻撃から豊田長官を護るために、心身をすりつぶす思いをしたときの辛い記憶が甦った。訓練が辛いとか、戦死するのが辛いというのではない。自身が責任者となって作戦行動をする、その結果が日本に重大な影響を与える、それを思いめぐらすときの辛さである。将は将を知る、というべきだろうか。

戦場では、神でなければなし得ないような、重大な影響を、国に、国民に、海軍に及ぼす意思の決定と行動の選択が、人に課せられる。しかもそのとき、最善と信じてとったその選択が、果たして最善であったか最悪であったかは、どれほどか後にならねば、人にはわからない――にもかかわらず、将には、そのときも、後から見ても、最善の選択をし、決断をする責任が課せられている。

やがて、かれは、艦橋を下りていく長官を横から見送った。長官は、闘志溢れる様子で、長身の背筋を伸ばし、かれの前を、悠然と降りていった。

後ろ姿を見送りながら、ふと、

「豊田長官も乗っていてもらいたかった」と思った。

「まさか、囮部隊に連合艦隊長官はとても来られまいが」と打ち消したが、どうしようもない重苦しいものが、心の底に残った。あまりにも多くの血が流れすぎたのである。

沈没――空母四（「瑞鶴」「瑞鳳」「千歳」「千代田」）、軽巡一（「多摩」）、駆逐艦二（「初月」「秋月」）。大中破（要入渠修理）――戦艦一（「伊勢」）、軽巡一（「五十鈴」）、駆逐艦一（「霜月」「槇」）。無傷または小修理で戦闘航海支障ないもの――戦艦「日向」、軽巡「大淀」、駆逐艦「若月」「桑」「杉」「桐」。

なお、参考のため、栗田艦隊（西村部隊を含む）の損害を挙げると、

沈没――戦艦三（「武蔵」「山城」「扶桑」）、重巡六（「愛宕」「摩耶」「鳥海」「筑摩」「鈴谷」「最上」）、軽巡二（「能代」「阿武隈」）、駆逐艦六（「山雲」「朝雲」「満潮」「野分」「早霜」「藤波」）、油槽船二。

大破——重巡四（「高雄」「妙高」「熊野」「利根」）、駆逐艦一（「時雨」）。
中破——戦艦三（「大和」「長門」「金剛」）、軽巡一（「矢矧」）、駆逐艦一（「清霜」）。
小破——戦艦一（「榛名」）、重巡一（「羽黒」）、駆逐艦六（「岸波」「沖波」「秋霜」「島風」「浦風」「浜風」）。
損傷軽微またはほとんど無傷——駆逐艦五（「長波」「朝霜」「浜波」「磯風」「雪風」）。
そして飛行機約二千七百機を失い、搭乗員千八百七十三名が戦死した。

二十五日夕方、やや薄暗くなって敵の来襲もないと見当ついたころ、射撃指揮所を覆っている天蓋——屋根の上にのぼって見た。特殊鋼板で作ってあり、砲術長以下の要員と射撃指揮装置を敵機の機銃掃射からカバーする防御板で、二十ミリ機銃弾はハネ返すようになっていた。

なるほど、十発くらい命中したらしい。一ミリばかりの凹みを、点々と残していた。これがなければ、やられているところだった。

ほかに、戦闘中、指揮所の前に向いた開口部から、二弾が飛びこんだ。一発は、鈴木砲術長の右側七十センチくらいのところで、立って照準している方位盤射手阿久津上曹の腹部に命中、破裂、即死させ、破片がその右下方に座っている砲術長伝令田村兵長の大腿部七、八カ所に突き刺さった。治癒した今日でも、その二、三個はまだ彼の大腿部に入ったままだという。もう一発は、左方七十センチくらい離れた方位盤旋回手加藤上曹に重傷を負わせた。

午後三時ころの一瞬の出来事であった。方位盤は一時故障したが、新しい射手、旋回手、伝令と交替、戦闘をつづけた。かれの身辺で戦死傷者が出た、これがはじめてで、終わりであった。

なぜ「大淀」が、カビエン輸送、囮部隊、そしてこのあとのサンホセ（フィリピン）飛行場強行砲撃、北号作戦（シンガポールから内地への輸送作戦）で、無傷で敵機相手に戦い抜いてこられたのか。一言でいえば訓練と乗員たちの自信であろう、と鈴木少佐は回想する。精神的鍛錬と技能教育が、空をおおって襲いかかる敵機の攻撃をハネ返した。

もちろん、同時に、航海長内田信雄中佐の巧妙、手練の操艦と回避運動に、「大淀」の三十九・五ノットで突っ走る運動性能が応えたことも挙げねばならぬ。また、「大淀」が巡洋艦であり、敵機の主攻撃目標が、囮部隊の場合、空母や戦艦に向けられていたこともあったろう。

しかし、「大淀」乗員の精進は、たしかに見事なものだった、とかれは力をこめた。人が「やる気」になって努力すれば、ここまでなしとげられるという、一つの金字塔といえるのではないか、ともいった。

総員退艦

〈レイテ沖海戦＊「若葉」艦長・二ノ方兼文少佐〉

栗田部隊、小沢部隊がレイテ沖海戦（捷作戦）の表街道を往ったとすれば、志摩清英中将が率いた第二遊撃部隊（第五艦隊基幹）は、さしづめ裏街道を往った部隊とすべきだろうか。

表街道を往く主作戦部隊は、敵主作戦部隊と真正面から対決して、勇気と力のあらんかぎりを振り絞り、華々しく、猛烈果敢に戦う。裏街道を往く副作戦部隊は、主作戦部隊に策応して敵の弱点を衝く任務を多く課せられるだけに、勇気と力を振り絞るのは同じながら、それだけ苦労が多く、神経を使い、時として労多くして功少ない嘆きをも見なければならぬ。捷作戦（フィリピン攻防戦）のときの志摩部隊がそれであり、志摩部隊に属した一水戦（第一水雷戦隊）の二十一駆逐隊（「若葉」「初春」「初霜」）は、その中でも戦運に恵まれなかった部隊であったろう。なにしろ、それまで、大湊（青森県）を基地として、千島、樺太から北東水域の警備、船団護衛に当たっていた。

十九年五月ころのある日。

波静かな北太平洋を、輸送船三隻を護衛して、駆逐艦「若葉」と海防艦一隻が悠々と北上していた。この付近、よく霧に悩まされるところだが、その日は天候に恵まれ、左側水平線のあたりには、千島列島の島々が、山頂をのぞかせていた。

しかし、一月から三月にかけての北太平洋は、悪名高い「暴風銀座」。吹き荒れるシベリアおろしに海は荒れ狂い、目も明けられぬ波しぶきが手摺りや砲身、アンテナや甲板など、所きらわず打ちかけ、凍りついて、十二センチ主砲の砲身は二十センチ砲くらいに、手摺りやアンテナは丸太ン棒のようにふくらむ。そのままでは艦がトップヘビーになり、転覆する心配が出る。

そこで、防寒服に身を固めた乗員が、交替で、すべる足場を気にしながら、ハンマーをふるって分厚い氷を叩き落とし、上甲板を軽くする。それを、怒濤の中でしなければならないから、命がけだ。

三月も終わるころになると、春にはまだ遠いが、オホーツク海の流氷も、ようやく緩みはじめる。四月には冷気が南下、黒潮の運んでくる暖気とぶつかって、霧が発生する。霧は六月ころまでつづく。いわゆる咫《し》尺《せき》を弁ぜぬ濃霧になることも珍しくない。

津軽海峡から幌筵《パラムシル》海峡まで二千キロにわたる連続霧中航行。しかも船団を護衛して霧の泊地に無事到着、錨を打ったときの喜びは、筆紙にはつくしがたい。名人芸だ。もともと、そんなことは不可能とされていたが、「若葉」に電探《レーダー》(有効距離四千メートルの能力の低いものだが、霧の中では役に立った)がついて、それが可能になった。

「若葉」――「初春」型二千百トン。三十四ノット。

「重武装の特型(「吹雪」型)駆逐艦は大きすぎる。重武装はそのままにして、もっと小さな艦にしてもらいたい」という無理な軍令部の注文を受けて完成した曰くつきの艦で、完成して走ってみると、トップヘビーのため、小さな角度の舵をとっても艦体が大傾斜し、いまにも転覆しそうになった。そこへ、水雷艇「友鶴」の転覆事件、四艦隊事件(台風に逢って、特型駆逐艦の艦首が切断、その他艦艇に大小の被害が出た事件)が起こり、船体補強改造、兵器の一部を撤去(三連装発射管三基から二基に)するなどの大工事をした。その結果、トン数が千八百トンから二千百トンにふえて、速力が三十六・五ノットから前記の三十四ノットに落ちた。

しかし、徹底した大改造のあとは、少しも不具合は残さなかった。そして、一番艦「若葉」艦長**二ノ方兼文**少佐、二番艦は次のクラス、三番艦「初霜」艦長がクラスメート、**滝川孝司**少佐。元気者の、ベテラン駆逐艦乗りが揃っていた。

さて、十九年五月といえば、西太平洋方面では急激に緊迫の度を加え、五月二十七日にはニューギニアのビアクに来攻、六月十五日にはサイパンに上陸してくる瀬戸際になっていたが、ここ、北太平洋では、ひねもすのたりのたりの春の海。このところ、敵潜水艦も出現せず、海は穏やかで、視界良好。うっかりすると眠くなりそうな昼下がりだった。

といっても、さすがに見張員は、大きな双眼望遠鏡について、片時も目を離さない。海面をなめるように見張って、潜望鏡を探す。

こんなとき、よくイルカの群れが現われるものだが——やはりいた。艦とたわむれているようで、前になり、後になり、いっせいにハイジャンプをするかと思うと、舷側すれすれを矢のように駆けぬけていく。

イルカだけではない。艦に驚いたのか、飛魚がいっせいに飛び上がり、これも艦と並ぶようにして、編隊飛行をはじめる。スピードが落ちて海面まで下がると、尾ビレを水につけ、激しく左右に振ってスピードをつけ、海面にみごとな縞模様を残しながら空中を滑走する。

こんなことをくり返して、なかには数百メートルも飛ぶのがいる。見ていて、なんとなく微笑ましくなる。そのとき見張員が叫んだ。

「右三十度、五千メートル……」

血の気が引いた。

「……鯨の大群、左へ移動しまあす」

見張員にカツがれて、笑いながら双眼鏡で見ると、なるほど、十数頭いる。十数頭が、交わりあうように潮を吹き、悠々と泳いでいる。これだけ大きな集団は珍しい。めったに見られない光景である。

ムクムクと好奇心が頭をもたげた。もう少し近寄ってみよう。とりあえず護衛の役を海防艦に委せ、舵をとって鯨の集団に近づいていった。

二千メートル、千メートルと近づく。壮観である。浮きつ沈みつしながら、ときおり潮を吹きながら、三ノットくらいのゆっくりしたスピードで泳いでいる。戦争のことや、敵潜水艦のことなど、忘れてしまいそうな、平和な姿である。五百メートル、三百メートル……突然、いっせいに海中に姿を消した。艦の気配に警戒したのだろうか。どこに行ったかわからない。

しばらく、気をつけながら行ったが、顔を出しそうにないので、あきらめて船団の方に舵をとった。そのすぐあとだった。不意に船体の微動を感じた。やったかッと思う間もなく、舷側で、バサ

二ノ方兼文少佐――危急存亡のときは、艦長が落ち着いていると乗員たちも落ち着く。

バサッと飛沫をあげ、海中に何かが潜りこんだ手答えを感じた。

(乗り切ったらしい。むごいことをした)

艦尾の方向を見ていると、白い航跡の中から鯨の巨体が、空高く跳躍して、次の瞬間、ドオッと飛沫を上げて姿を消すと、ふたたび現われなかった。

第五艦隊を基幹とする第二遊撃部隊が編成されたのは、十九年八月一日であった。二十一駆逐隊もそれに加えられた。

第五艦隊は、重巡「那智」「足柄」、軽巡「木曾」「多摩」が主隊で、第一水雷戦隊(軽巡「阿武隈」、駆逐艦四)。新たに二十一駆逐隊(駆逐艦三)が加わったというものの、駆逐艦は七隻。防備と船団護衛に当たっていて、戦闘部隊としての訓練は、艦としても不十分なら、艦隊としての総合訓練も不十分。

その五艦隊を捷号作戦(フィリピン攻防戦)では機動部隊本隊(小沢部隊)に入って作戦させようと計画されていた。

たいへんだ。何よりも先にミッチリ訓練をしないと、戦力を十分に発揮できない。そんな状況なのに、重巡以外は、便利屋稼業に忙しく、船団護衛や緊急輸送に使われ、第一、柱島泊地(広島湾)に集まれない。一応、訓練ができる態勢になったのは、九月下旬。大砲を撃ったり魚雷を射ったりの訓練までは何とかできたが、戦場で部隊を組んで戦う訓練までは手が回らないまま、作戦に突入することになってしまった。

その契機になったのが、台湾沖航空戦（前出。十月十二日から十五日）であった。

絶えて久しく聞くことがなかった敵空母撃沈――しかも十数隻も撃沈したという朗報が入って、すっかり生気を取り戻した連合艦隊司令部は、いまこそ敵機動部隊を追撃全滅させるチャンスだと見た。

「第二遊撃部隊（「那智」「足柄」、第一水雷戦隊）ハ準備出来次第速ヤカニ出撃、台湾東方海面ニ進出、好機ニ投ジ敵損傷艦ノ捕捉撃滅ナラビニ搭乗員ノ救助ニ任ズベシ」

十四日正午過ぎ下令。ちょうど手頃な部隊が瀬戸内海西部にいるから、あれを使って残敵掃蕩させろ、という、ノリまくった命令であった。台湾東方海面には、損傷艦がゴロゴロしている、と見ていた。

第二遊撃部隊（志摩部隊と略称）にとっては迷惑な仕事だった。機動部隊本隊として、小沢長官の指揮下、表街道を真正面から敵主力に戦いを挑む、その任務に武人の名誉と誇りを賭けていた。それまで北東方面艦隊として、裏街道で寒気とたたかい、輸送船の護衛と敵潜水艦掃蕩が毎日の仕事だった志摩部隊の意気込みは、大きかった。それが一転、またまた横道に逸れ、便利屋的任務につけられる。

だが、考えてみると、贅沢はいっていられない。敵主力が壊滅したとすれば、機動部隊本隊も手持ち無沙汰になる。残敵掃蕩は、他の部隊が撃沈破した敵艦艇のまだ浮いているものを沈めるだけのことで、それよりも、自分が正面から戦って敵を撃沈破したいが、手持ち無沙汰になるよりは、よい。

命令は命令で、選り好みをするわけではないが、志摩部隊の心情としては、それが偽りのないところだった。武人の心情といいなおしてもよい。「よき敵ござんなれ」のあの「よき敵」である。それまで、「よき敵」のいない北太平洋にいて、切歯扼腕していただけに、その思いはいっそう切実だった。

志摩部隊が岩国沖を出たのは、十五日午前零時。まだ呉での整備が終わらぬ二十一駆逐隊には、あとから追ってこいと命じ、重巡二隻と駆逐艦四隻だけの小部隊で、あわただしく出発、十六日昼ごろには奄美大島の南東を進撃していた。三時間半遅れて出発した二十一駆逐隊三隻は、速力を上げて主隊を追ったが、十六日夜まで合同できなかった。しかも、合同したとき、「初春」が行方不明になっていた。

志摩部隊が所在を敵に知られないよう無線封止をしていたせいもあるが、編隊行動をする戦術訓練ができなかったからでもあった。このあと「初春」は、単独で馬公に行く。

さて、志摩部隊は、十六日昼ごろ、妙な電報を連合艦隊長官から受ける。

「第二遊撃部隊ハ敵情ニ留意シツツ航空部隊ニ策応スベシ」

なんだか、前の勇ましい命令からすると、急に及び腰になったような気配である。それまでに受けた電報からは、損傷した空母一、戦艦二がいることは事実らしいが、そのほかに健在の空母が十四隻いるという。

志摩部隊は、警戒を厳にした。すると、午後になってグラマン戦闘機二機が現われた。一時間後、またグラマンが来た。主隊を追ってくる二十一駆逐隊もグラマンと交戦したと報じてきた。

「これはいけない。近いところに敵空母がいる」

そう見てとった志摩部隊は、位置と兵力を敵に見られてしまった以上、強引に夜戦をしかけることができなくなったと判断した。そして反転、北に向かったが、そのころ、連合艦隊司令部から、敵の大部隊があちこちにいるから、南西諸島の北側を回れといってきた。

様子がおかしい。台湾沖航空戦で大戦果を挙げたにしては、バカに弱気になったものだと不審に思いながら、北上して、奄美大島で駆逐艦に補給することにした。

その夜、連合艦隊からは、

「明十七日索敵ノ結果、敵空母ナホ健在シ夜襲ノ見込ミナキ場合ハ馬公ニ到リ命ヲ待ツベシ」との電令が来た。ますます変な具合である。

志摩部隊司令部としては、志摩部隊あての電報は受けているが、全部の電報を受けているわけではない。それだけに、全体の戦局の動きはわからないのだ。

駆逐艦、軽巡への燃料補給は、十八日夜明けまでに終わった。あとから考えると、ハルゼー提督は、潜水艦の報告で志摩部隊の南下を知り、空母部隊二群を振り向けて待ち伏せしていたという。

結果から見ると、この志摩中将の判断は正しかった。危うく破局を免れたことになるが、そのとき、軍令部はカンカンだった。

中央と現場の認識のギャップである。中央は、「追撃は勇猛果敢にやるべし。千載一遇の好機に引き返すとは何事か」という。現場は、状況の変化に応じ、現実的で最善の方策をとろうとする。だから、とかく中央は、現場の作戦部隊は勇気がない、といいたげな口ぶりをする。

レイテ沖海戦のあとの話。

軍令部から、「味方の航空兵力がいちじるしく劣勢の場合、戦艦、巡洋艦を局地戦に参加させることは不適当」という申し入れを受けた連合艦隊先任参謀神重徳大佐が、

「たとえわが航空兵力が非常に劣勢であっても、艦隊で敵の上陸泊地などに突入できぬことはない。できないのは、当事者の勇気が欠けているためだ。断じて行なえば鬼神もこれを避ける。勇気さえあれば、優勢な敵航空兵力があっても、戦艦はまだまだ使えるのだ」と、頑として承服しなかった事実がある。

さて、志摩部隊である。

奄美大島で燃料補給をしている間に、戦局は大転換していた。前日の十七日早朝、米軍がレイテ湾の入口にあるスルアン島に上陸してきた。残敵掃蕩どころではなくなった。

これから後の志摩部隊は、指揮の面、任務の面で、気の毒なくらい右往左往をくり返す。

「なあに、2YB（第二遊撃部隊）は付録だから……」と軍令部参謀の誰かが言ったとか言わなかったとかいう話さえ伝わって、現地部隊を憤激させたとの噂もあった。とにかく戦局も指揮も大混乱をしているさ中の右往左往であった。

まず十八日、米軍がスルアン島に上陸した翌日、連合艦隊はいったん機動部隊本隊に戻し

た志摩部隊を、フィリピン方面の防衛を担当する南西方面部隊に編入、レイテ逆上陸作戦を強行させることにした。

志摩部隊は、すぐに奄美大島を出て、台湾の高雄に入港した。

ところが、逆上陸するはずの陸軍部隊は、準備ができていなかった。台湾沖航空戦で大戦果を挙げたと聞き、それならばとルソン決戦の予定を急いでレイテ決戦に切り換えた。南方軍は、これから計画を練る段階だし、移動させるにしても、小部隊しか出せないという。では、志摩部隊は馬公で待っておれ、とされた。

焦ったのは志摩中将だ。

「そんなことをしていたら戦機を失する。逆上陸作戦には十六戦隊（重巡『青葉』、軽巡『鬼怒』、駆逐艦『浦波』）で十分といっているから、志摩部隊は栗田艦隊の後を追ってレイテに突入する」と打電した。

南西方面部隊は驚いた。自分の指揮下に入った志摩部隊には、兵力輸送を支援させようと考えている。レイテ突入などとんでもないと、連合艦隊に意見具申し、一方、志摩部隊にはマニラに入れと命じた。

しかし、連合艦隊司令部は、攻撃優先主義だった。栗田艦隊（第一遊撃部隊）のレイテ突入に呼応して、レイテの南口、スリガオ海峡から突入した方がよい、という。

それではやむをえない、というわけで、南西方面部隊は、志摩部隊に、「スリガオ経由レイテ湾突入」を命じた（二十三日正午）。

志摩部隊を栗田部隊の指揮下に入れることを連合艦隊で認めなかったから、指揮系統は南西方面部隊に入ったまま。だから、南西方面部隊長官に属する志摩部隊が、連合艦隊長官直属の栗田部隊と協同しながら、スリガオからレイテに、突入するという、なんとも奇妙な格好になった。ということは、栗田部隊の指揮下でスリガオからレイテに突入する西村部隊とも、「協同」の関係にあり、まったく別の部隊になったわけだ。

志摩中将は、そういうややこしい電報の往復を、傍受し翻訳して承知していた。かれの念頭には、「戦機に遅れたら無意味だ」ということが大きく居坐っていた。マニラに入れと南西方面部隊指揮官から命じられたことは知っていたが、マニラをトバして、ずっと南のミンドロ島の向かい側、コロン島に急いでいた。

志摩部隊の頭には、レイテ突入しかなかった。戦機に敏感な指揮官が、上級指揮官や陸軍部隊の決心の遅さに業を煮やし、行き交う電報によって、命令の先取りをしたことになろうか。その意味では、スマートな独断専行といえるだろう。

ここで、二ノ方少佐の駆逐艦「若葉」が登場する。それまで主隊の「那智」「足柄」、一水戦旗艦「阿武隈」たちと行動をともにしてきたが、ここで分離し、別行動をすることになる。二十一日朝のことだった。

連合艦隊命令で、駆逐艦三隻を割き、第二航空艦隊がフィリピンに進出するための輸送に協力せよ、といってきた。

第五艦隊の全力をふるってレイテに突入する決心でいた志摩中将は、身を切られるような思いながら、二十一駆逐隊（「若葉」「初春」「初霜」）を派遣せざるをえなかった。

途中、行方不明になった「初春」と馬公で合同。二十日にはレイテ突入の決心を固めて、夜遅く旗艦「那智」に各級指揮官が集まった。志摩長官の訓示、恩賜の酒を酌み交わして大元帥陛下万歳を三唱、任務達成を誓い合った、そんな充実した気迫をはぐらかされるような分離行動だった。

いったい、航空艦隊の「輸送に協力」する任務には、どのくらいの時間をとられるのだろう。時間がかかりすぎ、レイテに向かって進撃する主隊に追いつけなければ、この全海軍を挙げた乾坤一擲の大作戦に参加できなくなる。武人として、これより無念なことがあるだろうか。

マニラへの輸送作戦は、幸い、順調にすすんだ。すっかり落ちこんでいた気持ちに、張りが出てきた。二十四日午前、コロン湾東方海面で主隊に合同せよという志摩長官の命令どおり、運びそうだ。

二十一駆逐隊三隻は、二十三日午前九時、勇躍してマニラを出た。燃料もマニラで満載した。二十四日夕刻、ネグロス島南方で主隊と合同――二十五日夜明け前に北東入口からレイテ湾に突入してくる栗田部隊と呼応して、南入口のスリガオから早朝突入。旗艦「那智」を先頭に単縦陣で進撃、敵の有力部隊がいたら、まず「那智」「足柄」が魚雷発射、その機に乗じて駆逐艦部隊が突撃する――そういう志摩部隊の攻撃シナリオを噛みしめながら、「若葉」「初春」「初霜」は、ミンドロ島の東を回る近道を一路南下、予定された合同点に急いだ。そして二十四日朝八時ころには、タブラス海峡を過ぎ、スルー海に入ろうとしていた。二十五日夜明け前にレイテ湾に突入しようと進撃する栗田部隊と、そのころ、約五十キロ離れて、スレ違っていた。栗田部隊は前日（二十三日）、「愛宕」「高雄」「摩耶」の重巡三隻を失ってはいたが（「高雄」は損傷落伍）、「大和」「武蔵」「長門」「金剛」「榛名」の五戦艦を中核とする大艦隊の姿は、呼応してスリガオに向かう二十一駆逐隊乗員の血をたぎらせたに違いないが、残念ながら距離が遠すぎて見えなかった。五十キロでは水平線の向こう側だ。

八時五分前ころ、「若葉」は、米艦上機二十機あまりを発見した。来たな、と身構えるうち、いったん頭の上を通りすぎた敵機が引き返してきた。敵機はジリジリと近寄る。ぐあいの悪いことに、「若葉」などの主砲（十二・七センチ砲）は仰角が五十五度しかかからぬ、水上射撃専門だった。飛行機を狙うための測距儀もないし、高射装置もない。砲術長が腰だめで撃つしかない。二十五ミリ機銃は、煙突の両側に二梃ずつあるが、有効距離千五百メートル。目と鼻の先に飛行機が来ないと、アタらない。要するに、駆逐艦の対空砲火は、致命的といえるまでに弱体だった。

だから、敵機が爆弾を落とした瞬間、大角度の舵をとって避けるしかない。

そんなところに、敵機が突っこんできた。対空砲火の全力をあげて撃ちつづけた。そして間もなく、艦首の十メートルくらい前に、至近弾が落ちた。水面に落ちた衝撃で、信管が働き、水に潜りながら炸裂して山のように水を盛り上げ、大水柱が立つ。その中に、二十四ノットの高速で「若葉」が突っ込む。

艦首が持ち上げられ、ドッと水を浴びたが、艦には異状なかった。

次つぎに急降下してくる。前檣に司令旗を揚げているのを見たのか、二十機あまりの敵機の中で、十数機が「若葉」を狙ってきた。

四、五回までは、回避した。しかし、次の爆弾が、右舷後部に命中した。機銃台が吹きとんだ。その火焰が下の補機室を襲ったが、大きな被害はなかった。

そして次の至近弾が、致命傷になった。

艦を外れて、舷側近くの水面に落ちた爆弾が、どうも装甲の厚い大型艦用のものだったらしく、最初、艦首近くに落ちた至近弾のように落ちてすぐ炸裂せず、〇・四秒後とか〇・〇八秒後といったように、ほんの僅かな時間を遅らせて炸裂するようにしてあったらしい。つまり、水に落ちて、そのまま潜っていき、艦底の四、五メートル下で炸裂した。あッという間に、艦の底――機械室の底が裂けた。

「機械室浸水」と報告してきたから、「何でも持ってって塞げ」と命じたが、塞ぐことのできる程度の穴ではない。機械《エンジン》は止まる。舵も利かなくなる――どうにもならなくなった。

凱歌を挙げたふうで、敵機は攻撃してくる。艦は、浸水がふえ、右舷に傾いてくる。

（どうしたらいいか）

ふと思いついて、二ノ方艦長はタバコを取り出し、火をつけた。こんな危急存亡のときには、部下の乗員は艦長の様子を、灼くほどの目で見つめている。艦長が落ち着いていると、乗員も落ち着く。手抜かりなく、仕事が運ぶ。

「そうだ。掌水雷長呼べ」

とんできた掌水雷長に、爆雷の信管を全部抜けと命じた。

艦が沈むと、乗員は海にとびこむ。そのとき艦に積んである爆雷が、ある深さまで沈み、水圧で信管が働いて誘爆する。そうすると、海を泳いでいる人間を直撃して、内臓破裂を起こさせる。もちろん死ぬ。なんとか戦死者を出さないように、しなければならぬ。

そのうち、三十度から四十度も傾いてきた。これでは艦にはいられない。意を決して「総員上甲板」を命じ、生存者全員を上甲板に集め、カッターを卸し、軍艦旗を卸し、そして、「総員退艦」を命じた。右舷後部に命中弾を受けてから、四十五分たっていた。

艦橋に頑張って、乗員たちが無事に艦から離れ、泳ぎ出すのを見とどけていた二ノ方艦長は、艦が横倒しになったため、艦橋にいられなくなり、平らになった舷側に這い出した。すると、後部に浸水したせいだろう、「若葉」は突然、艦首を水面に垂直に、高く持ち上げ、その拍子に、かれは海中に放り出された。

どうしようもなかった。

艦が沈むときの渦に巻きこまれ、水中の深い方に引き込まれて難儀をしたが、幸い昼間だった。明るい方に向かって手足をあおるうち、海面に出た。

「初春」が近くにいたので、乗員の救助にはそれほど心配はなかった。そして泳ぐうち、不意に水中爆発が起こった。

「しまった。信管を抜き忘れたのがあったんだナ」

一発だった。しかし、この爆発で、四、五人が戦死した。そしてかれ自身も、したたかに腹をやられた。内蔵破裂まではいたらなかったが、身体がおかしくなった。あとで調べると、首から懸けていた七倍の双眼鏡の対物レンズが、二センチばかり引っこんでいた。

それから四時間あまりの後、敵機八機が来襲して、こんどは「初霜」が命中弾を受けた。二番砲塔の付近に命中して砲塔から火を噴いたが、しばらくして鎮火した。健在は「初春」一隻となり、それも、「初霜」とともに、「若葉」の乗員や負傷者をのせていた。

「これでは、とても戦える状態ではない。いったんマニラに帰り、負傷者を病院に入れ、『初霜』の応急修理をして、後図を策することにしよう」

主隊との合同は断念せざるをえない、と二十一駆逐隊司令は決心した。

二ノ方少佐のレイテ沖海戦は、これで終わった。

（なお、「初春」「初霜」は、マニラで「若葉」の生存者を卸すと、すぐに引き返してコロンに進出した。入港して間もなく、スリガオから戻ってきた「那智」と「不知火」にパッタリ出会い、合同した）

月明の出撃

〈伊四七潜艦長・折田善次少佐＊伊四八潜艦長・当山全信少佐〉

折田善次（略称オリゼン）少佐。自称ガラッ八。他称、潜水艦乗りの神様。

はじめ、折田少佐と、米艦インディアナポリスを撃沈したことで有名な**橋本以行**少佐の話を述べ、折田少佐と、おなじ潜水艦乗りの**森永正彦**少佐の座談的昔ばなしをそのあとにつけ加える形で進めるが、まずその折田少佐。

昭和二十年五月十日付毎日新聞――

『〔某基地特電九日発〕沖縄海域に活躍するわが潜水部隊が敵補給路の後方を扼し敵に甚大な打撃を与へつつある時、わが〇〇潜水艦（艦長海軍少佐折田善次＝鹿児島県出身）は沖縄海面に出撃、戦機の熟するのを待ちつつあったが、一日遂に敵有力艦船群に遭遇これに猛攻を加へ、艦種不詳の大型艦二隻を撃沈、更に二日駆逐艦二隻を轟沈したほか大型輸送船一隻をも撃沈するの戦果を挙げ、更に敵を求めて作戦中待望の敵空母一隻を発見、これに必殺の攻撃を加えてこれまた撃沈するの戦果を挙げた。この赫々たる武勲に対し、艦隊長官は「第〇〇潜水艦は克《よ》く六隻の敵艦船を連続轟沈もしくは撃沈、大なる戦果を収め、その勇戦はもって全軍の範とするに足る」との賞詞を授けた（写真は折田艦長）』

――空母等六隻を撃沈。沖縄海面潜水艦の勇戦、と三十六ポイント活字の大見出しをつけた、顔写真入り四段抜きの記事の「本人」である。

かれはいう――。

――昭和十六年、日米開戦前の十一月二十一日、私は伊一五潜（伊号第一五潜水艦の略）、クラスメートの**当山全信**（沖縄出身）は伊一九潜に乗り組み、先遣部隊として、僚艦とともに横須賀を出た。行き先はハワイ沖だ。開戦後、ハワイ沖から北米西岸まで荒らしまわったあと、翌十七年二月一日、七十日ぶりに横須賀に帰港した。二人ともそこで、潜水学校甲種学生の辞令を受けとった。

甲種学生は、艦長になるためのコースで、平時ならば、ゆっくり家庭生活が楽しめるチャンスだが、戦時だから、それどころではない。座学、課題、机上演習、出動実習がギッシリ組まれて、三ヵ月。終わると、クラスメート十一人の新艦長が誕生した。

ある者はアリューシャン方面に、ある者は豪州東方海域に、ある者はソロモン方面に出かけて戦っているうちに、昭和十九年春になると、五人が戦死し、生き残りは六人になっていた。ほかのクラスの消耗にくらべると、これでもまだ悪運の強い方だった。

折田善次少佐――「みんなが潜水艦の神様だというが、ただ猛訓練を行なっただけだ」

そのころ佐世保海軍工廠では、水上速力二十四ノットの高速力を誇る「巡潜丙型」三隻を建造中だった。この型の潜水艦は、資材が底をついて、佐世保の三隻を最後に建造を打ち切られるはずだ。そして伊四六潜にはクラスメートの**山口幸三郎**（昭和十八年十一月十六日、トラック島南方で米潜コンビナを撃沈したときの伊一七六潜艦長）が、伊四七潜には私、伊四八潜には当山が艤《ぎ》装《そう》員長に補職された。

第一線から帰ってきたばかりの三人だ。昭和十七年の後半から、ジリ貧一途の潜水艦部隊の窮状を、何とかしても打開しなければならぬと考えた。

海上戦闘に絶対に強い潜水艦を造ろうと相談した。

で、三人揃って上京し、艦政本部に出かけた。二年あまり、実際に敵とわたり合った苦しい戦訓をもとに、電探《レーダー》、水中探信儀《ソナー》の強化、水中充電装置《シュノーケル》の開発など、新潜水艦の艤装について率直に意見を具申し、艦政本部当事者からは「最優先で装備する」との約束をとりつけたが、結局は、技術が予想以上に立ち遅れているのに加えて、軍需資材が欠乏し、どうすることもできなかった。

五月に伊四六潜、七月に伊四七潜、九月には伊四八潜が竣工した。その後、それぞれ約三ヵ月をかけて慣熟訓練（乗員が新しい艦に慣れ、取り扱いを身体で覚えるための訓練）をして、戦備完了となった。

その年の九月半ば過ぎから、フィリピン東方海域は風雲急を告げた。戦備を完了していた伊四六潜は、十一隻の僚艦のあとを追い、十月十九日、勇躍して呉を出撃した。

私と当山少佐は、日本艦隊最後の出撃になるに相違ないこの戦闘（捷作戦）に、初陣を飾る伊四六潜がうらやましかった。とくに、連合艦隊長官から『全軍突撃セヨ』の電令が飛んだあと、剛勇の山口艦長が発信する吉報を、待ちに待った。しかし、伊四六潜は、二十七日の連絡通信に、簡単な応答を送ってよこしただけで、その後は、まったく消息を絶ってしまった。

レイテ沖の海戦で五隻を失った潜水艦部隊は、十一月に入ると、飛行機による神風特攻に呼応して、作戦方針を特攻奇襲に転換した。

その第一陣、回天特別攻撃隊菊水隊に、伊四七潜が編入された。伊三六潜、伊三七潜とともに、西カロリンの米艦隊泊地を奇襲するため、それぞれ四基の人間魚雷「回天」を積み、十一月八日、瀬戸内海西部を出撃した。

私の伊四七潜は、計画どおり十一月二十日未明、ウルシー泊地の米大艦隊をすぐ近くに見る近さにまで潜入、回天四基を発進して、うまいこと離脱に成功した。伊三六潜は、回天三基が故障、一基だけを発進したが、そのあと哨戒艦艇の攻撃を受け、辛うじて離脱した。伊三七潜は、攻撃の前日、敵駆逐艦に発見され、不運にも沈没した。

この攻撃で、ウルシー泊地のまん中あたりに停泊していた油槽艦ミシシネワが雷撃され、大爆発を起こし、艦全体が燃え上がって、黒煙が天に冲した。米軍は、思いもよらぬ出来事に大恐慌。そのとき現場に居合わせた戦闘部隊指揮官シャーマン提督までが、『あの日、終日、次の日も、いまにも爆発しそうな火薬箱の上に座っているようで、戦々兢々としていた。休養を楽しむどころか、洋上に出た方がどれだけ安心かわからぬと思った』といっているほどだ。

しかし、このとき、油槽艦一隻だけしか沈まなかったように米軍は発表しているが、どうもおかしい。もう一隻、それも空母を撃沈しているはずだ。

なぜなら、戦後、ミシシネワ大爆発の写真が公表されたが、爆煙の横に空母が一隻写っている。あの隣にもう一隻いた。二隻並んで停泊していた。それを確認するため、できるだけ環礁に近づき、潜望鏡を二メートルも高く上げて正確を期した。飛行機がこの二隻の飛行甲板に満載されていた。なにしろ千載一遇のチャンスだから、一生懸命見た。

こんな例が、その後の回天戦にも起こっている。二十年一月十二日のホーランディア（ニューギニア北岸）港攻撃のときだが、回天四基を出して、明らかに艦船を攻撃した爆発音を聞いているのに、発表は何もない。戦後、友人の米海軍退役大佐に頼んで海軍省の記録を調べてもらったところ、二回大爆発が起こったが、輸送船の船腹が凹んだだけで被害はなかった。日本潜水艦による魚雷攻撃らしいとあったが、何としてもこれはおかしい。

とにかく、アメリカ側の公表は、日本の艦長が目撃したミシシネワと駆逐艦一隻だけが回天に撃沈され、他に駆逐艦二隻が大破したとされている。回天四十四基が実際に発進したのに、これだけの戦果では少なすぎる。魚雷を射つのと違って、生きた人間が乗って操縦している回天だ。発進を命じる艦長も、いまこの位置からならば必ず敵艦をとらえうる、と確信を持たなければ命令は出さない。なにか作為的なものが感じられる。

もしそうでなければ、終戦のとき、マッカーサー司令部の参謀長サザーランド中将が、大本営からの軍使に、

「回天搭載の潜水艦が行動中かどうか」と、まっ先に聞き、なお行動中だと聞くとまっ青になってあわてたという実話が、あり得ない話になってしまう。

伊三六潜と伊四七潜が、菊水隊作戦から帰ると、作戦関係者が多数参加して、戦闘報告と

研究会が開かれた。

「祖国を愛し、戦いの前途を憂慮する心一筋に、あとのことは頼みますと一言を潜水艦に託し、万歳を絶叫し、怒髪を逆立て、雲霞の如き敵艦隊のまっただなかへ彼らは驀進していった」

回天発進の状況を、私は感涙とともに説明した。満場粛然となった。つづいて艦隊司令部が、

「空母を含む有力艦五隻を撃沈したものと認める」と発表すると、参列者はみな、この回天奇襲戦法にまったく魅せられたように見えた。私はさらに、

「しかし、参加した潜水艦三隻のうち一隻を失い、搭載した回天十二基のうち四基喪失、三基故障という代償を払ったことを考えると、敵は、当然、さらに厳重な防御策を講じてくるだろうから、同じ戦法をくり返すことは危険である。注意の要がある」と声を大にした。だが、上層部は耳を貸さず、一週間後には同じ戦法による第二陣、金剛隊作戦が連合艦隊命令として発令された。

一、昭和二十年一月十一日攻撃

伊三六潜（艦長・寺本巌少佐）　ウルシー泊地

伊四七潜（艦長・折田善次少佐）　フンボルト湾、ホーランディア泊地

伊五三潜（艦長・豊増清八少佐）　パラオ島コスソル水道

伊五六潜（艦長・森永正彦少佐）　アドミラルティ諸島ゼーアドラー泊地

伊五八潜（艦長・橋本以行少佐）　グアム島アプラ港

二、昭和二十年一月二十一日攻撃

伊四八潜（艦長・当山全信少佐）　ウルシー泊地

作戦潜水艦は、そのころ生き残っていた乙型、丙型、巡潜の全部。潜水艦長は、伊三六潜のほか、五人とも五十九期の潜水艦乗りで、これがその生き残りのすべてであった。

――この作戦計画は、異様だった。どう考えても異様だった。

なるほどウルシー泊地は、西太平洋で最大最重要の米前進根拠地だ。だが、十九年十一月二十日の私たちの奇襲攻撃が成功したからといって、年が明けた一月十日、一月二十日とくり返す。一月十日の伊三六潜の二度目の突入でさえ常識はずれなのに、十日おいた一月二十日、しかも月明かりの下を敵前行動して、同じ戦法で伊四八潜に攻撃させようとするのは、これはもう自殺行為――伊四八潜にしてみれば至難中の至難事だ。

柳の下の泥鰌《どじょう》を何尾も司令部は狙っている。安易すぎる。敵の過小評価もはなはだしい。

憤慨組代表の私は、伊四八潜の当山艦長を引っぱって、艦隊司令部にねじ込みにいった。

気負いこんだ私の質問に、参謀はこう答えた。

「――伊四八潜を次の一斉作戦まで待機させては、みすみす戦機を逸するから、一月十一日（あとの命令で、攻撃日を一日ずつくり下げられた）以後、最近の好機をとらえて奇襲を決行させたい。

――菊水隊の十一月二十日、こんどの一月十一日は、どちらも月齢三の暗夜だ。おそらく敵は、二回の奇襲を受けた経験から、暗夜、とくに月が早く没するころが危ないと見抜き、各根拠地ともそのころにもっとも力を入れて警戒するだろう。これを逆に見れば、一月二十一日は月齢十二であり、警戒が緩む時機と判断した。敵の裏をかく最良の攻撃時機として選定した。

――わが潜水艦の電波探知能力が弱いことは認める。しかし、潜水艦に装備した十二センチ双眼望遠鏡の視認能力は、昼間ならばレーダーの探知能力にまさるとも劣らない。夜間も月明下ならば、敵の駆逐艦ごときのレーダーにはひけをとらないはずだ。『敵の能力を過小評価することは危険です。私たちが一番よく知っています』と諸君はいうが、そういう諸君こそ敵の能力を過大評価している。要は、現地にのぞんだ潜水艦長の、適切な状況判断と、勇戦敢闘にある」

当山全信少佐――伊48潜水艦艦長として奇襲攻撃に赴き、敵掃討隊の攻撃で散華した。

またしても、精神力で勝てという。大本営海軍部と連合艦隊の決裁を経た作戦命令であるから、すでに決定されたもので、変えるわけにはいかない、といわれては、最後だ。命令とあれば従わねばならない。

その夜の会食は、まったくメートルが上がらなかった。いつもならば、酒とともに談論風発するのだが、この夜は黙々として、砂を嚙むよう。お互いの成功を祈り、再会を約して解散した。帰り途、当山と私は同じ方向だった。人通りの絶えた街を、肩を組んで歩いた。自然に、今日の説明会の話になった。

「艦隊司令部の判断は、まったく甘い。敵の出方を一番よく知っているのは、生命を賭けて戦っているおれたちだ。そのおれたちの意見も聞かず、虎の子の潜水艦六隻を、将棋の駒みたいに簡単に動かす。釈明に困ると、極まり文句は精神力でいけ、だ。当山。貴様は、職を賭しても命令の変更をねばるべきではなかったか。伊四八潜は、貴様一人の艦ではないぞ」

「おれもその覚悟で司令部に乗り込んだのだ。しかし、あれだけいわれたからには、おれはやる。やってみせる。(伊四八潜が)主機械故障で臨戦準備が遅れたことにさえ、聞くに堪えない陰口があって、責任を感じているのに、命令変更をおれの口から言い出してみろ。誰もが〝弱虫の当山〟と陰口を叩くだろう。おれはそれがたまらんのだ」

「陰口くらいで、国宝的存在の潜水艦長がくよくよしてどうする。超然とするんだ。こんどの作戦では、クラスのオールスター競演だが、なかでも貴様との腕くらべが楽しみだ。貴様の得意の相撲のようなわけにはいかんぞ」

「伊四八潜は初陣だが、乗員は徹底的に鍛えてある。むざむざ敵に食われるようなヘマはやらんつもりだ。敵の駆逐艦が夜間浮上したところを狙ってくるなら、おれは逆に夜間潜航、昼間浮上して、十二センチ双眼望遠鏡の見張りで対抗する。それよりも折田。一月十一日にあんまりあちこちで派手にやるなよ。あと攻めのおれにまでトバッチリが来ては、迷惑する」

そんなことであとは家族の話になって分かれた。

その翌々日、出撃する回天搭乗員の名簿が発表された。伊四七潜には四人だが、隊長川久保輝夫中尉とあり、オヤッと思った。兵学校七十二期の中尉だというから、もしかするとクラスメートの**川久保尚忠**の弟ではないだろうか。昭和三年か四年ころ、川久保の家で、抱いて遊んでやった輝坊ではないか。

艦が大津島基地に回航して、挨拶に来た川久保中尉を見ると、まさしくそうだった。幼な顔が、凛々しい若武者の頬のあたりにあった。

「立派になったなあ。おれの方こそよろしく」

そういったものの、胸をつかれた。戦死した長兄尚忠の親友で、これも戦死した次兄三郎の潜水学校学生時代の教官であった私と川久保兄弟のつながりを、知っていた回天基地指揮官板倉少佐（六十一期）が、特別に計らった乗艦指定だった。

十二月二十七日出撃。一月六日に潜航したまま赤道を通過。一月十一日、ニューギニア北岸の要衝フンボルト湾をのぞむ地点に潜入した。明早朝、回天隊は伊四七潜を発進、湾内に進入、ホーランディア泊地に停泊する敵艦船に体当たりする。

私は、身の回りの整理が終わったころを見計らい、川久保中尉を艦長室に呼んだ。内地から持ってきた茶器で一服点じたのをすすめながら、「輝夫くん」と呼んだ。

「兵学校生徒だったおれたちに抱かれて、ご機嫌だった輝ちゃんが、回天に乗り、大志を抱いておれたちと一緒にニューギニアくんだりまでやってこようとはなあ」

「亡くなった尚忠と三郎の二人も、艦長のお世話になりましたが、私もまた、最後までお世話になります」

「それが、きみの兄貴とおれとの間の因縁というものだ。お父さんは今でもお達者かな」

「特別休暇で帰省しましたが、元気でした。でも、突然の帰省でしたので、なにかあるなと思ったことでしょう」

「まさか人間魚雷で体当たりとはね。何か、個人的に言い残しておくことはないか。遠慮なく言ってくれ」

「はい。もし機会がありましたら、折田艦長が見られたままの私の最後の姿を、父に話してやって下さい」

「引き受けた。きみの最後は、しかと見届けてあげる。安心して行きたまえ」

「ありがとうございます。お願いします」

　全身全霊を国難に捧げて悔いず、静かに一礼して去っていく輝坊の淡々とした後ろ姿が、幼いころの姿とダブって、不憫《びん》でたまらなかった。

　十二日、午前四時十五分、川久保中尉搭乗の回天一号艇が発進準備を完了した。

「会心の命中を祈るぞ」

　電話に、そう力をこめると、

「お世話になりました。伊四七潜の武運長久を祈ります」

　ハキハキと答えた。

「輝夫！　しっかりやれよ」

肉親にかわって激励すると、

「兄たちに負けずに立派にやります。さよなら。出発します」

それから三十分後には、全基発進を終わった。そして、川久保中尉が出発して約四十分後、電信室から、

「敵のホーランディア基地指揮官より在泊艦船あて、S《エス》をさかんに連送しています」と報告してきた。S連送とは、潜水艦の攻撃を受けつつあり、という意味の敵の略符号である。回天隊の突入は成功したのだ。

終戦の年、郷里の鹿児島に復員した私は、川久保輝夫中尉と約束したとおり川久保家を訪れ、父君にそのときの模様をすべて語った。

端然と目をとじたまま聞き終わった父君は、机の中から一片の紙をとり出して、私に示した。

『子らをみな　国に捧げし　秋の空』とあった。

それから、当山のことだが、二月一日、伊四七潜は基地に帰ったが、帰るとすぐ、出迎えた艦隊参謀に、何よりもまず伊四八潜の消息をたずねた。返事は、意外だった。消息不明という。連日連夜の点呼にもまったく応答がないという、最悪の事態だった。

はじめから伊四八潜の任務行動に強硬に反対していた私だ。何としても最後の様子が知り

たいと思った。幸い、戦後入手した米側の資料で、ようやく願いがかなえられた。

それによると、伊四八潜は、二十一日未明、奇襲を決行したあと、西方に離脱、電池の充電と艦内の換気のため、日没後に浮上したらしい。それを敵の哨戒機が捉え、掃討隊の駆逐艦三隻が急行した。

二十二日は徹底的な潜没で追跡の目をかわしたが、二十三日、スキを見て浮上したところを掃討隊のレーダーに捉えられ、悪戦苦闘。一時は離脱に成功したと見えたが、こんどはソナーに捉えられ、息もつがせぬ連続攻撃を受けて被害続出した。

そして朝九時半、猛烈な水中爆発を起こして沈没したという……。

剛勇沈着

〈伊五八潜艦長・橋本以行少佐＊伊五六潜艦長・森永正彦少佐〉


橋本以行少佐、伊五八潜艦長の話。

——開戦のときは伊二四潜の水雷長で、特殊潜航艇を積んでハワイ沖に行った。伊五八潜艤装員長になったのが十九年三月で、九月竣工とともに艦長。訓練を終わって最初の出撃が十二月三十日、回天四基を積んで内地発、金剛隊の一隻としてグアム島アプラ港に向かった。

発進させたのは四基。浮上し、沖に向かって全速避退中、もう先頭の回天が港内に潜入するころだというとき、意地悪く敵機が現われ急速潜航。無念ながら、確認することができなかった。しかし、一時間たって潜望鏡を上げて見たときには、港内と思われるところに、二条の黒煙が空高く立ちのぼっていた。

戦後の話だが、港内で爆発があったという人はいるが、米軍の記録には何も出てない。ただ、戦後しばらくたって、米海軍の軍人が秘かに知らせてくれたのによると、護衛空母一隻と大型タンカー一隻が轟沈して生存者もごく少なかったという。米海軍の公式発表ではないから、断定はできないが、そのときに見た二条の黒煙とも符節を合わせるもので、おそらくそれに間違いはないだろう。

話はとぶが、二十年七月十六日、伊五八潜は呉を出撃、途中、回天六基を積んで、「フィリピン東方海面で敵艦を攻撃する」ため、洋上に出た。

大型水防望遠鏡四基と対空、対水上用の電探《レーダー》とによる見張りには、絶対の自信があった。これまで不成績だった対空電探だが、八木アンテナが採用されて見違えるように性能が上がった。大丈夫だ。かならず敵より先に発見できると、確信がもてるようになった。視界のよいときに恐ろしいのは敵潜水艦だけで、ほかには不意の攻撃を受けることはない。乗員の技量と兵器の能力も、ようやくこれまでに進歩した。これが、もう二年早かったならば、二年前にここまで電探が進歩していたならば、これほどまでに損害は受けなかったろうに。もう少し戦果を挙げることもできただろうに……。

七月二十九日。豊後水道を南下して十二日目。それまでに、第一の会敵予定海面（沖縄―サイパン航路）、第二の海面（沖縄―グアム航路）で敵に会わず、第三の海面（レイテ―グアム航路）でようやく大型油槽船をとらえ、回天一基発進、爆発音は聞いたが、激しいスコールの中で成果を見ることができなかった。二人の搭乗員の冥福を祈り、移動して第四の海面（レイテーグアム航路とパラオー沖縄航路の交叉点）に到着する。

潜航して待機、月が出て一時間後、夜間潜望鏡を上げ、電探を用意、浮上する。そして月光に映える水平線上に、艦影らしい黒点一つを発見した。反射的に潜没。魚雷と回天を準備する。午後十一時八分のことであった。

黒点は刻々に近づく。三角形だ。まっすぐ近づいてくる。そのほかに、艦影はまったくない。ただ一隻だ。

十一時九分、魚雷六本発射を決める。回天二基乗艇待機。潜水艦でないことは、確かだから、この艦影は敵に相違ない。相変わらず敵はまっすぐ近づく。このままだと、頭上を乗り切られそうだ。

距離がこの状態ではわからない。だが、どうも大型艦らしいと思う間もなく、三角形の黒点の頂上が二つに分かれた。前後に大きなマストがある。

「しめた」

心の中で叫んだ。舵をとったらしい。もう頭の上を乗り切られる心配がなくなった。と同時に、敵の艦種が見当ついた。戦艦か大巡だ。マストの高さを戦艦、大巡の場合の三十メートルと仮定して測ると、距離約四千メートルと出た。魚雷を発射するときの距離を二千メートル、角度を右四十五度と予定して発射方位盤に調定させた。敵の速力は、潜望鏡で見た感じで、十二ノットと考えた。

回天からは、発進準備を命じてくれと、さかんに催促してくる。だが、この程度の月明かりでは、暗すぎて回天の襲撃は無理だ。魚雷を使って、回天は使わない決心をした。敵艦に艦首を向ける。艦内は静まり返って、魚雷発射の命令を待っている。敵を見ているのは艦長の目だけ。耳で聞いているのは水中聴音機だけだ。

十一時二十六分、「発射はじめ」の号令をかけた。あとはボタンを押すだけで魚雷は走り出す。回天からは、敵は何か、どこか、なぜ出さないかと、しきりに催促がくる。

刻々に射点が近づく。そこで一呼吸して、もう一歩、千五百メートルまで踏みこむことに決心を変えた。息づまるほどの時間が過ぎる。潜望鏡の中心線を、敵の艦橋に合わせて狙いをつけた私は、身体中からの声で叫んだ。

「用意、テーッ」

発射ボタンが二秒間隔で押され、六本の魚雷は扇形に、順調に突進していった。潜望鏡を上げたまま、すばやくあたりを見回した。ほかに艦らしい黒いものは何もない。

敵艦と平行になるように舵をとりながら、命中を待った。一分はかからないはずだが、その長く感じたこと。敵艦は何事もなくスルスルと通り過ぎていく。気が気ではない。

(途中で千五百メートルに踏み込むことに変更したため、何かミスを惹き起こしたのではないか。敵艦に命中するはずの魚雷が、大偏射をしたのではないか……)

猛訓練を重ねてきて、乗員の技量に確信を持っているはずのことまで、悪い方に、悪い方に思われ、それが、ほんのわずかな時間だったが、頭の中で渦巻いた。そのとき、敵艦の艦首の一番砲塔の前側に水柱らしいもの、つづいてその後方、一番砲塔のま横に水柱が上がって、パッとまっ赤な火を噴いた。つづいて三番目の水柱が、二番砲塔のま横から前艦橋にかけて立ち上がり、三本の水柱が並んで、火焰に赤く染まりながら、前檣楼よりも高く奔騰した。一本命中するごとに、思わず、

「命中!」と叫んだ。乗員は、そのたびに躍り上がった。

前檣付近の水柱に気をとられすぎていたので、あわてて潜望鏡を回すと、後の方にも、水柱らしいものが上がって、消えかかっていたが、魚雷の命中による水柱かどうかはわからなかった。

しばらくすると、魚雷の命中音が、等間隔で艦を揺すぶった。敵艦は停まっているが、浮いている。もう一つの、昼間用の潜望鏡を上げて、司令塔員に見させた。まわりに艦影はない。まもなく、誘爆音らしい音が響いた。魚雷の命中音よりも大きい。四つ連続する。つづいて十ばかり。

「爆雷攻撃!」と叫び声があがる。様子がわからないから間違えたのだ。

「近くに他の敵艦はいない。誘爆音である」

そう伝えさせると、静かになった。だが、敵艦はまだ沈まない。とどめを刺さねば沈まないのではないかという気がして、次の魚雷の装塡を命ずる。

「敵が沈まないなら、回天を出して下さい」

回天から頼んできた。回天搭乗員の気持ちはわかるが、敵艦にとびかかる前に、もし敵艦が沈んだらどうする。回天は、いったん発進させたら収容できない。何も急ぐことはないのだ。ゆっくりやればよいではないか。そのうち、敵の水中探信音がするといってきた。敵が距離を測っているらしい。有効な反撃を受けたら、九仞《きゅうじん》の功を一簣《いっき》に欠《か》くというものだ。次の魚雷の準備ができるまで、深く潜って待つことにする。敵艦の監視は、水中聴音器と水中探信儀に委せた。

戦後わかったことだが、敵艦はそんな反撃どころではなかったという。艦長は、右舷に六十度も傾いた舷側を這って、艦尾に行ったそうだ。そういえば、最後に潜望鏡を卸すときには、だいぶ傾いていたようでもあった。しかし、逃げ腰というか、浮き足立つというか、こんなとき、どうしても自分に不利なように考えてしまう。探信音といっても、ほんとうに敵の探信音だったかどうか。疑ってみればよかったが、まともに信じてしまった。

まもなく探信音が消えた、と知らせてきた。あいにく魚雷を発射管に装塡中だった。艦を傾斜させると危険なので、潜望鏡を出せる深さまで浮上することができない。ようやく魚雷二本の装塡が終わって潜望鏡を上げたが、そのときには、もう何も見えなかった。

沈没したあたりに行き浮上した。何一つそれらしいものはなかった。暗いので見えないのかもしれない。魚雷命中からほぼ一時間たっていた。沈んだのだろう。もし浮いているとしても、あれだけの手傷を負っている。高速で突っ走れるわけもないから、ここから見えるはずだ。慎重に、双眼望遠鏡を使って探したが、何も見えなかった。

いったい、敵の艦種は何だったろう。魚雷三発が確実に命中したのに、なお沈まない。戦艦か巡洋艦か。一隻だけで、護衛の駆逐艦もつけないで歩いていたのは、なぜだ。そのころこのあたり、日本の潜水艦があまり活動していなかったから、すっかり気を緩めていたのだろうか。

疑問が多かったが、諦めて、次の戦場に急いだ。途中、いろいろ考えた。艦型図などを出して研究した。三発命中しても、なお浮いていたことが、ひっかかった。ソロモン戦の戦訓で、重巡は一発で轟沈する、とあった。とすれば戦艦だろうか。潜望鏡で見た艦型を思い浮かべ、ためつすがめつして、とうとうアイダホ型戦艦にきめた。そして、回天の戦果と合わせ、艦隊長官に報告した。

まさかそれが、それから数日後、広島と長崎を壊滅させた原爆を、テニアンに陸揚げしてきた重巡インディアナポリスだったとは、思いもよらなかった。後知恵にはなるが、もしこのとき、徹底的に付近を捜索して、三百五十名いたという生存者の何人かを拾い上げ、原爆の存在を知ることができていたらと、残念この上ない。

しかし、乗員の士気は大いにあがった。敵の大型艦を撃沈するなど、そんな好機に長い間めぐり合わなかったのが、ここで実際に撃沈を果たした。高揚するのも当然だが、収まらないのが、回天搭乗員だった。とくに林義明一飛曹は、台南一中出身の紅顔の美少年。純真一途。二十歳の予科練出身者だったが、

「戦艦のような好目標に、なぜ回天を使わなかったか」と、涙を流して私を恨んでいると聞

いた。

「また好目標がすぐ来るから」

そう伝えさせたが、なだめるのに苦労した。

七月三十日、昼食のとき、乗員の好きな缶詰の赤飯、うなぎの蒲焼きの罐詰、コンビーフの罐詰を出し、前日の戦果を祝った。

八月一日、「漸次北上セヨ」との電命があり、北に向かう。沖縄とウルシーの航路、沖縄とレイテの航路で網を張る。

八月十日。回天二基、敵船団に突入、爆発と共に船団は大混乱、警戒の駆逐艦一隻轟沈。

八月十二日。回天一基、発見した一万五千トン級の水上機母艦に向かって発進。アイダホ型戦艦、実は、インディアナポリスのとき、泣いて橋本艦長を恨んだ林一飛曹が、頬を紅潮させて、勇躍してとびこんでいった。

橋本以行少佐――目の前で、回天が敵の巨艦を屠ったのを見て、胸のつかえがとれた。

潜望鏡をそっと上げて見ていると、敵は煙突から黒煙を上げて逃げはじめた。回天を見つけたのか、右に左に走っている。なんとか敵の首根ッ子を押さえつけて動かぬようにしてやりたいが、どうしようもない。三十分もたつと爆発音がした。命中したのかと思ったが、続けざまに十発ばかり聞こえた。爆雷だ。駆逐艦が引っ返してきて爆雷攻撃をはじめた。どうなることかと、手に汗にぎる。

回天が発進して、四十四分もたった。そのとき、大水柱、大黒煙が天に沖した。思わず合掌した。

しばらくたって、爆発音が一つ響いてきた。水柱と黒煙が消えると、それまで黒煙を吐いて走っていた巨大な艦影はなく、駆逐艦のマストだけが、たそがれの迫る海面にポツンと見えていた。

目の前で、かれが巨艦を屠ったのを見て、胸のつかえが、いっぺんに吹きとんだ。全員粛然、熱血純情の林一飛曹の冥福を祈りながら、北に向かった。

あれほど傍若無人に、執拗に日本潜水艦に立ち向かってきた敵駆逐艦が、このごろ、妙に逃げ腰で、目立って消極的になっていた。ようやく潜水艦も、一人前の戦闘ができるようになった、と思った。もし、三十ノットで走りながら潜望鏡を上げ、観測できるようになったら、敵機動部隊にま正面から突っこんでも、相当やれるのではないか。三十ノットで突進してくるものを、ある程度遠くで発見したとしても、二十ノットやそこらの速力で走っている艦ならば、絶対に逃げきれない。

ただ、遅すぎた。伊五八潜型で残ったのは四隻、輸送潜水艦三隻を加えても七隻にすぎなかった……。

回天を積んでいった折田艦長はいう。

「回天の搭乗員たちは、神様だ。われわれにはとても真似できない。何月何日何時何分に死ぬ、ということが、一ヵ月も前からわかっている。それなのに訓練に精を出すし、朝晩の起居動作など、ぜんぜん変わらない。

潜水艦に乗ったら、もう十日も生命はない。しかしかれらは、『お世話になります』と艦長以下の一人一人に挨拶して、乗員の邪魔にならぬよう、隅っこでじっとしている。暇なときには、米艦船の模型を出して、あっちに向けたりこっちに向けたりして、測的の訓練をする。海図をひろげて、どこをどう進むか、熱心に研究する。

攻撃日が迫ってきても、焦る気配はなかった。淡々として、いつもにこやかで、食事のあとなど碁をやったり、手すきの者と将棋をしたり。

かえって私たちの方が緊張した。私など、日に日に食欲が減って、食事もせいぜい二口くらいしか咽喉を通らなかった。どんなことがあっても、あの連中に無駄死にさせちゃいけないと、それればかり考えていた。こっちの方が神経衰弱になった。ウルシーのときでも、かれらを発進させて、戦果があがったのを確認したとたん、食欲が急に出てきたほどだ。

私はの艦乗員には、回天搭乗員に明日の話はするな、と厳命した。日本に帰ったら、どこに行く、何を食べるなど一切いうことを禁じた。かれらの決心にたいする冒瀆だと思ったからだ。

艦の中は、だから何となく重苦しくなる。搭乗員たちは、それに気づいて、わざと朗らかにふるまう。それを見るのが辛かった。いよいよ出撃というとき、

『私どものために、みなさんにご迷惑をかけました。すみませんでした』といって、帝国海軍万歳をいって、伊四七潜の武運長久を祈ります、といって出ていく。自分のことだけ考えて、何もいわずに行ってくれればと思うが、こっちのことまで気を使って出ていく。どの子もみなそうだった。ほんとうにかれらは、神そのものだった」

潜水艦を総括する意味も含めて、**折田善次**、**森永正彦**両ベテラン艦長に語ってもらった。

折田　統率の要諦は何か、などといっても、私自身よくわからない。よくまあこんな艦長に皆ついてきたなと思っている。戦後四十年たって戦友会をすると、皆が私を神様みたいにいう。そういうだけのことが何かあったのだろうとは思うが、そのかわり私は、血も涙もない訓練を容赦なくやった。とにかく訓練した。たとえば、艦橋から発令所まで降りる訓練。一チーム六人でやる。砂時計を持って私が立ち、戸塚ヨットスクールではないが樫の棒でやる。それで落伍した者は艦橋配置に上げない。士官室の従兵にする。

ある朝、発射管の連管長（一等兵曹）が、士官室でお盆を持ってサービスする。

「連管長、どうしたんだ」と聞くと、

「足をくじきまして、突入訓練ができませんから、艦長が訓練できんヤツは従兵だ、といわれましたから、参りました」

いまでも戦友会をやると、「艦長」といって手を差し出す。アザがついている。「覚えてますか」というから、「四十年も覚えてるか」というと、「あなたが何トカカントカといってひっぱたいた、それです」というから、「四十年もアトが残ってるもんか」といったら、「またそんなことをいって」という。よほど恨み骨髄に徹していたらしい。しかし、そんな猛訓練をしてこそ成果があがり、敵機発見、即時急速潜航がうまくいくようになる。皆も、それでよかったという。「ほんとに血も涙もないようでしたが、ほんとうに部下を愛するからこそのことでした」という。ああそうかなあ、と思った。

戦争末期では、私は生き残ることからいえば運がよかった。そうすると、六十七期、六十八期の潜水艦長になったばかりの連中が、「艦長の極意」を聞きにくる。「それだったら、おれの艦の訓練を一日見ろよ」と連れてきて見せる。訓練を見ている若い艦長連を観察していると、生きる人と死ぬ人がわかった。出撃して帰ってこない艦長には、「死相」が現われていた。訓練を見ている様子でわかる。呂号の艦長などで、勇ましいことをいうけど影が薄い――薄いというほかない様子がある。

森永　潜水艦の使い方がマズかった。艦隊戦闘に使うべきでなくて、交通破壊に使うべきだった、というが、潜水艦の艦長としては、与えられた任務を遂行するということだけで精一杯で、そのようなことは、あまり深刻には考えなかった。私に関するかぎりだが。

一つの艦の艦長は、将棋の駒だ。全般的なことで、出撃のときに士気が落ちるといった空気は感じなかった。電報を受けたり、いろいろ話を聞くと、とにかく苦しい戦さだから、上の人も苦しいだろうし、自分としては一生懸命やるしかない。

部下統率だが、自分が一生懸命やっていると、部下はついてくる。兵員室でブツブツ言っていたかもしれぬが。

狭いところで一緒に寝起きして、顔を洗わずにいるときには艦長も洗わずにいる。とくに術策を弄しなくても、部下はついてくる。艦長もいつも一緒だし、死なばもろともだし、統率の面で苦労をすることはなかった。おのずから親しみはあるし。

潜水艦に特異な統率といえば、みな苦楽を共にしているということだ。それが統率の本義に合致していたわけで、そのほかには、別に何もない。

長いこと行動したが、水雷戦隊などに乗っている連中はたいへんだなアと同情していた。情報を聞くたびに、えらい人がどんどん死んでいくしナ。

そういうこととは別に、上の人が現場のやっていることを知らんなとは、以前から感じていた。たとえば、どこに行けという命令がある。デバイダーか何かで、ここから何日かかると計算する。三日もあれば行けると思っているのに、こっちは飛行機で圧迫されて先に進めない。一週間もかかる。上からいわれた日にそこに行けず、時機を失する。そんなこともあった。

これは潜水艦だけでなく、飛行機もおなじだ。ラバウルに飛行機を百機出しても、デング熱で半分くらいは寝ている。計画者は百機作戦していると思っている。現地の実情と上の計画者とのあいだに、認識の開きがあったのだろう。計画がそのままいけばよいが、崩れてしまっている。しかし、これは、アメリカが強すぎたからでもある。

折田　終戦後、映画撮影に協力したときの話だが、監督が、それは折田さん、あなたが暗示をかけたんですよ、といったことがある。伊四七潜のとき、四七伊とすると「死なない」になる。おれの艦は死なない艦だ、名前からしてそうだ、と考える。伊三六潜も生き残った艦だが、「勇む艦」だ。この二隻が組んで、ウルシーの回天攻撃をした。乗員は、「勇む艦」と「死なない艦」、しかも艦長は悪運の強いヤツだというんで、負けて帰るとか、沈むとかは考えませんでしたよ、という。なるほどそうだったか、と思った。そういえば、爆雷攻撃を受けたこともあったが、乗員は「死なない艦だ。みんな心配すんな」といってたなア。

森永　似た話がおれにもある。伊五六潜で、伊五十六といえば（山本）「五十六」だ。おめでたいし、立派な長官だったというんで、大いに士気が上がったことがある。

折田　悪運というが、運もあったナ。爆雷をどんどん食ってるとき、艦長が面舵という。イヤ、取舵をとるべきじゃないですかと航海長が思ったかもしれないが、それはもう一蓮托生だ。あとで考えて、よくあそこで面舵といったなア、とゾッとすることがある。

森永　そういう事例はある。呂三四でルンガ（ガダルカナル）に行ったとき、魚雷を発射して右に舵をとるか、左にとるかというとき、右にとった。そうすると陸岸に近づくことになるが、そ

森永正彦少佐――術策を弄さず、一生懸命やっていると、おのずと部下はついてくる。

のあと爆雷攻撃を受けた。もし左に舵をとっていたら参っていたかもしれない、と思った。運だろう。至近弾を一発食ったが、脱出に成功した。

折田　運のほかに、閃きもあったかもしれぬ。人にいわせると、お前の閃きがあればこそという。

森永　折田のような歴戦の艦長は、ほかにいないのだから。

折田　それを皆さんが、百戦錬磨とか剛勇沈着とか、いろいろ褒めてくれる。自分では、少しもそう思っとらんのにナ。

森永　運がよかったの連続だった。考えてみれば、同時に失敗でもあった。思い出すのもいやだという気も、ときどきする。ああすればよかった、こうすればよかったと思うことでいっぱいだ。そこは若さでもあったし、現在のように完備していないところで、無鉄砲というか、いたらぬところが取り柄でもあったナ。

折田　ウチのクラスあたりは、巡洋艦の砲術長か航海長。潜水艦だと、上には、艦長はいる、分隊長はいるで、思い切ったことは何もできない。潜水艦だと、上はいないし、下もいない。面舵と思ったら面舵というしかない。

森永　だから（潜水隊）司令と艦に一緒に乗っていると、二つ頭があることになる。司令潜水艦なんかになって司令が乗ってこない方がいい。

折田　司令は委したつもりでいても、艦長としては、司令が何とか言いはしないか、思いはしないか、と考えるだけで、ちょっと鈍る。司令がいると、状況判断の面では都合がいいが、やはり乗ってこない方がいい。

森永 転瞬の間にモノを決しなきゃならぬ場合、困ることになるだろうが、私は、それほど痛切には感じなかった。

折田 潜水艦戦は、レーダーと十二センチ望遠鏡の競争だった。戦争の終わりごろは、昼間だったら浮上して、十二センチ望遠鏡で見る。レーダーと同じくらい利いた。ところが、夜は何ともならぬ。

森永 夜、浮上して充電しているとき、何もわからないのにドーンと至近弾を食ったことがある。

折田 といって、昼間ずっと浮いているわけにはいかん。だいだい、昼夜、半分半分くらいにした。いままで夜はずっと浮いて充電していたのを、夜も潜る。日出前、日没前、相当明るくなっても、我慢して浮いていた。望遠鏡の利くときは、とにかく浮いていようじゃないか、ということになった。

それについて、ヒドい話がある。レーダーとはこんなものだ、ということを艦隊司令部あたりがわからせてくれない。電波の反射を利用する機械である、というだけだ。日本でやってるが、たいしたことはない、という。だから私たちは、眼鏡のちょっと進歩したものと思っていた。山があり、島がある。島の方にくっついていれば、潜水艦は小さいし、また敵の方向に艦首を向けていれば、潜水艦は幅が狭いから背景と区別がつかないだろうと考えていた。とんでもない話だが、そのくらいの知識しか持っていなかった。

情報をくれないのだ。

ソロモンでさんざ苦労して、十八年末にトラックに帰り、そこで、六艦隊（潜水部隊）司令部に状況報告した。アメリカは駆逐艦がレーダーをよく使っているので、われわれは夜よりも昼間浮いて、眼鏡を利かせている。夜昼逆だといったら、六艦隊司令長官が怒った。

「何たることをいうか、君は」と大声でいった。

「この科学文明の発達したわが国でさえも、戦艦戦隊がつけている二十二号電探でも有効距離は七千メートルだ。しかるに、アメリカの駆逐艦のレーダーが暗夜一万メートル以上も利くとは何ごとか。君はアメリカのレーダーを過大評価している。君は臆病だ。卑怯だ」

参謀長までが加わって、

「艦長、もうやめろ」と注意する始末だ。

何いってやがるんだ、といいたかったが、我慢して、

「何おっしゃっておいでになるんですか」といった。

「……お言葉を返すようですが、それは過小評価です」

平行線だ。会議がすんで、

「艦長。メシ食って帰れ」といわれたが、冗談じゃない。メシも食わずに帰った。艦の修理はトラックでやれ、ともいわれたが、佐世保まで修理に帰った。

そのくらい、レーダーにたいする評価が間違っていた。日本の科学水準を過大評価し、アメリカを過小評価していた。

アメリカの海軍にいわせると、日米の差はレーダーなどはその一端にすぎない。要は、科学文明の差だという。なにしろ、一万メートルから一万五千メートル見えるレーダーを当たり前のものと考えていたそうだから、話にならんよ。

——だが、かれらは日本の十二センチ望遠鏡には驚いていたなア。

技量卓抜

〈最後の連合艦隊＊「神風」艦長・春日均少佐〉

春日均少佐が駆逐艦「神風」艦長になったのは、十八年十月十八日。大湊警備府部隊の第一駆逐隊（「沼風」「波風」「野風」「神風」）だったから、大湊で着任した。

船乗りを画に描いたような人物だった。

春日均少佐——技量卓抜な艦長であったと米潜艦長が異口同音に嘆賞しているという。

自分自身には厳格だが他には寛容——というと、いくらか道学者めくが、そうではない。若いときには、結構、血の気が多かった。もともと、正義感が強いのである。

昭和九年、中尉になって、八百五十トンの二等駆逐艦「葦《あし》」乗組を命じられた。佐世保の駆逐隊で、一番艦「菫《すみれ》」に**富田敏彦**中尉、二番艦「葦《あし》」に春日中尉、三番艦「菱《ひし》」に**岩本重範**中尉。クラスメート三人が、いい合わせたように航海長兼砲術長を仰せつかった。年のころ、二十四、五歳。イキのいい盛りであった。「華」の先任将校（水雷長）は、兵学校入校のとき（三号生徒と俗称した）の最上級生（一号生徒と俗称した）だった。三年目中尉だが、なんとなく兵学校時代に戻った気配で、航海や砲術、つまり春日中尉の担当分野にまで踏み込んで指図をしたり、やかましく文句をつけたりする。よくある図なのだが、いわれる方はたまらない。だんだん不満が鬱積する。

ある日の昼食後、先任将校の一言が、グサッと胸をつきさした。思わず叫んだ。

「よけいなこと言うな」

「なに？　三号のくせに生意気だ」

「兵学校は三号でも今は同格だぞ。一号風吹かすな」

「なんだと……」

猛烈なパンチが飛んだ。春日中尉も負けてはいなかった。とうとう椅子を振り上げての乱闘になり、頭といわず、腰といわず擲《なぐ》りあった。頭からも顔からも血が噴き出した。軍服も血だらけになった。

居合わせたほかの士官や従兵は、ただおろおろするばかり。そこへ、士官室に隣り合わせた艦長室から、物音に驚いた艦長がとびこんで、二人の間に割って入り、ようやく引き分けられた。血染めの二人の軍服は、従兵が舷梯を下りて、海水で洗ってくれたという。

この事件は、たちまち隊内にも伝わった。乱闘のあと味の悪さが、傷口をかきまわされるような痛さになった。

上陸して水交社にいくと、「菫」の富田中尉に出会った。

「やったな」

「うん」

「あっはっは」

独特のサビのある声で、かれは笑いとばした。春日中尉は、その笑い声を聞いて、はじめて晴れ晴れとした。笑い声の中に、クラスメートの励ましを感じた。しみじみ、ありがたいと思った。

その後の話だが、春日中尉は転勤で退艦するまで、この先任将校とは、一言も口をきかなかった。小さい艦だから、話さねばならぬ用件がいろいろあったが、かならず第三者を通した。そして、そのたびに、今後はいっさい暴力をふるうまいと心に刻んだ。それが生涯の戒めとなった。富田中尉の存在が、心の支えであった。

しかし、戦後、先任将校との年賀の交換が、いまにつづいているという。こんど会う機会があれば、非礼を詫びたい、とかれはいっている。

昭和十二年、駆逐艦「望月」砲術長(中尉)。上海事件が勃発したときの話は前にふれた。翌十三年には、駆逐艦「夕暮」から佐世保鎮守府第八特別陸戦隊中隊長に転出、海南島攻略に出陣した。

昭和十六年十二月八日の開戦のときは、駆逐艦「白雪」水雷長(大尉)として、マレー攻略作戦に参加。英駆逐艦二隻と交戦し、一隻撃沈。中尉の水雷長以下三十名あまりの捕虜を得た。

艦長の命令もあって、捕虜は親切に扱い、食事も煙草も十分に与えて休養させ、中尉は機関長の私室に寝起きさせた。食事は士官室で、みんなと一緒に、談笑しながらとることにした。戦後、このときの「白雪」航海長中村中尉が、十和田市長として渡英したとき、特別の計らいで捕虜だった英海軍中尉の水雷長と劇的対面を果たした。そして、以上の事実が英国民に知られ、日本海軍への認識が改められたという。

さて、駆逐艦「神風」である。第一駆逐隊「沼風」「波風」「野風」「神風」。どれも純日本型の大型駆逐艦といわれるが、あとの三隻よりも「神風」は一つ新しいタイプで、わずかだが大ぶりだ。水中探信儀と水中聴音機を備え、爆雷約百個を持つ。五十三センチ二連装魚雷発射管三基と、十二センチ単装砲四門。二十五ミリ機銃なし。対空砲火がゼロだということは、それだけ時代遅れだといわれてもしかたなかった。しかも、水中探信儀が、艦底につき出したドームで防護された方式のでなく、艦首から水中に卸す方式の旧型だった。そのため、爆雷を投下するときには事前に探信儀を引きあげておかないと壊れてしまう。それだけに、トッサの爆雷攻撃ができない弱点もあった。

司令駆逐艦「沼風」は、春日少佐の「神風」着任まもなく、南西諸島方面に応援に行く途中、消息を絶ち、その後、「波風」もまた航行不能となって、第一駆逐隊は「野風」と「神風」だけに減ってしまった。クラスメートの「野風」艦長**海老原太郎**少佐が、司令代理をつとめていた。

十九年十二月半ばから、「神風」は「野風」と一緒に大湊警備府のドックに入り、修理にかかった。二十ミリ機銃もとりつけた。下旬になると、千島根拠地隊から除かれ、連合艦隊付属になった。

十九年の末といえば、レイテ沖海戦が終わって、連合艦隊は、組織的戦力といえないまでに崩壊していた。B29の東京空襲がはじまり、硫黄島に敵艦隊が現われて、艦砲射撃をくわえていた。

心配したとおり、米軍のフィリピン進攻で、日本と南方資源地帯を結ぶ輸送路が、断絶に瀕した。石油が入らないから、生き残った艦艇も動けない。飛行機も思うように飛べない。軍需産業も生産が落ちる。窮迫すればするほど、輸送路の打開が何よりも重大になった。

困ったことに、輸送船を護衛する有力な兵力が底をついていた。駆逐艦は、出る艦、出る艦、やられる。敵潜水艦がわがもの顔に出没し、フィリピンを新しく基地とした飛行機が航路上を飛び回る。

そんな十九年末、「野風」「神風」に、一転して南方進出準備を命じられた。年末年始にかけて出動準備を終わり、出港予定（十日）を待っている一月七日。航海長の恋人だか許婚だかの女性が、お母さんに連れられ、大湊の旅館にお別れに来ている、と知らされた。女学校の五年生で、制服を来た、容姿端麗のおとなしい人だ、との註釈までついていた。機関長と先任将校から、「士官の総意です」と前置きして、「神風」はこの二人を結婚させてから出港すべきである、と要請される。

「よしきた」

春日艦長は、拳で胸を叩いた。

「委せておけ。最年長の機関長は、おれにつづけ。これから旅館に行く」

航海長は頼もしい男だ。いいお嬢さんだったら、ぜひとも結婚させて出港したい。勇気凛凛、旅館に乗り込む。これは立派なお嬢さんだ、と見た瞬間、艦長の言葉は熱を帯びた。ふだんは無口で、無欲恬淡、ニコニコしているだけだが、それが二人の幸せになると確信すると、正義感がたぎる。

むろん、お母さんもご当人も否やはない。ただ、今すぐにといわれると、父にも許しを得ていないし、そのつもりで出向いてきたのでないから、と、至極もっともな話だ。そこをなんとか、と艦長が熱意を披瀝する。結局、お母さんが、艦長の熱意に負けて譲歩した。どうしようもなかったのだ。

時に、午後十一時。艦長の「進め」の号令で、真冬の大湊の真夜中、艦に人が走り、航海長が駆けつけてきた。午前零時、挙式。その日の午後、士官総員集合して披露宴。機関長の「高砂や」が、ことのほかよかったというから、すごい。

そのほか、もう一組、水中探信儀指揮官の緊急結婚式があり、神風は「寿」マーク一色。あとの話ながら、艦長から二人のお父さんに承諾を求めた手紙の返事に、二人ともから快諾とあった。まずは、めでたい。

二十年一月十日、大湊を出港した二隻は、呉を経て門司に着き、南方行き最後の船団（一万トン以上の讃岐丸、東城丸、ほかに中型艦一隻）を「野風」「神風」、海防艦三隻の計五隻で護衛し、二十六日に基隆に向け出港した。

朝鮮海峡に出るともうそこに敵潜水艦が待ち伏せていて、あッという間に讃岐丸が沈み、海防艦「久米」も被雷、沈没に瀕する。このとき、「久米」の艦長が、どうしても艦を降りようとしなかった。商船学校出身の予備少佐だったが、立派な人で、責任を一身に負って艦と運命をともにするという。

「いかん。通信士。すぐ行って連れてこい」

珍しく春日艦長が地団駄を踏んだ。

「責任をとるのはわかる。だが今は、それ以上の非常時だ。生きられるだけ生きるんだ、そのうちに死なにゃならんときが必ず来る。自分で死ぬやつがあるか」

戦争を甘く見るな、と叫びたかった。だから、通信士が艦長を連れて帰ってきたときは、手をたたいて喜んだ。

讃岐丸と「久米」の生存者を鎮海に揚げ、「神風」は二月三日、基隆に入った。そして、台湾に待機していた学徒出身の予備中尉、少尉をのせ、十一日出港、「野風」とともに水上艦艇によるシンガポール行き最終便となった。途中、第四航空戦隊六隻による北号作戦（重油と航空燃料などを満載して内地還送）を手伝わされて予定が遅れ、シンガポールに向かい、仏印沖を過ぎる二十日夜中、「野風」が突然、魚雷を食って轟沈した。

「あとで来るから元気を出して待っておれ」と叫ぶと、

「わかった」と闇の海から「野風」生存者たちの元気な返事があった。

徹底的に敵潜水艦を制圧し、探信儀の感度が消えたが、まっ暗で証拠がつかめぬ。

「艦長。撃沈と報告しましょうか」

「いや、わからんものはわからんでよい。効果不明としておけ。それより、『野風』の生存者を拾うぞ」

反転して、「神風」は現場に向かった。夜が明けた午前六時。だいぶ流されてはいたが、みないた。軍歌を歌っていた。

「一人も残すな。疲れとるのは飛びこんで助けてやれ」

重油でまっ黒な連中が上がってくる。そして最後に、海老原艦長がズブ濡れのまま艦橋にのぼってきた。

開口一番、

「おい。貴様、ナマの牛肉食ったことあるか」

「エ？　ない」

「おれは冷蔵庫につかまっとった。三時間も泳いどるとハラは減るし、中に入っとった牛肉を食った。うまかったぞ。ちょうどいい塩加減でな」

おそらく、最後の一言が言いたかったのだろう。

ただ一隻になった「神風」は、シンガポールに無事たどりついた。そのまま五戦隊付属になり、シンガポールに住みついた。当時、シンガポールにいたのは、第五戦隊・重巡「羽黒」と「足柄」の二隻。レイテ沖海戦後、命によって油のふんだんにあるリンガ泊地に回航し、さらに「足柄」はミンドロに突入して帰ってきた。そして、油がなくて動けない内地組の生き残り艦艇を尻目に、二隻とはいえ、作戦可能の最後の連合艦隊として大いに気を吐いていた。

しかし、その五月十四日、「羽黒」と「神風」が糧食と弾薬を満載し、補給輸送のためインド洋のアンダマン諸島に向かう途中、真夜中、イギリス艦隊の奇襲を受けた。マラッカ海峡の北口付近だった。ところがこのとき、「羽黒」も「神風」も、積み荷の積載量をふやすためといって発射管を魚雷とともに取り外し、陸揚げしていた。「羽黒」は二十センチ砲が主兵器だからいいが、「神風」の主兵器は魚雷だ。それをとられては、十二センチ砲だけでは戦《いく》さにならない。十二センチ砲は単装で、方位盤がない。命中率が低くて頼りにならない。その上、こちらの思い込みと油断が重なって、さんざんにやられ、「羽黒」沈没、「神風」は危うく脱出した。「羽黒」航海長**太田一道**少佐（上海事変で奮戦。剣道四段）、砲術長**佐藤朴**少佐はどちらもクラスメートだが、このとき二人とも戦死した。

六月に入ると、こんどは、ジャワ、スマトラの陸兵をシンガポールに集めて守りを固めるというので、「足柄」と「神風」が、ジャカルタからシンガポールまでの陸兵輸送に使われた。六月八日、陸兵を満載しての帰途、「足柄」が雷撃されて沈没、「足柄」の陸兵を合わせて四千人を八百五十トンの艦にのせ、文字どおり立錐の余地もない格好でシンガポールに帰ったが、いよいよその日から「神風」一隻になってしまった。

「敵はマレーを奪回しようとするだろう。そのときこそ、みんなの最期だと思え。身体を大切にして、ここまでいたわりあってきたのは、こういうときに御奉公するためだ。飛行機も全機特攻のハラをきめたという。『神風』はたった一隻だが、あくまで敵を阻止する。おそらく多勢に無勢、敵の集中攻撃を受けるだろう。艦は旧い。どこまで存分の働きができるかわからんが、死に花は咲かせる、咲かせてみせる――」

腹を割って、艦長は士官室で語った。その話は、すぐに艦全体に伝わった。乗員の眼の色が澄んできた。死ぬ覚悟をきめた者の、あの健気な眼の色であった。ある夜、暗闇にかくれて春日艦長が艦橋でタバコを吸った。めざとく兵の一人が遠くから見つけ、怒鳴りつけた。

「だれだッ、タバコを吸う奴は。キサマ、艦長の気持ちがわからんのか。降りてこい、ヤキ直してやる」

艦長は閉口して、ノコノコと降りていった。

「おれが悪かった。勘弁してくれ」

仰天する兵をおさえて、詫びた。艦長だからといって、悪いことをしたら悪い――単純明快なリクツであった。ただ、ヤキ直しの方がどうなったかは、聞きもらした。

六月十八日、七月十五日と、「神風」は、シンガポールや南方地区防備強化のための作戦輸送に従った。作戦輸送といっても、足の遅いタンカーを護衛して、シンガポールから仏印に送り、帰りの空船で仏印の米をシンガポールに持ってくる。途中、いつも、待ち伏せている敵潜水艦に攻撃される。それを何とかかわす――そんな作戦輸送だ。

最後に門司を出てから、もう六カ月になろうとしていた。その間に、「神風」の士官室には、何やらジンクスめいたものが流行していた。怪談といったほうが、いいかもしれぬ。

――例の大湊で緊急結婚式を挙げてきた航海長。その航海長が当直に立つと、きまって何か事件が起こる。起こるが、スレスレのところで助かる。「野風」がやられたときも、十八日の危機も、十九日に攻撃されたときも、そうだった。きっと、新婚の花嫁サンが必死で祈っていて、それが海を伝わって感応するんだろう、という。

こんなことは、妙にくりかえされる。だからこそ、船乗りが縁起を担いだり、信心深くなるものだが、今日（七月十八日）もまた、航海長が当直の番に当たっていた。

千トンくらいの小型タンカー三隻の船団を、漁船を改造した特設掃海艇三隻と「神風」が護衛して、シンガポールから仏印（現在のカンボジアのハッチェン港）まで往復する。

船団は、マレー半島東岸の水深三十メートル以内のコースを北上した。そんな浅いところには、潜水艦は入ってこられない。左側に、マレーの原始林が連なる。岸に近いから、気味わるいまでの濃緑が、手にとるように見える。そして、このコース一番の難所が、プロテンゴール。マレー半島のふくらんだところで、岸近くまで深い。潜水艦が中まで入って来られる。いわば難所だ。

十八日の午後一時ころ、その難所にさしかかった。航海長が当直である。船団を陸側において、「神風」が沖側をゆく、シンガポールを出て間もなく、敵の哨戒機に見つけられていたから、おそらく敵潜水艦が待ち伏せているに違いない。水中探信儀を使いながら、慎重に進む。船団は、水深三十メートル以内の浅いところに行き着いているから、心配ない。探信儀には、ときどきそれらしいもの（実は米潜水艦ホークビル）を感じていた。油断なく、慎重に、目と耳をフルに働かせて進む。

来た——。魚雷六本が扇型に開いて、ふっとんできた。電気魚雷らしく、気泡の線は見えないが、中の一本がピョンピョン跳ねながら突っこんでくる。難なくやり過ごして、探信儀を使う。いた。それに艦首を向け、追いつめる。刻々に近づく。

八百メートルに踏みこんだとき、右艦首にムクムクッと青白い大きな泡がはじいた。魚雷を発射したときの圧搾空気だ。三本の魚雷が驀進してきた。右と左のヤツは逸れる。だが真ん中のヤツがまっすぐに来る。アッパーカットを狙っている。春日艦長は、それをジッと見つめている。

「三度面舵のところ」

「神風」は、ごくわずか、頭を右に振った。ちょっとばかり魚雷が、向かって左にずれたのを、見のがさなかった。おそろしいスピードで、魚雷が左舷二メートルばかりのところを駆け抜けた。頭部に赤線一本巻いてあるのが、艦橋から見えた。

「潜望鏡、艦首！」

ギョッとした。すぐそばに潜望鏡が、一メートルほどもつき出していた。

「送波器上げ。爆雷投射はじめッ。第一戦速（二十一ノット）」

潜望鏡がどんどん短くなった。あわてて敵が潜望鏡を引き卸しているらしい。しかし、「神風」は直進する。あッという間もなく、潜望鏡が左舷すれすれを艦尾の方に流れていって消えた。舷側から首を出せば、潜水艦の船体が見えたはずだ。次つぎに爆雷が落ち、魚どもを驚かせて炸裂し、小山のように白い海が盛り上がる。爆発音がハラにこたえる。

不意に、艦尾の四十ミリ機銃が撃ち出した。

見ると、敵潜水艦が、ザアッと音を立てて艦首を上げ、七十度くらいの角度で斜めに艦体をつき出した。そして、ものすごい波しぶきを立てると、ふたたび海の隠れ蓑《みの》の中に姿を消した。

艦橋に、笑顔がこぼれた。ヘソの緒切って初めての、この目で見とどけた勝利であった。「神風」は、ぐるッと大きく舵をとった。ほんとうに敵潜水艦は沈没したのか。それとも、どこかにまだ生きているのか。水面には、重油や木片がつぎつぎに浮いた。油紋が大きく、長く尾を曳いた。

春日艦長は、探信儀と聴音器を使って、六時間、綿密に調べ、怪しいと思うところには爆雷を投げた。しかし、敵潜水艦が生きている証拠は、何一つなかった。

八月十五日、シンガポールの第十方面艦隊司令長官から出頭を命じられた春日艦長は、腸を断つ思いで終戦の詔勅を聞いた。「神風」に帰り、乗員を集め、詔勅を伝達する艦長の言葉は、しどろもどろだった。伝達を終わった艦長は、うつろな目をあげ、はるか北東の空――祖国の空を見つめていた。黙禱がつづいた。

後日物語がある――戦後八年たったある日。春日艦長と戦った米潜水艦ホークビルの艦長であったスキャランド大佐から、長文の手紙が届いた。手紙には、潜水艦ホークビルの戦闘経過を細かく書き、

「私はまた、大勢の米国潜水艦艦長たちが、日米戦争の全期間を通じて交戦した日本駆逐艦艦長のうち、貴官こそもっとも有能で、技量卓抜な艦長であったと、貴官を攻撃した米潜水艦長が異口同音に嘆賞していることをお伝えし、心から敬礼をつくしたいと思います」と結んであった。

この手紙を手に、かれはいった。

「沈めたと思ったが、沈んでなかったんですね。だが――いま思うと、沈めんでよかった。何かこれで、ほっとした気持ちです……」

非常時型の男

〈玉砕島の終戦＊南鳥島海軍警備隊副長・中村虎彦少佐〉

上海特別陸戦隊で勇名をとどろかせた**中村虎彦**大尉は、陸戦隊マークがついたふうで、十七年になると佐世保鎮守府第二特別陸戦隊（佐二特と略す）副官に転じ、セレベスのメナド

地区に進出した。やがて、セレベスの攻略を終わり、かれは二コ中隊を率いて、南方最大の海軍中攻（中型攻撃機）基地となったケンダリー地区の警備にあたった。この間約一ヵ年の出来事が、戦後の戦争裁判でかれを絞首刑判決にまで追いこむが、それはあとの話である。

セレベスから呼びもどされた中村少佐は、海軍砲術学校の高等科学生になった。戦争中の高等科学生だから、人数も最小限に切りつめられていた。十五名だった。そして、中村少佐は、一番年長で、したがって学生長だった。

卒業後、配属先をきめる段になって、南鳥島部隊と、軽巡洋艦砲術長のポストが残った。それを、学生長である中村少佐と、次席である郷家大尉とで引き受けることになった。南鳥島部隊は、そのころの通念では、中部太平洋諸島と同列で、玉砕部隊と信じられていた。砲術学校の高等科学生を出たばかりである。それは誰でも、軽巡の砲術長になって、修得したところを生かし、腕をふるって十五センチ主砲をはなばなしく撃ちまくりたい。そして、その軽巡砲術長のポストは、中村少佐に振り当てられていた。

かれは、相変わらずの気持ちで、郷家大尉のため、玉砕部隊と入れかわってやった。学生長の責

陸戦の神様中村虎彦少佐――「個性の強い、ハラのすわった〝非常時型〟の男」だった。

任を感じていた。郷家大尉の心を察すると、もうジッとしていられなかった。

「いいよ、いいよ。ちっともかまわんよ」

郷家大尉は、そういうトラさんに、目頭に涙をいっぱいためて感謝した。そのとき、誰が予想したろう。玉砕部隊のはずの南鳥島部隊が生還し、勇躍赴任したその軽巡が一年たらずで沈没、郷家大尉が戦死しようとは。

南鳥島には、陸軍部隊と海軍部隊がいた。海軍は、南鳥島海軍警備隊司令（予備少将）の指揮する約八百名、航空隊の一部約百五十名。陸軍は、連隊長（大佐）以下千七百名と戦車二個大隊六百名。ちょうどこのとき、陸海統一指揮の問題が起こり、陸軍が連隊長をポンと少将にした。おどろくべき話だが、そのため、海軍部隊が陸軍の指揮下におかれることとなった。そして中村少佐は、この海軍部隊の副長であった。

なにしろ南鳥島は、標高三メートルのサンゴ礁で、逃げるところも隠れるところもない洋心の離れ小島だった。かれが着任すると間もなく、搭載機千機を誇るブルドーザーのような米機動部隊が襲いかかり、島が沈むかと思われるほどの爆撃と艦砲射撃を二回やられた。硫黄島が陥ちた二十年二月からは、B29が連日爆撃をくり返した。

急速に危機が迫ってきた。玉砕部隊といわれただけあって、食糧のストックが少なくなってきた。

南鳥島は、むろん自給自足できない。潜水艦輸送も、遠洋漁船による特攻輸送も、米軍に制海権を奪われてからは、全部ダメになった。「陸戦の神様」といわれた中村中佐（五月進級）でさえ、神通力の発揮しようがなかった。そのうちに、海軍総隊から司令あて、親展電報が来た。

「現地ニオイテ適宜処理セヨ」

なんのことはない。

「万策ツキタ。救援デキヌ。ソノ場デ適宜死ンデクレ」と、公式に引導をわたされてしまったのだ。

ところが――依然としてつづく敵の猛攻撃に、ただ天を仰いで切歯扼腕するだけというのに、足もとには、もうすぐそこまで、餓えが迫ってきていた。そして、食糧あと二週間分――二週間後には確実に総員餓死という瀬戸際になったとき、思いもかけぬ戦争終結の電報が入った。

「戦争終結ッて、どういうことになるんですか」

兵学校でも、砲術学校高等科学生でも、教えられなかった。大学校出の頭のいい司令に指示を仰げばよい、と思ったが、大学校でも教えられなかったらしく、要領を得なかった。実は、学校で教わったことを理解し、記憶して、試験でどう上手にそれを復元して答案を書くか、その出来栄えでハンモック・ナンバー（席次）がきめられていた。そして累進、少将になったのだから、そのかぎりの状況にはうまく対応できても、こんな予想外の場面での判断と処置に要領を得ないのは、当然かもしれなかった。

これはいかん。副長として、全責任を負い、自分で考え、自分で実行していかなければならぬ、とかれは決意した。

終戦と同時に、米巡洋艦一隻、駆逐艦三隻が島の近くにやってきた。サイパンから、副司令官グラント准将が、降伏を受けに来たのである。

米艦から、途方もない大きな声で、拡声器が叫んだ。

「戦争は終わった、南鳥島部隊代表者は、旗艦に降伏にきたれ」

空腹にしみわたる声であった。

トラさんの活動が、フルスピードではじまった。まず、総員を戦闘配置につけた。こんなとき、軽挙妄動を厳に封じなければならないが、軍隊は、戦闘配置についたとき、もっとも統制がとれ、安定する。さすが上海以来、千軍万馬のつわものの目であった。

つぎにしたのは、司令と連隊長に病気になってもらうことだった。強引に病気にした。海軍予備少将と陸軍大佐（陸軍少将の死亡により交替）が、不愉快そうにベッドに横になった。

「なぜ病気にしたのか」

そう聞いても、トラさんは笑うだけで、何もいわない。まあ、つわもののカン、としておく。

これだけの手筈をしたあと、中村中佐は、陸軍から副官、海軍から隊長、それに通訳、計三名を率い、南鳥島部隊代表者の資格で、米海軍の旗艦に向かった。

士官室に案内され、紹介が終わると、まずグラント准将が口を開いた。

「原子爆弾について、どう考えているか」

　トラさんは、すわりなおした。

「非戦闘員を殺傷する核兵器を使ったのは、人道上許すべからざることである。日本人は米軍にたいし、終生、悪感情を持ちつづけるであろう」

　通訳が、青くなった。

「副長。そのとおりに言っていいんですか」

「かまわん。言え」

　通訳の言葉がすすむにつれ、准将の表情が固くなった。が、アメリカ人のよさはこんなところにあった。なるほど、というように頷くと、次の質問。

「戦争がすんで、どう思うか」

「どう思うかとは、どんな意味か」

「ホッとして喜んでいるか、ということだ」

「喜ぶようなそんな段階ではない。戦争が終わった、という電報が入ったきりだ。だから、南鳥島部隊は、いまも戦闘配備についている。私が合図をすると、全砲火がこの艦に集中する」

　米側はおどろいた。この男、何を考えているのか。ともかく、陸上の点検を先にし、戦闘配備を解かせることからはじめねばならぬ。

　会談はすぐに中止された。島内巡視が開始された。島内は清掃され、ま新しい軍艦旗がへんぽんと翻っていた。

降伏調印が、トラさんの手で、とどこおりなくすまされた。握手をしたあと、准将が、こんなことをいった。

「南鳥島は、今後、オーク・アイランドと呼ぶことにする。ところで、貴隊の高角砲がずいぶん米軍機を撃墜したので、その高角双眼望遠鏡と、記念のために日本の銘刀二振り、および軍艦旗一旒《りゅう》をサイパンの司令官に差し出されたい」

トラさんは、双眼望遠鏡と日本刀はすぐ差し出しましょう、と答えた。しかし、軍艦旗は保留させてくれ、といった。

帰隊した中村副長は、各部隊長を集め、軍艦旗を米軍に渡すかどうかを諮《はか》った。

――軍艦旗は、もともと陸軍の連隊旗とは意味が違っていた。連隊旗は、大元帥である天皇から親しく賜わったもので、軍隊の常識からいえば、代々不易の基本であった。一方、軍艦旗は、軍需部から伝票を切って受け取ってくるもので、艦の倉庫には何枚もある。古くって破れてきたら新しいのと取り換える。一種の消耗品的性格も持っていた。

部隊長たちは、大半が差し出すことに賛成した。だがトラさんは反対だった。上海でも、鎮海、寧波でも、セレベスでも、南鳥島でも、かれは部下とともに、いつも軍艦旗を先頭に立て、その下で戦ってきた。全身全霊を投じて戦ってきた。その日本海軍の象徴である軍艦旗を、戦争に負けたからといって、スーベニールとして、どうしてアメリカに手渡せよう。

「軍艦旗を全部集めろ。焼く」

司令と連隊長が、色をなして反対した。大半の部隊長も反対した。日本海軍は負けたではないか。負けて何が残るのだ。しかもそれは軍艦旗だ。連隊旗ではない。消耗品同様の軍艦旗ではないか。

トラさんは、頑として受けつけなかった。

「全責任を負います。焼け！」

米艦から、約束の品を桟橋で引き渡すよう申し入れてきた。

「双眼望遠鏡と日本刀です。軍艦旗は私自身ではきめかねるので、東京の指令を仰ぐため電報を打っていますが、まだ返事がきません。処置に困ったので、焼却しました」ととりつくろった。

これを聞いていたグラント准将は、急に怒り出した。約束を違えたことを難詰すると、席を蹴って艦に帰った。

さっそく、報復がはじまった。事あるごとに再臨検をくりかえす。不信を、むき出しにあらわしてきた。

トラさんは、窮地に立った。窮地に立つと、猛然と勇気が湧いた。戦場では、いつもそうだった。これは戦争だ、と自分にいい聞かせた。

かれは隊の軍医長と主計長に命じ、ありったけの材料を注ぎこんで、スキヤキの準備をさせた。一日、焼け残りの狭い副長私室で、准将、艦長、幕僚たちを招待した。

はじめ固かった空気も、とっておきの日本酒がまわるにつれ、少しずつほぐれてきた。喋ったり、笑ったりしているうちに、トラさんの誠実無類の性格と、少しの陰もない、精いっぱいのもてなしが、准将たちの心を打った。トラさん一生一代の弁舌が、このとき、はじまった。

「ほんとうのことをいいます。軍艦旗のことです。考えていただきたい。アメリカと日本はこれからずっと仲よくしていかなければならない。ところが、占領記念として、軍艦旗が、貴国の博物館に飾られたとする。それを、貴国を訪れた日本人が見たらどう思うだろうか。いい気持ちがしないどころか、戦争を思い起こして、敵愾心《てきがいしん》に燃えるだろう。すくなくとも海軍軍人は、その旗の下に戦い、死んだ。かれらを、そんなことで冒瀆《ぼうとく》してはならない。私は、日米百年の計を考えて、それを焼いた。私が、私の考えで全責任を負ってやったことです。咎《とが》められるならば、私を咎めていただきたい。

かれは、話し終わると、上海以来の陸戦でいつも肌身離さなかった私有品のコルト二号拳銃を差し出し、肩章をちぎり、軍刀を添えて、准将の前に置いた。

不意に、准将が立ち上がった。そして、トラさんの手を固く握り、

「よくわかった。さ、大いに飲もう」といった。

准将たちが帰艦すると、間もなく、発動艇二隻に、食糧をいっぱい積んでとどけてきた。准将の好意だった。かれらがサイパンに帰ると、日ならずして、こんどは大型のLST（上陸用舟艇）三隻に、食糧を満載して送ってきた。

——降伏後の日本海軍省として、まっさきにしなければならないことは、餓死寸前の離島への食糧輸送だった。南鳥島は、そのうちでも、もっとも急を要した。とりあえず、輸送艦

に食糧を積み込み、南鳥島に急行させた。が、その輸送艦は、食糧を積んだまま引き返してきた。

「守備隊の副長が、帰れといわれたんです。おれンとこは間に合っている。内地の方が困ってるだろうから急いで帰れ、といわれました」

それを聞いた担当の滝川孝司軍務局員は、横手を打った。

「その守備隊副長は、おれのクラスの中村虎彦だろう。トラさんでないと、できんことだワ」

やがて、グラント准将たちに替り、占領部隊としてルーイス大佐の指揮する海兵隊が、南鳥島に来た。守備隊員の捕虜生活が、帰国まで約二ヵ月つづいたが、胸を張った生活をすることができた。米兵たちが、まったく紳士的で、かつての敵としてでなく、友軍のように扱ってくれたからだ。

その間に、トラさんは、ルーイス大佐とも友人になった。

復員帰国のときには、ルーイス大佐が、どこにでも自由に行くことができ、どこででも丁重な待遇を受けることができる保証――いわゆる安導券を作ってくれ、かつ、

「ぜひアメリカに来て下さい。また、もし私が鹿児島に入港したときは、かならず貴官の自宅を訪ねましょう。日本に帰ったあと、何か困ったことがあったら、どうか遠慮なく相談して下さい」と書かれた、心のこもった添え状もくれた。

この添え状が、あとでトラさんが絞首刑に擬せられたとき、役立った。

ついでながら、その絞首刑の話にふれておく。

セレベス時代、収容所でオランダ兵が栄養失調で死亡した事件、オランダ商船を拿捕した事件、オランダ兵殺害事件などなどの罪を問われ、福岡の戦争裁判所でトラさんは絞首刑を宣告された。

セレベスから砲術学校を経て、南鳥島に転出していた。玉砕予定地ではあったし、誰しも中村中佐は戦死したものと思い込んでいた。とかく、裁判では、生きている人にとって具合の悪いことは、死んだ人にそっくり背負わせる傾向があった。その死んでいるはずの中村中佐が、じつは生きていた。どうしようもなかった。

どんなに筋道を立て、理をつくして申し開きをしても、裁判官は聞こうとしなかった。いよいよどたん場に立たされたトラさんは、ふと思いついて、ルーイス大佐の添え状や、その他の文書を裁判官に見せた。

それを読んだ裁判官は、表情をゆるめ、

「なぜこれをはじめから見せなかったのか」と訊ねた。

かれは悲しそうな顔をしただけで、答えなかった。

間もなくかれは、鹿児島に帰ることを許され、ついで釈放された。かれは述懐する。

「生きているとき、死を待つのは、何よりもつらいことだ。しかし、いまから思えば、ありがたい経験だった。苦しいときは、いつもそれを思い出して、反省している……」

——話を、南鳥島の終戦に戻す。

滝川局員がいった。

「あれは、日本海軍ただ一つの事例だった。日本に入港するまでの食糧を占領軍から持たされてきただけではなかった。それからさらに郷里に帰るまでの食糧、物資までも、まるで土産物でももらったように、めいめいフンダンに支給されてきたからおどろいた。トラさんが帰ってくるというので、久里浜まで船を出迎えにいった。すると、痩せさらばえているはずのトラさんが、マルマルとして、いい血色なんだ。開口一番、おお滝川、貴様、生きとったか、と、こうだよ。呆気にとられていると、タバコどうだ、やらんか、といって、あの焼野原をしり目に、洋モクを一カートン、惜し気もなくよこすんだ。タバコをもらったからいうのではないが、つくづく思ったナ。兵学校の卒業成績（ないし席次）を人事管理の基盤にしたのは、海軍最大のミスだった。いざというときは、トラさんのような、個性の強い、貫徹力の強い、ハラのすわった、非常時型の男でなければダメなんだ。いわゆる平時型の学校秀才は、非常時には向かない。織田信長型の人間こそが、海軍の根幹でなければならなかったんだ。いまごろ言っても、何もならんことかも知れんがね——」

あとがき

太平洋戦争で、なぜあれほどまでに完敗したのか、勝てないことが常識でわかっていながら、なぜ開戦したのか、その経緯を、最高指導者の側から見て「四人の連合艦隊司令長官」「五人の海軍大臣」として描いてきたが、いうまでもなく、それだけでは不充分である。戦場で懸命に戦ってきた人たちが何を考え、どうしようとしたかが抜け落ちている。なんとしてもそれを描かねばならぬと考えていた。

考えているうち、思いついたのが、私どものクラス——海軍兵学校第五十九期生（コレスポンドの機関学校第四十期生、経理学校第二十期生を含め）である。学校を卒業して、遠洋航海に出ているうちに上海事変（昭和六年）がはじまり、少尉で国連脱退、中尉で軍縮条約廃棄、日独防共協定締結、そして日華事変に巻き込まれ、大尉の終わりには太平洋戦争が勃発、少佐から中佐にかけて中堅として戦場を駆けまわった、いわば終始、戦うことを運命づけられたクラスであった。「戦争の申し子」といえるかもしれない。

そこで、思い切って、ひとクラスそっくりを主人公に取り上げた。かれらのひとりひとりが何を考え、どうしたか――それを積み重ねれば、現場で戦った者の「心」と「働き」がわかるはずである。――五年がかりで原稿を出してもらい、書き改めてもらい、質疑を重ね、出向いて直接話を聞き、書き直し、煮つめた。またそれだけでは、読んでくださる方には主人公の立場を取り巻く状況が不明確なので、骨だけの戦況を――簡単な前後の事情の説明を加えた。逆にいえば、戦争のなりゆきにそって特徴的な主人公を、一人、二人置いた。だから、百人を越えるクラスメートをそのときどきに網羅し、登場させることはとてもできず、登場しても、一度しか出ない人もあれば、二度、三度と出てくる人もある。長いエピソードもあれば、短いのもあるという結果になった。

お断わりしておきたいのは、話の中で、上司を含め実名でいろんな人が出てくる。いい話もあれば、そうでない話もある。しかし、歴史は人間関係で作られるもので、そのとき主人公が、それをどう感じ、それにどう対応したかが重要である。上司たちがよかれと思って言ったことを、主人公が逆の意味に受けとっている場合が、あるかもしれない。それはそれとして大切な状況だ、というふうに考えた。そして、あえて主人公が受けとったそのままを書いた。

そんなことで、本文中に登場する主人公たち三十何人のうち、戦死者の話は残念ながら四人しか書けなかった。血の出るような話が直接にも間接にも聞けなかったからである。生還しえた人たちの話から、情景を類推していただくほかない。

書きながら気になったのは、「幸運だった」とか「悪運が強い」とかいう感慨が、太平洋戦争に入って、とくに何度もくり返されることだった。それほどに太平洋戦争の戦場では、生死の境が紙一重であり、惨烈をきわめたということであろう。

戦争で亡くなられた方々の御冥福を、心からお祈りする。

最後に、この稿をまとめるについて、いろいろお力添えをいただいた方たち、そして、この本が出版されるについて、数々のお世話を下さった方たちに、厚くお礼申しあげたい。

吉田俊雄

昭和五十九年七月

文庫版のあとがき

この指揮官たちは、特別のエリートではない。

旧制ではあったが、中学を卒業後、入学試験を受けて江田島に集まり、三年から四年の教育を受けた人たちだ。

それが戦場という異常に苛烈な環境と状況におかれた。面食らった人もいたろう。心に決したものを持ち、めったに動じない人もいたろうが、ただもう、ありったけの知恵と力を振り絞って、対応し、一つ一つ切り抜けてきた。

その人たちの、話である。

若いころ、江田島生活を終えて練習艦隊に乗り移ったとき、われながらいちばん不思議に思ったのは、いつの間にか、私たちの目の高さと海面が、同じ高さに見えるようになっていることだった。

ウソでも誇張でもない。スーッと海のなかに入っていける。ちょうど、予言者モーゼが、地中海を歩いて渡ったように。

海と私たちが、一つになったような気持ちだった。なぜこんな気持ちになったのだろう。そのときは、答えが見つからなかった。今ならば、答えられる。

学校全体が海に囲まれ、学校の表門は、海に突き出したポンツーン（浮き桟橋）だった。船が着かなくても、ユラユラ揺れていた。船が着いても、船に乗り移ってもユラユラする。船が動きだす。ユラユラが強くなる。スピードを上げる。まともに海水の飛沫を浴びる。いつも、身体がユラユラ揺れて、安定しない。この不安定さ。母親が、両手に抱いた乳呑み児をあやしている。あの感じである。

その感じは、われわれには、海の上にいるときのほかには味わえない。揺れていても、不安定ではあっても、温かい、ゆったりとした満たされた気持ち。なんともいえない、母のいる家に帰ったような気持ちである。

その人たちが、海軍に入った。

海軍のなかは、命令権と服従の義務が結び付いた、一本の上下関係の糸で貫かれていて、身動きができない。海にいながら、ゆとりがない。海のゆとりが欲しい。

その中で士官一人一人について心のゆとり、休息場所を作ろうとし、海軍は、同期生の間のつながり、インフォーマルなつながりを強くするよう指導し、推進した。

そのクラスの姿を、私の身の回りのクラスに焦点を合わせ、お目にかけようとしたのが、この「指揮官たちの太平洋戦争」であった。

満年齢十七、八歳で兵学校に入校、二十一、二歳で卒業（面倒なので、若いほうだけ一つで表す）、少尉候補生。二十三歳で少尉任官、一人前の士官となる。少尉一年、中尉三年。大尉になると、一人前の幹部士官。部下を持ち、身上を預かる。中尉、少尉は、大尉以上の士官の補佐をしながら、実務を学ぶ。

大尉四〜五年。まず二十七歳から三十二歳くらい。少佐三〜四年、この辺から少しずつ差ができる。三十二歳から三十五、六歳。中佐四〜五年、三十六、七歳から四十歳前後。

海軍人事の慣習として、余程のことがないかぎり、兵学校、機関学校卒業者は大佐になるまではクビにしない。

戦争中は、このクラスは日華事変が中尉、大尉。太平洋戦争が大尉、少佐、進級の早いものは中佐であった。

まず、中間管理職というところ。部下を持ち、それを指揮して戦ったが、戦争をやれとか、艦隊を指揮して敵機動部隊と艦隊決戦をやれとかいう、戦争指導、作戦指導には、幕僚としてならともかく、最高指揮官として采配を振ったわけではない。

海軍のなかでは、上のほうの人は、とかくエリート性が強く、自尊心、自負心が前に出やすかった。出世した自分や家族を守ろうとして、安全サイドを選びやすく、保身を考えやすくなるものだが、中間管理職止まりのわれわれのクラスは、それが腹に据えかねた。

そして、よく上官と衝突した。

「部下が守れなくて、国民が守れますか」

直衛は断わります」

「なぜ、私の部下のパイロットを見殺しにするんです。それなら、私は、あなたの艦の上空

「このまま、まっすぐ行きましょう。人間どこにいたって死ぬときゃ死ぬんだ」

たしかに、このクラスは、向こう意気が強すぎて、喧嘩っ早かったようではあるけれど。

戦場では、生と死は、右か左か、行くか帰るかのちょっとした選択の問題にすぎない。

そのときに、何が目的か、今、いちばん大事なことはなにか、それに明確に答える心をどのくらいしっかり持っているか、そういう心の奥底の問題が、やはり、生死を分け、人の真価を決めたようである。

このクラスは、兵学校卒業のとき、百二十三名いた。機関科三十四名、主計科十三名、計百七十名。そして現在四十七名になっている。

戦死者は別とし、どうも瘴癘の地、食糧医薬の極度に欠乏した不毛の境を駆け回り、勇戦敢闘した戦士たちが、寿命を縮めているようだ。謹んで冥福を祈りたい。

平成八年六月

吉田俊雄

単行本　昭和五十九年八月　光人社刊

光人社NF文庫

指揮官たちの太平洋戦争
一九九六年九月　五　日　印刷
一九九六年九月十一日　発行
著　者　吉田俊雄
発行者　高城直一
発行所　株式会社光人社
東京都千代田区九段北一-九-十一
振替／〇〇一七〇-六-五四六九三
電話／三二六五-一八六四㈹
印刷所　慶昌堂印刷株式会社
製本所　有限会社松栄堂製本所
定価はカバーに表示してあります
乱丁・落丁のものはお取りかえ
致します。本文は中性紙を使用
ISBN4-7698-2134-4　C0195

光人社ＮＦ文庫

刊行のことば

第二次世界大戦の戦火が熄《や》んで五〇年――その間、小社は夥しい数の戦争の記録を渉猟し、発掘し、常に公正なる立場を貫いて書誌とし、大方の絶讃を博して今日に及ぶが、その源は、散華された世代への熱き思い入れであり、同時に、その記録を誌して平和の礎とし、後世に伝えんとするにある。

小社の出版物は、戦記、伝記、文学、エッセイ、写真集、その他、すでに一、〇〇〇点を越え、加えて戦後五〇年になんなんとするを契機として、「光人社ＮＦ（ノンフィクション）文庫」を創刊して、読者諸賢の熱烈要望におこたえする次第である。人生のバイブルとして、心弱きときの活性の糧《かて》として、散華の世代からの感動の肉声に、あなたもぜひ、耳を傾けて下さい。